U0050002

洛克伍德
靈異偵探社

空殼少年

3

The Hollow Boy

Jonathan Stroud

喬納森・史特勞 ——著　楊佳蓉 ——譯

洛克伍德靈異偵探社

■書評推薦

《尖叫的階梯》

「從頭到尾充滿樂趣……犀利如鞭子，風趣又機智，有時誠實得令人驚訝……充滿了鬼魂，沒有成人監督的獨立少年，以及一大堆美味的餅乾。」

——《學校圖書館學報》書評家伊莉莎白・柏德（Elizabeth Bird, *School Library Journal*）

「這故事會讓你讀到深夜，不敢關燈。史特勞是個天才，他創造了與我們世界相似且可信度極高的世界，卻又那麼駭人地不同。把《尖叫的階梯》放到你的待讀清單上！」

——《波西・傑克森》系列暢銷作家　雷克・萊爾頓（Rick Riordan）

「史特勞一樣才華洋溢，結合冷面笑匠的幽默與刺激的動作場面，洛克伍德偵探社三名調查員的互動更是充滿火花（更不乏嚇人的時刻）。」

——《出版人週刊》（*Publishers Weekly*）

「迷人的角色、緊湊的動作、駭人的故事！」

——《衛報》（*The Guardian*）

「發揮縝密想像力，史特勞的作品有口碑保證又生動……成功將令人毛骨悚然的鬼故事與青少年的機智鬥嘴結合在一起。」

——《紐約時報》（*The New York Times*）

「冷調幽默與毛骨悚然的美妙結合。」

——《金融時報》（*Financial Times*）

《低語的骷髏頭》

「儘管三名主角會有摩擦對立，但他們組成了一支令人印象深刻的團隊，而配角們——以罐子裡的嘲諷骷髏頭骨爲首——爲故事增添了豐富的色彩和複雜性……並深入探索最好保留給死者的領域。」

「史特勞描繪出生動對話、充滿幽默感的諷刺，以及對鬧鬼地點的細膩描述。他創造了高潮迭起的緊張氣氛，緩緩將故事推向最響亮的最高點，但接下來的安靜場景也同樣動人心弦。」

——《科克斯書評》（*Kirkus Reviews*）

——《書單》（*Booklist*）

《空殼男孩》

「……史特勞在這部引人入勝的續集中發揮了他豐富的講故事技巧……敘事節奏出色、描述細膩、幽默感十足。故事的結局會讓粉絲們迫不急待想看到第四集。」

——《書單》（*Booklist*）星級評論

Lockwood & Co.

洛克伍德靈異偵探社 3 空殼少年　目次

獻給蘿西與法蘭西絲卡，愛你們——

Lockwood & Co.

第一部

薰衣草旅店

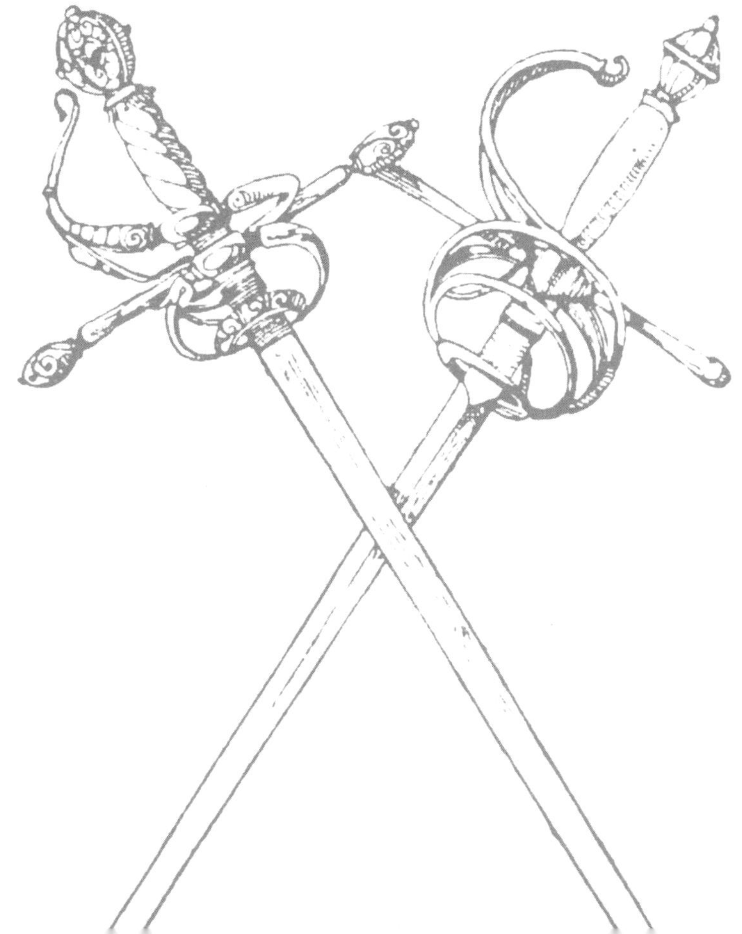

1

直到薰衣草旅店的案子來到尾聲，我們在那間邪惡旅店裡拚命求生時，我想那時我才第一次瞥見洛克伍德偵探社成員的完美合作光景。那幅景象一閃而逝，不過每一個細節都銘刻在我的記憶中：我們分毫不差、合作無間，像個眞正的團隊。

是的，每一個細節。安東尼．洛克伍德風衣著火，雙手瘋狂揮舞，踉蹌退向敞開的窗戶。喬治．庫賓斯單手掛在梯子上，宛如一顆在狂風中飄搖的巨大梨子。還有我——露西．卡萊爾——身上處處是瘀傷、血跡、蜘蛛網，衝刺跳躍，在地上滾來滾去，躲避一縷縷鬼氣……

沒錯，我知道以上描述聽起來都不太妙。老實說就算少了喬治在那裡慘叫也沒差。不過這就是洛克伍德偵探社的作風：善用劣勢，反過來化爲優勢。

想知道個中奧妙嗎？且聽我仔細道來。

□

就在六小時前。我們站在門口台階上按響門鈴。那是個烏煙瘴氣、飽受風雨摧殘的十一月午後，雲層籠罩在白教堂上頭，灰暗尖頂上的陰影漸深。雨滴在我們的風衣上打出點點水漬，腰間的細刃長劍上水光閃爍。四點的鐘聲才剛響過。

「大家準備好了嗎？」洛克伍德詢問。「記住，我們就問幾個問題，仔細監視靈異現象。一旦找到案發房間或是屍體位置的線索，我們就別吭聲，好好向人家道別，出去找警察。」

「很好。」我說。喬治點頭，手中忙著調整工作腰帶。

「太沒用了！」嘶啞的低語從我耳後飄來。「先捅一刀再問！這才是明智之舉。」

我用手肘頂了頂背包。「閉嘴。」

「你們不是要聽我的建議嗎！」

「你負責戒備，不是用愚蠢的理論擾亂我們。現在給我閉嘴。」

我們在門階上等候。薰衣草旅店是一棟夾在整排住宅中間、門面狹窄的三層樓旅店，位處倫敦東區，和鄰近區域一樣瀰漫著疲憊困頓的氣氛。碎石子牆面結了厚厚一層煤灰，輕薄的窗簾搖搖晃晃。二樓以上沒半點燈光，不過前廳的燈亮著，門板上半部的玻璃帶著裂痕，斜斜掛了塊泛黃的「尚有空房」牌子。

洛克伍德戴著手套的手擱在額頭上擋光，瞇眼往內看。「嗯，有人在家。我看到前廳另一頭站了兩個人。」

他又按了一次門鈴。鈴聲像是拿剃刀刮耳膜似的，刺耳難聽。他再敲了門環。沒有人應門。

「希望他們別再磨蹭了。」喬治說：「我無意讓你們擔心，可是有白色的東西從街上往這裡逼近。」

他說得對。一道蒼白形體在遠處的暮色間浮現，躲在屋舍的陰影裡，緩緩飄浮在人行道上，離我們越來越近。

洛克伍德聳聳肩，甚至沒有多看一眼。「喔，說不定是誰家衣服晾在外頭飄起來。現在還挺早的，不是那些傢伙現身的時段。」

喬治和我互看一眼。到了這時節，白天沒比晚間亮上多少，死者開始在昏暗的午後出沒。老實說從地鐵站走來這裡的路上，我們已經在白教堂高街看見一個虛影，扭曲的黑暗歪斜地佇立在排水溝旁，被匆忙返家的行車掀起的氣流沖得旋轉飄搖。那些傢伙早就跑出來了——洛克伍德也清楚得很。

「哪一國的衣服會長出腦袋和細細的腳？」喬治問。他摘下眼鏡擦乾，重新架回鼻梁上。

「露西，妳來告訴他。我怎麼說他都不會聽。」

「是啊，洛克伍德。」我說：「我們總不能在這裡站上一整晚。要是反而被那個鬼魂幹掉的話就慘了。」

洛克伍德笑了笑。「當然不會。屋裡的朋友總得要回應我們，否則就是做賊心虛。他們隨時會來應門，請我們進去。相信我。不用擔心。」

洛克伍德就是有辦法說服人，即便是這種荒謬的論調。此時此刻，他一派輕鬆地等門，一手擱在劍柄上，和往常一樣身穿瀟灑俐落長風衣和黑色套裝。黑髮蓋住額頭，來自旅店前廳的燈光照亮他蒼白消瘦的臉龐。他轉頭對我咧嘴一笑，黑眼閃閃發亮，風度翩翩、泰然自若。我想記住這樣的他，那一夜的他：當我們腹背受敵，洛克伍德仍舊站穩腳步，冷靜無畏。

相較之下，喬治和我就沒那麼時尚了，但我們還是很重視這次委託。黑衣黑靴，喬治甚至紮好了衣服。我們三個揹著背包，扛著沉重的皮製裝備包——破舊，隨處可見鬼氣燒出的破洞。

要是讓一般路人看出我們是靈異現象調查員，他們會認定裝備包裡裝滿了這一行的必備道具：鹽彈、薰衣草、鐵粉、銀製封印和鐵鍊。八九不離十，不過我還扛著裝在罐裡的骷髏頭，包管出乎任何人的意料。

我們又等了一會。寒風吹過屋舍間的骯髒暗巷。鐵製護符高高懸在我們頭頂上，敲出喀啦喀啦的聲響，像是女巫的牙齒。那道白色形體沿著街道朝我們鬼鬼祟祟地飛來。我拉起連帽大衣的拉鍊，往牆邊貼近一些。

「對，那個鬼魂靠過來了。」背包裡的聲音響起，那是只有我聽得見的耳語。「它看到你們，它餓了。我個人認爲它盯上了喬治。」

「洛克伍德。」我再次開口。「我們眞的該進行下一步了。」

然而洛克伍德卻往後退開。「沒這個必要。我不是說了嗎？他們來開門啦。」

屋內黑影幢幢，鐵鍊沙沙作響，門板盪開。

一男一女站在門內。

或許他們就是凶手，但我們掛上最討喜的笑容，不想打草驚蛇。

薰衣草旅店在兩個禮拜前引起我們的注意。白教堂區的警方當時正在調查多起在該區失蹤的案件，其中有幾個業務員，不過大多是附近碼頭的粗工。他們查到部分失蹤者曾下榻在某間默默無聞的旅店——白教堂區大砲巷的薰衣草旅店，隨後便下落不明。警方曾上門，與店主伊凡斯夫婦談過，甚至搜過旅店，始終一無所獲。

但他們畢竟是大人，無法看見過去。偵測不到可能在此處發生過的罪行的靈異殘渣。因此他們需要偵探社協助，而剛好洛克伍德偵探社在東區有過不少實績，曾經成功解決斯皮塔佛德市集的尖叫鬼魂事件，使得我們在此區小有名氣。我們答應來伊凡斯夫婦這邊逛一圈。

我們說到做到。

根據他們背負的嫌疑，我暗自預期薰衣草旅店的店主會是令人膽寒的凶神惡煞，然而事實完全不是如此。真要打比方的話，我會說他們是對窩在樹枝上的老貓頭鷹。身形矮胖、滿頭灰髮、柔和茫然又睏倦的臉龐，隔著厚重的眼鏡向我們眨眼。他們的衣著厚重老氣，兩人緊緊相依，堵住整扇門。後方只能看見吊著流蘇的燈具和灰暗壁紙，其餘都被擋住了。

「請問是伊凡斯先生和伊凡斯太太嗎？」洛克伍德微微鞠躬。「哈囉，我是洛克伍德偵探社的安東尼．洛克伍德。先前曾經致電聯繫。這兩位是我的夥伴，露西．卡萊爾，以及喬治．庫賓斯。」

兩人直直盯著我們。有好一會兒，像是意識到五個人的命運來到了臨界點，沒有人開口。

「請問有什麼事嗎？」我不知道這名男性年紀多大——在我眼中，三十歲以上的大人都差不多——不過他離棺材肯定比搖籃還近。他稀疏的頭髮抹了髮油往後梳，眼睛周圍鑲著深深的縱橫紋路。他愣愣看著我們，精神散漫，面容和善。

「我在電話裡提過了，我們想和兩位談談曾經在貴店下榻的班頓先生。」洛克伍德說：「算是正式的失蹤人口調查的一環。請問我們可以進去嗎？」

「天很快就要黑了。」他身旁的婦人說。

「喔，不會占用太多時間。」洛克伍德亮出最有魅力的微笑，我咧起嘴角助陣。喬治忙著盯緊沿街飄盪的白影，無暇修飾緊張的神情。

伊凡斯先生點點頭，緩緩讓到一旁。「當然可以，不過最好快點。現在很晚了，再過不久它們就會跑出來。」

以他的年紀來說，他絕對看不到橫越馬路朝我們逼近的鬼魂。我們也不想提起那個東西，只是微笑點頭，以最快、最有禮貌的腳步跟著伊凡斯太太進屋。伊凡斯先生讓我們先走，輕輕關上門，把夜色、鬼魂、雨幕擋在屋外。

□

他們領著我們經過長長的走道進入公用交誼廳，磚頭砌起的壁爐裡火光閃爍。裝潢毫無特色：奶油色木紋壁紙、磨損厲害的棕色地毯、一排排裝飾盤，還有鑲在醜陋金框內的印刷畫。幾張扶手椅隨處放置，全都硬梆梆的，看起來很不舒適。還有一台收音機、一個酒櫃、一台小電視。正對著門的那面牆擺了一座木頭櫃子，架上是茶杯、玻璃杯、醬料瓶，以及其他早餐會用到的東西。兩組折疊椅和一張塑膠桌證實這個房間不只是社交場合，也是客人們用餐的地方。

目前此處只有我們五個人。

我們放下行囊。喬治再次抹掉鏡片上的雨滴，洛克伍德撥撥濕頭髮。伊凡斯夫婦杵在房間中央面向我們。距離拉近了，那些貓頭鷹般的外表特質更明顯了。他們短頸圓肩，伊凡斯先生身穿沒有曲線的毛線外套，伊凡斯太太則是黑色毛料連身裙。他們緊緊相依，年紀有些大，但我認爲在厚重的衣著下，這兩人的身軀仍稱不上孱弱。

他們沒有請我們就座，顯然希望能長話短說。

「你說的是班森先生嗎？」伊凡斯先生問。

「班頓。」

「他最近在這裡住過。」我補充道：「三個禮拜前。你在電話裡是這麼說的。他是失蹤者之一——」

「是的，是的。我們向警方提過他。要的話，可以拿旅客登記本給你們看。」老人的嗓音輕柔低沉，他走向那座櫃子。他的妻子一動也不動地注視我們。他捧著本子回到我們面前，翻開內頁，遞給洛克伍德。「他的名字在上頭。」

「謝謝。」洛克伍德裝模作樣地研究旅客登記本，我趁機進行眞正的調查。聆聽整棟屋子的動靜。從超自然層面來說安靜得很。我什麼都沒有感應到。好吧，丟在地上的背包裡傳來悶悶的說話聲，這不能算在裡面。

「機會來了！」低語竄起：「宰了他們，任務結束！」

我用腳後跟偷偷踢了背包一記，那道聲響停了。

「兩位對班頓先生有印象嗎？」在火光中，喬治的胖臉和淺黃色頭髮泛著淡淡光芒，小腹把毛衣撐得緊繃。他拉高腰帶，偷瞄溫度計一眼。「或是其他失蹤的客人？有和他們聊過嗎？」

「沒有。」老人說：「諾拉。妳呢？」

伊凡斯太太一頭染黃的頭髮，頭頂髮絲稀疏，盤成安全帽似的髮型。她的臉皮和她丈夫一樣布滿皺紋，特別是從嘴角往外輻射的線條，彷彿能像束口袋一般把嘴唇束起。「沒有，這也沒什麼，我們的客人大多待不久。」

「我們誠心招待客人。」伊凡斯先生補充：「你們也知道，業務員老是來來去去。」

房裡陷入沉默，空氣中飄著濃濃的薰衣草花香，抵擋不受歡迎的訪客。爐架和窗台上的銀製啤酒杯裡插著一束束新鮮花朵枝葉。還有其他防護措施：以凹成花朵、動物、鳥類的鐵條構成的家宅護符裝飾品。

這裡很安全，防護措施多到接近誇張的程度。

「目前還有人入住嗎？」我問。

「暫時沒有。」

「你們有幾間客房？」

「六間。二樓四間、三樓兩間。」

「你們睡在哪間？」

「妳這個小女生問題眞多。」伊凡斯先生說：「在我那個年代，孩子就是孩子，才不是什麼佩著長劍的靈異調查員，也不會問東問西。我們睡一樓，廚房後面的房間。好了——這些我們應該都和警方說過了。我不太確定你們爲什麼還要來這一趟。」

「我們等會就離開。」洛克伍德說：「只要讓我們看一眼班頓先生住過的房間就好。」

這兩人突然僵住，宛如豎立在交誼廳中央的兩塊墓碑。喬治溜到櫃子旁，手指拂過番茄醬瓶側，發現上頭積了薄薄一層灰。

「恐怕有困難。」伊凡斯先生說：「我們已經整理好房間，準備給新客人使用，不想讓人弄亂。班頓先生——以及其他客人——的使用痕跡早就清掉了。好啦……現在要請三位離開了。」

他走向洛克伍德。即便他腳踏刷毛便鞋、身披毛線外套，舉手投足卻是無比果決、靈活穩健。

洛克伍德的大衣有一堆口袋，有的裝了武器和撬鎖的鐵絲；據我所知，其中一個放了急用的庫存茶包。他從某個口袋掏出一張塑膠卡片。「這是證書。靈異局指定的調查機構，洛克伍德偵探事務所的成員有權調查可能與重大罪行或鬧鬼事件相關的任何處所。歡迎致電向蘇格蘭警場的蒙特古·伯恩斯督察確認，相信他很樂意與兩位詳談。」

「罪行？」老人縮了回去，咬住下唇。「鬧鬼？」

洛克伍德露出惡狼似的笑容。「我說過了，我們只想上樓稍微看看。」

「這裡沒有任何超自然現象。」伊凡斯太太皺眉。「看看這裡有多少防禦措施。」

她丈夫拍拍她的手臂。「沒關係，諾拉。他們是調查員。我們有義務協助他們。如果我記的沒錯，班頓先生住的是三樓的二號房。直接往上走兩段樓梯就到了，絕對不會錯過的。」

「謝啦。」洛克伍德拎起他的裝備包。

「你們要不要把行李留在這裡？」伊凡斯先生提議，「樓梯又窄又長。」

我們看著他，沒有回應。喬治和我把裝備包甩到肩上。

「好吧，你們慢慢走。」伊凡斯先生說。

樓上沒開燈。我跟著兩人踏上陰暗的樓梯，回頭看了那對老夫婦一眼。伊凡斯夫婦肩並著肩，站在交誼廳中央，在翻飛火光中泛著紅光。他們注視著我們，腦袋歪成同樣的角度，爐火打在四塊眼鏡鏡片上。

「你們覺得如何？」喬治的低語從上方飄來。

洛克伍德稍停幾秒，打量架在樓梯中段的厚重防火門。門板以插銷固定在牆面上。「我不知道內情如何，總之他們絕非無辜。毋庸置疑。」

喬治點頭。「有沒有看到那瓶番茄醬？已經很久沒人在這裡吃早餐啦。」

「他們肯定知道大勢已去。」我開口，繼續往上爬。「假如他們的客人出了事，我們絕對感應得到。他們知道我們有什麼天賦，一旦被查出眞相，他們以爲我們會默不作聲嗎？」

洛克伍德的回應被後方鬼鬼祟祟的動靜打斷。我們回過頭，瞥見伊凡斯先生被光照亮的臉龐，一頭亂髮，瘋狂的雙眼狠狠瞪著我們。他鬆開防火門，準備關上……

洛克伍德瞬間抽出長劍，往後一跳，衣襬翻飛——

防火門砰地關上，遮住來自一樓的燈光。細刃長劍只擊中厚重木板。

我們站在黑暗中，聽見插銷與門框的摩擦聲，最後是伊凡斯先生透門而來的囂張笑聲。

「伊凡斯先生，現在就開門。」洛克伍德說。

老人的嗓音悶悶的，但依舊清晰。「剛才明明給過機會，你們還是不知好歹！你們要怎麼看就怎麼看，別客氣！那個鬼魂會在半夜找上你們，早上我再來收拾剩下的東西。」

接著是刷毛便鞋遠離的啪啪腳步聲。

「幹得好。」我背包裡的聲音響起。「被領養老金的老頭騙倒。太優秀了。眞不得了。」

這回我沒有叫它閉嘴。畢竟它確實有幾分道理。

2

等等。我該在狀況急轉直下前喊停，介紹一下我究竟是誰。我名叫露西．卡萊爾，靠著毀滅不願安息的死者維生。我可以不用助跑就把鹽彈丟到五十碼外，還能靠著斷掉的細刃長劍抵擋三個惡靈（我曾在柏克萊廣場幹過這招）。我的拿手道具是撬棍、鎂光彈、蠟燭。我曾獨自踏進鬧鬼的房間。只要我刻意細看，可以看見鬼魂，也聽得見它們的聲音。我的身高接近五呎六吋，髮色類似胡桃木棺材，穿六號防鬼氣工作靴。

好啦，現在各位認識我了。

我和洛克伍德及喬治站在旅店二樓的樓梯口。突然變得好冷。突然間，我聽見原本不存在的聲響。

「我猜應該是沒辦法拆了這扇門。」喬治說。

「門都沒有……」洛克伍德的嗓音有些漫不經心，他使用靈視能力時總是如此。視覺、聽覺、觸覺——這是三種主流的靈異天賦。洛克伍德的眼睛最好，我最擅長聽和觸摸。喬治是三者兼具，但每一個都只是勉強及格。

我摸到身旁牆上的電燈開關，但沒有開燈。黑暗令靈異感知力增強。恐懼能讓天賦更加敏銳。

我們側耳傾聽。我們凝目注視。

「我目前還看不到。」洛克伍德再次開口。「露西？」

「有一些聲音。像是人在小聲說話。」聽起來像是一小群人，想以無比急促的語氣壓過其他人的嗓音，卻又太過微弱，聽不出對話內容。

「妳罐子裡的朋友怎麼說？」

「它才不是我朋友。」我戳戳背包。「骷髏頭？」

「上面有鬼魂。很多。所以說……你們是否認同剛才就該趁機捅那兩個老傢伙一刀？假如你們乖乖聽話，根本不會陷入現在的慘況，對吧？」

「哪裡慘了？」我忍不住頂回去。「更何況我們也不能對嫌犯動手！我說過很多次了！當時我們甚至不知道他們有問題！」

洛克伍德刻意清清喉嚨。有時候我會忘記其他人聽不見鬼魂的發言。

「抱歉。它只是和平常一樣在鬧我們。說上面有很多鬼魂。」

喬治手中溫度計的面板在黑暗中亮了幾秒。「最新氣溫報告：我們踏上這層樓後已經降了五度。」

「沒錯。這扇防火門算是屏障。」洛克伍德的迷你手電筒光束射向下方，照亮凹凸起伏的灰色門板。「看，上面纏了鐵條，讓這對可愛的老夫妻在一樓安居樂業。但是樓上的住客就等著落入從黑暗中伸出的魔掌……」

他把光束調大，緩緩在我們周圍轉了一圈。二樓樓梯口就在眼前，環境堪稱整潔，只是紫色窗簾和奶油色舊地毯顯得太過廉價。幾扇合板木門幽幽浮現在陰影間，牆邊的醜桌子上堆了幾本處處摺角的雜誌。桌旁是通往三樓的樓梯。此處異常寒冷，鬼魂霧氣蠢蠢欲動，一縷縷淺綠色霧氣從地毯泛出，緩緩纏上我們的腳踝。手電筒開始閃爍，（剛換的）電池像是即將沒電，很快就會失去作用。難以估量的恐懼在我們心中凝聚。我打了個哆嗦。某種邪惡存在就在我們身旁。

洛克伍德拉好手套，手電筒照得他的黑眼閃閃發亮。一如以往，越是危急的處境他就越興奮。「很好。」他輕聲說：「聽好了，我們保持冷靜，調查上面到底有什麼鬼東西，然後想辦法逮到伊凡斯夫婦。喬治，在這裡設下鐵鍊圈。露西，看骷髏頭還有什麼話要說。我從最近的房間開始查看。」

說完，他舉起長劍，推開房門，鑽進客房裡，風衣下襬隨著步伐翻起。

我們乖乖開工。喬治摸出一盞提燈，調低亮度，就著燈光擺放鐵鍊，在地毯中央圍出像樣的圈子。我打開背包袋口，費勁抽出碩大的玻璃罐。罐內泛著幽光，頂部被繁複的塑膠蓋子封住，在綠色液體中浮現一張嗤笑的臉龐。那絕對不是什麼善意的笑容，應該只會出現在關著凶惡囚犯的牢房裡。那是鬼魂的臉——幽影或惡靈——它被束縛在罐底的骷髏頭上。它的邪惡程度有目共睹，不知姓啥名誰。

我狠狠瞪著它。「你鬧夠了沒？」

鬼魂的嘴角高高勾起，口中沒有半顆牙。「我才沒在鬧！妳要問什麼？」

「我們要對付的是什麼東西？」

「一群鬼魂。它們暴躁又不爽，還有——等等，我感應到別的……」那張臉突然扭曲。「喔，不妙。大事不妙。露西，如果是我的話，會找扇窗户跳出去。就算兩條腿斷得亂七八糟也比待在這裡好。」

「爲什麼？你感應到什麼？」

「另一個存在。還不知道那是什麼。總之它既強大又飢渴，然後……」它鼓脹的眼珠子瞥向我。「不行，抱歉，我的感應有極限，被困在這個殘酷的罐子裡。要是放我出去——」

我哼了聲。「不可能，你也很清楚。」

「我可是這個團隊的寶貴成員！」

「誰說的？你每次還不是看我們送死？」

看起來類似橡皮的嘴唇抿起。「我現在才不會這樣！我們的關係變了。妳知道的！」

好吧，這麼說也沒錯。我們和這顆骷髏頭的關係確實有了轉變。幾個月前，它第一次對我們開口，我們只感到懷疑、煩躁、噁心。過了一陣子，我們越來越了解它，總算知道這傢伙只配得上我們的唾棄。

很久以前喬治從我們的競爭對手那邊偷來這個拘魂罐，不過要等到我不慎撞開蓋上的安全栓，才發覺困在罐裡的鬼魂有辦法對我說話。它起先充滿敵意，到後來或許是膩了，或是想找人陪，才在調查超自然事件時提供協助。有時它的建議還算中肯，但這個鬼魂完全不值得信任。它毫無道德觀念可言，以一顆飄在罐子裡沒有實體的腦袋來說，裡頭蘊藏的惡意遠遠超出各位的想像。它的惡劣天性帶給我最多影響，畢竟直接與它溝通的人是我，得要忍受那喜孜孜的嗓音在腦海中迴盪的人也是我。

我敲敲玻璃，讓那張臉微微一驚，瞇細雙眼。「給我專心感應這個強大的鬼魂。我要你找出源頭的位置。」說完，我站起來，發現喬治已經在我身旁圍好鐵鍊圈。沒過多久，洛克伍德回到客房間的走道，踏進圈子裡與我們會合。

他和平時一樣淡然自若。「嗯，挺糟的。」

「怎麼說？」

「客房的裝潢。丁香紫、綠色，還有讓人頭痛的亮黃色。全都不搭。」

「所以裡面沒有鬼魂？」

「啊，剛好有一個。我用鹽巴和鐵粉困住它了，所以目前沒事。有興趣的話可以進去看看。我來補充裝備。」

喬治和我握住手電筒，沒有打開。沒有必要。這間狹小寒酸的客房只有一張單人床、窄小的衣櫃，開了扇小窗，玻璃一片漆黑，上面布滿水漬。房內的照明來自床鋪正上方的橫向橢圓形異界光芒，底部融入枕頭與床被。光圈中央是身穿條紋睡衣的男子鬼魂，他像是睡著似地躺在床上，四肢微微懸空。他留了一撮小鬍子，頭髮蓬亂，雙眼緊閉，少了牙齒支撐的鬆垮嘴唇癱在散落點點鬍碴的下巴上。

寒氣從那道幻影流出，洛克伍德從腰間投擲彈撒出的鹽巴和鐵粉在床邊排成兩個同心圓。只要一波波鬼氣靠得太近，就會觸動鹽粒，噴出綠色火光。

「無論房錢有多便宜，這間房都不值那個價。」喬治說。

我們退回樓梯口。

洛克伍德塡充好彈藥，重新裝回腰帶上。「有沒有看到他？」

「嗯。你想那是其中一名失蹤者？」我問。

「肯定是。問題在於他的死因。」

「骷髏頭說這裡有一個強大的鬼魂。說那個鬼魂很邪惡。」

「它會在深夜出動。我們可不能耗下去，看能不能提早逮到它。」

我們探了探隔壁房間，以及再隔壁的浴室。兩間都沒事。不過呢，一打開第四扇門，我就看到兩個鬼魂。一名男子躺在單人床上，和另一間房的訪客大致雷同，只是他側身蜷曲，一手枕在腦袋下。他年長一些，身軀粗壯，黃棕色頭髮剪得很短，身穿深藍色睡衣。他睜著眼，凝視虛空。就在一旁——靠得很近，雙方的異界光芒幾乎相觸——站了另一名男子。他穿著睡褲和白色T恤，一副剛從床上爬起來的模樣，衣服縐巴巴，鬍鬚雜亂，黑色長髮糾結。可以從他半透明的腳掌看到房間地毯。他仰望天花板，神情驚惶無比。

「有兩組死亡光輝。」洛克伍德說：「一個比另一個明亮。死亡日期不同，是兩起事件。有什麼東西在他們睡夢中殺了他們。」

「我只慶幸他們都沒有裸睡的習慣。」喬治說：「特別是毛多的那個。先把它們困住吧。他們看起來沒有攻擊意圖，但這種事一向難說。露西，妳手邊有鐵粉嗎？」

我沒有回應。超自然的寒氣伴隨著情緒的迴響朝我襲來，那是孤寂與恐懼與悲悽，在客房裡喪命的男子也曾體驗過這些。我敞開感知，聽見來自過去的呼吸聲；熟睡的穩定鼾聲。接著是滑行聲——像是上岸的鰻魚般帶著濕潤感的輕柔滑動。

我的眼角餘光捕捉到天花板上的物體。

它向我揮舞，蒼白又缺乏骨幹。

我猛然仰頭，那裡什麼都沒有。

「露西，還好嗎？」洛克伍德和喬治來到我身旁。床邊鬍鬚男的鬼魂仰望天花板，盯著前一刻我的視線掃過的區塊。

「我看到東西。在上面。像是一隻往下伸的手，不過那不是手。」

「呃，那妳想會是什麼？」

我心底作嘔，打了個寒顫。「不知道。」

我們用鐵粉包圍了兩個鬼魂，巡過二樓最後一間客房。沒有已死的住客，讓我們稍微振奮了些。最後是通往三樓的樓梯。噁心的絲狀鬼魂霧氣宛如越過河堰的水流般傾瀉而下，射向黑暗的手電筒光束似乎被某種力量扭曲。

「沒錯，真正的舞台就在上面。」洛克伍德說：「走吧。」

我們收好剩餘的裝備。拘魂罐深處的詭譎臉龐緊盯著我們。「你們不會丟下我吧？我還想在搖滾區欣賞你們慘死的景象。」

「是喔。」我說。「你鎖定源頭的位置了嗎？」

「樓上的某個地方。不過你們早就知道了吧？」

我粗手粗腳地把罐子甩進背包，快步跟上兩人。他們已經抵達樓梯中段。

「我不太喜歡伊凡斯說他明天早上會來收拾。」快爬上三樓時，喬治小聲說：「感覺他在暗示我們不會剩下多少殘骸。我想他說得太誇張了。」

洛克伍德搖頭。「這倒未必。有些鬼魂從受害者身上吸走太多能量，屍體成了乾燥單薄的空殼。或許這就是警方找不到遺體的原因。伊凡斯八成把屍骨丟進樓下的壁爐燒了。或是摺起來裝箱，塞到床底下。或是整整齊齊地掛在衣櫃裡，當成詭異的收藏品。我可沒有隨口亂說。這種事情以前發生過。」

喬治沉默幾秒才開口：「感謝你的說明，洛克伍德。我真的安心多了。」

「對他們來說有什麼好處？」我問。「我是說伊凡斯夫婦。」

「我想他們就擅自收走受害者身上值錢的東西吧。天知道呢？他們剛才肯定氣壞了……」

洛克伍德舉起手，我們停在樓梯頂端。樓面配置和二樓差不多，看得到三扇門，全都關著。氣溫再次下降。鬼魂霧氣像沸騰的牛奶般在地毯上湧動。死者的低語在我耳邊喧鬧。我們離這一連串事件的核心不遠了。

我們三個像是揹著重物似地緩緩邁步，仔細查看各處，但沒有看到半個鬼影。

「骷髏頭，你看到什麼？」我問道。

百般聊賴的嗓音從背包裡悠悠傳來：「我看到重大危機。近在眼前。你們沒看到？真的是一群廢物。就算死靈大搖大擺地走過來，把骨盆丟到你們手上，你們也沒有感覺吧。」

我晃晃背包。「破爛骨頭給我好好說話！危機在哪？」

「不知道。太多超自然力量的干擾了。抱歉。」

我照實回報。洛克伍德嘆息。「我們只能隨便挑一扇門了。剛好一人一扇。」

「我選這間。」喬治信心滿滿地走向左邊那扇門，以誇張的手勢推開。「真可惜，什麼都沒有。」

「有眼睛的人都看得出這是工具間。」我說：「大小不一樣，門上也沒有號碼之類的。你應該要再選一間。」

喬治搖頭。「少來。換妳了。」

我選了右邊那扇，門上的貼紙印著數字1。我舉劍擋在自己面前，推開一號房的門板。這是間小臥室。在附屬的洗手台和鏡子前方站了一名微微發亮、赤裸上身的枯瘦男子。他下巴沾滿白色刮鬍泡，手持銳利的剃刀。門一開，他轉過身，沒有視覺的雙眼直直對著我。突如其來的恐懼從我頭頂灌下，我從腰間取下鹽巴與鐵粉撒在地上，構成鬼魂無法跨越的屏障。鬼魂往後退，如同困獸般來回飄移，視線沒有離開過我。

我抹去滿額冷汗。「好啦，我解決這個了。」

洛克伍德拉了拉領子，望向最後一扇門。「所以說……輪到我出馬了？」

「對。」我說：「二號房。對了，伊凡斯提到的就是這間。」

「很好……那裡面大概會有一、兩個鬼魂吧……」洛克伍德一點都不雀躍。他舉起長劍，轉轉肩膀，深吸一口氣，接著對我們露出能消除一切不安的燦笑。「嗯，」他說：「還能糟到哪裡去？」

他推開房門。

好消息是裡面沒有一、兩個鬼魂。壞消息是我們數不清房裡到底有多少鬼魂。穿著睡衣的男士如罐頭般擠滿整個房間。有的明亮，有的黯淡。它們神情憔悴、鬍子沒修、臉頰凹陷、雙眼空洞。有的看起來剛從熟睡中驚醒，有的是在更衣時遇害。它們相互交疊，塞在這個簡陋而俗氣的空間裡，衣櫃和毛巾架、床架與洗手台之間不剩半點空隙。有的盯著天花板，有的頓在半空中、凝視敞開的房門。

它們都是被害者——但這不代表它們毫無害處。我能嘗到它們對命運的憤恨、茫然敵意的力道。寒氣撲面而來，洛克伍德的風衣下襬翻飛，我的頭髮蓋了滿臉。

「小心！」喬治大喊：「它們察覺到我們了！趕快設下防線，不然——」

不然它們就要撲上來了。喬治來不及說完警告。

某些鬼魂會受到生者吸引——或許它們感應到我們的溫暖，想要納爲己有。這些孤單死去的男子對於溫暖的渴求極度強烈。這群發光體就像潮水般擁上前，瞬間竄出門外。洛克伍德丟下他原本要撒在地上的鐵粉彈殼，長劍往前揮舞。我也抽出佩劍，劃出繁複的圖形，努力築起堅固的防壁。部分鬼魂往後退卻，其餘的則是向左右靈巧閃過劍尖範圍。

我抓住洛克伍德的手臂。「快被包圍了！下樓！快！」

他搖頭。「不行，樓下什麼都沒有！要是它們跟下去，我們就沒有退路了。我們得要找出起因。繼續往上走。」

「這裡已經是頂樓了！」

「是嗎？那個是什麼？」他伸手一指。

我順著看過去，天花板上還有一扇狹小的閣樓活門。

「喬治。」洛克伍德語氣平穩。「請拿梯子給我。」

「什麼梯子？」喬治忙著丟出鹽彈，擊中牆面，亮晃晃的綠色火焰灑向虛影。

「喬治，拿梯子過來。」

喬治慌亂地揮舞雙手。「我哪來的梯子？藏在褲子裡面嗎？」

「智障！你剛才打開的工具間裡就有一把！快！」

「喔對。我想到了。」喬治衝向那扇小門。

鬼魂朝我們逼近，低語匯聚成嘶吼。穿著背心和慢跑褲的鬼魂搖搖晃晃地從側邊襲來，我的長劍斜斜揮落，把它砍成兩半，碎片飄到同一處，重新成形。另一頭，洛克伍德從裝備包裡抽出鐵鍊，在樓梯口圍成不太工整的圈子。

喬治沒一會就扛著折疊式梯子回來。他跳進圈裡，與我們會合，默默架好梯子，梯頂靠向閣樓，在活門正下方。

四面八方盡是詭異的幽光。一道道鬼影飄向我們，伸出蒼白的手臂。鬼氣在鐵鍊圈外敲出嘶嘶火花聲。

洛克伍德頷頭，喬治和我接連爬上梯子。他用力推開活門，漆黑的門縫漸漸擴大，像是紙扇般展開。一陣灰塵撒落。

是我耳朵出了問題，還是下方喧鬧的鬼魂突然安靜下來？低語消失了。它們茫然注視我們。

洛克伍德又推了一把，活門應聲翻開。頭頂上多出一個黑洞，張嘴迎接我們，寒氣從洞裡湧出。

這棟屋子裡的恐怖事件根源就在此處。我們將在此處找到一切緣由。我們沒有猶豫，手忙腳亂地爬上去，被黑暗吞噬。

3

好冷——這是我的第一印象。

同時也黑得要命。下方鬼魂散發的異界光芒從閣樓活門透入，形成朦朧的光柱，照亮我們三個人蒼白的面容。除此之外什麼都看不到。

有什麼東西與我們相伴，近在咫尺，無所不在。它的存在壓迫著我們，在黑暗中籠罩在我們頭頂上。它的張力令人難以呼吸、難以動彈，彷彿我們突然潛入深水，可怕的重量將我們壓垮……

洛克伍德率先反抗。我聽見他從裝備包裡窸窸窣窣地摸出提燈，按下開關，調整亮度。溫暖的柔光溢出，讓我們看清周遭環境。

這是典型的閣樓，寬底尖頂、洞窟般的空間，架在陡峭的屋頂之間。兩端是老舊的三角形磚砌山牆，一邊插著煙囪管，另一邊開了扇狹長的窗戶。屋梁橫越我們頭頂上的陰影，支撐屋頂的重量。

其中一個角落擱了幾個破損的茶葉箱，除此之外閣樓裡空無一物。什麼都沒有。

或者該說是「幾乎」什麼都沒有。屋椽間掛著吊床般的厚重灰色蜘蛛網，宛如阿拉伯市集攤位的掛布。蜘蛛網在屋頂與閣樓地板相接處積成一團，軟化了這間空房的輪廓。一縷縷蜘蛛絲從屋梁垂落，隨著我們掀起的氣流抽動。

幾處蜘蛛網結起白霜，我們的口鼻吐出陣陣霧氣。

我們連腳趾頭都凍僵了。這是蜘蛛著名的特性：牠們熱愛被靈異現象糾纏的場所，以及繚繞在古老源頭周圍的強大力量。蜘蛛不自然的群聚現象能與潛在的鬧鬼地點畫上等號，蜘蛛網就是死者的足跡。薰衣草旅店的客房裡看不到半點蜘蛛網，或許要歸功於伊凡斯太太的清掃功力。

不過閣樓不是她撢子的管轄範圍。

我們整理出手邊的裝備。喬治爬得太匆忙，把他的裝備包忘在樓下，我們也用盡了鐵鍊、大部分的鹽巴和鐵粉。幸好洛克伍德的裝備包裡還有重要的銀製封印，我們腰帶上還有幾顆鎂光彈。喔，還有我背上不知道有多大用處的拘魂罐。我把罐子丟到翻開的活門旁，那張臉變得模糊，鬼氣黯淡冰冷。

「你們不該上來的……」它悄聲道：「連我這個死人都開始緊張了。」

我拿長劍撥掉幾束垂在我臉旁的蜘蛛網。「你以為我們想嗎？看到什麼就告訴我。」

洛克伍德走到幾乎和他一樣高的窗邊，在髒兮兮的玻璃上擦出一個圈，拂去結在上頭的薄冰。「窗戶對著大街，比驅鬼街燈高得多。很好。源頭肯定就在這裡。我們都感覺得到。小心點，趕快解決這個麻煩。」

我們展開搜索，活動能力就像高海拔處的登山客。緩慢、痛苦、艱辛。恐怖的超自然壓力從四面八方擠壓我們。

活門旁有幾個新手印，可能是警方上來隨便看一眼時留下的。除此之外這間閣樓多年沒被人碰過。地板鋪得不太平整，洛克伍德指出各處都蓋上厚厚灰塵。我們注意到灰塵間有一些旋轉翻捲的痕跡，似乎是被零星的氣流吹過，但沒有半個腳印。

喬治拿長劍戳戳角落，劍刃上纏滿蜘蛛絲。

我站在閣樓中央專心聆聽。

越過結凍的屋梁，越過層層蜘蛛網，屋頂上狂風呼嘯，雨水敲打屋瓦。我聽見水沿著屋頂流下，咚咚打上窗戶。整棟屋子顫抖不止。

然而屋內一片寂靜。我聽不見下方客房裡鬼魂的低語。

沒有聲響，沒有幻影，就連鬼魂霧氣都不見蹤影。

只有險惡的酷寒。

我們在閣樓中央集合。我身上沾滿灰塵，抖個不停。洛克伍德臉色蒼白，情緒焦躁。喬治往鞋底抹著劍刃，努力除掉黏黏的蜘蛛網。

「你們覺得如何？」洛克伍德開口。「我想不透源頭會在哪裡。你們有什麼看法？」

喬治舉手。「有。我餓了。該吃東西了。」

我愣愣看著他。「到了這個節骨眼，你怎麼還顧得了自己的肚皮？」

「很簡單，恐懼讓我胃口大開。」

洛克伍德勾起嘴角。「可惜你的三明治都在你的裝備包裡，被你留在樓下了。」

「我知道。我想說可以和露西分。」

我忍不住翻翻白眼。眼珠子翻到一半卻僵住了。

「露西？」洛克伍德總能第一個察覺事情不對勁。

我花了點時間才擠出回應：「是我眼花，還是那根梁上有什麼東西？」

幾乎就在我們頭頂正上方，在傾斜屋頂的陰影中，隱約可見掛了一堆蜘蛛網的橫梁。再上去是純粹的黑暗，可能是屋梁的一部分，也可能是梁上那個物體的一部分。除了從屋梁邊緣探出、類似毛髮的東西，從下面實在是看不清楚。

我們默默盯著它看。

「喬治，梯子。」洛克伍德道。

喬治轉身從活門洞口拉起梯子，順便回報狀況：「那群傢伙還在下面。站在圈子外面，看起來像是在等待什麼。」

我們把梯子立在有問題的屋梁下。

「要聽我的建議嗎？」鬼魂在罐子裡飄動。「最糟的選擇就是爬上去看。趕快丟個鎂光彈就逃了吧。」

我向洛克伍德轉述這番話。他搖搖頭。「假如源頭在上面，我們就得封住它。其中一個人爬上去。喬治，你來吧？反正你一開始選了工具間，逃過一劫。」

喬治那張臉通常展現出和整碗奶凍差不多分量的情緒，現在上頭沒有多少喜悅之情。

「還是說你要我上去？」洛克伍德說。

「不、不用了……我去就是。拿個網子給我。」

每一起鬧鬼事件的核心總會有個源頭——某項物品或是特定場所，與我們要解決的靈異現象緊緊相繫。只要能排除源頭，比如說拿銀鍊網之類的封印包起來，就能封住這股超自然力量。喬治接過摺好裝在塑膠盒裡的網子，爬上梯子。洛克伍德和我在下方等待。

梯子隨著喬治的動作搖晃顫抖。

「**別說我沒警告過你們。**」拘魂罐裡的鬼魂說。

喬治爬出提燈照明範圍外，一點一點接近陰影瀰漫的屋梁。我抽出腰間長劍，洛克伍德舉起武器。我們視線交會。

「是的，要是真會出事……」洛克伍德低喃：「八成就會在——」

發亮的白色觸手從屋梁上射出，輪廓朦朧，缺乏實體，末端平坦。它們高速伸展——有的襲向身在高處的喬治，有的鎖定洛克伍德和我。

「就會在此刻。」洛克伍德把話接完。

觸手盪了下來，我們分頭逃竄，洛克伍德矮身撲向窗邊，我則是躲到活門旁。梯子上的喬治慌忙抽身，弄掉那盒銀鍊網，也失了平衡。梯子往後倒下，卡上後方的傾斜屋頂，喬治以雙手支撐全身重量，雙腳騰空地掛在頂端的橫桿上。

一條觸手甩過我身旁地板，穿透過去。它的成分是鬼氣，如果不想死的話，就千萬別直接碰到它。我往側邊跳了一大步，著地時腳一拐，長劍脫手。

我的佩劍不只是落地——它落入敞開的活門洞口，消失在那群鬼魂之間。

上方的情勢沒有好到哪裡去。喬治鬆開一手，從腰帶上抽出一顆鎂光彈，往上擲向糾結的觸手。準頭爛得要命，鎂光彈擊中屋頂，炸開絢爛火光，燒得白熱的鹽巴和鐵粉撒了洛克伍德滿身，他的衣服四處著火。

我們有時候就是會惹出這種骨牌效應。

「喔，**眞是美好的開端！**」拘魂罐裡的鬼臉一亮，愉悅地對我咧嘴獰笑，看我從它面前跳過，閃避最近的觸手。「**現在你們要在彼此身上點火？太嶄新了！接下來你們有什麼打算？**」

更多鬼氣構成的觸手從我頭頂上的交叉屋梁和屋椽竄出。小球般的尖端像是剛長出的羊齒草般舒展，蒼白、漫無目標，最後往外橫掃整間閣樓。另一端，洛克伍德的長劍也掉了，他踉蹌退向窗戶，衣襟點綴了幾撮輕飄飄的銀色火焰，他用力仰頭遠離高溫。

「水！」他大喊：「誰手邊有水？」

「我！」我低頭躲過一條散發幽光的觸手，往我的裝備包裡一摸。翻出塑膠水瓶的同時，我吼出需求：「我需要一把劍！」

一陣強到超乎常理的氣流衝進閣樓。洛克伍德背後的窗戶敞開，碎玻璃撒了滿地。雨水湧入，帶來呼號的風聲。只差兩、三步，洛克伍德就要從至少四層樓的高度摔到人行道上了。

「露西，水！」

「喬治！你的劍！」

喬治聽見了。他聽懂了。他在半空中瘋狂扭動，勉強閃過另一條盲目揮舞的觸手。他的長劍插在腰帶上，和他一同左搖右晃。他往下摸索，抽出那支劍。

我跳過一道朝我掃來的鬼氣，拎著水瓶轉圈，丟向洛克伍德。

喬治把他的長劍丟給我。

各位看仔細了。長劍與水瓶，在空中飛舞，兩道軌跡，兩條美麗的弧線越過翻攪的觸手，飛向洛克伍德和我。洛克伍德伸出手。我也伸出手。

還記得我方才提到的分毫不差嗎？我說我們合作無間？

嗯，好吧，根本不是那麼一回事。

長劍和我的手差了十萬八千里，在地上滾了幾圈。水罐正中洛克伍德額心，把他打出窗外。

閣樓裡的時間彷彿停止了。

「他掛了嗎？」骷髏頭的聲音傳來：「耶！喔，不，他攀在百葉窗上。真可惜。不過這真的是我見過最可笑的情景。你們三個真的無能至極。」

我拚命閃避身旁的觸手，努力轉頭確認洛克伍德的安危。幸好骷髏頭說得沒錯。洛克伍德以四十五度角懸在空中，雙手緊緊抓住破損的百葉窗。冷風在他身旁打轉，把他的頭髮吹往尖臉上，努力要將他扯向十一月的夜空。不幸中的大幸是，他大衣上的火勢也因此受阻。銀色燄光漸漸萎縮熄滅。

我們全都陷入困境，隨時都可能喪命。

喬治的長劍落在幾碼外，但在我眼中和愛丁堡一樣遠。鬼氣在它四周盤旋翻攪，像是淺海處隨波蕩漾的海葵。

「妳可以的！」喬治高喊：「翻個超炫的筋斗跳過來！」

「你先做給我看啊！都是你害的！你怎麼丟什麼都不準啊？」

「就妳沒資格說別人！瓶子丟成那樣，妳是哪來的小女生啊！」

「我就是小女生。我這不是幫洛克伍德滅火了嗎？」

嗯，這樣說也不算錯。我們的隊長正攀著窗台爬回來。他面色鐵青，大衣飄起縷縷白煙，額頭被水瓶擊中的地方有個漂亮的紅圈。他沒向我道謝。

一條細長的銀色觸手對我集中火力，逼得我步步退向活門洞口，踩過和待洗髒衣服一樣巨大的蜘蛛網。

「露西，快！」罐子裡的骷髏頭再次發聲：「就在妳背後！」

「你要不要稍微幫點忙？」一條觸手擦過我的手臂，我倒抽一口氣，隔著層層布料感受到刺骨冰寒。

「我？」鬼魂空洞的雙眼透出濃濃訝異。「妳口中的『破爛骨頭』能幫上什麼忙？」

「給點建議！你邪惡的智慧！隨便什麼都好！」

「這是變形鬼——妳要用更強力的東西。不是燃燒彈——這只會到處點火，說不定把妳自己也燒了。用銀來逼退它，趁機去撿劍。」

「我身上沒有任何銀器啊。」我們帶了足夠的銀製封印，可是都在洛克伍德那頭的袋子裡。

「妳總是戴在身上的破爛項鍊呢？它是用什麼做的？」

喔。對耶。洛克伍德今年夏天送我的項鍊。銀項鍊。銀可以傷害鬼魂，所有的鬼魂都恨之入骨，就連變成一條條鬼氣觸手的變形鬼也不例外。這並不是我用過最強大的武器，但也只能湊合著用了。

我壓低身形退向屋頂和地板的相交處，雙手伸到後頸解開鍊子釦環，指尖沾滿結塊的骯髒蜘蛛網。我緊緊握住項鍊，纏繞在拳頭上。鍊子尾端碰上離我最近的觸手，鬼氣燒了起來，那條觸手咻地往上縮起。感應到銀製物品，其他觸手紛紛退開。我總算在身旁清出一片安全範圍。我站起來，靠著背後的傾斜屋椽穩住腳步。

手指碰上木頭屋椽時，突如其來的情緒波動擊中我。不是我的情緒——這股感受來自四面八方，從閣樓的建材滲出，從構成閣樓的一切木料、瓦片、釘子滲出。從那團揮舞的觸手中滲出。情緒中充滿惡意——孤單、憎恨混在一起，令人反胃，冰冷堅實的憤怒從中刺出。我環視閣樓，強烈的情緒狠狠撞擊我的太陽穴。

這裡發生過可怕的事情，不公不義的慘案。那樣劇烈的事件醞釀出能量，驅動追求復仇的鬼魂。我想像它沉默的觸手鑽過閣樓地板，伸向睡在下面客房裡的可憐蟲……

「露西！」我的腦海恢復清明。是洛克伍德。他離開窗邊，撿起了他的長劍，在空氣中劃出繁複的紋樣，斬斷他身旁的觸手。它們像泡泡般炸開，斑斕的點點鬼氣噴發四散。即使大衣燒得焦黑破爛，即使額頭上印著紅色痕跡，洛克伍德已經恢復冷靜。在超自然光芒中，他臉色蒼白，從閣樓的另一頭對我微笑。「露西，我們得了結這一切。」

「它在生氣！」我大叫，矮身躲過一條銀色觸手。「我與這個鬼魂產生聯繫。它爲了某件事氣得要命！」

「還用妳說嗎！」喬治在我們頭頂上屈起膝蓋，閃開飛舞的觸手。「小露，妳的感應能力眞棒，要是我有妳的天賦就好了。」

「眞的，你的論點完全在我們的預料之中。」洛克伍德彎腰翻裝備包。「我來找個封印。妳趁這個空檔把喬治救下來……」

「慢慢來，我不急。」喬治說。他的姿勢看起來危險無比，只靠單手支撐，手指漸漸滑開。

我抓著鍊子旋轉項鍊墜子，跳到觸手之間，感受它們飛快逃離。我順手拎起喬治的細刃長劍，在梯子下煞住腳步，以全身力量將梯子往前推，讓梯子中段處於喬治下方，就在此時，他鬆了手。

他摔了下來——像是一袋髒兮兮的煤炭似地落在梯子中間。梯子微微彎曲，我聽見劈啪斷裂聲。好吧，總比他摔斷脖子好。要是他掛了，肯定會變成最惹人厭的鬼魂。

過了幾秒，他以消防隊員滑下桿子的姿態溜下來。

我把他的長劍拋過去。「上面有什麼？」

「死人。生氣的死人。妳知道這個就好。」他停下來調整眼鏡角度，跳上前攻擊觸手。閣樓的另一端，洛克伍德從裝備包裡掏出某樣東西。「露西——我要丟了！爬上去接住！」他的手臂往後收，往旁閃開差點掃上他臉的觸手。劍光一閃，那條觸手消融在空氣中。「來了！」他高喊：「接好！」

洛克伍德的準頭當然非比尋常。我已經爬上梯子，一團方形物體打著轉往上飛越中央大梁，接著直直落入我手中。分毫不差。喬治在梯子下揮劍劈砍，守住我的四周，斬斷接近我們的觸手。我爬到架在梁上的梯子頂端。

源頭就在那裡。

經過了那麼多年，它就這樣窩在這個祕密基地，出奇地整齊。纏在上頭的蜘蛛網軟化了骨骸的輪廓，形成一片灰色裹屍布。可以看到上個世代的衣物殘片——毛呢套裝、歪斜的棕色皮鞋——突起的眼眶裡填滿灰塵。一縷縷深色絲狀物體——是頭髮，還是蜘蛛絲？——宛如水流般從大梁邊緣垂落。事情是怎麼發生的？他是自行爬上這裡？還是被凶手妥善地藏了起來（這個可能性比較高）？無論如何，這都不是現在該煩惱的議題。死者的怒氣在我心中鼓動；在我腳下，在搖曳的燈光中，洛克伍德和喬治正與鬼氣觸手搏鬥。

最近日出公司把銀鍊網裝入塑膠盒裡，方便調查員使用。我打開盒蓋，取出摺成小片的鍊網，讓它在我指間像是還沒進烤箱的派皮般展開，輕薄柔軟如同閃耀的星空。

銀製品能扼殺源頭。我將整片鍊網甩到梁上，蓋住屍骨和蜘蛛網，動作宛如鋪床的飯店房務人員般平穩而輕巧。

網子緊貼表面，我心頭的憤怒瞬間消失，留下一個空洞，沉默在裡頭迴盪。那些觸手僵在半空中，下一秒便不見蹤影，宛如山頂的迷霧似地來去無蹤。

少了變形鬼，閣樓顯得格外寬敞。我們停在原處：我趴向梯子，洛克伍德和喬治靠上屋椽，累得說不出話，劍刃冒出白煙。

洛克伍德的大衣一角也在冒煙，他的鼻梁沾上一片銀色灰燼。我的外套被鬼氣燒出無數小洞，頭髮沾滿蜘蛛網。喬治長褲屁股處被釘子之類的扯破了。

我們看起來糟透了。整晚沒睡，身上飄散著鬼氣、鹽巴、恐懼的氣味。我們互看一眼，勾起嘴角。

然後我們哈哈大笑。

在活門洞口旁，鬼臉隔著玻璃牢籠展現尖酸的不悅。「喔，輸得這麼慘還這麼開心？太老套啦！和你們扯上一丁點關係都覺得可恥。你們三個真的沒救了。」

事實擺在眼前。我們才不是沒救。我們很厲害。我們是最強的偵探社。

直到事態難以挽回，我們才清楚意識到這一點。

Lockwood & Co.

第二部
白教堂之夜

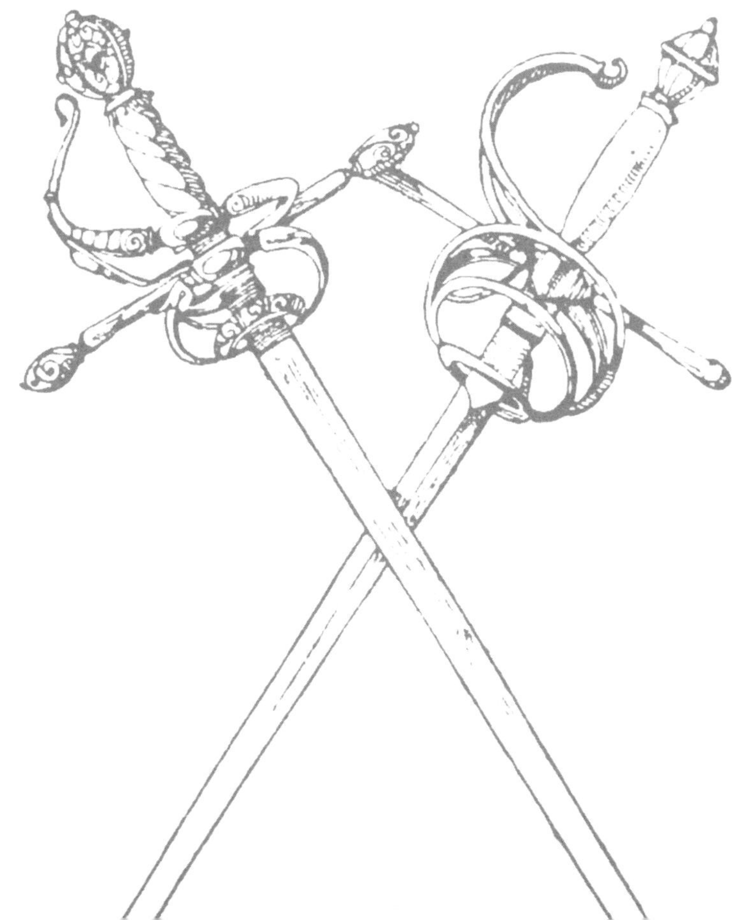

4

收你房錢要你命！
白教堂區旅店的駭人祕密
在後院棚屋下尋獲多具屍體

東倫敦區警方昨日在白教堂區大砲巷的薰衣草旅店尋獲人類骨骸，將該旅店封鎖。店主賀伯特．伊凡斯（七十二歲）和他的妻子諾拉（七十歲）以謀殺罪和強盜罪遭到逮捕，同時他們也隱瞞了旅店內有危險鬼魂的事實。占據旅店閣樓的強大訪客已由調查員摧毀。

據信過去十年來，有多名至薰衣草旅店投宿的旅客死於鬼魂觸碰。伊凡斯夫婦隨後把遺體棄置於後院儲藏蔬果的地窖裡。警方尋獲伊凡斯夫婦從被害者遺體上取下的手錶、珠寶，以及其他個人物品。

洛克伍德偵探社執行了本次關鍵調查行動。率領社內成員的安東尼．洛克伍德先生表示：「紀錄顯示薰衣草旅店的前任店主在三十多年前離奇失蹤，我們認為閣樓裡的乾屍就是他。他憤怒的魂魄糾纏著整棟旅店，趁旅人熟睡時殺害他們。伊凡斯夫婦趁機從中獲利。」

制服鬼魂後，調查員被迫打破窗户，爬下排水管逃離旅店，最後在廚房與那對老夫婦對峙。「顯然伊凡斯老先生的菜刀刀法一流。」洛克伍德先生說：「他的妻子拿烤肉叉對付我們。因此我們拿掃把柄敲昏他們。當下情境緊張萬分，幸好我們最後平安脫身。」

「才這樣。」洛克伍德語氣不屑，放下報紙，往後靠上扶手椅椅背。「我們費了多少心力，泰晤士報就這樣一筆帶過。比起變形鬼，廚房混戰的篇幅還比較大。他們完全搞錯重點了吧？」

「我不贊同『平安脫身』這句。」喬治說：「那頭老母牛狠狠賞了我一記。有沒有看到這個猙獰的腫包？」

我抬眼打量他。「我覺得你的鼻子從以前到現在都長這樣。」

「不是啦。妳看我的額頭。都瘀青了。」

洛克伍德毫不同情地咕噥。「嗯，眞的很慘。我最在意的是我們只登上第七版。沒有人會注意到。切爾西區的大規模爆發又占滿新聞版面，我們的一切辛勞都付諸流水了。」

離薰衣草旅店的騷動已經過了兩天，現在接近中午，我們癱在波特蘭街的自家書房，試著放鬆一下。窗外颳起狂風。整條街彷彿化爲液體，樹木彎曲，雨水猛敲門窗。屋裡暖氣全開，維持舒適的溫度。

喬治倒在沙發上看漫畫，旁邊是一大堆還沒燙好的縐襯衫、運動褲。「可惜他們沒在案件本身上大做文章。那個變形鬼抓來其他鬼魂，鞏固自己勢力的做法眞是了不起。有人說靈擾就是如此擴散——強大的訪客殘殺人類，引發第二波鬧鬼。我眞想好好研究一番。」

擺脫調查期間的驚惶，喬治又恢復了老樣子。他的好奇毫無虛假：他是眞心想了解鬧鬼事件爲什麼會發生，以及背後的機制。我呢，總是難以甩掉每次冒險中遭遇的情緒衝擊。

「我只是覺得那些無端遇害的人很可憐。」我盤腿坐在沙發旁的地上。表面上我是在分類郵件；事實上我正在打瞌睡，昨晚爲了那起潛行者的案子熬到三點才闔眼。「我感覺得到它們的悲傷。」我繼續說：「就連那個變形鬼……是很可怕沒錯，但它也很難受。我感覺到它的痛苦。要是有更多時間，能和它好好溝通——」

「它保證會宰了妳。」洛克伍德從扶手椅深處橫了我一眼。「小露，妳的天賦相當驚人，不過妳只該和那個骷髏頭溝通，因爲它被鎖在罐子裡……老實說就算是如此，我還是不確定它夠安全。」

「喔，骷髏頭沒問題啦。昨晚的潛行者案子它也幫了一把，讓我鎖定源頭的位置，把它挖出來。當時我們離切爾西滿近的吧。你們兩個那時有沒有聽到警車的鳴笛聲？」

洛克伍德點頭。「又死了三個人。靈異局毫無頭緒，和平常一樣。我猜他們昨晚又撤離了幾條街的居民。」

「不只如此。」喬治說：「這次的爆發分布在國王路沿途，大約蔓延了一平方哩。每晚都出現更多鬼魂、密度更高，沒有人知道原因。」他托托眼鏡。「很怪。先前切爾西區相當平靜，一切相安無事——然後一瞬間鬧鬼事件此起彼落，感覺就像傳染病一樣。不過我想知道的是：到底用了什麼辦法去刺激鬼魂？要如何感染死者？」

他的疑問沒有解答，我也不想幫他思考。洛克伍德咕噥虛應；他在哈克尼沼澤綠地追逐惡靈直到今天清晨，完全沒心情陪喬治腦力激盪。「我只在乎切爾西的事件會如何掩蓋我們的名氣。你們都知道奇普斯的小隊在處理那個案子吧？他今天登上了頭版，說了幾句蠢話。頭版耶！那明明是我們的地盤！我們就該參與那種大事。或許我該去找伯恩斯談談，看他是否需要我們的協助。問題在於我們光是手邊的案子就忙不過來了……」

確實是如此。我提過目前是十一月，而眾所皆知、靈擾史上最致命的「黑色冬季」即將拉開序幕。流行性鬧鬼事件侵擾全國各處超過五十年，現在更上一層樓，切爾西的恐怖事件僅是冰山一角。每一間靈異事件調查機構都人力吃緊，洛克伍德偵探社也不例外。「忙不過來」還不足以形容我們的慘況。

□

我們三個住在倫敦波特蘭街的四層樓獨棟住宅，是我們偵探社的總部。屋子歸在洛克伍德名下，他的雙親是前任屋主，他們收集的各種東方護符和驅鬼道具掛在許多房間牆上。洛克伍德把地下室改裝成辦公室，有辦公桌椅、鐵架子、練劍室。後方有扇通往後院的加強玻璃門，我們夏季偶爾會在院子的草坪和蘋果樹間閒晃休憩。二樓以上是臥室，一樓有廚房、書房，以及洛克伍德與客戶洽公的客廳。我們幾乎都在一樓混。

然而最近這幾個月，我們的時間嚴重短缺。部分要歸功於我們自己的努力。七月在肯薩綠地墓園的調查以「墓園大戰」收尾，調查員對上一群暴力黑市拍賣打手。還有我們在漢普斯特遭遇的鼠群鬼魂，媒體對這件事很感興趣，他們的興致持續到名叫朱里斯·溫克曼的黑市大佬受審期間。我們三個出庭作證，把溫克曼送進牢裡。等到他鋃鐺入獄時，已經是九月中了，我們的免費廣告打了將近兩個月。那陣子，屋裡的電話鈴聲幾乎沒有停過。

手頭最闊綽的客戶確實偏愛大型偵探社，他們擁有更華麗的裝備、更響亮的名氣。我們的案子大多來自白教堂這類比較貧困的區域，酬勞好不到哪裡去。不過工作就是工作，洛克伍德也不喜歡拒絕任何一個人。這代表我們能自由活動的夜晚時光屈指可數。

「喬治，今晚有什麼安排嗎？」洛克伍德突然開口。他一手軟趴趴地蓋在臉上，我還以爲他睡著了。「拜託說沒有。」

喬治沒開口，只是豎起三根手指。

「三件案子？」洛克伍德咕噥了好長一聲。「分別是什麼？」

「白教堂區尼爾森街的面紗女子；鬧鬼的公寓大樓；有人目擊某處公廁後出現虛影。愉快的日常。」

「我們又要分頭了。」洛克伍德說：「我去處理面紗女子。」

喬治含糊說道：「虛影交給我。」

「什麼？」我猛然抬頭。先搶先贏規則的重要性僅次於拿餅乾的順序。絕對不能打破。「所以我要去公寓大樓？好極了，我敢說那裡的電梯早就壞啦。」

「小露，妳這麼健康，爬幾層樓梯也沒差吧。」洛克伍德低喃。

「如果有二十一層樓呢？要是樓頂有個骨骸，我喘到沒辦法對付它呢？等等——要是電梯正常，但鬼魂就藏在裡面呢？你們記得賽布萊特偵探社那個女生在金絲雀碼頭鬧鬼電梯的下場嗎？他們只找到她的鞋子！」

「別再說了。」洛克伍德說：「妳累了。大家都一樣。妳知道不會有事的。」

我們再次安靜下來。我仰頭靠上沙發抱枕。雨滴縱橫劃過書房窗戶，宛如一片血管。好吧，也沒那麼像血管。我太累了……正如洛克伍德所說。

至於洛克伍德呢……我雙眼微瞇，把他的身影困在我的眼睫毛之間。我端詳他懶洋洋掛在椅子扶手上的長腿；還有他的光腳、被縐巴巴襯衫遮住大半的修長曲線。他的臉幾乎全被手臂蓋住，但還是看得到下頷線條，以及那表情豐富的嘴唇，現在放鬆下來，微微張開。他柔軟的黑髮從白色衣袖邊緣翹出。

縮在椅子上睡了五個小時的他怎麼還能這麼順眼？衣衫不整對我來說毫無益處；如果是喬治的話，看了恐怕會對健康造成危險。洛克伍德卻能完美撐起這種裝扮。房裡溫暖怡人。我的眼皮垂得更低。我一手摸上銀項鍊，在指間緩緩翻轉……

「我們需要新的調查員。」洛克伍德開口。

我瞪大雙眼，聽見背後的喬治放下漫畫。「什麼？」

「我們要再找個人手。能夠成爲助力的一線調查員。對吧？我們不該老是分頭調查。」

「我們在薰衣草旅店有合作過啊。」我說。

「也才那麼一次。」洛克伍德放下手臂，撥開黏在臉上的頭髮。「最近我們幾乎沒有聯手出動。正視現況，我們無法發揮最佳表現，對吧？」

喬治打了呵欠。「你怎麼會說這種話？」他伸了個巨大的懶腰，撞倒一堆衣服，砸在我頭上。就像是在顯微鏡玻片下蠕動的龐大阿米巴原蟲，一條喬治的內褲緩緩蓋上我的鼻尖。

「比如說這個。」我甩掉那條內褲，洛克伍德又說：「你們之中有一個人該燙完那些衣服，可是沒有時間。」

「你也可以燙啊。」喬治說。

「我？我比你們還忙呢。」

最近老是如此。我們晚上的工作太繁重，沒有精力處理白天的事務，因此擱下了無關生死的雜事，比如保持環境整潔，或是洗衣服。波特蘭街三十五號沒有一個人好過。廚房看起來像是鹽彈在裡頭爆炸似的。就連對惡劣環境毫不陌生的骷髏頭，也曾對我們的住處大肆抨擊。

「只要多請一個人，」洛克伍德說：「我們可以運作得更順暢。每天都有一個人晚上能在家裡休息，白天打理雜務。我已經考慮好一陣子了。我認爲這是唯一的答案。」

喬治和我陷入沉默。新同事這個概念對我沒有太大吸引力。老實說我有點反胃。現在確實人力吃緊，但我就是喜歡目前的模式。比如說在薰衣草旅店那是，我們在必要時刻支援彼此，解決了所有的危機。

「你確定？」我終於開口。「新人要睡哪？」

「不能睡地上。」喬治說：「會害人家生病。」

「嗯，也不能和我擠閣樓。」

「白痴，對方又不一定要住這裡。」洛克伍德低吼。「和我們一起住又不是這份工作的必要條件。他們可以早上來上工，就和全英國九成九的勞工一樣。」

「或許我們要的不是全職調查員。」我提議。「或許只要請助理就夠了。找個人來幫忙整理屋子。我們在工作上的表現眞的沒有問題。」

「我贊成露西。」喬治的注意力回到漫畫上。「這裡的格局很棒。我們不該弄亂這一切。」

「好吧，我再想想。」洛克伍德說。

□

洛克伍德自然是忙到沒空想這件事，看起來不會有任何改變。對我來說這是好事。我和這兩人搭檔一年半了。是的，我們工作量太大；是的，我們住在垃圾堆裡；是的，我們幾乎每晚與死亡擦肩而過。但我過得很開心。

爲什麼？有三個原因：我的同事、我嶄新的自覺，還有一扇開啓的門扉。

洛克伍德偵探社在倫敦可說是獨樹一格。不只是因爲規模最小（調查員總人數：三人），也因爲所有人和負責人本身也是年紀輕輕。其他偵探社聘雇數百名年幼調查員——這是當然，畢竟只有孩子才感應得到鬼魂——但那些大公司都牢牢掌握在大人手裡，他們從沒接近過鬧鬼的屋子，只會在對街大吼大叫。相較之下，洛克伍德親自帶頭與鬼魂搏鬥——他使劍的手腕沒有人比得上——我知道能與他共事是天大的好運。各種層面上的好運。他不但獨立自主，也充滿了啓發旁人的力量，既冷靜自持，同時又大膽魯莽。他的神祕感令他更有魅力。

洛克伍德鮮少提起驅動自己前進的情緒、欲望，或是受過什麼影響。住進波特蘭街的第一年，我對他的過往幾乎一無所知。他消失的雙親是團謎，即便他們的收藏品四處可見。他是如何得到這棟屋子、有足夠資金開設自己的偵探社——我什麼都不知道。不過這也沒什麼。祕密在洛克伍德背後如影隨形，宛如他翻飛的衣襬，靠得夠近就會被掃到，我喜歡這種感覺。

洛克伍德的接近讓我心花朵朵開。至於喬治呢，我得說他品味異於常人、邋遢髒亂、尖酸刻薄、洗澡不好好抹肥皂。但他也擁有真誠的性情和理智、永無止盡的好奇心，以卓越的調查技術保住我們的小命。此外——這是最關鍵的一點——他對朋友忠心耿耿，而洛克伍德與我碰巧都被他納入朋友的範圍。

正因為我們是朋友，因為信任彼此，我們能夠自由探索自己最在意的事物。喬治可以埋頭研究靈擾的肇因。洛克伍德有辦法一步步提升偵探社名聲。我呢？來到波特蘭街之前，我不太了解自己聽見死者聲音、（偶爾）與它們溝通的能力，甚至感到不安。然而洛克伍德偵探社給了我以自己的步調探索靈異天賦的機會，進而揭露我做得到哪些事。除了同伴給予的喜悅，嶄新的自我覺察是我在這個窗外大雨滂沱的陰沉十一月上午還能如此心滿意足的原因。

第三點呢？我被洛克伍德的疏離態度折磨了好幾個月。出生入死的經歷與信任感對我們三人幫助極大，但圍繞在洛克伍德身旁的神祕氣息在我心頭越顯沉重。最具體的象徵就是他拒絕向我們透露二樓的某個房間到底是怎麼一回事。我們禁止進入那個房間。關於那扇詭異的緊閉門扉，我暗自編了無數理論，顯然那與他的過去息息相關——或許也牽涉到他雙親的命運。那個房間的祕密化為隱形高牆，在我們之間不斷增生，把我們隔在兩側。我眞想好好了解它——或是了解洛克伍德。

直到夏季某一天，洛克伍德毫無預警地讓步。他沒有多說什麼，直接帶著喬治和我來到二樓，打開那扇禁忌之門，讓我們一窺房裡的眞相。

各位知道嗎？我完全想錯了。

那根本不是他雙親的房間。

是他姊姊的。

他的姊姊潔西卡．洛克伍德，六年前在此喪命。

5

爲了維護客戶的心理健康，以及讓我的耳根子保持清靜，拘魂罐裡的骷髏頭基本上都存放在地下辦公室的偏遠角落，封鎖在茶壺保溫套下。我們偶爾把它帶到客廳，轉開蓋上的安全栓，讓它闡述死者的詭譎祕密——或是對我幼稚漫罵，看它的心情而定。那天傍晚，我進客廳收拾晚上要用的裝備時，它正好座落在某個櫃子上。

如同稍早的安排，我們各自行動。喬治已前往白教堂區的公廁尋找民眾通報的虛影。洛克伍德準備好前去會一會面紗女子。我接下的任務被取消了——我還沒收拾好東西就接到客戶來電，說因病延後現場調查。我得迅速決定：待在家裡燙衣服，或是陪伴洛克伍德。各位猜得到我選了哪一個。

我撿起昨晚丟下的細刃長劍，還有幾顆散落在沙發旁的鹽彈。正要邁步走向門外，嘶啞的嗓音就從陰影裡傳來：「露西！露西……」

「怎樣？」隨著天色漸暗，罐子裡飄起微弱的光點，遮擋住飽經風霜的骷髏頭。那些光點融合成一張凶惡的臉龐，在黑暗中泛出綠色幽光。

「要出門嗎？」鬼魂語氣輕快。「我也要跟。」

「不准。你給我留在這裡。」

「喔，妳就行行好嘛。我好無聊。」

「那就不要現身。轉圈圈。把內臟翻出來。到處亂晃，欣賞風景。看別的鬼魂都在幹嘛。我相信你有辦法自得其樂的。」我轉身離開。

「欣賞風景？在這個地獄深淵？」那張臉在罐子裡旋轉，鼻尖貼著玻璃內壁滑動。「我待過的停屍間還比這裡整齊多了。我寧可不要看到這些髒東西。」

我一手按著門把，停下腳步。「這我倒是可以幫你解決，把你埋進洞裡就好了。」

其實我不是真心想這麼做。在我們見識過的訪客裡——在近年任何人見識過的訪客裡——這顆骷髏頭能和我真正地對話。其他鬼魂會呻吟、敲打，發出片段話語；像我這樣擁有聽力天賦的調查員能夠偵測到那些雜音。但是與骷髏頭的對話相比，那些都差得遠了。它是極度稀少的第三型鬼魂——也正是如此，即便它不斷挑釁，我們還是沒把它塞進垃圾桶。

鬼魂哼笑。「要埋就要挖，要挖就要動。你們三個都做不到。我來猜猜……今晚又是白教堂對吧？那些黑漆漆的街道……蜿蜒的暗巷……帶我去！妳需要同伴。」

「你猜錯了。我要和洛克伍德出門。」我該加快腳步了。可以聽到他在玄關穿上外套的窸窣聲。

「啊哈……是嗎？喔，原來如此。那還是交給妳就好。」

「很好。」我停頓一下。「你是什麼意思？」

「沒事，沒事。」邪惡的雙眼對我眨了眨。「我不是電燈泡。」

「我不知道你在說什麼。我們要去辦案。」

「這是當然了。完美的情境。快點——最好打扮一下，換套衣服。」

「露西——要走了！」洛克伍德在外頭高喊。

「我這就去！」我喊了回去，又對骷髏頭低吼：「我不用換衣服。這套是我的工作服。」

「幹嘛這樣呢？」那張臉嚴格地打量我。「看看妳這副模樣。緊身褲、T恤、舊裙子、破了好幾個洞的運動衫……感覺像是神經病水手和太妹的綜合體。穿成這樣怎麼會好看？走在外面誰會注意妳？」

「誰說我要爲誰打扮？」我大吼：「我是調查員！我要工作！既然你滿口胡言亂語……」我快步走到櫃子前，抄起茶壺套。

「喔，我戳中痛處了嗎？」鬼魂咧嘴一笑。「看吧！眞是有夠——」可惜聽不到它下半句話。我關上安全栓，狠狠蓋上茶壺套，大步離開房間。

洛克伍德在玄關等待，衣衫筆挺。「小露，還好嗎？骷髏頭找妳麻煩了？」

「我應付得來。」我順順頭髮，吹鼓泛紅的臉頰，對他爽朗一笑。「走吧？」

□

一般計程車沒有資格在宵禁後上路，不過有一小隊夜間計程車替調查員和靈異局的人員服務，從重重防護的夜間車站出動。這些車輛——外型與普通的黑色計程車雷同，只是漆成白色——的駕駛都是粗壯的中年男子（多半剃了光頭），沉默寡言、面無笑容、效率至上。根據洛克伍德的說法，他們大多是前科犯，以這種危險又不必社交的苦差事來換取提早出獄的機會。他們身上掛了一堆鐵製飾品，車開得飛快。

最近的夜間計程車站位於貝克街，離地鐵不遠。我們的駕駛是之前也為我們服務過的傑克。銀色耳環在他的脖子旁大幅度搖晃，車子衝出地下車庫，沿著馬里波恩路往東加速行駛。

洛克伍德在座位上伸展手腳，轉頭對我勾起嘴角。出門辦案時，他看起來更放鬆了。上午的疲憊早已不見蹤影。

相對地，方才與骷髏頭的對話讓我心中依舊忐忑。「那麼，我們要面對的是什麼樣的鬼魂？他點頭。「對，有人在樓上房間看到幻影。客戶是彼得斯太太，她兩個年幼的兒子看到披著面紗的邪惡女子，穿得一身黑，似乎是刻印在臥室窗戶玻璃內。」

「喔，孩子們沒事吧？」

「還好。他們嚇得歇斯底里，其中一個用了大量藥物鎮靜……我想我們很快就能親眼目睹這名女士了。」洛克伍德望向渺無人煙的人行道，空蕩蕩的街道往四面八方縱橫延伸。

司機回頭看了一眼。「洛克伍德先生，今晚看似平靜，其實不然。幸好你們找到我。車站只剩我這輛車。」

「爲什麼？」

「都是切爾西的大規模爆發。他們派出大批人馬鎮壓。靈異局召集調查員從各處包抄，叫了一大堆計程車待命。」

洛克伍德皺眉。「他們和哪些偵探社合作？」

「喔，你知道的，只有那些大間的。費茲與羅特威。」

「對。」

「加上譚迪、艾特金與阿姆斯壯、唐沃斯、葛林堡、史坦、梅林康、邦喬屈。還有其他幾間，不過我忘記叫什麼來著了。」

洛克伍德的冷哼聽起來像是被什麼東西噎到似的。「邦喬屈？他們哪裡大間了？只有十個人，裡面有八個是廢物。」

「洛克伍德先生，這我就不方便評論了。要我用空調吹出薰衣草香氣嗎？這輛是新車，我加了這個選配。」

「不了，謝謝。」洛克伍德深深吸氣。「雖然我們不是『大間偵探社』的人，露西和我有足夠的防護措施。我們夠安全了。」

說完，他陷入沉默，但他全身上下散發的不悅氣息塡滿整輛車。他凝視窗外，手指輕敲膝頭。我看著街燈的光芒以等速明滅，照亮他的臉頰線條，突顯嘴唇的弧度及不耐的黑眼。我懂他憤怒的原因：他希望自己的偵探社能受到大眾認可，上得了檯面。野心在他身上燃起熊熊烈火——那是在靈擾面前打下一片江山的野心。

我也懂這野心的來源。

我當然懂。夏季的那一天，他打開二樓那扇門，招呼喬治和我進房。從那一天起，我總算懂了。

□

「我姊姊。」洛克伍德是這麼說的。「這裡是她的房間。或許你們也看得出來，她是在這裡喪命。如果你們不介意的話，我要關門了。」

他關上門。來自門縫下的一絲陽光如同陷阱般框住我們。門框內側的鐵條輕輕密合，將我們與一切常理切割開來。

喬治和我都沒有開口。光是要站直就費盡我們全力。我們攀著彼此，一波波靈異能量宛如暴風雨似地穿透我們的感官。我耳中響起如雷咆哮。

我甩甩頭，逼自己睜開雙眼。

遮光窗簾擋住對側的窗戶，邊緣透出銀白色的夏日午後陽光，除此之外房裡沒有任何光源。

沒有自然的光源。

唯有一股往外散發的能量——淡薄如水、銀白如月——溢滿整間房。

就連我這個看不太到死亡光輝的人都感應到了。平時我得仰賴洛克伍德的指示，才能搞清楚它們是否存在。但這次不同。房間中央擺了張床。單人床，床頭板貼著右手邊的牆面。床腳與床板漆成白色或是奶油色，床墊上鋪著白色床單，使得整組床具好似飄在漆黑天空的雲朵。床鋪正上方有個不同的東西：接近橢圓形的光芒，和人一樣高，閃耀著明亮的冷光。這是沒有源頭的異界光芒——中央什麼都沒有——我無法真正看見它。只有在別開臉的時候，它才會閃入我的眼角餘光，有如盯著太陽看之後在視野中產生的黑斑。

靈異能量的來源就是那團橢圓形，強烈而持續。難怪要把鐵條釘入門板；難怪這房間牆面掛著耀眼的銀製護符。難怪天花板吊滿了被關門氣流吹動的銀製吊飾，清脆的叮噹聲像是遠處傳來的孩童笑聲。

「她的名字是潔西卡。」洛克伍德說著，邊走過我們兩個身邊，我看到他從口袋掏出墨鏡戴上——用來遮擋對他來說太過明亮的死亡光輝。「她比我大六歲。在十五歲那年出事——就在這裡。」

儘管與我們一起站在黑暗中，揭露早已死去的姊姊的存在，她的死亡光輝懸浮在面前，強大的衝擊令我們的感官潰不成軍——洛克伍德的語氣依舊稀鬆平常。他來到床邊，小心翼翼地避開橢圓形光球，掀起被單，露出下方床墊。中央有一片焦黑的破口，布料表面像是遭到強酸侵蝕。

我盯著那處看。不對，不是強酸。一看就知道是鬼氣燒灼的痕跡。

我突然意識到自己把喬治的手臂抓得更緊了。

「喬治，我有抓痛你嗎？」

「沒有比前一次痛。」

「很好。」我沒有鬆手。

「當時我才九歲。」洛克伍德說：「很久很久以前的事情了，要稱為歷史事件也不為過。向你們瞞著這件事實在說不過去，畢竟你們也住在這棟屋子裡。」

我逼自己開口：「所以她是潔西卡。」

「對。」

「你姊姊？」

「對。」

「她出了什麼事？」

他俐落地放好被單，將邊緣對齊床頭板。「鬼魂觸碰。」

「鬼魂？哪來的？」

「一個陶壺。」他仔細維持沒有起伏的語氣。保護他雙眼的墨鏡同時也把它們完全藏住。無法看透他的表情。「你們也知道我爸媽那些東西……」他繼續說：「樓下掛了滿牆的偏遠部落捕鬼工具……他們是研究者。研究其他文化中的超自然傳說。他們帶回來的東西大多是垃圾，各種儀式頭飾之類的。不過某些確實有它們聲稱的效果。那個陶壺就是其中之一。應該是來自印尼的什麼地方。他們說我姊姊當時正在拆箱分類，取出那個壺……不小心手一滑，摔碎陶壺，鬼魂跑出來。殺了她。」

「洛克伍德……我很遺憾……」

「嗯，這是歷史事件。很久很久以前的事情。」

我的注意力離不開洛克伍德的字字句句；離不開熾烈的異界光芒。但我還是看到房裡有一座衣櫃和兩座五斗櫃，擺了好些個紙箱和茶葉箱，大多貼牆堆放，疊了三、四箱高。最頂端還有幾十個插了乾燥薰衣草的花瓶與果醬罐。房裡飄散著刺鼻甜香。和這棟屋裡平時聞得到的氣味差得太遠（特別是在喬治臥室對面的二樓樓梯口），讓超現實的感受更加強烈。

我再次搖頭。姊姊。洛克伍德有個姊姊。她就死在這裡。

「那個鬼魂後來怎麼了？」喬治的嗓音有些含糊。

「處理掉了。」洛克伍德來到窗邊，拉開遮光窗簾。日光狠狠襲來，我的眼睛瞬間罷工。我恢復視覺，發現房裡明亮極了。我再也看不到床鋪上空的光球，那股超自然惡意稍稍減退了些。但我依然感覺得到它的存在，聽見微弱的劈啪聲。

這間房曾以賞心悅目的藍色爲基調，壁紙印上一顆顆斜斜往上飄的氣球插圖。一塊軟木板上釘著獅子、長頸鹿、馬兒的海報，床頭板也胡亂貼著幾張動物貼紙。天花板上散落泛黃的螢光星星。不過這些在我眼中毫無意義。右邊牆上有兩道猙獰的垂直刻痕，劃破壁紙，深入石膏板。那是細刃長劍留下的痕跡。其中一處劍痕深達磚牆。

洛克伍德靜靜站在窗邊，眺望隔壁人家的空白牆面。幾顆乾燥的薰衣草種子從窗台上的花瓶掉落。他把種子撥進另一手掌心。

我胸中湧現接近歇斯底里的情緒。我好想失控地大哭大笑、對洛克伍德大吼大叫……但我只是低聲詢問：「她是什麼樣的人？」

「喔……很難形容。她是我姊姊，我當然喜歡她。之後我找張照片給妳看，應該哪個抽屜裡有放。我把她的東西都收在這裡。總有一天該好好整理一下，可是我總是開不下來……」他靠上窗框，逆光而立，撥動掌心的種子。「她長得很高，黑頭髮——我想她是個意志堅定的人。小露，有一、兩次我瞄到妳的身影，差點以爲……不過妳其實和她一點都不像。她個性很溫柔，對人很好。」

「好啦，露西，妳眞的抓痛我了。」喬治說。

「抱歉。」我努力鬆開手指。

「是我不好。我的表達方式有問題，我想說的是——」

「沒事。」我說：「我本來就不該問起她……肯定是個難以啓齒的話題。我們都懂。我們不會再問下去了。」

「那麼來聊聊那個陶壺吧……」喬治開口：「它怎麼能困住鬼魂？陶器本身沒有拘束鬼魂的功能，上頭肯定鑲著鐵，或者是銀。還是說他們有別的技術可以——喂！」我踢了他一腳。「幹嘛啦！」

「誰教你不閉嘴。」

他隔著眼鏡愣愣看著我。「怎樣？很有意思啊。」

「重點是他姊姊！不是什麼該死的陶壺！」

喬治豎起大拇指朝洛克伍德比了比。「他說是歷史事件啊。」

「對，但那是睜著眼睛說瞎話。看看這地方！看看這房間裡的東西！你還眞會挑時機。」

「對，可是他都讓我們進來了，小露。他想找人說說這件事。我想那個陶壺也算吧。」

「少來了！喬治，這可不是你那些白痴實驗。這是他的家人。你沒有半點同理心嗎？」

「我比妳有同理心！我一眼就看穿洛克伍德希望我們提起這個話題。情緒便祕了這麼多年，他總算準備好和我們——」

「或許是，但他那麼脆弱又超級敏感，要是——」

「喂，我人還在場耶。」洛克伍德說：「你們是以爲我出去了嗎？」沉默降臨，喬治和我停下爭執，直盯著他。「老實說你們兩個都對。如同喬治所說，我確實想提起這件事。但我也發現這個話題有點難以啓齒，所以露西也沒有錯。」他嘆了口氣。「對，喬治，我認爲那個陶壺內側有一層鐵，可是它破了，這樣可以嗎？先到此爲止吧。」

「洛克伍德。」我望向那張床。「我有個問題。她有沒有——？」

「沒有。」

「從來沒有——？」

「沒有。」

「可是那個光芒——」

「她沒有回來過。」洛克伍德把薰衣草種子倒進窗台上的花瓶，抹抹掌心。「告訴妳，以前我還滿希望她能回來。那個時候，我有時候會跑進來，以爲能看到她站在窗邊。我等了好久好久，盯著那道光，等她現形，或是聽到她的聲音……」他對我勾起感傷的微笑。「可是什麼都沒發生。」

他望向那張床，雙眼依舊隱沒在墨鏡下。「那都是很久以前的事了。我在這裡瞎晃實在是不太健康。過了一陣子，等我看死亡光輝的經驗更豐富，更清楚跟隨它出現的是什麼之後，我對她的歸來變得既恐懼又期待。我不敢思考她在我眼中會是什麼樣貌。於是我越來越少進來，還擺上這些薰衣草來……減少意外驚喜。」

「鐵的效果更好。」喬治這個人就是這樣，搶在任何人前頭刺中話題的核心。「我沒看到這裡有半點鐵製品——除了房門。」

我看著洛克伍德。他繃緊肩膀，我一時之間還以爲他要發怒了。「確實是如此。」他說：「可是那就像是在對付普通的訪客——她並不是，喬治，她一點都不普通。她是我姊姊。就算她眞的回來了，我也不能用鐵對付她。」

我們啞口無言。

「最好笑的是她超愛薰衣草的香味。」洛克伍德語氣輕快了些。「你們知道院子外圍的薰衣草叢嗎？就是垃圾桶旁邊那排。我小時候，她常常帶我坐在那裡玩，編薰衣草頭冠放在我們頭上。」

我看著一瓶瓶褪色的紫花。所以它們是防壁——同時也是邀請。

「反正薰衣草也是好東西。」喬治說：「芙洛．邦斯是薰衣草的忠實信徒。」

「只是因爲薰衣草最便宜吧。」我說。

我們都笑了，但這個房間實在不適合歡笑。說來奇怪，除了莊嚴肅穆，淚水或憤怒或任何其他情緒都不適合。這是個象徵欠缺的空間。彷彿來到一座空谷，曾有人在此吶喊，響亮又喜悅，吶喊的回音在山間激盪久久不去。然而現在它消失了，你茫然呆立，深知一切都已改變。

□

我們沒再進過那個房間。那是私人空間，喬治和我都沒再理會它。經過那一次的震撼自白，洛克伍德沒再提起他的姊姊，也沒找出他答應要給我們看的照片。他鮮少提到雙親，只有透露他們讓他繼承波特蘭街三十五號。也就是說，他們也死了——不知道在哪裡，也不知道死因。不過，他們和潔西卡藏匿在陰影中，環繞著那間沉默臥室的疑問揮之不去。

我努力不去掛記這些事，逼自己安於所知的一切。現在我自然覺得和洛克伍德更親近了。知曉他的過去是我的特權，讓我在這樣的時刻，與他一起搭乘計程車穿梭在黑暗的倫敦街頭時，感到溫暖又特別。說不定他會再次坦承，告訴我更多——或許在某個夜裡，在我們並肩調查的時刻……

計程車突然煞住，洛克伍德和我上身往前衝。在車子前方，馬路上人影幢幢。

司機一個急煞。「抱歉，洛克伍德先生。路被塞住了。到處都是調查員。」

「別在意。」洛克伍德已經摸向車門。「正合我意。」我還來不及反應，車子也還沒停妥，他已經跳下車，衝到馬路中間。

6

前往白教堂的路會穿過市中心。這裡是特拉法加廣場。我一下車就看到納爾遜紀念柱下被驅鬼街燈白光照亮的人群。他們都是一般人，在太陽下山後鮮少看到這種景象。有人高舉標語，有人輪流登上臨時講台發言。我聽不見他們說了什麼。警察和靈異局人員隔了一段距離包圍他們，再往外是溢到馬路上的大批靈異現象調查員，應該是爲了保護這些人。他們身穿色彩鮮艷的外套，大部分的偵探社都有自己的制服。銀色的費茲、酒紅色的羅特威、金絲雀黃的唐沃斯、宛如青豆湯的葛林堡。此外還有許多叫得出名字的偵探社到場。靈異局的茶水車停在一旁發送熱飲，更多廂型車和計程車在近處待命。

洛克伍德直直橫越廣場，我快步跟上。

不知道是否有稱呼大量靈異現象調查員的專有名詞，我猜應該是「閱兵」或「遊行」。調查員依照制服顏色各自成群，打量積怨已久的競爭對手，高聲談話，發出沙啞笑聲。年紀最小的調查員——七、八歲的孩子們——站著喝茶，對彼此扮鬼臉。年紀大一點的四處閒晃，當著監督員的面比出不雅手勢，而那些大人全都視而不見。人人昂首闊步，長劍被燈光照得熠熠生輝，空氣中瀰漫著一觸即發的敵意。

洛克伍德和我穿過人群，找到板著臉注視這片亂象的熟悉人影。蒙特古·伯恩斯一如往常，穿著縐巴巴的風衣、淡漠的套裝，以及深棕色麂皮圓禮帽。不同於往常的是他手中捧著裝在保麗龍杯裡的橘色熱湯。他的臉龐飽經風霜，微微轉灰的鬍鬚體積和死掉的天竺鼠差不多。伯恩斯隸屬於靈異局（靈異現象研究與控制局），這個政府機關負責監控偵探社的一舉一動，偶爾還得召集眾人為社會大眾服務，比如說現在。他絕對不是以優雅或和藹出名，但他眼光銳利又有效率，表面上看不出貪腐的傾向。而這並不代表他喜歡與我們相伴。

他身旁的男子矮了他一截，把費茲偵探社的制服穿得浮誇。這人靴子擦得亮晶晶，緊身長褲光澤耀眼。一把昂貴的細刃長劍掛在珠光寶氣的腰帶上；他的銀色外套柔軟如虎皮，手戴同色系的小山羊皮手套。品味卓越，甚至稱得上威風凜凜。可惜這套制服裡裝的是奎爾．奇普斯，導致我們眼前出現宛如醜惡老鼠偷吃魚子醬的景象。是的，那些充滿品味的要素全都毫無吸引力。

奇普斯一頭紅髮，骨瘦如柴，得意洋洋的模樣看上去實在可悲。依照種種緣由，可能和我們三不五時當著他的面這麼說，他對洛克伍德偵探社的反感持續已久。身為費茲偵探社倫敦分部的隊長，同時也是該社最年輕的成人監督員，他固定與靈異局的伯恩斯合作。我們接近時，他正捧著資料夾向伯恩斯報告。

「……昨晚在切爾西隔離區有四十八筆第一型鬼魂的目擊紀錄。別高興得太早，還可能有十七個第二型鬼魂。這個密度太驚人了。」

「目前死了多少人？」伯恩斯問。

「八人，包括三名遊民。和之前一樣，靈感者報告出現危險的鬼氣發散，但來源尚未釐清。」

「很好，等這場示威活動結束，我們就去切爾西。所有調查員分散到四個區塊，靈感者負責支援——喔，老天爺。」伯恩斯意識到我們的到來。「奇普斯，停一下。」

「督察、奇普斯，你們好。」洛克伍德掛上最燦爛的笑容。

「他們不在名單上，對吧？」奇普斯問：「要我趕走他們嗎？」

伯恩斯搖搖頭；他喝了一小口熱湯。「洛克伍德、卡萊爾小姐……是什麼風把你們吹來的啊？」

他語氣中欣喜的成分和在自己母親葬禮上致詞時差不多。對伯恩斯來說，「欣喜」顯然是藉由比較得出來的。他也不算討厭我們——我們幫他太多次了——不過小小的不愉快累積久了效果也是挺可觀的。

「只是剛好經過，想說來打個招呼。你們這邊還真熱鬧啊，倫敦大多數的偵探社都出席了。」他的嘴角揚得更高。「只是在想你們是不是忘記發邀請函給我們了。」

伯恩斯上下打量我們。從杯中浮起的蒸氣繞過他的鬍鬚往上飄，宛如竹林裡的霧氣。他又喝了一口。「沒有。」

洛克伍德一頓，改口問道：「這湯不錯吧？什麼口味？」

「番茄。」伯恩斯盯著杯子看。「怎樣？有什麼問題？對你來說不夠高級？」

「沒事，看起來挺美味的……特別是沾在你鬍子尖的那部分。可否請問靈異局爲何沒把洛克伍德偵探社列入切爾西行動的合作名單呢？既然這次爆發如此嚴重，我們想必幫得上忙吧？」

「我可不這麼想。」伯恩斯狠狠瞪著聚集在紀念柱旁的群眾。「或許這是重大危機，但我們還沒有絕望到這種程度。你看看旁邊，已經有這麼多調查員了，他們都是合格的人員。」

我四下張望。附近有幾名眼熟的調查員，他們都小有名氣。其他就難說了。階梯下一個大胖子率領一群身穿芥末黃色外套的白皙女孩。他臉頰肉亂抖，肚子圓滾滾，一副趾高氣揚的模樣，這人是亞當．邦喬屈，那間名不見經傳偵探社的老闆。

洛克伍德皺眉。「看得出你們聲勢浩大。但不一定人人具備實際戰力。」他湊上前，輕聲說：「邦喬屈？少來了。」

伯恩斯拿塑膠湯匙攪了攪。「洛克伍德先生，我沒有否定你的才能。至少你這口白牙能照亮每一條暗巷。可是你們社內有幾個人？還是三個？沒錯。其中一個還是喬治．庫賓斯。就算你和卡萊爾小姐技術一流，再找三個人來也沒多大幫助。」他把湯匙在杯緣刮了刮，遞給奇普斯。「切爾西的案子很大，範圍相當廣。虛影、惡靈、死靈、潛行者——每次都會冒出更多，找不到核心肇因。數百棟建築物接受監控，撤離好幾條街的居民……社會大眾一點都不開心——所以他們今晚才來抗議。我們需要大批人馬，而且是乖乖聽命行事的人坐鎮。抱歉，我認爲這兩個原因完全足以排除你們。」他下定決心喝了口湯，瞬間慘叫：「喔！燙！」

「奇普斯，你幫他吹涼吧。」聽完伯恩斯這番話，洛克伍德的臉整個沉了下來。他轉過身。「好吧，督察，祝你們今晚愉快。要是情勢不對，你再來找我們吧。」

我們回頭去找我們的計程車。

「洛克伍德！等等！」

是奇普斯，他大步追上，資料夾還抱在懷裡。

「有何貴幹？」洛克伍德冷冷回應，雙手插進口袋。

「我不是來耀武揚威的。雖然我完全可以這麼做。我來給你們一個忠告——基本上是說給露西聽的，我很清楚你都不聽人說話。」

「我用不著你的忠告。」我說。

奇普斯勾起嘴角。「妳肯定需要的。聽好，你們完全搞不清楚狀況。切爾西的情勢很怪。我從沒遇過那麼多訪客。而且種類繁多，同時出動——也充滿攻擊性，像是受到什麼刺激似的。我花了三個晚上帶隊巡邏國王路的同一條小巷，前面兩晚什麼都沒有。到了第三晚，骨骸從黑暗中冒出來——凱特．古德溫和奈德．蕭差點中招。骨骸！憑空出現！伯恩斯完全沒有頭緒。誰都摸不著腦袋。」

洛克伍德聳聳肩。「我自願幫忙，是他不領情。」

奇普斯摸摸自己接近平頭的短髮。「這是當然了，你們只是無名小卒。你們今天晚上要幹嘛？相信是什麼無關緊要的小案子。」

「普通人驚慌恐懼的鬼魂。」洛克伍德說。「這算無關緊要嗎？我不這麼想。」

奇普斯點頭。「好吧，不過你們真想碰到大案子，就得加入真正的偵探社。你們兩個都能在費茲輕鬆找到不錯的職位。我的隊上給露西留了一個位置，之前和她說過了。」

我瞪著他。「對，你也聽到我的答案啦。」

「嗯，那是妳的選擇。不過我建議妳穿得體面一點，吞下自尊心，好好努力。否則妳只是在浪費時間。」他朝我點點頭，轉身離開。

「有夠沒禮貌。」洛克伍德說：「他和平常一樣胡言亂語。」

即便如此，他在計程車上幾乎沒開口，交給我和司機討論如何繞道前往白教堂區尼爾森街六號，依約一探面紗女鬼的底細。

□

這間連棟住宅位居窄巷，我們的客戶彼得斯太太肯定一直注意著我們的車聲，我都還沒敲門呢，門馬上打了開來。她年紀不大，神情緊繃，焦慮和勞累讓她髮絲泛白。她的頭上肩上蓋著厚厚的披巾，戴著手套的雙手緊握巨大的木頭十字架。

「它在嗎？」她悄聲問：「在上面嗎？」

「我們怎麼知道？」我說：「我們都還沒進屋呢。」

「從街上！」她斷聲道：「他們說從屋外就能看到！」

洛克伍德和我都沒想到先從外頭看一眼。我們從人行道退到空蕩蕩的馬路上，仰頭望向二樓的兩扇窗戶。門上那盞燈亮著，看得到牆上貼滿磁磚，代表那是浴室。另一扇窗裡一片漆黑，也沒有反射鄰近街燈的強光，與其他窗戶完全不同。那是一個漆黑的空洞。在空洞裡，依稀可以看見女性的輪廓，彷彿就背對大街站在窗邊。還看得到深色連身裙和幾綹黑色長髮。

洛克伍德和我回到門口。我清清喉嚨。「嗯，它在。」

「別擔心。」洛克伍德擠過彼得斯太太身旁，踏入狹窄的前廳。他的笑容只有一半火力，用意是讓人安心。「我們上去看看。」

我們的客戶嗚咽抱怨：「洛克伍德先生，能理解我爲什麼睡不好嗎？現在你懂了吧？」她瞪大雙眼，神情惶然，緊緊跟在他背後，一直把十字架舉在面前。洛克伍德轉身，鼻尖差點撞上十字架尖端。

「彼得斯太太。」他輕輕推開十字架。「妳可以幫我們做一件事。很重要的事。」

「什麼？」

「可否請妳進廚房燒水？可以嗎？」

「當然。嗯，好，應該可以。」

「很好。妳方便的話幫我們泡兩杯茶。不用端上來。我們處理完就下來喝，相信到那個時候茶還是熱的。」

他又笑了笑，輕輕握了握彼得斯太太的手臂。接著他跟在我後頭爬上狹窄的樓梯，我們的大裝備包砰砰撞擊牆面。

二樓的樓面很小，沒比梯階本身大上多少。三扇門圍著樓梯口，一扇是浴室，一扇是後側的臥室，第三扇就是那間面對大街的臥室。門上大概釘了五十根粗鐵釘，掛上鐵鍊和一束束薰衣草，幾乎把木門完全覆蓋。

「來猜猜鬧鬼的房間是哪一間。」我低喃。

「她當然不願意冒半點險。」洛克伍德同意我的想法。「太好了——她還會唱聖歌呢。眞是始料未及。」

我們聽到一樓前門關上，腳步聲進了廚房，接著顫抖虛弱的歌聲突然響起。

「不太確定有多大幫助。」我檢查腰帶，取下長劍。「那個十字架也是。不是鐵也不是銀，根本沒有用。」

洛克伍德從裝備包裡抽出一條細鐵鍊，纏繞在一邊手臂上。他離我很近，幾乎貼了上來。「至少可以讓她安心一些吧？我爸媽帶回來的東西有一半也是這樣。妳知道書房那個骨頭和孔雀羽毛串成的鈴鼓嗎？那是峇里島的法器。裡面沒有半點鐵或銀的成分……好啦，準備好了嗎？」

我對他笑了笑。那扇門後藏著恐怖鬼魂，再過幾秒就要和它打照面。然而能與洛克伍德並肩而立，我忍不住心情飛揚。這是再好不過的安排。

「當然。」我說：「我等不及要下樓喝茶了。」

我閉上雙眼，數到六，讓眼睛適應明暗間的轉變。接著打開門，走了進去。

除去鐵釘的屏障，室溫驟然下降，凍得我皮膚刺痛。彷彿有人忘記關冷凍庫的門。洛克伍德反手關門，宛如潛入滿池墨水中，黑暗將我們吞噬。不只是因爲燈沒開——這是更深沉的黑暗。外頭街上的燈光也進不了房間。

窗上明明沒有窗簾，那只是一片光禿禿的玻璃。有什麼東西遮住窗戶，阻斷一切亮光。

冰冷的黑暗中，有人在哭泣——哭聲令人毛骨悚然，孤寂又輕柔，彷彿靈魂缺了一塊。就像身處廣大的空地般，聲音敲出詭異回音。

「洛克伍德。」我低聲詢問：「你還在嗎？」

我感覺到他輕輕戳了我一把。「就在妳旁邊。冷死了！我該戴手套才對。」

「我聽到哭聲。」

「她在窗邊，在玻璃上。有沒有看到？」

「沒有。」

「妳有沒有看到她像爪子一般的手？」

「沒有！別描述給我聽……」

「幸好我毫無想像力，不然今晚一定會作惡夢。它穿灰色蕾絲禮服，臉上蒙著破破爛爛的薄紗。一手拿著像是信函的東西，上頭有深色污點。不知道是什麼——可能是血，或是淚水。她顫抖的手指把信壓在胸口……聽好，我要布下鐵鍊圈了。最好砸碎那片窗戶，帶去熔爐燒掉……」

他語氣平穩，我聽見鐵鍊摩擦的鏗鏘聲。

「洛克伍德，等等。」我眼前一片黑暗，寒氣幾乎凍傷臉頰。我穩定情緒——豎起耳朵，關注更深沉的事物。哭聲稍稍減弱，我在其中聽見低語，細微的氣音……

「藏起來……」

「什麼？」我問：「藏什麼？」

「露西。妳沒有看到我看到的景象。妳不該和這個東西說話。這樣不好。」我身旁又是一串鏗鏘聲。感覺得到他往前移動。鬼魂的低語變得斷斷續續。

「鐵鍊拿遠點。我聽不到。」

「藏好了、藏好了……」

「露西——」

「安靜。」

「我都藏好了。」

「藏在哪裡？」我問：「在哪？」

「那裡。」我轉頭一看，眼角餘光捕捉到窗上的輪廓——在那扇窗上，黑暗疊加在黑暗上，一道留著長髮的身影拱著背、高舉雙手、手肘彎曲，似乎是定格在某種激烈的舞蹈或儀式途中。異常纖長的手指看似要橫越房間刺向我。我忍不住驚叫。感覺在我身旁的洛克伍德撲上前，刺出長劍往上方揮舞，被他砍斷的手指化爲一道道黑光，四散消失。尖叫聲塡滿我的耳朵，接著這片喧鬧如同玻璃碎裂般崩落。房裡恢復寂靜。

我的耳膜放鬆下來，房裡的壓力消失了。燈光流入，在尼爾森街上的淺粉色街燈光點帶來柔和粗糙的影像。這房間眞小，根本不是什麼會震盪出回音的大廳。就是個放了孩子的床鋪椅子的普通臥室，我背後還有一座深色衣櫃。溫暖的空氣從樓梯口擠入，穿過門下隙縫磨擦我的腳踝。洛克伍德站在我面前，長劍在手，鐵鍊一端往破窗外延伸。對街住宅燈亮著。窗框上殘留的碎玻璃片猶如森森利齒。

他猛然迴身，瞪大雙眼，呼吸沉重，亂髮垂下來蓋住一隻眼睛。「妳還好嗎？」

「沒事。」我盯著衣櫃。「怎麼會有事？」

「露西，它剛才要攻擊妳。面紗飄起來，妳都沒有看到它的臉。」

「完全沒看到。我沒事。它只是想告訴我東西在哪。」

「什麼在哪？」

「不知道。我無法思考。閉嘴。」

我擺手要他退開，走向衣櫃。這個衣櫃很大，頗有年分——木頭接近黑色。刻在上頭的裝飾花紋因多年的使用而磨損。我拉開有點卡卡的櫃門。裡頭掛著孩子的衣物，鋪上白色補蛾紙。我皺起眉，撥開這些衣服。底部蓋著一片木板，和外側相比，下面還有整整一呎的空間。我從腰上抽出折疊刀。

洛克伍德在我身旁晃來晃去，神情有些忐忑。「小露……」

「它剛才是要告訴我它把東西藏在哪裡。」我低喃。「我想就是……沒錯！」

果然是這裡，刀尖插進後方的隙縫一轉，衣櫃的底板就翻了起來。我費了點工夫移開木板，還把半個衣櫃的衣服丟到地上，總算達成目的。我放下小刀，打開手電筒。

「看吧？就在這裡。」

板子下的空間裡塞了一團東西：摺起來的紙張，沾滿灰塵，開口黏著封蠟。紙上沾著黑點。淚水，或是血。

「它只是要告訴我這個。」我又說了一次。「你不用擔心。」

洛克伍德點頭，表情依舊帶著質疑。他細細打量我。「或許吧……」他突然綻開笑容。「更棒的是，茶還沒冷掉呢。希望她也準備了餅乾。」

喜悅填滿我全身上下。我的直覺沒錯。只要幾秒鐘就能和鬼魂產生連結，了解它的意圖。是的，洛克伍德看得到外貌，但我看到更多。我可以找出藏起來的東西。他幫我壓著門，我對他咧嘴一笑，握握他的手臂。沿著樓梯往下走時，我們聽見彼得斯太太孱弱的嗓音，她還在廚房裡唱歌。

7

原來我找到的那張紙是鬼魂的自白——至少是某個名叫艾拉貝拉．克勞雷的女子在一八三七年寫下的自白，時代背景與惡靈的衣著風格大致相符。看來她是趁丈夫熟睡時悶死他，但沒有遭到問罪。罪惡感使得她的靈魂無法安息，既然我們找到這份自白，揭露她的罪行，看來她的鬼魂不會再回來了。

這是我個人的論點，洛克伍德一點都不敢大意。隔天早上，他把玻璃和窗框碎片送去克拉肯維爾熔爐燒燬，也強烈建議彼得斯太太拆掉那個衣櫃。他反覆命令我不准再與未經束縛的訪客溝通，讓我有點不爽。我當然知道他爲何如此謹愼——他姊姊的末路還歷歷在目——然而我暗自認爲他把風險想得太大了。我越來越相信我的天賦能超越那些顧慮。

接下來的幾天，洛克伍德偵探社持續接到大量案件。我們三個只能繼續各自行動。

許多問題接踵而來。首先呢，如此緊湊的行程代表我們沒有多少時間做事前調查，這是危險的疏忽。某天夜裡，洛克伍德在老街附近的教堂差點遭到鬼魂觸碰。當時他把一個幽影逼到祭壇旁，幾乎沒察覺另一個鬼魂從後頭悄悄靠近。要是他出勤前研究過那間教堂的歷史，就會知道裡頭是一對慘遭殺害的雙胞胎鬼魂。

疲憊也是個難題，喬治沒注意到有個潛行者埋伏在附近，他得要一頭栽進運河躲避襲擊。我在一間麵包店盯哨的時候睡著，完全沒發現有個渾身焦黑的鬼魂從火爐裡冒出來。我是被突如其來的烤肉味驚醒，它燒成焦炭的手指已經抓到我眼前，把拘魂罐裡的骷髏頭逗得樂不可支——它從頭到尾看在眼裡，卻半個字都沒說。

一次又一次的死裡逃生讓洛克伍德心煩不已，在他眼中，這是我們人力不足、工作過量的鐵證。他的想法固然沒錯，但我更享受獨自冒險的自由感。我正在等待下一個與鬼魂產生眞正連結的機會——這個機會沒讓我等太久。

我照著指示來到白教堂區百慕達社區南棟二十一號公寓見客戶。就是先前那起落在我頭上的公寓大樓案子，客戶因病延期了兩次，我差點連第三次也到不了，因爲我已經訂了火車票要返鄉探親。自從一年半前來到倫敦，我就再也沒見到母親和姊姊了。儘管我對這趟旅程百感交集，洛克伍德還是讓我放了一禮拜的假，我可不想爲了要爬一大堆樓梯的案子打亂預定。

我決定在動身前一晚解決這件事。洛克伍德和喬治都在忙其他案子，於是我帶上了骷髏頭作伴。雖然它不是什麼相處愉快的同伴，唯一的用途就是以揶揄訕笑打破沉默。

□

百慕達社區是戰後的水泥高樓建案之一。四座住宅區圍繞著一大塊草坪，每一棟樓都有室外樓梯，環形走廊包圍住家。這些走廊能遮風避雨，卻也令門窗陷入陰影。水泥牆表面粗糙醜陋，被雨水泡得發黑。

正如我所料，電梯壞了。幸好二十一號只在五樓，不過我還是爬得上氣不接下氣。裝了某物的沉重背包差點壓斷我的肩膀。

太陽差不多下山了。我按下門鈴，呼吸還有點不穩。

「天啊，妳也太弱了吧。」骷髏頭的嗓音在我耳邊響起。

「閉嘴。我狀況超好。」

「妳喘得像是得了氣喘的樹懶。這樣可以幫妳減掉一點贅肉。比如說妳屁股上那塊，洛克伍德老是掛在嘴邊。」

「什麼？他才沒有——」

客戶偏偏就在這一刻來應門。

一家人站在門內，母親神情憔悴，髮色轉灰；父親高大沉默，雙肩低垂；還有三個小小孩，全都不滿六歲。一家五口住在這有五間房和狹窄走廊的屋子裡。前陣子，這戶人家還有第六名成員：孩子們的祖父。他已經死了。

他們沒有帶我進起居室——那些尷尬的對話通常都在這裡進行——這倒是有些意外。我被帶到走廊盡頭的廚房，全家人都塞了進來，我被擠到爐子旁，聽他們描述事發過程時，我的屁股兩度壓到點火鈕。

母親爲了如此簡陋的環境向我道歉。她說他們家的確有間起居室，但沒有人敢在天黑後踏進去。為什麼？因為祖父的鬼魂就在那裡。自從他過世後，孩子們每晚都會看到他依然坐在最愛的椅子上。他在那裡做什麼？沒有，就只是坐著。他在世的時候呢？基本上都坐在同一張椅子，被他拒絕治療的疾病侵蝕。在臨終前，他瘦到只剩皮包骨，又輕又脆弱，一陣風都能把他吹走。

知道他為什麼會回來嗎？不知道。可以猜猜他想要什麼嗎？不行。他活著的時候是怎樣的人？聽到這個問題，眾人顯得坐立難安。沉默說明了一切。父親說他很難相處，吝嗇極了。根本就是一毛不拔，母親補上幾句：**倘若惡魔願意付現，他很樂意把我們賣給惡魔。**這樣說不太厚道，但他們確實很慶幸他已經過世了。

但他並沒有離開人世，就算真的離開過，現在還是回來了。

他們幫我泡茶，我站在廚房唯一的燈下喝完，孩子們瞪著貓咪似的綠眼仰頭凝視我。最後我把杯子放進水槽，他們同聲嘆息：這一刻總算來了。他們帶我到起居室門外，我踏上磨損嚴重的地毯，反手關上門。

長方形的起居室不大，中央是座電壁爐，四周架起阻擋孩子的柵欄。我沒有開燈。一扇橫向的窗戶面向公寓後方雜草叢生的空地。其他公寓燈火通明，下方小徑立著一盞老舊的霓虹街燈——這是一般人還會在晚上出門的時代的遺物。燈光照亮四周擺設的輪廓。

家具看起來是二十年前的流行款式。堅硬的高背椅搭配突出的扶手和細長木腿、一組低矮沙發、邊桌、角落毫無特色的玻璃櫃。長毛毯子鋪在壁爐前。風格全都不搭。我看到孩子的玩具堆在另一個角落，看來他們為了我稍微清理過。

房裡很冷——但不到鬧鬼的程度。還不到。我確認腰上的溫度計。十二度。我豎起耳朵，卻只聽見像是遠處雜訊的細微聲響。我把裝備包提到窗下的沙發旁輕輕擱下。

我抽出拘魂罐，罐裡散發淡淡綠光。那張臉緩緩旋轉，雙眼在鬼氣中發亮。

「這地方小得可憐，可擠不下太多鬼。」

我的手指懸在罐頂的安全栓上，準備切斷通訊。「要是你說不出半點有用的話——」

「喔，我沒有貶意。至少比你們那裡整齊千萬倍，眞的。」

「他們說這是事發地點。」

「沒錯。有人死在這裡。空氣裡都是那股氣味。」

「你感應到什麼就告訴我。」我把罐子放到邊桌上。

轉過身，我望向對側的高背椅。

我早就知道就是那張椅子，從它君臨起居室的位置就能看出——離角落的電視最近、離壁爐最近，其他的椅子可沒占據如此便利的位子。椅子旁的陰影中，一支拐杖斜倚牆面；小邊桌上殘留馬克杯底的印子。椅子包著品味極差的印花布，扶手上的布料磨得泛白，邊緣用皮料補了好幾次。椅背中段還留了個骯髒的腦袋印子。經年累月的使用把座椅的海綿壓扁，感覺彷彿還有人坐在上頭。

我知道我該做什麼。調查員的訓練內容相當明確。我該取出鐵鍊，若是做不到，至少要圍繞椅子撒下一圈鐵粉。我應該豎立薰衣草編成的十字架，作爲第二層防護，讓我處於最方便作業的安全地點。就連膽大包天的洛克伍德都會在更短的時間內鋪設鐵鍊圈。

我什麼都沒做，只是鬆開固定長劍的帶子，打開放裝備的行李袋，確保裝備就在手邊。最後我在粉橘暮色中坐上沙發，盤腿等待。

我想測試我的天賦。

「妳這個小淘氣。」骷髏頭在我腦中說道：「洛克伍德知道妳要幹什麼好事嗎？」

我沒有回話；鬼魂又酸了幾句，也陷入沉默。門外傳來悶悶雜音——父母要孩子安靜、餐具的碰撞聲、煮晚餐的各種聲響。空氣中瀰漫烤麵包的香味。這家人離我好近。我沒有設下障壁的行為可以說是把他們捲入危險。關於這點，《費茲教戰守則》裡寫得一清二楚。靈異局也明定在缺乏適當防護的狀況下，不准與鬼魂接觸。在他們眼中，我的舉動和犯罪沒有兩樣。

窗外夜色越來越濃。客戶吃晚餐；孩子被塞進其中一間臥室。有人沖馬桶。有人在廚房水槽洗碗盤。我靜靜坐在黑暗中等待好戲揭幕。

總算開始了。

慢慢、悄悄地，充滿惡意的氣息入侵這個房間。我聽見自己的呼吸聲變了，開始迅速急促地吞氣。手臂上的寒毛紛紛豎起。我心中浮現疑慮，還有焦躁與強烈的自我厭惡。我含住口香糖，以穩定的節奏咀嚼，照著平常面對無力和潛行恐懼的方式來調整情緒。氣溫下降，溫度計的數字變成十度、九度。房裡的燈光質感也變了，霓虹燈光朦朧了些，似乎正在抵抗什麼力量。

「有東西來了。」骷髏頭說。

我咀嚼口香糖，默默等待，緊盯那張空蕩蕩的扶手椅。

到了九點四十六分（我看了錶），那張椅子不再空虛。椅墊中央浮現模糊的輪廓。它非常淡，身軀中央模糊不清，像是被人隨手抹掉的鉛筆畫。但還是看得出它的樣貌：一名枯瘦的老先生。他與座位上磨損凹陷的痕跡完全吻合，腦袋就擱在椅背那個髒兮兮的印子上。隔著半透明的鬼影可以看見座墊可怕的印花圖案，但臉上五官越來越具體。這名老先生彷彿風乾似地萎縮，頂著一顆光頭，只在耳後留了幾根頭髮。我猜他曾經身形圓潤，一臉福態。而現在他臉頰凹陷，皮膚鬆鬆垂落。他的四肢也喪失生機，衣袖和褲管空得讓人害怕。一隻骨瘦如柴的手擱在大腿上，另一手宛如蜘蛛般包住扶手末端。

可以確定這個人生前不是什麼好東西。他的一切都散發出令人不適的惡意。雙眼亮得像黑色彈珠，視線直直射向我，那雙薄唇勾起微微笑意。本能要我保護自己，抽出長劍、擲出鹽彈，或是鐵粉——什麼都好，只要能驅走眼前這傢伙。但它沒動，我也沒動。我們坐在原地，視線在厚厚的毯子上交會，隔著生者與死者之間的鴻溝。

我雙手交疊在膝上，清清喉嚨。「好啦，你想要什麼？」

沒有聲音，沒有回應。人影只是坐著，雙眼在黑暗中發亮。

邊桌上的骷髏頭仍舊沉默，只看得到幽幽綠光，顯示它還在拘魂罐裡注視一切。

沒有鐵鍊的守護，我正面迎擊鬼魂帶來的低溫。腰間溫度計的指數跌到七度，越接近椅子肯定越冷。然而溫度不是重點，最讓人困擾的是體感。惡寒是猛烈的乾冷，可以感受到它從骨髓吸盡生命與能量。我咬牙忍耐。我沒有動，只是凝視老人的鬼魂。

「如果你有什麼目的，都可以告訴我。」只有沉默與炯炯眼神，猶如夜空的星光。

沒什麼好驚訝的。這又不是第三型鬼魂，甚至不到第二型的程度；它無法說話，無法以任何方式與外界溝通。

即便如此……

「不會有其他人願意聽你的想法，你最好把握這個機會。」

我敞開思緒，努力屏除一切感官，看能不能感應到不同的事物。就算是雜亂的情緒回音，像是薰衣草旅店的那個變形鬼，都足以引導我的思路……

一陣布料磨擦聲從扶手椅上傳來，彷彿有人用指甲摳抓椅墊。我聽見空虛的呼吸聲，某人喃喃低吟。我起了一陣雞皮疙瘩，視線無法離開椅子上微笑的鬼魂。聲音又來了——悶悶的，不過很近。

「就這樣？」我問：「你要告訴我的是這個嗎？」

角落有什麼東西掉落——我嚇得跳了起來，往腰間摸索劍柄。鬼魂消失了。椅子上空無一物，壓扁的座墊、磨到快破的補釘，一切都和方才一樣。除了那支拐杖，它倒了下來，撞上壁爐。

我看看時間——又重新看了一次，難以置信。十點二十分？太怪了。光看手錶可以推測鬼魂在此待了不只一個半小時，但我卻覺得只過了一分鐘……

「妳聽到了嗎？」骷髏頭的聲音把我拉回現實。罐裡的臉龐再次浮現，沾沾自喜地掀起鼻翼。「肯定沒有。**我聽到了。我知道，可是我絕對不會說。**」

「你是怎樣？和小孩沒有兩樣。我當然聽到了。」

我起身，走到門邊開燈，無視拘魂罐裡淒厲的抗議。房裡的邪惡氣息已經完全消散。燈光照亮過時的破舊家具，我這才看清房裡呈現黯淡的橘棕色調。牆角那堆孩子的玩具：拼字遊戲、大富翁、羅特威偵探社出品的鬼魂獵人套組——必須在不觸動警報的前提下移除塑膠骨頭和鬼氣。二手玩具的外盒破破爛爛。這是手頭不太富裕的家庭的日常景象。

他很難相處，吝嗇極了……

我走向那張椅子。

「**妳毫無頭緒對吧？**」鬼魂高呼：「**聽好了，讓我離開這個罐子，我就馬上告訴妳謎底。來吧，露西。妳無法抵抗這個交易。**」

「別對我擠眉弄眼，你根本沒有眼皮。」

我在椅子旁彎下腰，打量離我最近的扶手。末端的補釘是某種合成皮布，塑膠感重得不得了，縫的手法粗糙，其中幾處縫線鬆脫，一角像是放太久的三明治般翹起。我試著推推邊緣，手指滑入洞口，將合成皮撬起。下面有一層泡綿填充物，輕輕鬆鬆就被我撕開。明眼人都能看到一捲捲綑得死緊的鈔票塞在泡綿下的凹槽。

我轉頭對骷髏頭咧嘴一笑。「抱歉，看來今天你的交易是談不成了。」

那張臉皺了起來，氣呼呼地消失在四散的鬼氣中，徒留裊裊餘音：「算妳走運。」

□

假期開始了，我搭火車回到北方的故鄉小鎮。我見到母親，見到姊姊；在老家待了幾天。這不是最溫馨的返鄉之旅。她們這輩子還沒離開過小鎮外方圓三十哩的範圍，更別說是跑到倫敦落腳了。看到我的衣著和閃耀的長劍，她們一臉狐疑，對我口音細微的轉變直皺眉頭。我渾身散發大都市的氣息和光環，以充滿自信的口吻說起對她們而言毫無意義的地點與人名。從我的角度來看，她們反應遲鈍，恐懼令她們保守頑固。即使外頭天氣不錯，她們也不太情願出門，到了晚間，只看得到她們縮在火邊的身影。我越來越不耐，她們極少反駁，使得我更加惱火。綿羊似的順服性情讓我想尖叫。這是怎樣的人生——呆呆坐在黑暗中，時刻懷抱著對死亡的恐懼？還不如踏出門外，直接面對威脅。

我推翻原本計畫，提早一天回倫敦，歸心似箭。

我搭上清早的車，坐在靠窗座位，看著地景往後飛逝——田野與樹林、隱藏在其後的村落屋頂、突起的煙囪、港口和採礦小鎮的驅鬼街燈。舉目所見，靈擾的影響無所不在。荒地裡岔路口旁新建的墓園、廢棄的屋舍；位於市鎮邊緣的火葬場、市集廣場的宵禁大鐘。我的面容映在玻璃上，時而模糊時而清晰。剛抵達倫敦時的孩子，以及現在身為調查員的自己——能與鬼魂交談的少女。不只是交談，我更能理解它們的欲望。

與那個吝嗇鬼的相遇改變了一切。解決案子後，我走在白教堂區街頭，揹著所有工具，原封不動的投擲彈在腰間搖晃，那股奇特的感知再次襲來。我不需要這些裝備。沒有用上武器，甚至連防護措施都沒做，我就能驅除訪客。不用鹽巴，不用薰衣草，連一盎司的鐵粉都沒撒。全天下的調查員，有多少人能以如此乾淨俐落的方式完成調查任務？

椅子上的老先生讓人渾身不舒服，他的鬼魂仍舊散發著靈魂的黑暗面。不過他是為了具體的目的回到人世，為了強烈的欲望——他想告訴後代子孫自己把錢藏在哪裡。要是我照著平常的手法擊潰他，絕對不會有這樣的結果。我解放了天賦的束縛，達成這個目標。

這套手法顯然極度危險，同時也有龐大的優點。我望向窗外，看見嶄新的謀生之道。

罐子裡的骷髏頭仍舊是例外中的例外，第三型鬼魂原本就有可能與人順利溝通。但我越來越相信還有其他途徑能跨越一般訪客和生者之間的鴻溝。

支持我的推測有兩個論點，許多鬼魂都有回到人間的目的；只要靜下心來尋找，它們也不會躁動，給你足夠時間查出來。第一段論點毫無爭議——早在五十年前，驅鬼界的先驅梅莉莎·費茲和湯姆·羅特威那一代已獲得廣泛接受。但第二部分就大幅偏離常識了。每一間當代偵探社都把拘束鬼魂當成第一要務，接著找出源頭並摧毀，鬼魂也就此灰飛煙滅。大家都知道在這套程序中，鬼魂會無比氣憤，努力阻撓調查員。憤怒的鬼魂能輕易殺害人類，調查員通常不願意冒險。

在某些案件中，武器確實有其必要性。薰衣草旅店閣樓裡那個可怕的傢伙願意講道理嗎？幾乎不可能。但其他鬼魂——我想到旅店裡那些悲傷的虛影、臥室窗戶上的面紗惡靈——都期盼外界的聯繫。

雖然不夠完美，但我可以證明這點。

我需要洛克伍德讓我繼續實驗。他肯定會反對——這很自然，畢竟他姊姊遇過那種事——但我認爲自己有辦法說服他。想到這裡，我的心情好多了。訪鄉後在心中孕育的傷感沉入深處，被我遺忘。一回到家，我就要和洛克伍德及喬治討論我的想法。

□

回到倫敦，我請計程車停在波特蘭街尾的亞利夫雜貨舖門口，挑了好幾個糖霜餐包。剛過上午十一點，洛克伍德和喬治八成正要吃點心。他們沒料到我提早一天回來，那我就讓他們喜上加喜吧。

沒想到一踏進屋裡，被嚇了一跳的人反而是我。我訝異地愣在門邊，鑰匙還握在手中。有人拿吸塵器吸過玄關，把衣帽架收得整整齊齊；長劍、雨傘、手杖依照尺寸擺放在花盆裡。就連鑰匙桌上的水晶骷髏頭提燈也被擦得亮晶晶。

眞不敢相信。他們眞的做到了。他們整理了屋子！他們爲我把屋子整理得乾乾淨淨。

我輕輕放下行李，踮著腳尖鑽進廚房。

聽得出他們人在地下室，而且心情好得很，遠在廚房也聽得見他們興奮的笑聲。如此歡快的聲音讓我勾起嘴角。太完美了，享用餐包的大好時機。

我一點都不急，泡了點茶，把餐包放上我們第二好的盤子（找不到最好的盤子），還擺了盤，將洛克伍德最愛的口味——他很少放縱大吃的杏仁糖霜——疊在最上面，所有的器皿端正地排在托盤上。

我伸腳打開門，用屁股頂開門板，輕手輕腳地走下鐵階梯。

喜悅在心中綻放。就該是如此。波特蘭街是我的家。我真正的家人就在這裡。

我穿過通往辦公室的拱門，停下腳步，臉上依然掛著笑。他們都在，洛克伍德和喬治彎著腰，一左一右靠向我的辦公桌，笑得開懷。

在他們之間，坐在我椅子上的，是一個膚色黝黑、身材勻稱的女生。

她的黑髮及肩，擁有一張漂亮的圓臉，身穿深藍色背心裙，裡面搭配精緻的白襯衫。她看起來清新光潔，像是今天早上才從塑膠盒裡被人拿出來似的。她的坐姿筆挺而優雅，被喬治和洛克伍德靠得這麼近卻完全不顯侷促，甚至還能笑容可掬，口中發出輕輕笑聲。雖然她基本上是在答腔陪笑。

桌上擺了三杯茶，還有我們最好的盤子，上頭散落幾顆杏仁餐包的殘骸。

我站在原處，端著托盤，眺望那三人。

第一個看到我的是那個女生。「哈囉。」她的招呼帶著輕微的探詢。喬治猛然抬頭，愚蠢的笑容瞬間化爲不置可否的茫然。洛克伍德的笑臉變得緊繃，以怪異的姿態跳了一小步，往斜後方滑行，又匆忙走向我。「露西，哈囉。眞是天大的驚喜。妳提早回來了！玩得愉快嗎？我想天氣應該不錯吧？」

我直直盯著他。

「呃……所以說一切順利？喔——追加的餐包？太棒了。」

「那裡有一個女生，」我說：「她坐在我的位子上。」

「喔，別擔心！等到新的辦公桌送來就沒事了。」他輕笑一聲。「應該明天就會到；最晚星期三。沒什麼好擔心的……我們只是沒想到妳回來得這麼早。」

「新的辦公桌？」

「嗯，給荷莉用的。」他清清喉嚨，撥撥頭髮。「天啊，我的禮貌都到哪去了？應該要先爲妳們介紹才對！荷莉，這位是露西．卡萊爾，最完美的調查員，妳已經聽過她的各種事蹟了。露西——」洛克伍德對我露出最燦爛的笑容，「容我向妳介紹荷莉．孟洛。我們的新任祕書。」

Lockwood & Co.

第三部

血腳印

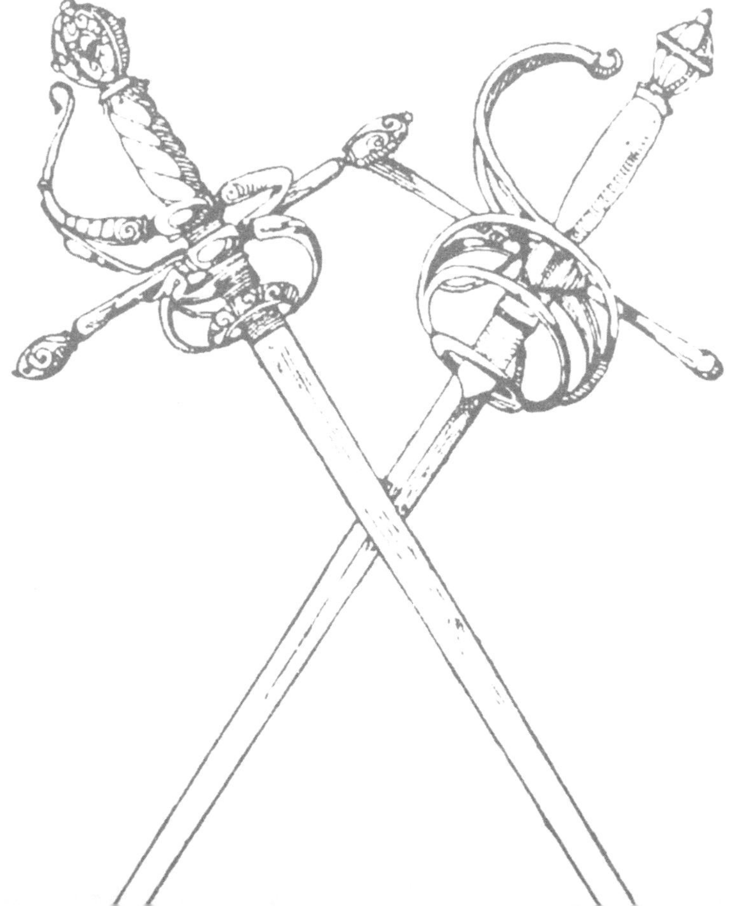

8

遭到我逼問時，洛克伍德毫無悔意，讓我的怒火燒得更旺。孟洛小姐去搭下午的公車回家了。喬治展現了超乎尋常的活動力送她到站牌，生怕她途中迷路（明明站牌離我們這棟只有六戶遠）。

「搞什麼鬼？我不過才離開三天！」

洛克伍德忙著整理他桌上的文件。我注意到那些紙張都整齊地用迴紋針夾好，貼上鮮艷的標籤。他沒有抬頭看我。「我以爲妳很樂意見到這種安排。是妳提議雇用料理雜務的助理，而不是全職的調查員。」

我愣愣看著他，滿心訝異。「所以雇用這個女生變成我的想法了？你給我想清楚！」

「我說過我們需要協助。我說我們要找人。」

「對，然後你趁我出遠門才來動手腳。」

「才不是！這只是巧合。我當然不可能預先計畫在妳離開時請人來上工。我想說可以先安排幾個人來面試。一直到這幾天才有空，因爲屋裡安靜多了。」他的視線往上一掃，試著以笑容迷惑我。「都是因爲妳，小露——少了妳，我們無法調查新案子。妳的貢獻太重要了。」

「喔，省省力氣吧。她就這樣憑空冒出來？」

「呃，這件事還滿好笑的。我根本不用打廣告。剛好遇到兩名羅特威的調查員，他們對我說了荷莉的事情，說她上禮拜剛被他們偵探社解雇。我讓她來試試，感覺她正是我們要求的人材，所以——」

「你已經直接叫她『荷莉』了。」我打斷他。「我記得在我加入後，你叫了我好幾個月的『卡萊爾小姐』。」

剛才洛克伍德幾乎是對著自己的鎖骨說話，現在他總算直視我的雙眼。「嗯，也是妳的影響。過去這一年我比較沒那麼一板一眼。我只是想讓她覺得親切一點。」

我點頭。「確實。要是你和喬治繼續親近她，你們的鼻子都要戳到她耳環啦。」我突然想到另一件事。「她接受過骷髏頭的測試嗎？」

「什麼？」

「你們有沒有拿骷髏頭給她看？就像是我第一次來面試那次。還有那些要我評估的小東西？你們讓我吃了不少苦頭。」

洛克伍德小心翼翼地深吸一口氣，修長手指在桌面敲出緊張的節奏。「其實沒有。不過她也沒有要上前線啊，對吧？她是行政助理。只負責守住我們的陣地。我當然問過她幾個問題，她給我看過履歷，這樣就夠了。」

「是嗎？相信她的資歷很不錯。」

「確實非常亮眼。」

「那她有什麼本事？」

「喔，她在羅特威待了好幾年，爬到很高的職位——我想她當過史提夫．羅特威的副手——所以她身爲私人助理的能力當然有一定水準。她也有一點靈異天賦，沒我們這麼厲害，不過在緊急時刻，她或許能到現場幫上忙。只是以防萬一。她似乎也認識不少大人物，總有一天會派上用場的。」他清清喉嚨，往後靠上破舊的皮椅椅背，沒有激起和往常一樣的大片粉塵。「總之呢，小露，我認爲能請到她算我們走運。」

「她清了你的椅子。」我說出我的觀察。

「被妳說得像是什麼壞事一樣。沒錯，荷莉的主要職務之一就是維持環境整潔。事實上她星期一上工的第一件事就是捲起袖子，穿上圍裙，做了一堆清潔工的活。喬治和我不敢相信自己的眼睛。」他看到我的眼神，雙手一攤。「這樣不好嗎？我們又可以少做一件雜事啦。她甚至還幫我們弄來全新的吸塵器！妳老是在抱怨閣樓裡舊的那台有夠重。」

「什麼？她該不會也進過我房間吧？」

「總之呢——」洛克伍德突然對自己的桌面充滿興致，匆忙拿起堆在最上面的文件，「抱歉，我要先忙了。靈異局傳了新規定過來。很重要。我得盡早回覆，荷莉要我在五點前寄出這封信……」他正眼看我，眼神突然變得嚴肅沉穩。「露西，我知道這有點突然，但妳總要給個機會吧。荷莉是來幫我們的。妳是調查員，她是助理。她會照著我們的吩咐做事，讓我們的生活輕鬆一點。我相信會很順利。」

我深吸一口氣。「也只能這樣了。」畢竟我們的確需要協助。有可能輕鬆一點。然而……

「謝啦，露西。」洛克伍德露出真正的笑容。突然散發的熱度讓我的疑慮顯得尖酸，充滿無謂的敵意。「相信我，一切都會順利的。妳和荷莉很快就能相處得如膠似漆。」

□

咱們的新祕書沒花多少時間就改變了我們的生活。洛克伍德掌握她的個人資料，說她今年十八歲，不過以她的能力與效率來看，她的年紀應該更大。她每天早上九點半準時抵達波特蘭街，自己拿鑰匙進屋。大約再過一個多小時，我們死氣沉沉地爬下樓吃早餐時，昨夜凌晨三點下工後的宵夜殘渣已經不見蹤影。我們的工作腰帶掛在鐵樓梯旁的鉤子上，鐵鍊上好了油，裝備包補滿鹽彈與鐵粉。廚房一塵不染，餐具擺放妥當，熱呼呼的吐司在架上冒煙。等到我們進廚房，荷莉．孟洛絕不會在場，而是刻意移動到樓下的辦公室，讓我們慢慢清醒，恢復成文明人的模樣。她同時也巧妙地避開撞見喬治沒穿褲子的時機。

與她合作的第一天奠定了基礎。前夜我們解決了幾起棘手案件，孱弱得如同風中殘燭。我們又咳又喘、身上隱隱發癢，爬進辦公室，看到孟洛小姐正在給洛克伍德辦公桌旁的那副甲冑撢灰塵。她精神抖擻，比窩在香草叢中的小兔子還要快活。她踏著輕快的步伐上前。「早安，」她說：「已經幫你們泡好茶了。」

托盤上有三個茶杯，裡頭裝的茶水各異奇趣。一杯是乳白混棕色，正合我胃口。一杯是濃郁的深棕色，是洛克伍德偏好的濃度。最後一杯（喬治的）濃稠得像是墓穴裡的濕泥土。換句話說，每一杯都完美無缺。我們各自接過杯子。

荷莉．孟洛手拿一張紙，上頭有一串字跡整齊的清單。「今天挺忙的，目前你們有五件委託。」

五件！喬治呻吟。我嘆息。洛克伍德抓抓亂髮。「繼續吧。」他說：「告訴我們最糟的是哪一件。」

我們的助理微微一笑，將一綹髮絲勾回貝殼般的耳朵後。「真的沒有那麼糟。在貝思納爾綠地有一件聽起來挺有意思的訪客出沒事件——有個東西半埋在人行道上，沿著羅馬路歪歪扭扭地高速移動，背後拖著長長的陰影。」

「千百年前的路面高度。」喬治咕噥：「又是羅馬軍團士兵，最近越來越多這種東西了。」

孟洛小姐點點頭。「然後是屠夫家地窖裡的奇異搥打聲；迪格威一戶人家門外有四顆不斷旋轉的黃色光球；目擊者在維多利亞公園看到兩名身上掛滿蜘蛛網的女士，一靠近就消失。」

「投石怪。」我說：「冰魔女。光球八成是鬼火。」

廚房裡陷入陰沉的寂靜。「這個週末真熱鬧。」喬治開口。

洛克伍德無精打采地捧著茶杯。「羅馬士兵還好，不過其他的就太無聊了。只是惹人厭煩，不到危險的地步。它們勉強算是第一型鬼魂，可是要花不少時間心力來壓制。」

「確實是如此。」孟洛小姐語氣開朗。「所以我全部推掉了。除了貝思納爾綠地那件，暫時安排在下星期二。」

我們緊盯著她。「推掉了？」洛克伍德問。

「這是當然。你們之前接太多工作了。要爲有意義的案子保留精力。可以在地窖裡掛迷迭香來壓制投石怪，鬼火和冰魔女都在戶外，一般人避開就好。別擔心客戶會說什麼，我再打幾份應變措施寄給他們。好啦，趁三位喝茶的空檔，可以對我說說昨晚的案子嗎？」

我們還沒完全清醒過來，她已經把我們報告的內容寫進案件紀錄本。之後，她接了更多電話，仔細詢問可能成爲客戶的來電者，安排面談，規劃了兩件晚間拜訪行程，迅速又妥貼。

她的工作成效無比優異，不過幾天時間，我們發現行程變得更容易掌握了。正如她的承諾，那些雞毛蒜皮的小事——普通人拿鹽巴、吊飾、護符就能解決——不再找上門來。我們三個突然有幾天晚上閒下來，也能再次聯手解決大部分的案子。

太厲害了，我全心感激荷莉．孟洛的所作所爲，眞的。要感激的事情太多了，從她身上根本挑不出半點瑕疵。

她的禮節和外表堪稱模範。她總是坐得直挺挺的，纖細的肩膀往後收，神情伶俐聰慧。她的黑髮一絲不苟，雙手細緻漂亮，修得整齊乾淨的指甲縫從未卡過半點墓地沙土。她的穿衣品味很好，光潔迷人的肌膚有如咖啡色的大理石板；潔淨無瑕的程度讓人強烈意識到自己身上的各種缺陷。仔細想想，她的一切都帶來這種效果。平滑澄澈如同明鏡，映照出你所有的不完美。

我對她彬彬有禮，正如她對我的態度。她很擅長以禮相待，就像她擅長維持辦公室整潔、替前廳牆上那些面具撢灰塵一樣。她當然每天晚上睡前會刷牙，把耳朵後面擦得乾乾淨淨。我們各有本事，而那些就是她的超能力。

我們的相處以無數禮貌的互動構成，荷莉的效率與我的行事作風格格不入。以下是我們之間典型的談話內容：

H．孟洛（長長的睫毛搧了搧，語氣甜美）：露西，嗨，不好意思打擾一下，我知道妳工作很辛苦。

我（眼睛離開手中的《靈異真相》；昨晚熬到四點才睡）：嗨，荷莉。

H．孟洛：我只是問一下，可否麻煩妳收一下晾在儲藏室的衣服呢？我正在打掃那一區。

我（微笑）：喔，沒關係。我之後找時間收。

H．孟洛（臉一亮）：好。只是我下單買了釘在牆上的架子，今天會送到，不想讓送貨員弄亂妳的東西。如果要的話我可以幫妳摺衣服。小事一樁。

我：別擔心。（我已經大到可以自己摺褲子了）我晚點來弄。

H．孟洛：太好了。先說一聲，他們大概再二十分鐘抵達。

我（發出顫抖的笑聲）：喔，好……我現在就去。

H．孟洛：感激不盡。

我：別這麼說，是我要謝謝妳。

在我們談話時，洛克伍德和喬治總是窩在附近，面露和藹笑容，彷彿是叼著菸斗、看孩子在花園裡愉快玩耍的爸爸。我幾乎能看到他們擊掌慶賀新員工適應得這麼好。

她終究會融入這裡的環境，只是我要有一點時間調整心情。

只有一方與我們意見相左，那就是拘魂罐裡的骷髏頭。荷莉知道它的存在——她總要打掃罐子周圍區域——但她不知道它是能與我溝通的第三型鬼魂。骷髏頭不喜歡她。她每天的到來使得它在銀玻璃罐中猛翻白眼，鼓起臉頰。有幾次我逮到它在她背後擺出駭人鬼臉，而她一回頭，它又對我眨眼。

「你是怎樣？」我低吼。接近中午，我正在辦公桌前抱著一碗健康穀片。「忘了嗎？你應該要隱密行事。你知道我們的規矩——最低限度的顯現、不准露出無禮表情、絕對不准說話。」

鬼魂一臉受傷。**「我才沒有說話。妳覺得這叫作說話？還是這樣？」**它迅速換了幾個詭異的表情，越換越噁心。

我用拿著湯匙的手遮住眼睛。「拜託別這樣。我碗裡的牛奶都要餿掉了。她在場的時候少給我耍蠢，不然我就把你鎖進儲藏室。」我狠狠戳著穀片。「骷髏頭，聽好了，荷莉．孟洛是團隊的一員，你要對她尊重點。」

「妳是說和妳一樣？」它對我咧嘴而笑，瞪大雙眼。今天它長出尖銳的上下犬齒，看起來像是拉鍊。

我吃了一大口麥片。「我和荷莉處得很好。」

「妳還眞敢說。我這個鬼說話不老實，不過還沒聽過這麼離譜的謊話。妳完全容不下她。」

我感覺得到臉頰燒了起來，連忙壓下情緒。「呃，你這麼說有點誇大。或許她太愛管閒事了，但——」

「和愛管閒事沒有半點關係。我見過妳是如何在她背後瞪著她。就像是要用眼力把她釘在牆上，鮮血亂噴。」

「我才沒有那樣！你又在胡言亂語了。」我呆滯地面對早餐，可是穀片已經走味。「那你呢？你對她有什麼意見？」

鬼魂一臉作嘔。「她沒空理我。一心只想叫我滾。」

「大家不都是這樣嗎？」

「在她眼中，鬼魂就是髒東西。有沒有看過她清掃樓下那些收藏品的模樣？那些你們帶回來的戰利品？她扔了一半，其他的被加上新的鐵鎖，弄得更安全……她喜歡掌握一切。說不定包括A．洛克伍德先生在內，天知道呢。或許這是讓妳不開心的另一個原因，嗯？」它歪嘴對我壞笑。

「一派胡言。」當然了。從定義上來說，骷髏頭的一切言論都是假的。它老是想在這棟屋子裡興風作浪。我對荷莉沒有意見。眞的沒有。管她身材曼妙。管她頭髮總是光耀動人。管她的嘴啓這輩子從未沾過第二個甜甜圈。這些又與我何干？我一點都不在乎。她也不是完美無缺。比如說，嗯，努力思考看看，也許她的臀圍沒那麼理想。但我不必這麼做。這些都不重要。我是調查員。我還有其他的事情要忙。

我沒在辦公室裡多待。其實我也沒那麼餓。

□

我進練劍室對著艾美拉妲練了幾招，消消滿腔怒氣，沒過多久，我們的新任助理便探頭進來。

「嗨，露西。」

「嗨，荷莉。」我繼續在假人周圍來回移動，長劍舞出虛招，運動鞋踢起一小團粉筆灰。我的運動服濕透了。我正在計時，打算連續十分鐘都不停。這是最好的運動。

「天啊，妳看起來暖透了。」荷莉．孟洛開口。她穿著平時那件白襯衫和背心裙，全身上下沒有半點縐摺與汗水，和幾個小時前上工時沒有兩樣。「我打了幾通電話，與以前在羅特威認識的人聯絡。他們幫我和特別的新客戶牽線。不是在白教堂區。」

我退開幾步，撥掉黏在臉上的汗濕髮絲。「喔？」

「妳請繼續。她明天早上會來。很急。」

「她有說是什麼狀況嗎？」

「據說是『攸關生死』。她的屋子裡出了不得了的大事。總之她會在十點整抵達。」

「好。」我拉好吊在鍊子上的假人，繼續繞著它打轉，把重心放在腳趾。

「妳會到場嗎？」

我往艾美拉妲破破爛爛的小圓帽兩側戳了幾下。「嗯，不然我還能去哪？我就住這裡啊。」

「這是當然。我只是想說十點對妳來講會不會有點太早。」

「沒這回事，我在那個時間不是早就醒了？」

「喔，我知道。但妳不一定會換好衣服。要是看到妳穿著鬆鬆垮垮的灰色睡衣，那位女士可能會嚇一跳。」

「別擔心，荷莉。不會有事的。眞的。」

我朝艾美拉妲衝刺，劍尖貫穿它的頸子中央。假人被這股力道衝得往反方向盪去，脫離我手中的長劍。我站在原地，雙手垂落，盯著它在半空中左搖右晃。

「喔，幸好我不是鬼魂。」荷莉・孟洛發出銀鈴似的笑聲，轉身離去，只留下一抹香水味。

9

隔天早上十點整，我們的客戶到了。這位費歐娜·冬園小姐五十歲出頭（我猜的），身材高䠷纖細，整個人乾巴巴的。她一頭微微轉灰的短髮，看起來相當理性，成套的奶油色上衣和外套，搭配黑色長裙，帶著角度的鼻梁上架著小巧的金框眼鏡。她坐在沙發邊緣，膝蓋緊緊相貼，單薄的手掌在膝上交疊。她的背脊挺得筆直，瘦巴巴的肩頭硬是往後夾，把針織外套的布料撐得像是惡龍雙翼留下的痕跡。要是她胸部夠大，肯定也會往前挺起；她的姿態端莊中透出濃濃攻擊性。

洛克伍德偵探社的成員將她包圍。洛克伍德在他平時的位子上。喬治坐在咖啡桌右側，我坐左側。新成員荷莉·孟洛與我們拉開一點距離，優雅地蹺起腳，筆記本和筆都放在大腿上。她要負責記錄面談內容。十八個月前，我剛加入偵探社時也是擔任類似角色。但我從未想過要緊緊貼在洛克伍德背後，隨時湊上前在他耳邊說悄悄話，也沒想過要以我與領導者的距離來昭示自己身爲副手的地位。

桌上擺了幾片厚厚的胡蘿蔔蛋糕，旁邊是不可或缺的熱茶。我想喬治這回失算了。新的辦公禮儀包含我們不能在客戶動手前吃蛋糕，而冬園小姐看起來一點都不像是會拿胡蘿蔔蛋糕的人。確實她無視遞到面前的蛋糕盤，也只喝了一小口茶就放到一旁。

爐火跳躍閃爍，往客戶側臉投下稜角分明的紅色陰影。「洛克伍德先生，感謝你臨時抽空安排會面。我已經無計可施，不知如何是好。」

洛克伍德露出親切笑容。「女士，選擇敝社，妳的困擾已經解決了一半。感謝妳決定與洛克伍德偵探社合作——我們擁有各種管用的手段。」

「的確。我聯絡過其他幾間偵探社，但目前他們都不接新客戶。」冬園小姐說。「切爾西那一帶似乎陷入混亂，成了每間大型偵探社的第一要務，我不得不稍微降低選擇標準。當然了，我知道你們也具備相當實力，同時收費實惠。」她隔著鏡框凝視他。

洛克伍德笑得有點僵。「呃，我們會盡可能滿足妳的期望……可否請問妳爲何如此困擾？」

「我遭受超自然現象侵襲。」

「這是當然。請問詳情？」

女士的嗓音壓低，一小片垂在下頷的皺皮隨著她的聲音微微顫抖。「腳印。可怕的腳印。」

喬治抬眼。「喔，我對妳的不悅深感遺憾。」

冬園小姐一愣。「不，我的意思是那些腳印全都沾滿鮮血。」

「眞是不得了。」洛克伍德湊向前。「是在府上嗎？」

「是的。」

「那是妳親眼所見嗎？」

「當然不是！」她聽起來像是深受侮辱。「一開始是聽到我家的年輕僕役報告此事，擦鞋童、廚師助手等人。成年人都沒見過，然而不可理喻的恐慌仍舊傳遍整間屋子。洛克伍德先生，他們大肆宣揚，還紛紛辭職！我深受其擾。他們都是僕人。僕人和孩子。我花錢請他們來做事，不是成天歇斯底里、大呼小叫。」

她狠狠掃了我們一眼，似乎是在看有誰膽敢反駁。我迎上她的目光，收回原本的評價，她不是不懂幽默、無知的人，而是靠著常規理性和勢利眼來抵擋鋪天蓋地的恐懼。這是我從她的眼神得到的印象。我看人的眼光很準的。

洛克伍德擺出溫和表情來安撫對方，他多半用這招來對付白教堂區的家庭主婦。「我完全能理解妳的顧慮。想麻煩妳從頭說明整件事。」他抬起手，似乎是打算拍拍她的膝頭表示安撫，接著判斷還是別這麼做。

「好吧。家父羅德斯・冬園爵士在六十年前買下這戶宅邸。他是知名金融家；相信各位都聽說過他。身為他的獨生女，在他過世後，我繼承了房產，一直住到現在。洛克伍德先生，在這二十七年間，鬼魂從未讓我困擾過。我沒空陪它們胡鬧！我忙著打理數間慈善機構、舉辦宴會、接待重要人物。日出公司的龍頭和我私交匪淺！我不能放著這棟屋子名聲受損，因此今日才會來此洽談。」

我們沒有開口，不過可以感覺到眾人興致大增。漢諾威廣場房價昂貴，倘若冬園小姐真的如此富裕，又擁有良好人脈，這次委託或許能成為洛克伍德偵探社必要的跳板。洛克伍德的專注力格外強烈。

「可以請妳稍微描述府上的格局嗎？」他問。

「那是攝政時期的聯排透天豪宅。」客戶說道：「位於廣場一角。共有五層樓。地下室是儲藏室與廚房；客廳在一樓；二樓是我的私人空間——書房、音樂室等等；臥室都在三樓。最後是閣樓，許多僕役——還有膽留下來的人！——睡在上頭。各層樓以一道搶眼的旋轉樓梯連接，樓梯材質是桃花心木和榆木，由霍布斯與克魯威這兩位建築師聯手設計，他們也是第一任屋主。」

我在椅子上微微挪動屁股，洛克伍德的笑容消退，喬治眼巴巴地望著蛋糕。我們很清楚這些跡象，冬園小姐與許多客戶一樣，提起自己的事情就講個沒完。我們要在這裡坐上好一會了。

「是的，整個廣場找不出更精緻的樓梯了。」她繼續說：「樓梯井很深，設計典雅。在我小時候，家父在我的寵物老鼠身上綁了手帕，把牠從樓梯頂端丟下去，牠往下飄——」

「冬園小姐，不好意思。」荷莉．孟洛的視線離開她的筆記本。「我們得要稍微加快腳步。洛克伍德先生相當忙碌，只規劃給這場面談一小時的時間。請說明相關的背景就好，不要偏離正題。」她亮出笑容，就像打開電燈開關那樣俐落，再次低頭準備抄筆記。

房裡一陣沉默，洛克伍德側身盯著他的助理看。我們全都盯著她看。喬治甚至嚇得嘴都闔不攏，幸好他還沒把蛋糕放進嘴裡。「呃，對。」洛克伍德說：「嗯，我想我們真的該進入正題了。冬園小姐，請說明那些腳印的來龍去脈。」

我們的客戶橫了荷莉．孟洛一眼，抿起嘴唇。「我正要進入正題呢，而且這道樓梯和這件事關係可大了，血腳印就是出現在上頭。」

「啊！請說。」

「那是往樓上延伸的光腳腳印，四周血跡噴濺，在深夜十二點後出現，持續數個小時，天亮前就消失。」

「腳印分布在哪段樓梯？」

「從地下室開始，最高到三樓。」客戶皺眉。「可能更高一點。」

「怎麼說？」

「腳印越往上越模糊。接近地下室的區域可以清楚看見輪廓，然後血跡越來越小——只剩腳趾頭和拇趾球。」

「眞有意思。」我說：「是在踮腳尖走路嗎？」

「或是跑步。」喬治答腔。

冬園小姐聳聳肩，肩胛骨貼著外套上下滑動。「我只是轉告那些孩子的說詞，每個人的講法都兜不攏。你們最好親自去看看。」

「會的。」洛克伍德說。「屋裡其他地方也有腳印出沒嗎？」

「沒有。」

「階梯表面是什麼材質？」

「木板。」

「沒有鋪地毯？」

「沒有。」

他雙手十指互敲。「妳知道這起鬧鬼現象可能的原因嗎？比如說這棟屋子裡曾經出過什麼悲劇或是重大犯罪事件？」

客戶一臉怒容，就算洛克伍德突然彈起來跳過咖啡桌、往她鼻子上揍一拳，她也不會更震驚了。「絕對沒有！就我所知，我的住處從未發生過任何暴力事件。」她挺起單薄的胸口，表示氣憤。

「這點我相信……」洛克伍德沉默半晌，望向漸漸熄滅的爐火。「冬園小姐，妳昨天在電話裡提到這件事攸關生死。方才描述的腳印確實令人不快，但我不認爲它們就是一切異狀的全貌。妳還有什麼事情沒有說出來嗎？」

這名女士的氣勢變了。她收起傲慢，看起來既疲憊又提防。「是的，出了一件……意外。你一定要知道這不是我的錯。無論僕役怎麼說，腳印都不是眞正的問題。」她搖搖頭。「我的做法完全正確，不是我的錯。」

「等等。所以腳印已經出現好一陣子了？」我問。

「喔，是的，好幾年了。」她對我怒目而視，嗓音中帶著戒備。「這位小姐，別以爲我輕忽了我的職責！那些腳印及隨之而來的現象一向微弱淡薄，而且極少出現。沒有人受到傷害。除了幾名僕役的胡言亂語，甚至沒有人注意到它們。然而這幾個禮拜，他們通報此事的頻率大增。到最後——」她別開臉，「每夜都會發生。於是我雇用三名守夜員來監視。」

我們互看一眼。守夜的孩子們擁有天賦，只是不如調查員這般強大或敏銳。同時他們的裝備也克難得可憐。

「妳沒想過向靈異局通報嗎？」荷莉．孟洛詢問。

「那些現象和沒有差不多！」冬園小姐提高嗓門。「在這個階段，我不認爲有必要找調查員來。」她輕輕拉扯套頭毛衣的邊角，像是它緊緊黏在她的肩膀上似的。「倫敦到處都有嚴重的鬧鬼事件！總不能看到鬼火或微光鬼就去煩靈異局吧。而且我還有名聲要顧。我一點都不想讓靈異局那些人的髒靴子進我家亂踩。」

洛克伍德凝視她。「所以出了什麼事？」

她蒼白纖細的拳頭輕輕敲打大腿，傳達惱怒心情，激動依舊，但她再次壓抑下來。「請問你們，我雇用守夜員是爲了什麼？他們得確保事態沒有失控。我只要他們盯著樓梯、觀察鬼魂的性質。我就住在屋裡，許多僕役離開了，但還有幾人待在樓上。我們的安全很重要……」她越說越小聲。

「是啊。」洛克伍德乾巴巴地說道。「妳的安全自然至關重大。請繼續。」

「第一夜結束後——洛克伍德先生，這是三天前的事情——那些孩子在我吃早餐時前來匯報。他們在地下室待命，緊盯著樓梯。過了十二點，他們看到腳印出現——正如我稍早的描述。腳印一個接著一個成型，彷彿有人正緩緩上樓似地沿著樓梯往上移動。腳印越爬越快，孩子們跟了上去，卻只跟了一小段——眞氣人，他們到了一樓就不再往上。我倒要問問這是什麼意思！」

「他們有沒有說爲何停在一樓？」洛克伍德問。

「他們說訪客的移動速度太快，而且他們很害怕。」客戶狠狠瞪著我們。「害怕！這是他們的工作！」

「請問那些孩子幾歲呢？」我問。

冬園小姐的嘴角扭曲。「我猜是九到十歲吧。我沒有和這個年齡層的人相處過。總之我直接說出需求，要他們隔天晚上跟得更緊，確實他們也照做了。隔天早上他們報告時，臉色蒼白，抖個不停，說他們爬到二樓與三樓之間就無法繼續前進，他們說被一股強烈恐懼箝制住，越往上走就越嚴重。他們覺得有東西在樓梯轉角處埋伏。別忘了，他們有三個人，手裡還有鐵杖。在我看來，這個藉口實在太薄弱。」

「我請他們第三夜繼續追蹤。其中一個女孩子直接拒絕——我付了錢，要她收拾收拾離開我家——另外兩個認爲可以再試試。各位一定要知道，那些腳印從未帶給我們任何實質上的困擾。我從未想過——」

她沒把話說完，枯瘦的手伸向咖啡桌，在胡蘿蔔蛋糕上懸了一會，又轉向她那杯茶。

「不是我的錯。」她說。

洛克伍德細細打量她。「冬園小姐，什麼事情不是妳的錯？」

她閉上雙眼。「我睡在三樓的臥室。昨天我起得很早，僕人都還沒開工。我踏出房間，看到一根鐵頭長棍倒在樓梯口，穿過扶手間的空隙，尖端懸在樓梯井上。我高聲呼喚，沒有回應。於是我走向扶手，看到……」她顫抖著喝了口茶。「我看到……」

喬治自言自語：「感覺接下來我會要吃點蛋糕。」

「我看到其中一個守夜的孩子在我上頭，縮在三樓與閣樓之間的樓梯上。她背對牆面，抱著膝蓋，前後搖擺。我對她說話，但她沒有反應。我沒看到另一個人——那是個男孩，不知道他叫什麼名字——可是我注意到女孩的守夜杖擱在她身旁，因此我猛然往下看。」回想起那驚恐的一刻，她用力吸了口氣。「我剛才提過這道樓梯從閣樓延伸到地下室。他就在那裡，倒在地下室的陰影中。他從高處摔落，死了。」

房裡陷入漫長的寂靜。冬園小姐的虛張聲勢歪歪斜斜地披在她身上，像是鉸鍊被狂風吹壞的柵門。

她依舊緊咬不放。「這是他們的工作。我付了錢，他們該承受這風險。」

洛克伍德一動也不動，雙眼閃閃發亮。「希望妳的酬勞夠優渥。他有遭到鬼魂觸碰嗎？」

「沒有。」

「他爲什麼會摔下去？」

「不知道。」

「他從哪裡墜落？」

她消瘦的肩膀聳了聳。「這我也不知道。」

「冬園小姐，另一個孩子可以——」

「她什麼都說不出來，洛克伍德先生。一個字都說不出來。」

「爲什麼？」

「因爲她瘋了！」這句話接近尖號，我們都嚇得往後彈。女士往前傾，雙臂僵硬，蒼白的雙手在膝上交握。「她瘋了。她什麼都不說，幾乎沒睡，彷彿要被什麼東西攻擊似地瞪眼看著半空中。她目前待在倫敦北部的一間精神病院，在隔離病房接受靈異局醫師照顧。他們說是創傷後的精神分裂狀態。不太樂觀。」

「冬園小姐。」荷莉．孟洛語氣生硬。「原本就不該找來那些孩子。妳犯下極大的錯誤。妳應該要聯絡靈異偵探社才對。」

客戶雙頰泛紅。我以爲她會勃然大怒，但她只說：「我現在已經這麼做了。」

「從一開始就該這麼做。」

「小姐，我無意——」

喬治果決地起身。「告訴你們，我的預感沒錯。聽完這段故事，大家都需要休息一下。我們要來點能量和營養。現在絕對是胡蘿蔔蛋糕的時段。別客氣——請用，冬園小姐，真的不要客氣。」他捧起蛋糕，像是賭場發牌的荷官，將一小片放入她的盤子。「來。這樣會讓大家好過許多。」另外四片蛋糕在眨眼間分配完。洛克伍德和我接下小盤子，我把一盤遞給荷莉。

她揚起修整得完美無瑕的手。「不了，謝謝妳，露西。妳吃吧，我不餓。」

這是當然了。我端著盤子重重坐下。

守夜員的遭遇在我們心頭蒙上陰影。我們以自己的步調吃起蛋糕。我們的客戶臉色慘白，啃咬蛋糕一角，每口都小得像田鼠似的。我大口吞下蛋糕，彷彿是反社會的海鳥。洛克伍德對著爐火默默皺眉。因鬼魂而死的案例總是沉甸甸地壓在他心上。

喬治吃得反常地緩慢。這位客戶身上的什麼東西吸引了他的注意力。他凝視別在她毛衣上、幾乎被針織外套蓋住的銀色物體。

「冬園小姐，妳的胸針還眞是不錯啊。」他說。

她低頭一瞥，嗓音細得幾乎聽不見：「謝謝。」

「那是把豎琴對吧？」

「是的，里拉琴，古希臘的豎琴。」

「它代表什麼嗎？我以前肯定有見過。」

「這是倫敦一間俱樂部奧菲斯結社的象徵符號。我替他們經營慈善事業……」她拂去指尖的蛋糕碎片。「好了——洛克伍德先生，你打算如何處理此事？」

「極度謹愼。」洛克伍德打直背脊，他面容嚴肅，毫無笑意。「當然了，我們會接下這個案子，冬園小姐——然而這相當危險，我絕對不會負擔不必要的風險。今晚應該會爲了我們將屋裡人員淨空？妳和僕役會移動到別處？」

「我已經告知大部分的人了！是的，你們可以任意行動。」

「很好。最後一個問題，方才妳提到某種『隨之而來的現象』與血腳印一同出現。那是什麼？」

冬園小姐皺眉，額頭中央的線條加深。仔細描述此事顯然讓她相當不悅。「我幾乎記不得了。那些腳印是鬧鬼事件的核心。」

「不只是看得到的事物。」我說：「那些守夜員有聽到什麼嗎？還是說感覺哪裡不對勁？」

「我說過了，他們感到恐慌；還有就是很冷。其中一個女生似乎提到半空中有什麼動靜——有什麼東西從她身旁擦過。」

正如我們所料，根本問不出什麼重要情報。洛克伍德點頭。「我知道了。」

「喔，另一個小孩報告有兩道奔跑的形體。」

我們一同瞪著她。「什麼？」我問：「妳要隱瞞到什麼時候？」

「剛才忘記了。我想是那個男生說的，他滿口胡言亂語。我不太確定是否該放在心上。」

「冬園小姐，根據我們的經驗，死去的守夜員證詞必定要認真面對。」洛克伍德問：「那個男孩看到什麼？」

她緊緊抿唇。「兩道朦朧的身影：一大一小。根據他的說法，它們一前一後衝上樓梯。順著腳印延伸的路線。較大的人影伸長雙手，像是要抓住另一道人影似的。比較小的人影——」

「在跑。」我幫她說完。「在逃命。」

「無論那是誰，看來它都沒有順利逃走。」喬治說：「這只是我的猜測——」他托托眼鏡，「它沒有逃過一劫。」

10

「那個女人太可惡了。」洛克伍德評論道：「冷血又無知，同時還情緒失控。不過呢，小露，她確實給了我們危機四伏的好案子，我們絕對不能搞砸。」

我對他開心微笑。「我有同感。」

我們坐在漢諾威廣場某處庭院的榆樹林間，望向冬園小姐家。這一側處於背光面，五十四號外觀陰暗單薄，像是蛀壞的牙齒般卡在其他樣貌雷同的豪宅間。那些漆得光鮮亮麗的門面、以石柱撐起的門廊、框在其中的俐落黑色大門……它們曾多麼優雅怡人。然而近期的幾場風雨在滿牆石膏雕飾留下深色污漬，細碎的斷枝散在人行道和門廊上。沒有半點燈火，死氣沉沉。

今天早上雨停了，不過草地上處處可見水窪，毫無波動，有如落地的硬幣，映射鐵灰色天幕。屋外颳著強風，赤裸的枝椏格格打顫，天色漸漸暗去。林木像是枯乾的巨手互相摩挲般搓出嘶啞雜音。不安沉甸甸地擠壓整個世界。

今天的目的地就在對街。

「讓我想到柏克萊廣場。」我說：「那件案子也很危險。說不定更糟。我的劍斷了，喬治差點砍掉你的腦袋，不過我們現在還不是好端端的？」

那次我表現極好，是我最愛的案子之一。說不定這回能更上一層樓。我相當樂觀，甚至可說是心情雀躍。喬治先去圖書館找資料，還在前來此處的路上。荷莉·孟洛在波特蘭街留守，拿迴紋針做一些技術活。此時此刻，只有洛克伍德與我。

他豎起衣領抵擋寒風。「柏克萊廣場是夏天的案子，夜晚一轉眼就過了，今天或許會演變成長期抗戰。現在才三點，可是我已經餓了。」他用鞋尖戳戳裝備包。「不過呢——荷莉的三明治看起來不錯吧？」

「嗯，感覺滿好吃的。」

「感謝她幫我們準備存糧。」

「嗯。」我扯出滿面笑容。「她人眞好。」是啊，我們的優秀助理幫忙做了三明治，也打包好出勤用的工具。雖然我還是會再仔細檢查一番（事關自己的生死，我只信任我自己），但我得承認她做得很好。總之在我心目中，她今天做得最好的就是待在家裡。今晚只有我們三個。就和以前一樣。

廣場上沒有多少行人——看他們身穿昂貴大衣，八成是附近居民。他們投來目光，看到我們的佩劍、深色衣物、戒備的模樣，連忙垂頭走避。調查員這個身分眞有意思，洛克伍德曾說過我們獲得同等的敬佩與鄙棄。天黑後，我們代表秩序與一切善意，大家都想見到我們。到了白天，我們就是日常生活中的不速之客，象徵社會大眾拚命抵禦的混亂。

「她是厲害的新人，對吧？」洛克伍德問。

「荷莉？嗯，她很好啊。」

「我認為她很有膽識，完全不怕頂撞冬園那個老巫婆。有話直說。」他拉開大衣，檢查掛在胸前的整排塑膠殼投擲彈，腰間的鎂光彈閃閃發亮。「露西，我知道妳一開始有些顧忌……已經過了兩個禮拜了，妳現在與荷莉處得如何？」

我鼓起臉頰，凝視他低垂的腦袋。有什麼好說的？「就還好……」好不容易開了口。「也沒有說特別順利。我想我有時候真的覺得她——」

洛克伍德突然站直。「很好啊。」他說：「看，喬治來了。」

是喬治沒錯。他肥墩墩的身影快步橫越馬路。襯衫沒紮、眼鏡起霧，寬鬆的長褲處處是水痕。他的破爛背包掛在一邊肩膀上，長劍像是骨折的尾巴般在背後搖擺。他踩過一個個水窪，氣喘吁吁地停下腳步。

我看著他。「你頭髮沾到蜘蛛網了。」

「工作嘛。我查到東西了。」

喬治總能找到什麼。這是他最大的優點。「謀殺案？」

他眼中閃過銳利如鑽石的光芒，代表他的調查獲得優異成果。「對——別聽那個老太婆說她爸的屋子有多乾淨。明明就出過鮮血淋漓、殘忍暴力的大事。」

洛克伍德咧嘴一笑。「太好了。鑰匙在我手上。你的裝備在露西那邊。我們進去避風，聽你介紹那些噁心的細節。」

□

無論費歐娜．冬園小姐有多少缺點，她絕對不是隨意誇下海口的人。她的屋子確實稱得上富麗堂皇，每個房間都驗證了她的財富與地位。儘管這棟樓幅寬略窄，樓高和縱深都不在話下。挑高的天花板點綴著豪華石膏雕塑，壁紙印上東方的花鳥圖案。厚重的窗簾裹住窗戶，牆邊擱著一座座展示櫃。一樓其中一間房牆上掛著數十張小幅畫作，用色陰沉，整齊得像是列隊的士兵。書房也相當豪華，其他的臥室、盥洗間、走廊都貴氣逼人。到了閣樓，突然只剩樸素的白牆，以及六間小小的僕役房，擠在傾斜屋頂下，展現出下方主屋剝去奢華外皮後的骨肉。

所有的裝潢中，我們的焦點聚集在那座樓梯上。客戶沒有撒謊，這座樓梯確實風格高雅，是這棟建築物的黑暗核心。從前門踏進屋內馬上就會撞見它，廣大的橢圓形樓梯井貫穿整棟屋子。陡峭梯階依附著橢圓形的右側牆面，以逆時鐘方向爬升。左側則是細緻的弧形扶手，將樓梯井圈起；再過去是一小段通往地下室的樓梯。站在前廳——或是每一層樓的樓梯旁——可以仰望不斷向上兜圈的階梯，看到從閣樓透出的橢圓形天光；或者是俯瞰地下室廚房的黑白磁磚地面。

我們不喜歡這片看起來刷得乾乾淨淨的磁磚。那名守夜男孩的屍體就落在此處。

除了閣樓的天窗，整個樓梯井照不到半點自然光，打造出漠然的空間，沉重寂靜，通往過去，與外在世界缺乏連結。儘管現在還是下午茶時段，以等距掛在牆上的花朵造型壁燈已開啟，散發朦朧冷光。

趁著天還沒黑，我們得先把屋裡各處巡上一圈，依照固定的順序探索，默默傾聽腳步聲敲響塗上亮光漆的地板。我們到處測量溫度，輪流運用靈異感官。現在還太早，捕捉不到什麼跡象，但謹慎點總是好事。

最後，我們鎖定這座樓梯。

從地下室的廚房出入口開始緩緩往上爬，顯然樓梯本身——以及接近扶手的樓梯口——都比屋內其他區域還要冷。差異不大，稍微降了一、兩度。這是我們唯一的發現。洛克伍德什麼都沒看見，我豎起耳朵，除了喬治咕咕叫的肚子，沒聽到任何詭異聲響。

在樓梯的最後一個轉彎處，三樓與閣樓的交接點，洛克伍德彎腰打量一片踢腳板。就著蒼白的陽光，他撫過木板，指尖湊到唇邊。「是鹽巴。他們清理過了，不過曾經有人在這裡撒鹽。」

「守夜的女生做的嗎？」喬治拿短短的鉛筆寫筆記，另一支鉛筆塞在耳後。「最後的抵抗？」

「所以說一定是在這裡找到她的。」我說。是的，蜷縮在牆邊，喪失心神，一句話都說不出來……我凝視空蕩蕩的石膏牆、空虛的空間，尋找曾發生在此地的恐怖事件。除了那些鹽粒，不留半點痕跡。或許這是最糟的跡象。

過了一小時，日光越來越黯淡。閣樓樓梯口的最後一絲光芒被黑暗吞噬。環繞階梯的灰影膨脹。我們回到樓下。

該來吃點東西、聽聽喬治的故事了。我們都不想借用地下室的廚房，也就是那名男孩喪命的地點。於是我們在一樓掛滿畫的房間紮營，拉來桌椅，擺開水瓶、餅乾、三明治、一包包洋芋片。我們點燃煤氣燈，將其中一盞擱在桌子尾端。我找到插座，把電茶壺裝滿水，按下開關。喬治從他在圖書館的研究成果中抽出幾張紙，我們泡了茶，安頓下來。

「總有一天要換個好地方。」喬治說：「比如找個沒有東西會宰了我們的地方野餐，想必會很開心。」

「那我們野餐的時候要聊什麼？」洛克伍德喝了一大口茶。「仔細想想，靈擾爆發前的小孩子都在幹嘛啊？他們大多不用工作，對吧？要去上學還是幹嘛？那種生活肯定無聊死了。」

「而且很安全。」我說。「可別忘記這點。」

「要是住在這棟房子裡，那就一點都不安全了。」喬治語氣陰沉。「要是你身爲名叫『小湯姆』的跑腿小弟，你的生活肯定是危機重重。」他湊向桌子看筆記，姿態彷彿是矮胖將軍在評估戰術，接著他咬了一口餅乾。「命案發生在一八八三年的夏季。根據《帕爾摩街公報》，當時的屋主叫亨利·庫克，是退役老兵兼商人，曾在印度服役。他的兒子，叫羅伯特·庫克來著，在某個炎熱的七月夜晚遭到逮捕，罪名是謀殺家中僕人湯瑪士·韋伯，也就是大家口中的『小湯姆』。他馬上受審，獲判有罪。」

「他是如何下手的？」我問：「爲什麼？」

「我不知道爲什麼。手邊沒多少資料。不過報紙有提到手法。他拿他父親的獵刀捅死對方。報導內容說當天傍晚爭執在廚房裡爆發。小湯姆先是在該處被刀刺成重傷，展開怵目驚心的追逐，旁邊還有許多目擊者——賓客、僕人、其他家人——直到最後的致命一擊。到處都是血。公報說這裡是『凶宅』。又來了！倫敦到處都有凶宅。應該要找個時間整理成清單。」

我仰望天花板，上頭用石膏打造出漩渦和螺旋圖案，像骨髓般緊密繁複。「這和血腳印的現象還滿符合的。」

洛克伍德點頭。「根據守夜的孩子對冬園的報告，這場追逐從廚房開始，沿著樓梯往上穿過整棟屋子。可憐的小湯姆被逼到閣樓，慘遭殺害。」

「凶手後來怎麼了？絞刑？」

「沒有，他被送進貝德蘭姆精神醫院。他們認爲他瘋了。總之呢，不久後，他也死了。在戶外散步的時候，他甩開監督者，衝到大馬路上，被送葬馬車輾死。」

洛克伍德皺起臉。「這故事眞動聽。」

「這可不是嗎？」

屋外的陽光迅速退縮。黑雲堆在太陽四周，努力扼殺它僅存的生機。一大群鳥兒在榆樹樹梢盤旋飛舞，宛如擁有生命的煙霧。我們喝完熱茶。

「喬治，幹得好……」洛克伍德握起長劍，將它靠在椅子旁。他豎起風衣領子，臉龐幾乎陷入黑暗。他修長手指往桌上敲出思緒的旋律。「好啦，我們該上工了。」他停頓幾秒。「不過我不能把它當成普通案子。我要你們兩個仔細聽。這場鬧鬼事件相當複雜。有爬上樓梯的血腳印。有兩道追逐不休的神祕身影。有那些守夜員感受到的強烈恐懼。還有鐵錚錚的事實——某股力量對那些孩子做了很可怕的事情。一名目擊者死了，另一人瘋了。」他把洋芋片包裝揉成一團，塞進口袋。「讓人摸不清腦袋，我們不能露出任何破綻。」

「在同一場鬧鬼事件中顯現兩道幻影的確很不尋常。」喬治說。「問題來了，它們都是活躍的鬼魂，還是其中一個是當年事件的迴響，被真正的鬼魂引出？我看過這種狀況。在德特弗德有個可怕的案子，與水手，還有緬甸蟒有關——」

洛克伍德揚手制止。「喬治，我們都知道那件事。重點是今天晚上。」

我在椅子上不耐地扭了扭。「大概沒有你們想得那麼複雜。惹出這些事的就是庫克的邪惡靈魂。我們得找到源頭，摧毀它。」

「沒錯。」洛克伍德說：「不過不是今晚。今天只要觀察就好，不去介入。這些鬼魂擁有固定的路徑。它們從地下室出現，沿著樓梯垂直向上，消失在頂樓。發生得很快。我們就這麼做：圍出三個鐵鍊圈。喬治守在地下室，露西在二樓，我負責閣樓。我們等著看會發生什麼事，對照各自的紀錄。別和我爭。」我正張嘴要提出疑慮。「這次的任務要花兩天處理。荷莉說這是羅特威的標準程序。」

「喔，那肯定沒有問題。」我說。

房裡一陣沉默。「那腳印呢？」喬治問。

「腳印會留下來，我們晚點再來調查。先來觀察那些高速移動的鬼魂。我想它們會從我們身旁掠過，但若是真的靠過來，不用多想，用各種方式對付它們。懂了嗎？」

喬治點頭。

「露西？」

「好啦，好啦，就這樣。」

「還有，無論出了什麼事，都不能離開自己的鐵鍊圈。露西，我不希望妳嘗試任何靈異接觸。我一直在思考妳上上禮拜與那個女性鬼魂對話的模樣。沒錯，成果不錯，但我覺得不妥。我們不清楚自己在對付什麼。只知道它殺了一個孩子。」

「我懂你的意思。沒問題。」

「好。骷髏頭在妳身上？很好。看它有沒有任何高見。讓它負擔風險，不要自己上陣。現在該行動了。要是你們感覺不到有什麼東西接近，我可以。」

他猛然起身，握起劍柄。野餐就此解散。

□

一小時後，陽光消失得無影無蹤，我們已經做好準備。我站在二樓樓梯口，面對樓梯井，被鐵鍊圈包圍。裝備包擱在手邊，我掏出幾顆鹽彈。據說鬼魂會貼著扶手繞過樓梯轉角，我和扶手拉開五呎左右的距離。

我做了個雙環圈，拿兩條鐵鍊互相纏繞，活像是糾結的長蛇，任何鬼魂都難以突破。可是呢，想到那個守夜女孩被嚇到喪失理智，我不太確定鐵鍊圈足以保護我。畢竟我們基本上還是會看見她見識到的光景。看解散前另外兩人的緊繃表情，我猜他們的想法與我一致，只是我們絕口不提。想在這一行待下去，眞的不能想太多。喬治腦中塞滿不著邊際的猜測，這其實滿有效的。

我把拘魂罐隨便丟在鐵鍊圈外，罐裡閃著腐敗般的綠光，雖然看不見那張鬼臉，但它確實存在。

它長長吹了聲口哨。「**眞舒服。**」它在我腦中低語：「**我會慢慢習慣的。好啦，那個洛克伍德，我聽到他惹毛妳了。**」

「他才沒有惹毛我。」我的視線越過扶手，投向樓梯井。我們關掉所有壁燈，在樓梯布下燭燈。每隔三階就放一根高矮參差的小蠟燭，沒有半點防護，任何事物經過都會影響到燭光。溫暖的光暈在黑暗中相互交疊，宛如被困在時間裡的螺旋狀氣泡，瀰漫黑暗的美感。

「**妳要聽他的話嗎？**」骷髏頭說：「**是我才不管他那麼多。妳想和殺人鬼建立靈異接觸，有何不可？上吧！**」

「你的意圖也太明顯了。我不會做那種蠢事。」我隱約看到地下室喬治那盞提燈的微弱紅光。他和我一樣，把亮度調到最低。可以透過開關開啓遮罩，瞬間大放光明。洛克伍德離我兩層樓遠，也做了類似的設置。我想像他站在黑暗的樓梯口凝神關注一切異變。我胸口一揪，喜悅與痛苦共存，八成是那些噁心的三明治讓我消化不良。「好了，我帶你來不是沒有理由。」我回頭凝視罐子。「你有沒有感應到什麼？隨便什麼都好。」

「我想他已經不會再聽妳的話了。」那嗓音不屈不撓。「他的心思都在荷莉身上……喔，別否認！別以爲我個性差就看不見鼻子前面出了什麼事。」

「你又沒有鼻子。」我退進圈內。「給我注意這道樓梯！」

「嗯……這裡出過壞事。」

「謝啦。這種話我也說得出來。」

「是嗎？妳有沒有看到滿地都是血？有沒有聽見慘叫聲？」

「沒有。」

「蠢斃了。妳才沒有妳以爲得那麼敏銳。比如說呢，妳滿腦子都是洛克伍德，完全沒注意到有東西偷偷從妳背後逼近……就是現在！」

地板劈啪作響。我尖叫一聲，轉過身。我還來不及反應，有人打開手電筒，一張熟悉的圓臉從黑暗中浮現。「喬治！」

「小露。」

「你幹嘛離開自己的圈子？回去！」

他聳聳肩。「反正現在也沒事嘛。說不定還要等上好幾個小時。妳有口香糖嗎？」

「沒有！你快回去。要是讓洛克伍德看到……」

「別緊張。目前沒事啦。妳說妳有口香糖？」

「沒有。好啦……看我塞在哪裡了。來，拿去。」我摸出一包口香糖遞給他。「下面還好嗎？」

「還行。」他抖著手指與包裝奮鬥。「磁磚地上有一灘不斷擴散的寒氣。妳知道的，就是那個男生墜落的地方。而且我嘴巴裡出現怪味……瘴氣來了。」他把剩餘的口香糖塞回我手中，打了個哆嗦。「妳收著吧，我回去了。」

「露西！喬治！」洛克伍德的叫嚷在樓梯井敲出回音。「下面都沒事吧？」

「沒事！」

「很好。別鬆懈！我覺得氣氛開始變了。」

喬治皺起臉揮揮手。沒過一會，他化爲圓滾滾的陰影往下飛奔，燭火隨著他的腳步抽動。光暈泡泡恢復穩定，排回螺旋陣形。我盤腿坐在鐵鍊圈裡凝視黑暗，等待隨時都可能發生的異狀。

□

我猛然抬起頭，寒意與反胃戳刺我的神經，猶如無數隱形的小蟲子爬過皮膚。我的頸子抽痛，意識到已經過了好長一段時間。我的注意力往遠處延伸，現在全數收回體內。現在幾點？我看看手錶，夜光指針穩穩走向十二點十五分。過十二點了！

我清清喉嚨，伸展手腳，東張西望。屋裡一片寂靜。樓梯上的燭燈沒有熄滅，但光暈似乎正承受著看不見的壓力，縮小了些。我望向拘魂罐。綠光消失了，看起來像是深色葡萄酒。玻璃表面閃閃發亮的是什麼？

寒霜。我伸出手，探向鐵鍊圈外——接著迅速縮回。感覺就像是泡進一缸冰水似的。

我連腳掌都凍僵了，嘴裡嘗到臭味，彷彿吞下什麼難吃的東西，無法擺脫那股滋味。我挖出口香糖，剝掉包裝紙，瘋狂咀嚼。用瘋狂來形容眞的不爲過。我的一切行爲都無比焦躁，靈異感知能力正不斷扭曲變形。

明明什麼都還沒發生，但不斷醞釀滋長的力量最讓人難受。你很清楚自己即將目睹過往惡事重演，眼睜睜看著某樣事物扭曲這棟屋子的本質，使它偏離現實。一切都在倒退，過去擁有比未來更強大的力量——喬治稱之爲「暈時間」。他猜測這是它如此不自然、錯得如此徹底的原因。

「盯緊蠟燭。」骷髏頭的聲音傳進我耳中。「看好燭光。」

沒錯，隨著瞬間的氣流，燭光開始抽動。我感覺手臂寒毛豎立，呼吸緊繃。我的耳朵好痛，像是搭乘電梯急速向下的感覺。我閉上雙眼，努力聆聽。一聲痛呼從某處傳來。

我睜開眼睛。「喬治？」

劇烈的撞擊聲。我嚇得跳了起來。這聲巨響在樓梯間往上迴盪，被黑暗吞噬。我知道它來自地下室。燭光停滯下來，好似一顆顆盲人眼眸的虹膜。

「喬治？」

沒有回應。我暗罵一聲，抽出長劍，踏向鐵鍊圈外的酷寒黑暗。我攀在扶手旁往下看。

有什麼東西從地下室往上移動。我看見梯階上浮現深色污漬。踏出這些痕跡的物體不見蹤影，但它動得很慢，沿途散落，滅掉每一根蠟燭。

地下室一片漆黑，看不到喬治身旁提燈的燈光。我緊握扶手，把脖子伸到最長——地下室那段樓梯的最後一根蠟燭熄滅，一樓前廳地板出現一塊塊濕痕。是不是有隻朦朧的手掌抓住扶手支撐重量……？

不對——有兩隻手，其中一隻稍微落後。兩隻手接連往前飛舞，加速，繞過樓梯轉角，逼向我所處的樓梯口。

「露西……」是罐裡的鬼魂。「**如果是我的話，會馬上縮回來。**」

但我仍舊緊握欄杆。好冷，寒氣隔著手套啃噬我。好難把思維切換到移動模式。我的四肢好重好重，身體落在好遠好遠的地方。

在樓梯上，兩道奔馳的朦朧形體背後拖著宛如斗篷的黑暗，蠟燭在彈指間一一熄滅。

「**就連荷莉都有趨吉避凶的小聰明。**」骷髏頭說。

長針般的東西戳入我體內，狠狠穿透鬼魂禁錮。我把身體往後推，橫越樓梯口，被鐵鍊絆了一下，跌進圈裡，趴在自己的裝備包上。那兩道身影從我面前掠過。

它們沒有發出半點聲響，蒼白的異界光芒從它們身上溢出，化為一道道光帶。跑在前面的白影嬌小孱弱，構成朦朧的孩童身形。它的身軀多麼枯瘦，肩膀多麼單薄！看不清任何細節，它的具體程度與燭火不相上下，下半身空空如也。它垂著腦袋，拚命往前衝刺，小手拂過樓梯扶手。

接著，從它背後的黑暗……湧現出第二道身影，同樣綻放微光，構成元素與前一道身影相同。但它龐大許多，是魁梧的成人形體，異界光芒比較黯淡。我還是沒看清它的面容外貌，只有一隻往前伸的粗壯手臂，巨大的腦袋前後搖晃。

孩子的身影從我面前衝向下一段樓梯，追兵緊咬不放，一同爬上三樓。上方的蠟燭在眨眼間接連熄滅。它們留下刺骨寒意及往內吸的致命氣流的聲響。它們不見了。我繼續等待，跪坐在地，張嘴緊咬牙關。空氣越來越冰冷，從屋子的高處傳來最後一陣駭人慘叫。有什麼東西從我面前落下。我感應到它的存在、聽見樓梯扶手彼端的氣流，只能繃緊神經，繼續等待……卻一直等不到來自地下室的撞擊聲。

這時我才看到印在鐵鍊圈外的漆黑潺濕印子。鮮血淋漓的雜亂腳掌印。

我一直蹲在原處凝視腳印，過了好一會。氣溫漸漸回升，煙味與燭蠟的氣味飄進鐵鍊圈，我聽見洛克伍德冷靜的語氣，他從閣樓高聲通知我們鬼魂顯現已經結束。

11

那些腳印殘留了一小時又十七分鐘。喬治看著錶記下時間。它們是由薄薄的黑色鬼氣形成，散發極度低溫。洛克伍德以劍尖觸碰其中一個腳印時，炸開一大片蒸氣，一絲絲黑色鬼氣如毒蛇般攀上銀製劍刃。很有意思的現象。喬治記錄腳印的分布位置，我則是描下幾個比較清楚、沒混到太多血跡的印子。

「這雙腳不大。」洛克伍德說：「沒有幼兒那麼小，不過相當細瘦。肯定是小湯姆的腳印，不是羅伯特．庫克。」

「應該要量一下大小。」我說：「可是我不想靠太近。」

「小露，說得好。」他戴上手套，從裝備包裡抽出一條深藍色圍巾，這是他面對酷寒樓梯的唯一抵禦。「我想我們可以找個東西來比較……誰的腳最小？」

「荷莉。」喬治頭也沒抬。「還用問嗎？」

我咬牙回應：「她根本不在現場。」

洛克伍德點頭。「喬治，你說得對。她的腳確實挺小的，我敢說尺寸差不多就這樣。明天該來量量荷莉的腳。」

「瞭解。」

「更重要的是源頭的下落吧。」我冷冷轉移話題。「你們覺得小湯姆在哪裡喪命？」

一般而言，源頭最可能出現在死亡地點附近，但這次的顯現過程中疑點重重。就連我們的觀察也無濟於事。那名小男僕先是在地下室中刀，鬧鬼事件自然從那裡開始，突然爆發的劇烈能量把鐵鍊圈裡的喬治炸飛，提燈砸到牆上。他和我不同，沒看到那兩道身影。洛克伍德守在頂樓，也只是驚鴻一瞥。它們抵達閣樓——速度極快——似乎融為一體。接著是那聲震耳欲聾的慘叫——而後沒有半點動靜。不過我確實聽到有什麼東西從高處墜落。

「如果照著露西的推測，庫克把湯姆推下去，那他肯定在著地時死亡。」喬治說。

「除非他早已傷重不治。」我說：「可憐的孩子。」

「所以源頭可能在上面，也可能在下面。」洛克伍德說：「我們明天再來找。還有，露西，拜託別說什麼『可憐的孩子』。無論湯姆生前遭遇了什麼，他的鬼魂是引發這場鬧鬼事件的契機。想想那兩個守夜員。」

「我有想到他們啊。洛克伍德，我同時也想到那個追逐小湯姆的可怕怪物。庫克的鬼魂。它受到邪惡的驅使。那是我們的對手。」

洛克伍德搖頭。「老實說我們目前還不知道該怎麼做。每一個訪客都該嚴陣以對。我才不管哪個鬼魂很好相處、要求幫助、想向人討抱抱。我們要保持安全距離。荷莉說每一間大型偵探社都遵循這個政策。」

我無意發怒。基本上我知道洛克伍德沒說錯。然而情緒繃到了臨界點；今晚相當漫長——而且，回到波特蘭街的這幾天又如此漫長。「這鬼魂是個小男僕——遭到追殺的小伙子！」我爆發了。「我看到他經過我身旁；他在逃命！別對我若無其事地聳肩！他是那麼絕望。我們要對他有點同理心。」

我馬上就知道自己失言了。

洛克伍德眼神黯淡，語氣冰冷：「露西，我對它們沒有半點同理心。」

他都說到這個分上了，沒有人答腔，爭辯就此中斷。正如波特蘭街二樓那扇緊閉的門扉，我們老大的過去既無法忽視，也難以捉摸。他的姊姊死於鬼魂觸碰。他的親姊姊。只要提起這件事，我們眞的無話可說。於是我乖乖閉嘴，和兩人到處晃盪，直到凌晨一點三十四分左右（喬治看的時間），鬼氣構成的腳印漸顯模糊，泛出幽光，消失得乾淨俐落。我們也效法這些腳印，沒有多加逗留。

□

她的三明治味道一流，她的腳掌小巧纖細，不過至少我還有一點贏過荷莉．孟洛——她只做內勤工作。她沒有佩劍。她做不來我能做的事，半夜出門，冒險拯救倫敦。這個認知讓我保持冷靜——就在我回到家，發現她在我房裡手腳俐落地整理我的衣物時。

我原本打算隔天早上好好和她說一說（與平常一樣冷靜有禮），但我就是忘了。一起床就要面對一大堆事情。

我鑽進廚房，看到洛克伍德和喬治擠在餐桌旁看《泰晤士報》，熱切神情彷彿是把桌面當成標緻的新助理了。荷莉・孟洛穿著鮮明的櫻桃紅色裙子和整齊白襯衫，正對著廚房門後的鹽桶忙碌。她裝設了這個桶子，取代我們原本使用的雜亂袋子和投擲彈殼。我瞄了她的裙子一眼，她瞄了我布袋似的舊睡衣一眼。喬治和洛克伍德頭也不抬，也沒招呼一聲。

「還好嗎？」我問。

「切爾西昨晚出事了。」孟洛小姐說：「一名調查員遇害。是你們認識的人。」

我的心一抽。「什麼？誰？」

洛克伍德抬眼。「奇普斯的隊員，奈德・蕭。」

「喔。」

「你們和他熟嗎？」荷莉・孟洛問。

洛克伍德繼續盯著報紙。我們和奈德・蕭有多熟，就有多厭惡他。那雙擠在一起的眼睛、那頭不受控制的鬈髮。他個性激進，酷愛欺負人。我們之間的敵意曾經擦槍走火，不過在肯薩綠地的「墓園惡鬥」中，洛克伍德曾與他並肩作戰。「也還好，只是……」

「這種事情總是讓人難受。」荷莉・孟洛說：「我以前在羅特威不只碰過一次。那些我每天在辦公室打照面的人。」

「是啊。」我繞到茶壺前。加上荷莉，廚房顯得太過狹小，難以移動。「他是怎麼死的？」

洛克伍德推開報紙。「不知道。只在報導末段稍微提起。我想報社也才剛得到消息，其他內容也好不到哪裡去。切爾西的爆發越來越嚴重，還惹出其他衝突——民眾抗議他們被迫離開住處。現在警方只能應付活人，顧不了死者。整件事亂到無法收拾的地步。」

「至少我們的案子進行順利。」荷莉．孟洛說：「露西，聽說妳昨晚表現得很好。感覺那是急需摧毀的可怕鬼魂。妳要來個全麥鬆餅嗎？」

「謝了，我吃吐司就好。」我們的案子。我拉出一張椅子，椅腳拖過油氈。

「我個人很推薦，美味極了。」洛克伍德說：「好啦，以下是今天的計畫：我們的目標是在午餐後回漢諾威廣場，在天黑前搜出源頭。客戶已經等得不耐煩了。小露，妳一定不敢相信，冬園小姐已經來電『關切』，用的是她那套討喜的態度，要求我親自報告目前的斬獲。現在我要去一趟她目前下榻的飯店。妳和喬治趁這空檔回報紙檔案館挖掘那起謀殺案的細節。你想有沒有機會查出更多情報？」

喬治拿彩色筆在思考布上振筆疾書，列出一串清單：《梅費爾號角》、《女王雜誌》、《康希爾文藝誌》、《當代評論》……「嗯，維多利亞時代晚期出了一堆雜誌，刊了些真實犯罪案件的聳動報導。我敢說肯定有人拿小湯姆命案大做文章，只是在有限時間裡要找出來可不太容易。那些報導可以幫助我們掌握過去發生了什麼、源頭可能在哪。」他丟下筆。「我等下就出門。」

「早上會收到一大批鐵粉和鹽巴，我來收件，在傍晚前幫你們打包好。」荷莉．孟洛說：「你們一定用得上更多蠟燭。」

「太好了。」洛克伍德說：「露西，妳想的話可以留下來幫荷莉。」

「喔，我相信露西沒這個打算。」荷莉說：「她一定還有更重要的事情要做。」

洛克伍德啃咬鬆餅。「這我可不太確定。」

茶壺裡的水沸了。

「我確實有正經事要忙。」我語氣輕快。「去檔案館陪喬治查資料肯定更有幫助。」

□

喬治和我不常在白天一同外出（老實說我幾乎忘記他沒被陰影、鬼魂、人工光線包圍的模樣），而且我自願陪他去國家報紙檔案館查資料的次數不用伸手都能數得出來。不知道喬治對於我的決定是否感到訝異，總之他沒有半點反應。幾分鐘後，我們並肩靜靜穿梭在倫敦街道。

我們往南穿過馬里波恩，朝攝政街的方向前進。即便離切爾西的封鎖區還有一、兩哩，在這一帶也感受得到大量鬧鬼事件的影響。四處瀰漫焚燒的氣味，市區比平時還要安靜。馬里波恩大街上的咖啡廳、餐廳和其他商業設施一樣在下午四點半打烊，午餐時段通常挺熱鬧的，然而今天店內大多灰暗空蕩，只有幾名服務生懶散地坐在桌邊。垃圾袋散在人行道上，垃圾滿天飛。我們不只一次目睹黃黑配色的靈異局封鎖膠條圍繞建築物出入口，窗上塗了大大的十字——「這裡正在鬧鬼」的標誌。偵探社去別處忙了，來不及解決這邊的問題。

溫波街上一間髒兮兮的唯靈論派教堂外正在上演全武行。身穿黑衣的拜鬼信徒在教堂裡聚會，當地的鄰里保護同盟往教堂台階投擲薰衣草花束，雙方爆發衝突。道貌岸然的中年男女互相嘶吼叫嚷，拉扯領子、手臂糾纏。看到喬治和我走近，他們立刻讓路給我們。等我們離開，他們再次打成一團。

他們只是什麼都不懂的大人。等到夜幕低垂，這場鬧劇就會結束，他們將一路衝回家，鎖好大門。

喬治問：「妳不覺得這座城市搭上了通往地獄的特快車？」

我們默默走過幾條街。我沒有心情說話。不過戶外的空氣和活動稍微驅散我心中的烏雲。我往人行道上用力踱步。「不懂你在說什麼。」

「意思是大家都瘋了，沒有人提出恰當的問題。」

我們繞來繞去，抵達牛津街。鐵器和銀器的二手小店、算命師的攤子往左右延伸好幾哩，橫跨牛津圓環，接上攝政街。檔案館已經不遠。

「我知道妳爲什麼要跟。」喬治突然開口：「別以爲我不懂。」

我滿心都是針對鬆餅的黑暗思維，他突如其來的一句話讓我腸胃一震。「一定要有理由嗎？」

「我猜絕對不是因爲妳喜歡我的陪伴。」他瞄了我一眼。「對吧？」

「喬治，我超愛和你在一起，根本離不開你。」

「真的。屁啦，妳的態度有夠明顯，瞎子都能看透。不過妳要留意。洛克伍德不太開心。」

我們一同跨過保護攝政街上高級服飾店的小渠。這是全市最安全的區域之一，周圍也熱鬧多了。「我深感遺憾，但我不認為他有權干涉這件事。這都是他的錯。我可沒招惹誰。」

「洛克伍德也沒有啊。」

「當然有。她不就是他請來的嗎？」

喬治愣愣看著我，雙眼藏在眼鏡下。「我講的是妳對小湯姆的執著。妳在說什麼？」

「喔，對。嗯。一樣啦。所以我才要跟你來啊。我想知道完整的故事。」

「好吧……」我們又默默走了一段路，眼前就是羅特威偵探社大樓，玻璃與複合材質構成的閃耀外牆。正門上方豎立著象徵該社的紅獅紋章。「妳對荷莉有什麼看法？」喬治問。

「我還在……調適。慢慢來。你不是開心得都要飛起來了？」

「嗯，她讓我們更有效率，這是好事。我並沒有肯定她的所有作為。前天我還撞見她打算丟掉我們的思考布，說上頭的塗鴉讓廚房看起來像是誰的大腦內容。確實是如此——但本來就該這樣。」

「真的。所以我才會這麼不習慣。她那些繁瑣的規矩禁令。還有她的打扮……那個字眼叫什麼來著？」

「對。」喬治一副感同身受的模樣。「『光鮮亮麗』。還是說妳想到的是『明艷動人』？」

「呃，不是……有點差距。我覺得更像……『過度修飾』。」

他托托眼鏡，盯著我看。「我想她懂得怎麼用梳子。」

「你在看我的頭髮？說這什麼鬼話？」

「沒事！我什麼都沒說。眞的。喔……」喬治笨拙的擠眉弄眼突然轉爲深刻的不安。「小露，低下頭……別看。」

奎爾．奇普斯就在我們正前方，站在羅特威大樓門外，旁邊是他的兩個跟班——凱特．古德溫和鮑比．維農。

陽光下，奇普斯顯得更加瘦小。那身浮誇打扮一如以往，但他臉色灰敗，下巴冒出細細的黃色鬍碴。他戴著黑色臂章，一手挾著厚厚的文件夾。他已經看到我們了。眞是不巧。如果有機會，我們早就繞路避開。

我們走到他們面前。維農出奇矮小瘦弱，簡直就像是從幾個調查員身上削下一些碎片，再從那些碎片裡揉出他來。古德溫和我一樣聽覺敏銳，面如寒霜，臉皮大概與腳皮一樣厚。他們點頭致意，我們也點頭回禮。我們沒有開口，彷彿大家爲了省時間，把平時那些叫囂挑釁消音了。

「我們對奈德．蕭的遭遇深感遺憾。」我總算開了口。

奇普斯瞪著我。「是嗎？妳明明那麼討厭他。」

「沒錯。我們還是不喜歡他，但這不代表我們希望他喪命。」

他聳起包在筆挺銀色外套下的窄肩。「眞的？好吧。我也不好說什麼。」奇普斯對我們說的每一句話總像是泡過毒液，但今天他的敵意似乎沒那麼自然，也沒那麼刺耳，只是帶著更深刻的情緒。

我沒有回應。喬治張了嘴，又乖乖閉起。凱特．古德溫像在等人似地看看手錶、眺望街道。

「事情是怎麼發生的？」又輪到我開啓話題。

「典型的靈異局爛攤子。」鮑比．維農說。

奇普斯蒼白的手掌揉揉後頸。他嘆了口氣。「那是沃波爾街一棟開放式辦公室。我們在室內移動，探測靈異跡象。譚迪家的幾個人負責樓上，那群該死的白痴驚動一個惡靈，把它從中央樓梯逼下來。它直接穿牆撞上奈德，在我們反應過來前掐住他的腦袋。」

凱特．古德溫點頭。「他根本逃不了。」

「眞是遺憾。」我說。

「嗯。這種事還是會發生。」奇普斯說：「就算不是我們，也會發生在別人身上。」他總是眼眶泛紅，我覺得今天他的眼睛更紅了。「今晚我們又要響應緊急召集出動。伯恩斯要我們像馬戲團的猛獸一樣表演。切爾西失控了，完全沒有章法──就算有，我也看不出來。」

「一定有什麼規則可循。」喬治說：「有什麼東西在刺激那一區的鬼魂。只要知道往哪裡查，就能看出模式。」

凱特．古德溫皺起臉。「這裡嗎？庫賓斯，就連靈異局最優秀的研究人員至今都毫無斬獲。」

「我之前才去開過會，沒有人找得出半點端倪。」奇普斯說：「他們想出的最佳對策就是叫偵探社舉辦特別遊行，讓社會大眾相信一切都在掌控中。你們相信嗎？我們疏散了數千人，鬼魂在倫敦各處肆虐──他們竟然還想辦個嘉年華會。這世界瘋了。」他對我們狠狠皺眉，彷彿是我們提出這個餿主意。接著他甩了甩手中那疊文件。「喔，對了。這是近幾個禮拜各團隊提報的案件。幻影、微光鬼、冰點──應有盡有。數百起案件，沒有固定模式。他們要所有的隊長讀完資料，提出對策。是以為我那麼閒嗎！還有一場葬禮等我出席。」他拍了文件一掌，露出噁心的表情。「這東西直接進垃圾桶比較快。」

我們尷尬極了，不知道該說什麼。

「你願意的話可以交給我。」喬治說：「我滿有興趣的。」

「給你？」奇普斯發出沒有笑意的笑聲。「我幹嘛這麼做？你明明恨我恨得要命。」

喬治哼了聲。「怎樣？要我送上飛吻嗎？誰在乎我喜不喜歡你？每天都有人喪命。說不定我有辦法幫忙，幫大家的忙。你自己想看的話隨便你，不然就交給我。總之別隨便丟了。」他跺腳加強語氣，臉漲得通紅，眼中射出怒火。

奇普斯和他的同伴愣愣看著他，有些訝異。我和他們反應差不多。奇普斯望向我，聳聳肩，把那疊文件丟給喬治。「我說過了，我才不想要這種東西。我還有其他事要忙。說不定能在嘉年華上看到你們──前提是洛克伍德偵探社有接到邀請函，但這個可能性太低了。」他隨意擺擺手，帶著兩名跟班溜進人潮。

□

假如國家報紙檔案館鬧過鬼，要找出源頭恐怕不容易。占地廣闊的六層樓建築，每一層都塞滿蜂巢似的八呎書架，比任何工廠還要龐大，比最古老的都鐸式大宅還錯綜複雜。途中還會不斷被窩在走道旁的學者絆倒，他們仔細端詳舊文件，試圖釐清靈擾的歷史。歷史就是檔案館的一切，每一次吐息間都聞得到歷史的氣味。翻了半小時百歲高齡的雜誌後，可以感覺到歷史黏上你的指尖。

喬治就喜歡這樣。他知道要往哪裡走，帶我到五樓期刊區，拿目錄給我看——那是幾本皮面巨書，記錄了這層樓的所有書目。近幾十年的事件有一本索引可查，與所有雜誌內容交叉比對。至於更久以前的往事呢，得先確定大致年分，挑出相關日期，自行在無邊無際的泛黃紙張中篩選、尋找你要的故事。

喬治列了一串雜誌清單，我找來一八八三年夏季的《康希爾文藝誌》和《梅費爾新聞》，抱到中央的閱讀桌上瀏覽，搜索是否哪篇報導曾提到漢諾威廣場慘案。

不久，我的鼻腔裡塡滿陳年墨水味，看細小的印刷字體看得雙眼刺痛。更慘的是那些毫不相干的過往紀錄令我腦袋發疼。維多利亞時代的爭議糾紛；遭到世人遺忘的社交名媛；志得意滿的男性寫下關於信念與帝國的社論。百年前已經索然無味的報導，放到今天更不在話下。這些都是歷史事件。喬治怎麼有辦法如此樂在其中？

歷史事件……明明洛克伍德的姊姊才過世六年，他卻用這個詞來描述那件事。我想得越多，她的存在感就更重。我記得他昨晚的冷淡，他對於我同理心的輕蔑。再加上今天荷莉．孟洛表明和他站同一邊，她要我們毀了那個東西，沒有第二句話。我才與她見面五分鐘，她卻讓我煩了整個早上。

我繼續翻閱舊書刊，在書架間遊走，一本一本消化喬治開出的書單。我的心思四處亂飄。每次經過厚重的目錄和索引，就會想到六年前發生在波特蘭街的慘劇。

有一次我回到桌邊時，喬治碰巧也在，他被雜誌圍繞，在筆記本抄寫。「找到這次的鬼魂情報了嗎？」我問。

「沒。這頭沒半點著落。我要休息一下，查查別的東西。」他打了呵欠，伸伸懶腰。「不知道妳是否記得，冬園小姐來我們這裡的時候，戴了個銀色胸針。」

「喔，對。我本來想問你的。是不是和那個一樣——？」

「沒錯。古希臘的豎琴或里拉琴。與費爾法的護目鏡、潘妮洛．費茲在她的圖書館拿的那個盒子上的符號一樣。」

我點頭。康比柯瑞大宅、費茲總部的黑圖書館……兩件事中間隔了好幾個月，但我都差點在那兩晚丟了小命，想忘也忘不了。這個奇特的豎琴符號總是讓我們困惑不已。它代表……冬園是怎麼說的？「是那個奧菲斯俱樂部嗎？」

「奧菲斯結社。我一直在查它的資料。」喬治托托眼鏡，努力解讀他自己密密麻麻的筆跡。

「在德倍禮的《大英國協登記在案之團體、俱樂部、其他組織年鑑》裡，這個組織的介紹是『神智學結社，提供給傑出人物研究靈擾及另一個世界的本質』。說得像是上流社會的聊天聚會，但我們知道沒這麼單純。它的地址登記在聖詹姆士區。完全搞不懂那是什麼玩意兒，不過該找時間去探探。」他瞥了我剛才翻過的資料。「妳那邊進展如何？」

「一無所獲。對了，索引能查到多近的事件？比如說這幾年？」

「對，他們盡量即時更新。怎麼了？」

「沒事。」

過了一會，等喬治繞去別處，我大步走向索引書架。

我找到我要的集數，六年前的那一本。書中列出各種主題——鬧鬼事件、花邊新聞、人物姓名——以及牽涉該主題的報章雜誌。

我一時衝動，翻到L開頭的主題。

絕對什麼都沒有。我就知道。這麼做對誰都沒有影響。

然而我沾著墨水的手指往下滑過那個名字：

洛克伍德，J

我的身體冷得就像踏入洛克伍德姊姊房間的那一刻。這個名字曾經登上《馬里波恩號角》，我們那一區的月刊。上頭標明日期，以及刊物合訂本的編號。

找到那份資料用不著吹灰之力。我坐進一處偏遠的壁龕，把檔案夾攤在大腿上。

聖潘克拉斯區的驗屍官辦公室通報潔西卡·洛克伍德小姐（十五歲）的死訊。她是已故靈異現象研究者瑟莉亞·洛克伍德與唐納·洛克伍德之女。悲劇發生於上週四深夜，她在馬里波恩區的自宅遭到鬼魂觸碰。她的弟弟無法阻止鬼魂的攻擊，而她在送達醫院時宣告不治。葬禮事宜尚在規劃。謝絕獻花。

如此簡短的報導，裡頭蘊藏的眞相卻足以讓我無法動彈。腦中千頭萬緒，其中一件事最爲鮮明——如果我沒記錯，在提到洛克伍德的姊姊時，他說得像是事件發生時他並不在場。與報導內容完全相反。

12

當天的運勢不斷走下坡。這是當然了。過了中午，喬治和我仍舊兩手空空（至少在我們原訂的調查範圍內是如此）。我們該回辦公室了，不過喬治想再去幾條街外的分館調閱某些報刊。他說他會趕上，於是我獨自踏上歸途。一踏進波特蘭街三十五號的玄關，我第一眼看到的是荷莉·孟洛。她穿戴調查員的工作腰帶與細刃長劍，身披俐落的皮大衣，搭配露指黑皮手套，還有一件我從沒見過的毛衣。

她意識到我的視線。「這件毛衣？我知道。和我不太搭。這是洛克伍德的舊衣服。他說被洗到縮水了。不過上面還有他的味道。」

洛克伍德從客廳裡探頭，雙手各提一個裝備包。「今晚荷莉要和我們一起出門。喬治在哪？」

「他還在查。可是——」

「不能再等下去了。天黑得這麼快，我們只剩一、兩個小時。他可以去客戶家與我們碰頭。露西，妳的裝備包在這裡。我們該走了，妳要上廁所還是幹嘛的話趕快去。」說完，他又縮回房裡。

荷莉與我在玄關互看。她臉上掛著和平時一樣的微笑，讓人猜不透她的想法。我聽見洛克伍德在隔壁翻找，從齒縫間吹出不成調的口哨。

「我不用上廁所。」我說。

「嗯。」我們站在原處。她這雙手套打哪來的？和我收在個人武器櫃的備用手套有夠像。我認得她腰間那支長劍，那是擱在練劍室的舊東西。

我深吸一口氣。「為什麼——」

「洛克伍德他——」

我們同時開口，又同時閉嘴——我的嘴巴閉得更緊，因此荷莉停頓一秒就繼續說下去：「洛克伍德和冬園小姐的面談有些棘手。她要求獲得立即的成效。那位女士真是嚴格。他說我們今天有越多人手越好，才能在天黑前找出源頭。我自願同行，他幫我找了一些防護與禦寒的裝備。露西，希望妳不會介意。」

「當然不會。」我幹嘛介意？她幹嘛說得像是我肯定會有意見似的？我朝她那套行頭比畫。「可是這樣真的好嗎？妳有多少現場經驗？」

「我在羅特威出過很多次任務。我先拿到第一級與第二級證書，之後練過劍——」

「是喔。不過妳要知道這次不是第一型鬼魂之類的小嘍囉。比那個還要難搞。」

荷莉．孟洛將幾綹髮絲勾到耳後。「嗯，我見識過幾起事件。比如荷蘭公園地窖奇案，我與其他隊員被那七隻狗型惡靈堵在地底下。當時真是千鈞一髮。之後還有——」

「荷莉，我聽過荷蘭公園那件事，告訴妳，這個踩出血腳印的傢伙比那個還要厲害十倍。別太在意。我不是故意要嚇唬妳，只是不想害妳受傷。」

她嘴角閃現淡然笑意。「我只能盡力而爲了。」

「希望這樣夠妳保住小命。」

洛克伍德踏出客廳，站到我們之間，從衣帽架抽下他的大衣。「聊得開心嗎？很好。我留紙條給喬治了。傑克的計程車應該隨時會到，我們把裝備扛出去吧。荷莉，那幾個裝備包是妳的嗎？別動手——讓我來。」

□

漢諾威廣場五十四號看起來和前一天沒有不同。一道道黯淡的陽光穿透閣樓天窗，照亮樓梯井、布滿刮痕的樓梯踏板、幾處牆面。我照著平時的習慣豎起耳朵，可是被荷莉與洛克伍德的閒聊干擾，實在是聽不出什麼東西。他輕聲說明我們昨晚的駐點，她提出永無止盡的疑問，以笑聲回應他的答案。我努力抵擋那些雜音，同時憋住在我胸腔深處扭曲的不悅。和其他負面情緒一樣，不悅是得排除的雜訊。若是調查員無法好好控制情緒，肯定會出事。

我安撫自己，心想晚點大家就會忙著求生，沒空擔心這些小問題。而且喬治遲早會現身，改變屋內的人際力場。

然而喬治沒有現身。

總之我們先開工，搜索源頭的位置，先是地下室，接著換到閣樓。我一踏進地下室就渾身不自在，就我所知，已經有兩個人在此墜落身亡。廚房與樓梯井隔了一道拱門，現代化，沒有半點害處，不過鋪著磁磚的區塊讓我毛骨悚然，溫度計指數直線下降。我們拿折疊刀戳戳磁磚邊緣，檢查樓梯豎板，沒有找到任何隱藏空間（通常能在這種夾層找到引發初始慘劇的物品）。我敲打牆面，聽看看是否別有洞天；洛克伍德四肢著地，爬進附在樓梯下的狹小櫥櫃，拿手電筒探索各處。我們一無所獲。荷莉．孟洛在附近找到一間儲藏室，裡頭放了大量黑色家具，但仔細一看，都是二十世紀初期的貨色，和維多利亞時代有點差距。

「如果慘案在此落幕，這些磁磚本身可能就是源頭。」我說：「我們可以在這裡鋪一片鍊網，看鬼魂還會不會冒出來。」

洛克伍德拍掉褲子上的灰塵。「好主意。不過我們先去閣樓看看。」

從某些角度來說，樓梯頂部和底部就像鏡子的兩側，重點區域其實不大。僕人房隔了一條走道，牆面鋪著壁板，與詭異的樓梯口沒太大關聯。樓梯口只是一塊磨亮的木頭地板，面積大概只有四平方碼，一側與最後一段榆木扶手相連。隔著天窗依稀能看見朦朧的藍天。我和昨天一樣往扶手外探頭，看到如同巨大開瓶器的螺旋階梯貫穿整棟屋子，越轉越深，直到最底部被陰影覆蓋的地下室。

這摔下去可不得了。可憐的小湯姆。

閣樓比地下室還要無趣。我們找到一個低溫點，還有一片鬆脫的地板，洛克伍德興奮極了，可是撬開一看，裡頭除了灰塵什麼都沒有。幾隻蜘蛛竄出，或許是某種跡象。沒有乾涸的血跡，沒有遺落的刀具、沒有讓人心裡發毛的衣物碎片；樓梯口一片荒蕪。

「我提個想法——會不會這座樓梯本身就是源頭？」荷莉．孟洛說：「假如那個男孩的血沾滿整座樓梯，假如他逃命時心中的驚恐滲入了建材……

「……這座樓梯就可能成為通往另一個世界的渠道。」洛克伍德吹了聲口哨。「有可能。如果對客戶說她得拆掉她的寶貝樓梯，不太確定她會有什麼反應。」

「我沒聽說過有這麼巨大的源頭。」我說。

洛克伍德仰望天窗，那片玻璃現在看起來像是一片生培根，灰灰粉粉，綴上白色條紋。「是有類似的案子。喬治一定知道……希望他能早點過來。妳說他只是要去看一、兩份報紙。」他看看錶，馬上下了決定：「好，要開工了。照著妳的建議，在地下室鋪鍊網，閣樓這邊的樓梯口也是。要是鬼魂就此平息那就太好了；沒有的話我們再想別的辦法。我打算和昨天一樣守在定點觀察，不去接觸。這次我負責地下室，看會不會見到不同的現象。露西，妳留在上面。蠟燭與鐵鍊圈都照舊。」

「我能做什麼？」荷莉．孟洛問。

我對她笑了笑，靠上扶手。「告訴妳，我快渴死了，荷莉，可以麻煩妳去燒水嗎？如果不會太麻煩的話，我還想吃幾片餅乾。感激不盡。」

我們的助理只猶豫了半秒鐘，點點頭。「露西，當然沒問題。」她露出順從的笑容，踏著咚咚腳步聲下樓。

「她真是優秀。幸好你有帶她過來。」

洛克伍德直盯著我看。「妳別這麼小家子氣。今晚她大可不用跟來。」

「我只是在意她的安危。你昨晚也感應到鬼魂的能量，她根本擋不住。你看——她連怎麼佩劍都不知道。剛才還差點被長劍絆倒。」我大著膽子勾起嘴角，意識到洛克伍德的眼神，連忙別開臉。

「嗯，妳不用想太多。」他慢條斯理地說：「我會顧好她的。她可以待在我的鐵鍊圈裡，這樣就夠安全啦。我知道妳不會有事。妳先布好鐵鍊圈，等會下樓來找我。」說完，他踏著螺旋階梯下樓，長風衣微微飄起——我默默目送他，眼窩發熱。

□

接下來幾個小時內發生的事都沒讓我心情好多少。屋裡暗下來，我們沿著樓梯布下的燭燈綻放淡淡柔光，標出鬼魂的路徑。我們吃了點東西、休息一會、檢查裝備。喬治還是沒來。真怪。我們擔心封鎖區出了什麼狀況，拖住他的腳步。吃三明治和餅乾時，洛克伍德對我依舊冷淡疏離，我好懷念喬治的陪伴。荷莉在場讓我坐立難安。她既服從又果決，經驗不足與冷靜自信並存。這兩種截然不同的性質深深吸引洛克伍德的關注，使得我渾身不自在，尷尬至極，覺得心思全被看透。

洛克伍德在地下室的磁磚鋪上一片銀鍊網，隔了一段距離又設下一圈鐵鍊。他剛才不是空口說白話，這個鐵鍊圈夠寬敞，容納得下兩個人。夜幕低垂，他與荷莉踏進圈裡，輕聲聊個沒完，我只能獨自爬到樓梯另一端。我心底知道自己是在無理取鬧。洛克伍德的一切作爲基本上毫無瑕疵。只是應有的模式——他與我並肩作戰——遭到破壞，我的不滿在肚子裡翻攪，彷彿吞下一整桶尖銳碎石。

到了閣樓樓梯口，我坐在鐵鍊圈裡，左右各放一盞提燈，壓低燈罩，長劍活像桌上的甜點叉般橫擺在面前。地板中央的鍊網離我不遠。我抽出一本書。我早就知道今晚有得等了，事先準備打發時間的消遣。這是從洛克伍德書架上隨手抽來的破爛平裝驚悚小說。說不定這本書曾經屬於潔西卡，或是他的雙親瑟莉亞．洛克伍德與唐納．洛克伍德。這對優秀的靈異事件研究者多年前在悲慘的事件中喪命……

怒氣湧上我的頭頂。我狠狠闔上書。與洛克伍德同住十多個月，他透露的訊息卻比不上我花三十秒時間掃過的一小篇報導！他雙親的名字！他姊姊過世的背景！假如這件事沒那麼悲慘，我肯定會覺得很有意思吧！他在怕什麼？感覺他無法好好敞開心胸，給予我應得的信任。喔，沒錯，只要他願意，他可以迷倒每一個人。但這毫無意義。看他現在的行爲舉止就知道了，看他背對著我，輕鬆愉快地和新來的助理卿卿我我。

他們大概還在黑暗中並肩暢談，而我身旁沒半個人。沒有喬治。可惡，連骷髏頭都不在（荷莉還不知道我能與它溝通，因此這回不能隨便帶上它）。沒有人能和我說說話。沒有人……

我甩掉可悲的自憐自艾。不，太蠢了。洛克伍德的行為與我無關。我稍微調亮提燈，翻開小說。

我才不在乎。

即便如此，黑暗的念頭仍舊在我閱讀時揮之不去。

□

夜色漸深，與先前的模式一樣。在幾個小時內，這棟屋子的氣勢逐漸萎縮，宛如歷經數十代傳承的沒落貴族，陷入近親繁殖的瘋狂與腐朽。空氣轉為寒冷潮濕，捎來絲絲腐臭。

一切都和昨晚如出一轍。

我壓低腦袋咀嚼口香糖，手中不斷翻頁。

深夜十二點到了。兩個世界間的門扉開啓。那些存在來到此地。

我繼續等待。直到地下室傳來清脆碰撞聲，是洛克伍德的提燈被氣流吹翻，我瞬間握住劍柄起身。

沉默瀰漫整棟建築物，填滿整座樓梯井，掩蓋一切。我知道自己在等待什麼，是什麼東西要沿著樓梯衝向我。

等待……

下方樓層的燭光熄滅。咻、咻、咻……一根接著一根，比眨眼的速度還快。那兩道身影飛掠而來，正如前一晚，瘦弱的男孩跌跌撞撞，怪物般的巨大軀體緊追不捨，伸手抓向他飛舞的髮絲。這回我聽見它們的聲響，追逐者痛苦呻吟，以及垂死男孩的絕望喘息。終於來到樓頂，我眼角餘光捕捉到它的外貌，年紀不比洛克伍德大，俊秀的臉龐一片慘白，驚惶得張大嘴巴。在這一瞬間，我感覺他的視線與我交會，他似乎跨越了那場不斷重演的殊死追逐，看見了我。然後他就消失了。它們抵達閣樓扶手前，後頭那道凶惡身影撲在男孩身上；一束束明亮的異界光芒包圍陷入最終搏鬥的兩人。一次推擠，一聲刺穿我心臟的慘叫，樓梯口陷入一片漆黑。下方傳來碰撞聲，中間某處的木頭碎裂聲——最後是來自遙遠底層，令人作嘔的重擊。

我從口袋掏出手帕，抹去滿臉冷汗。我冷得抖個不停，想吐又難受。我原本想把提燈調到最亮，但不自覺地先看了看四周地面。

我的鐵鍊圈外圍繞了無數血腳印。沒有印到銀鍊網上，就是緊緊貼著鐵鍊打轉。黏膩的血跡彼此交疊，彷彿有人在圈外瘋狂踱步。拚命想要進來。拚了命地想取得聯繫……

即使閉上雙眼，我依然看得見那張可憐的蒼白臉龐。

□

「我認爲源頭在地下室。」洛克伍德以陳訴事實的語氣說道。他看起來和平時一樣冷靜淡漠。「我看見那身影墜落的地方——不是在磁磚地中央的網子上，而是通往廚房的拱門旁，比較靠近牆面。我們剛才應該沒檢查過那邊。源頭一定就在那裡。我去挖挖看。」

一行人在掛畫的房裡重新集合，洛克伍德幫我們泡茶提振精神。荷莉．孟洛看起來很需要。她慣用的笑容消失了，面容緊繃。「好可怕。」她說：「從開始到結束都是。太可怕了。」

我端著茶杯倚上桌子。「妳看到東西了？」

「沒有看到，是感覺到。那個東西的存在。」她打了個哆嗦。

「嗯，頭幾次都會這樣。」我說。「洛克伍德，你要我怎麼做？」我沒有看他。

「就算沒在樓下找到任何東西，我要拿鹽水浸泡整個區域，再撒上鐵粉。這樣應該就夠了，不過呢，小露，我要請妳用鹽水清洗閣樓樓梯口，以防萬一。如果我找到源頭，那很好，不然就要對整道樓梯做同樣處置了。荷莉，妳可以留在這裡。妳看起來累壞了。」

「我會做好分內的事。」荷莉的嗓音虛弱顫抖。她說得還眞了不起，像是她只有一條腿，我們還逼她一邊吹喇叭一邊跳舞上樓梯似的。

我翻翻白眼，喝掉熱茶，上樓執行任務。

爬到頂樓，我踢開鐵鍊圈，掏出水瓶和一顆鹽彈，從裝備包裡拿塑膠碗來調製鹽水。或許我攪拌的力道太過激烈，幾滴鹽水飛濺出來，灑在其中一個血腳印上，發出湯汁滴上熾熱爐子的滋滋聲。我抽出拋棄式抹布，捧著所有東西到樓梯口，跪到地上，憤怒地亂甩抹布、沾濕地板。

我最大的困擾就是洛克伍德老是拿這招來對付各種鬧鬼事件。抹殺鬼魂。不要和它扯上關係。摧毀它。庫克的鬼魂是很危險沒錯，我們要將它徹底剷除。但這代表小湯姆也得要滾蛋，沒有第二條路可走。我可以和拘魂罐裡的噁心骷髏頭聊到口水乾掉，因爲它被關得死死的。可是洛克伍德絕對不會准我在現場運用同樣的招數。太浪費了。

我能理解他在這方面爲何毫不通融。我眞能理解嗎？**她的弟弟無法阻止鬼魂的攻擊……**他仍舊受到悲傷的影響嗎？或是更深刻的內疚？

我往後坐上腳跟，撥開遮住眼睛的頭髮。這時我發覺那些血腳印都不見了。樓梯口與僕人房之間的地板恢復原本的光潔。我看看手錶。昨天它們停留了不只五十分鐘，鬧鬼現象有了明顯轉變。我豎起耳朵，再次提高警覺。就在此刻，我跪坐在樓梯口，指尖一陣顫慄，寒氣輕輕拂過我的臉頰。還有細微的雜音。是什麼東西在呼吸……

或是在模仿呼吸聲。模仿它生前應有的姿態。

我彎下腰，調低提燈亮度，閉起雙眼，緩緩數到七，聆聽輕盈淺短的驚恐喘息。聽起來像是氣喘吁吁的狗兒。

我站起來，睜開眼睛。我已經給了自己一點時間適應黑暗，卻還是多花了幾秒鐘才看出一道人影的輪廓，站在樓梯上，比我略低一些。

方才從他身上散發的異界光芒萎縮到幾乎不存在。宛如隔夜營火的餘燼，只剩最微弱、最灰暗的幽光。我看不見那張臉，但消瘦的肩膀夠清楚了，還有可憐兮兮的駝背身影，以及朝著我微微揚起的腦袋。

「湯姆？」我問。

不用回頭也知道鐵鍊圈剛才被我自己踢散，無法讓我躲藏。我不擔心。必要時我可以衝過去。現在我不想這麼做，因爲知道鐵鍊會悶住我的感知，聽不清鬼魂的聲音。

「湯姆，你想要什麼？我能幫上什麼忙嗎？」

是我的錯覺，還是眼前這道朦朧人影眞的動了？我認爲是後者。

「源頭在哪？」我問：「是什麼把你綁在這裡？」

雜音搔刮我的耳膜，飄渺虛無，但我快要聽見了，我知道就快了。我往樓梯前進半步。

人影呼應我的舉動湊上前，往上飄了一階。

「我要怎麼幫你？」

沒有話語，只聽見悲傷的哭聲，讓人鼻酸。感覺像是默默哀嚎的野生動物，驚懼無比，躲避人類的接觸。不過野獸可以馴服。只要向牠們證明你值得信任。我靠得更近，伸出手。

「告訴我我能做什麼。」

我眞的聽到了，可能是隻字片語，但一瞬間就從耳邊溜過，讓我挫折得咬住嘴唇。我靈光一閃。我的佩劍是鐵做的，和鐵鍊一樣。它的力量正作用在我身上，蒙住鬼魂的聲音，攻擊這個可憐的鬼魂，攻擊它的信心。答案頓時清晰無比。我拋開長劍——立刻獲得回報。小男僕的蒼白臉龐突然凝聚起來，彷彿突然有盞燈將它照亮。這張臉和我記憶中的一樣惹人憐愛，黑色大眼閃著哀傷，淚水流了滿臉。

「告訴我。」

「**我會說……**」

狂喜竄過我心頭。他回答了！我成功了！就和那個椅子上的老人一樣。我的理論沒有錯。只要準備好敞開心胸、負擔風險，你有辦法與它們聯繫。

有人在遠處呼喚我的名字。是荷莉．孟洛，她離我大概一、兩層樓遠。鬼魂一晃，臉龐變得黯淡，宛如被吸回陰影中。我暗罵一聲。都到了這個節骨眼，我們的助理還是要來干涉，即使她並非刻意……

「別走。」我嘴裡說著，又踏出兩步。

男孩向後一縮，光線緩緩回到它臉上。它笑了。

「**我會說……**」

遠處有扇門被人甩上，巨響在屋裡迴盪。鬼魂再次淡去。我焦躁地皺起臉。雜亂的人聲——隔著專注力形成的霧靄，我聽出喬治在大門口說話，洛克伍德回應他。別管他們！鬼魂對我微笑。只要我能再哄它開口……

「我是露西。告訴我你要什麼。」

微笑的鬼魂飄得更近，蓋在前額的金髮輕輕顫動，宛如燃燒的皇冠。它的身軀模糊，雙臂垂在身側。

「我要……」

「露西在哪？」是喬治。我聽見荷莉喃喃回答，接著喬治的叫嚷在樓梯井敲出回音：「小露！」

「別管他……」我也笑了，努力維持雙方的連結。空氣冷得我皮膚刺痛。與男孩的燦笑相比，我的笑容顯得無力又猶豫。它的笑容充滿期待與渴望。

「我要……」

「嘿，小露！我們搞錯了！大的那個不是羅伯特．庫克！他是那個小鬼！」

我注視面前閃耀微光的身影，它的微笑就在四格階梯外。

「這個孩子捅了僕人一刀！小湯姆是大家給那個大塊頭取的暱稱！這個孩子瘋了！他捅了湯姆一刀，湯姆追著他滿屋子跑。他們一路跑上樓，湯姆因為失血而越來越虛弱。他和這個孩子扭打，卻被推下來。我們全部搞錯了！」

鬼魂搖搖晃晃地接近。

「我要……」

我們錯得徹底。

太好了。我緩緩後退一步。

鬼魂張嘴。

「我要妳。」它說。

它笑著舉起雙臂，上頭鮮血淋漓。

它往上飄向我。

我放聲尖叫，往後坐倒，雙手摸向腰帶。

我丟出摸到的第一樣東西，它落在我腳邊，就在鬼魂高舉的雙手下方。只是普通的鹽彈。外殼碎裂。鬼魂閃爍消失，像是被切斷的電影膠卷般裂開，在我背後瞬間重新凝聚，擋在我與長劍、鍊網、鐵鍊間。我往旁飛撲，在腰間摸索燃燒彈，卻被那碗鹽水絆倒，重重倒在欄杆上。樓下出現腳步聲、手電筒光束、叫嚷。我的腿被鹽水沾濕。鬼魂雙眼也浸在淚水中；它背後牽出一排血腳印。我又冷又慌，手指不聽使喚，拔不出燃燒彈。鬼魂來了，它仍舊笑容洋溢，往空中亂抓。我尖叫著翻過扶手，抓住欄杆掛在半空中。那道身影繼續逼近，拉長，籠罩在我頭頂上，展開雙臂，雙眼成了兩個窟窿，嘴唇勾起可恨的愚蠢笑容。有人衝上樓。鮮血從扭曲的手指滴落，在我的外套燒出一個個小洞。鬼魂近在眼前，龐大的壓力襲向我，操縱我往後跌向虛空——

我完全想不透洛克伍德怎麼能跳得這麼遠。他明明人還在千萬哩外，卻在一瞬間跨越三層樓。現在他高高飛起，直線躍過最上層的樓梯欄杆。衝力讓他化爲箭矢，平行射過我身旁，長劍揮舞，大衣如羽翼般翻飛。劍刃劃過我和那道傾斜身影之間。鬼魂往後閃躲，從我的視野中消失。洛克伍德攻勢沒停，我聽見他著地時的痛呼，接著是扭打、碰撞……寂靜來得好突然。

我獨自懸在半空中，張口高呼：「洛克伍德……」

沒用。我的手指太僵硬，木頭太滑溜。我開始往下滑……

有人穩穩握住我的手腕。荷莉·孟洛緊貼欄杆向我呼喚；喬治在她身旁抓向我的手臂，用力拉扯。他們同心協力，一點都不溫柔地拉起我，如同漁夫收網，緩緩往上拉，把我用難看的姿勢拉回閣樓樓梯口。

洛克伍德就趴倒在我面前。

Lockwood & Co.

第四部
動亂

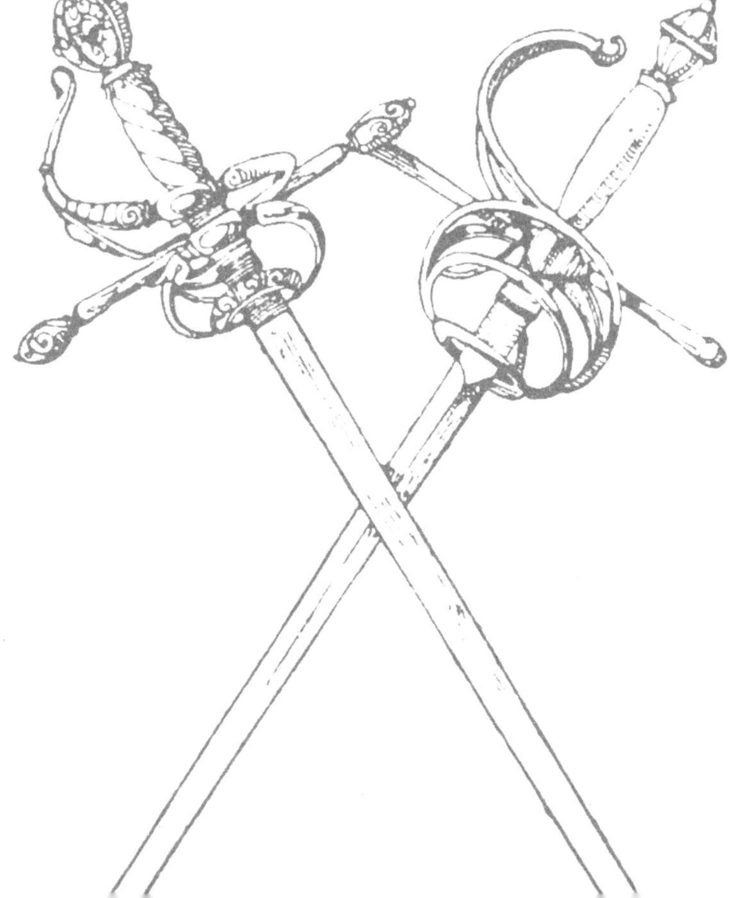

13

我們三個坐在波特蘭街三十五號的廚房裡。屋裡籠罩朦朧藍光，這是日出的前兆。

「他會沒事的，對吧？」我問。

喬治凝視杯中剩餘的熱巧克力，似乎想從那灘泥濘中讀出未來趨勢。「嗯，當然。真的。」

「他只是頭稍微撞到對不對？稍微昏了一下……現在沒事了。」

「對。」

「這個嘛——」荷莉．孟洛笑了笑，「這是我們的希望。如果是腦震盪，接下來的幾天就知道了。無論他的頭骨有沒有裂，或是腦袋有沒有出血。」她拿湯匙攪拌水果沙拉和櫻桃優格。

假如是前一天，我肯定會被她拘謹合宜的態度惹得火冒三丈；被她注視我的眼神氣個半死。可是現在我沒有精力也沒有意志去維持不滿。洛克伍德會受傷都是我的錯。而荷莉．孟洛在我摔死前拉了我一把。

「他醒了，還說要吃早餐。」喬治說：「肯定是好現象。」

她點頭。「我幫他換了繃帶，差不多已經止血了。加糖熱茶、食物、大量臥床——我們也只能做到這些。」她起身烤吐司。

「把他留在床上的大好機會。」喬治說：「剛才已經逮到他打算溜下來打電話聯絡冬園。」

荷莉・孟洛笑著燒開水。「喬治，你打算自己來，對吧？」

「沒錯。九點一到我就要向她報告好消息。一切都在掌握中。對吧，露西？」

「嗯。」我推開沒吃半口的穀片。

和血腳印事件有關的一切，全都在我們的掌握之中——除了我幹下的蠢事（或者該說是因爲我幹出了那些蠢事）。洛克伍德拚命跳起來救了我，乾淨俐落地一劍砍斷鬼魂的核心。它扭曲萎縮，從樓梯口退開。喬治晚了洛克伍德一步抵達，目睹它穿過通往僕人房的走道，遁入走道角落的地板。把我拉起來後，他連忙拿小刀戳進那片木板。接下來的半個小時，我們倉皇地照顧摔得不省人事的洛克伍德，等他清醒過來，我們包紮好他的傷口，喬治才帶著撬棍與鍊網踏進走道。在一陣劈砍碎裂聲後，他抱著一團包裹在銀鍊網中的東西鑽出來，那是一個破爛的小錫盒，裡頭塞了條維多利亞時代的女性披巾。

此時此刻，那團東西就扔在餐桌上，被馬克杯、穀片盒、電路板包圍。今天的早餐相當豐盛，喬治吃得很香，就連荷莉也以完美的餐桌禮儀清掉不少健康的菜色。我什麼都沒吃。

「露西，妳最好吃點東西。」喬治說。

我點頭。「嗯。我會吃。」

荷莉往托盤上擺放盤子和奶油。「露西，妳別鑽牛角尖。要不是妳正面承受鬼魂禁錮，那個訪客也不會透露源頭所在。所以這次成功都是妳的功勞。」她對我笑了笑。「換個角度想吧。」

我肚子裡打了個熱辣辣的死結，從我幾小時前首度語無倫次地道歉和道謝時就在了。「謝謝。」我說：「妳人眞好。」

喬治直盯著我。「小露，妳到底經歷了什麼？爲什麼要放下長劍？」

我也很納悶。現在回想起來，我實在是難以接受自己怎麼會輕易遭到那個滿手血腥的鬼魂操控。但我不想在荷莉面前提起。我甚至不知道要不要對喬治說。

「當時妳陷入恍惚了嗎？」荷莉問：「我知道有兩名實習調查員曾被蘭貝斯步道的獨行者催眠，幸好即時獲救，和妳一樣。他們說就像在作夢。」

「我才不是實習生。完全相反，當時我的腦袋很清楚。」

「妳以爲妳很清醒。」喬治語氣乾脆。「但顯然妳沒有。有個理論是說某些鬼魂吞噬人類的能量。它們捕捉情緒，藉此玩弄人類。妳那個時候有覺得特別孤單，或是欠缺關愛嗎？」

「沒有。當然沒有。」我皺眉。「絕對沒有。」我沒有直視他。

「我會這樣問是因爲把羅伯特．庫克逼瘋的似乎就是遭到遺棄的寂寞。」喬治繼續說：「後來我總算查出完整的故事，是在一份叫作《倫敦之謎》的銅板價八卦小報上找到的。我在分館一下就找到要找的資料，卻被靈異局封街困住，才會遲到那麼久。那一區發生暴動，接著有人看到無肢怪，或者只是隨口說說，總之我過了幾個小時才走得出分館。那份八卦小報把漢諾威廣場慘案寫得繪聲繪影。這個庫克——對了，案發當時他十六歲——算是被他老是在國外的父親丟在家裡，與母親非常親近。她把他寵壞了。在她過世後，他由一名老奶媽照顧，更被寵得無法無天。然後她也死了，照顧的任務交給一名男僕——就是那個小湯姆。他身材壯碩，有些遲鈍，幾乎不說話。那個孩子恨他恨得要命，開始虐待他，比如在小湯姆忘記事情、做事不夠俐落時勃然大怒，處處刁難。總之呢，某天晚上那個孩子瘋了，因為小湯姆把他最喜歡的靴子之類的搞丟了吧。他跑進廚房攻擊湯姆，抄起一把刀往對方身上捅。到處都是血，湯姆傷得很重，不過他身強力壯，怒火中燒，追著羅伯特．庫克往上跑到閣樓。他們在樓梯口陷入扭打，湯姆翻過欄杆，摔到地下室。庫克遭到逮捕時就坐在血泊中。」喬治伸伸懶腰，偷偷聞了聞自己的腋下。「這就是事發經過。天啊，我該好好泡個澡。」

「你找到的那條披巾……」荷莉．孟洛問：「是他母親的？」

「我想應該是。對他來說無比珍貴。天知道缺乏關愛與憤恨怎麼會讓他瘋成那個樣子？」

我聳聳肩。「看來他的腦子相當不尋常。」

「是啊。」喬治說：「雖然也不是什麼稀奇事。」他看著我。

「好啦，洛克伍德一定等得不耐煩了。」荷莉．孟洛精神百倍地說：「我去幫他送早餐。」

「我來送吧。」喬治說：「荷莉，妳一定累了。」

我猛然起身。「不用了，我來。」我沒有等他們回應，逕自端起托盤。

□

在所有房間中，臥室應當最能反映使用者的性格。我的臥室大概能印證這套理論（亂七八糟的衣服和素描本）；喬治的房間肯定也是如此，前提是外人能鑽過那些從圖書館借來的書、草稿、縐巴巴的衣物與武器。洛克伍德的房間比較難以解讀。一排多年前的《費茲年鑑》擺在五斗櫃上，還有一座衣櫃，整齊地掛著他的正式外套和襯衫。牆邊掛上幾幅陌生風景的畫作——河流蜿蜒穿過雨林、火山聳立在林木蓊鬱的山丘間——可能是他雙親的冒險足跡。我猜這裡曾是他們的房間，但房裡沒有他們的照片，也沒有他姊姊潔西卡的照片。條紋壁紙與金綠配色窗簾，優雅卻又欠缺個性，就和沒有標籤的紙箱一樣，看不出半點洛克伍德的個人情報。他確實睡在這裡，但我總覺得他並沒有真正住進這個房間。

窗簾緊閉，床邊的小燈開著。洛克伍德躺在床上，靠著兩顆條紋枕頭，修長雙手交疊在被子上。綁得整整齊齊的繃帶斜斜蓋住他的頭頂，宛如沒有綁好的印度頭巾，中間浮現深色印子，顯示傷口的所在處；幾撮黑髮從繃帶另一端翹出。他蒼白消瘦——和平常一樣——眼神明亮。他看著我放下托盤。

「對不起。」我說。

「別在意。妳已經道歉過了。」

「我不確定你記得。」

「我也不是什麼都記得。我只記得在某人的大腿上醒來。」他咧嘴一笑。「不知道是妳，還是荷莉。」

「其實是喬治的大腿。」

「喔，是喔？」他清清喉嚨，迅速調整爲坐姿。「原來如此……好吧。」

「他們要我叫你別下床。喬治很堅持。」

「他是今天的職務代理人嗎？我沒事。荷莉幫我包好了。妳看她包得這麼整齊。告訴妳，她可是持有急救證照呢。」

「這是當然。」我遞上托盤。

他往吐司上抹果醬，我望向最近的一張風景照。上頭是巨大的石雕，幾乎被叢林淹沒。

「馬雅的神廟，位於猶加敦半島某處。」洛克伍德連頭也沒抬。「我雙親去過那裡……」他啃咬吐司。「好啦，總算來到這一步。我警告過妳，但妳就是不聽。妳忘記那些調查員的訓練，追求自己的小小執念。讓每一個人的性命都蒙受風險。」

我深吸一口氣。到了要解釋的時刻，我卻半個字都說不出來。「我知道這麼做很不妥當。可是我對它說話，洛克伍德。然後它回應了。」

「然後它就出手要宰了妳。就這樣。」

「是這個鬼魂不好，可是——」

「這個鬼魂不好？」他輕笑一聲，我聽不出半點笑意。「露西，世界上沒有好的鬼魂。完全沒有！妳不准再做出這種事情。我說得夠清楚嗎？」

挫折感在我心中蠢動。「洛克伍德，只有我做得到。難道這毫無意義嗎？我知道這次搞砸了，對，都是我的錯。可是，洛克伍德，你聽我說，你應該要感受一下那種連結——」

「露西。」他打斷我。「妳沒聽懂我的話。我再問一次，我說得夠清楚嗎？」

我翻翻白眼。「好啦。」

「希望妳眞的聽懂了。不然下次我會把妳留下來。」

「然後呢？帶荷莉・孟洛出勤？」

他陷入沉默，臉色蒼白。「帶誰，或不帶誰，都由我決定。」他說得緩慢清晰：「我很確定我不會帶上危害其他調查員安全的成員。假如妳今年冬天想繼續獨自對付冰魔女與投石怪，告訴我一聲。」他垂眼盯著盤子。「荷莉做事有效律、幫了許多忙、把環境打掃得乾乾淨淨。喔——對了，她還救了妳的命。妳究竟是對她有什麼意見？」

我聳聳肩。「她讓人不爽。老是在礙事。」

洛克伍德點頭。「瞭解。沒錯，荷莉昨晚確實出手阻止妳走上死路。我救不了妳。喬治太慢了。不過就算她拚命撲上去抓住妳又怎樣？她讓妳那麼不爽。」他掀開被子。「聽好了，我現在就下樓對她說下回直接讓妳摔下去。」

「你快躺好！」我肚子裡那個死結纏得更緊，神經顫動，心臟跳得好沉。「我很清楚欠她多大的人情！我知道她有多完美！」

洛克伍德往床邊矮櫃拍了一掌。「那妳到底有什麼問題?!」

「沒有！」

「那……」

「那羅特威幹嘛放她離職？」

他高舉雙手亂揮。「什麼？」

「荷莉！既然她這麼完美，羅特威怎麼捨得放手？我第一次見到她的時候你說過了，她是被羅特威『解雇』。我只是很好奇，想知道背後有什麼原因。」

「和內部改組有關。」洛克伍德高聲說：「她發現自己的上司突然換成一個處不來的傢伙，要求調職。他們不願意，所以她就離職了。沒有什麼神祕陰謀，對吧？」

「確實！」

「那就沒事了吧！」

「對！沒事！」

「很好！」洛克伍德的腿乖乖擱在床上。他重重躺回枕頭。「很好。我的頭有夠痛。」

「洛克伍德，我——」

「妳去休息吧。妳需要休息。我們都需要。」

□

大家都知道我有多聽話。我回房窩了幾個小時，稍微打了瞌睡，但太過緊繃疲憊，什麼都做不了，只能盯著天花板看。除了喬治的口哨聲從浴室飄上來，房裡一片寂靜。洛克伍德和喬治都在各自的房間裡。我猜荷莉已經回家了。

我很感激她，這是當然的。我對每一個人都感激不盡。喔，心懷感恩是多棒的事……我傷感地長嘆一聲。

「在想什麼？」

我伸長脖子，瞇眼瞄向窗台。從冬園家首度探勘回來後，拘魂罐裡的骷髏頭連屁都沒放一個。罐子一直擱在窗台上，旁邊是成堆的洗衣袋、體香劑、分類好的縐衣服。罐裡懸浮著薄荷綠色的幽光，在十一月的沉悶陽光下幾乎察覺不到。鬼氣和平時一樣濃郁，幾乎只看得到棕色骷髏頭的輪廓，光線勾勒出頭頂的幾處凹洞與鋸齒形骨縫。沒看到那張讓人不爽的臉龐。今天只有讓人不爽的嗓音。

「我懂那種感覺。」它說：「大家都討厭我。」

「問你一件事。」我用手肘撐起上身。「現在是午餐時段，大白天的，你是鬼魂，鬼魂不會在白天出沒。但你還是跑出來煩我。」

它發出帶著喉音的輕笑。「說不定我和其他鬼不一樣。露西，就像妳與身旁其他人不一樣。」鬼魂的嗓音變得深沉，宛如喪鐘。「不一樣、孤立——無依無靠……喔，真讓人毛骨悚然。」它又補上一句：「我都要被嚇死了。」

我狠狠瞪著它。「這不是答案吧？」

「老實說我忘記問題是什麼了。」

「你可以在白天顯現。爲什麼？」

「很可能要歸功於這個銀玻璃牢籠。」它回答：「它讓我出不去，同時也減弱了射入瓶裡的陽光威力。對我來說這就像永恆的黃昏，可以大發神威。」幽光變得黯淡，一時之間我以爲它消失了。「說來聽聽。妳爲什麼如此感傷？或許我能幫上忙。」

我躺回枕頭上。「沒事。」

「最好是。妳盯著天花板看了整整一小時啦，這不是什麼好跡象。接下來妳會拿那把粉紅色的除毛刀割破喉嚨，或是把腦袋沖進馬桶。這種事情我看多了。」它若無其事地接著說：「別對我說是因爲那個新來的助理。」

「才不是。我現在和她處得很好。她人很好。」

「她突然變好人了？」

「對。嗯，她是好人。」

「才怪！」鬼魂的語氣充滿激情。「她來鳩占鵲巢！她要篡奪妳精心打造的小王國。她很清楚。她就愛看妳的反應。那種人都一樣。」

「隨便啦。」我咕噥幾聲，翻身坐起。「昨晚她救了我一命。」

它又輕笑幾聲。「那又怎樣？這種事每天都會發生。洛克伍德、庫賓斯。當然還有我，我也救了妳好幾次。」

「那時候我和鬼魂說話，說得太入神，抛下所有防備。荷莉救了我。所以說——」我語氣強硬，「我現在對她沒意見了。懂了吧？不用繼續提她，這已經不是問題了。」

「誰沒救過妳的小命？妳這麼倒楣，我敢說就連轉角雜貨店的亞利夫老頭也救過妳一、兩次。」

我抄起一隻襪子丟向拘魂罐。「閉嘴！」

「別生氣嘛。我和妳同一國。雖然妳從未感激過我。幾句有用的建議、寶貴的洞見——這是我的免費諮詢服務。妳偶爾也該道個謝吧。」

我從床邊起身，雙腿虛軟。我沒吃沒睡，只顧著和骷髏頭講話。我覺得渾身不對勁也是正常的吧？「等你眞的說出什麼有用的話再說吧。關於死亡。關於死者。關於另一個世界。你明明有那麼多話好說！你連名字都沒對我說過。」

一聲輕嘆。「啊，事情沒那麼簡單。就算只是嘴上說說，把生與死擺在一起眞的不容易。我在這裡，同時也不在這裡——對我來說那個界線已混淆不清。妳應該懂我的感受——露西，妳應該比任何人都懂——同時身處兩個世界。這可不容易。」

我走到窗邊，凝視骷髏頭，打量那片布滿細小傷痕的頭蓋骨，鋸齒狀的骨縫如同河流般劃過棕色荒原。我靠得這麼近，那張鬼氣構成的臉龐卻沒有冒出來，這體驗還滿新鮮的。兩個世界……是的。在我與鬼魂產生超自然聯繫的短暫片刻，就是這種感覺。昨晚在閣樓樓梯口，我同時體驗了兩套現實，它們相互競爭。丟開長劍是瘋狂的自殺行爲……然而爲了與鬼魂溝通，那是很合理的做法。合理的前提是遇到對的鬼魂。我想到那個染血的男孩。

「妳想妳爲什麼要丟開長劍？妳爲什麼會如此困惑？妳的朋友根本不懂。做出別人做不到的事情，那種感覺很複雜，讓人摸不清腦袋。相信我，我懂。」

「你爲什麼不一樣？」我問。「世界上明明有那麼多訪客。」

「啊。」骷髏頭的嗓音帶了一絲得意。「但我就想回來。這是我的獨特之處。」

門鈴聲從遠處傳來。

「我該走了。」我說：「不然洛克伍德會跑去應門……」來到房門邊，我回頭看了罐子一眼。「謝謝你。」說完，我快步下樓。

□

喬治和我同時抵達二樓樓梯口時，門鈴響了第二輪。洛克伍德包著繃帶的腦袋探出房門。

「你不用管！」喬治高喊：「你給我待在床上！」

「說不定是很有意思的客戶啊！」

「是誰？客戶？」

「與你無關！我來應付就好，懂嗎？我是你的職務代理人！不准下床！」

「好吧……」

「說好了？」

「好啦。」

洛克伍德縮回房裡。喬治和我猛搖頭。我們開了門，發現是蒙特古·伯恩斯督察，他站在門外，看起來比以往都還要喪氣，一副飽受摧殘的模樣。在沉悶的午後陽光下，難以分辨他皺巴巴的臉皮與縐巴巴的大衣衣領分界在哪。「庫賓斯、卡萊爾小姐。介意讓我進屋嗎？」

就算我們真的介意也攔不住他。我們帶他進客廳，伯恩斯停下腳步，一手抱著麂皮圓禮帽。

「你們稍微打掃過了。」他說：「第一次知道你們有鋪地毯。」

「督察，有什麼事情就直說吧。」喬治托托眼鏡，語氣充滿魄力。「有什麼事情要我們為你效勞？」

伯恩斯四處張望，放鬆自在的模樣堪比穿著玻璃纖維材質內褲的人。他重重嘆息。「剛才我和費歐娜·冬園小姐通過電話。那位女士相當……有影響力。以我的立場來說有點難以置信，但她對於你們昨晚的工作成果相當滿意，而且要求——」他強調這個詞，怒目而視，彷彿是要逼問我們有什麼意見，「我們雇用你們調查切爾西區大規模爆發事件。我來此是為了向洛克伍德先生正式詢問貴社是否能參與本案調查。」督察用力閉上嘴。解決了這件苦差事，他顯然鬆了一口氣。「洛克伍德在哪？」

「呃，他身體不舒服。」我說。

「他在冬園家受了傷。」喬治說：「撞到頭。」

我點頭。「可能是腦震盪。非常嚴重。抱歉，他目前無法會客。」

「不過沒關係。我是他的職務代理人。有什麼話對我說就好。」喬治揮手要督察入座，自己坐進洛克伍德的椅子。

「伯恩斯，午安啊。」洛克伍德踏著輕快的腳步進房。他披著長睡袍，穿著睡褲與波斯拖鞋，頭上那團歪歪的繃帶看起來比剛才還要巨大，血跡也更誇張。伯恩斯愣愣看著他。「怎麼了？」洛克伍德問道。

「沒事……」督察恢復冷靜。「我喜歡你這個扮相。頭上包著繃帶還滿適合你的。」

「謝了。好啦。喬治，你換個地方坐吧。嗯……我有沒有聽錯？你總算來向我們求助了？」

伯恩斯翻翻白眼，捲起嘴唇，煞有其事地調整帽沿角度。「對，可以這麼說。鬼魂群聚越演越烈，我們很樂意借用你們的力量。昨晚也發生幾場暴動，倫敦受到影響的區域……你們來看看就知道了。」

「很糟？」

伯恩斯以粗短的手指揉眼睛。他的指甲很短，邊緣參差，咬到幾乎露出甲床。「洛克伍德先生，簡直就像世界末日。」

14

隔天晚上，我們親眼見識到那幅光景。

靈異局在封鎖區東側邊緣的斯隆廣場設置臨時總部。閒雜人等不能進入廣場，臨時架設的圍板掛起巨幅警告海報，神情肅穆的員警守著出入口。洛克伍德、喬治、我亮出通行證，順利進入總部。

周圍街道寂靜漆黑、空無一人，但我們看到一扇扇破窗、翻倒的汽車，以及其他抗議活動的殘骸。相較之下，這個廣場大放光明，人聲鼎沸。懸臂式聚光燈被卡車運到中央，無情地照亮每一個細節。草皮被照成一片白，來去匆匆的調查員和員警臉色白得像骨頭。裹著黑色橡膠外皮的電線宛如巨人的血管在發亮柏油路面繞來繞去，給架設在屋頂上的臨時驅鬼燈提供電力，也接著幾台餐車旁的戶外電熱器。

舉目所見都是人。一隊隊調查員跟著監督員行動，檢查腰間放裝備的小袋子和佩劍；長髮披垂的靈感者在大茶壺旁排隊，猶如一排排被雨水打濕的柳樹；守夜的孩子穿戴圍巾和毛帽，勉強保持不被燒到手腳的距離，擠在電熱器前；身穿套裝的靈異局職員煞有其事地四處奔波，彷彿除了讓孩子代替他們進入鬼魂肆虐的區域外還有別的正事要做。角落有間理容院被靈異局徵用；穆雷與桑斯刀劍行在此設置崗位，所有隊伍從切爾西區巡邏回來後都可以在此替換或修理長劍，或者是刮除沾在劍刃上的鬼氣。

廣場西側架起十呎高的鐵柵欄，底部以水泥固定，擋住通往廣場的街道。這條國王路從斯隆廣場往西南延伸一哩多，連接富勒姆大道的幾間薰衣草加工廠。平時這是熱門購物區的骨幹，住宅區如同羽毛般往外放射分布。這六個禮拜一切都變了。唯一能進出該區的是柵欄上的柵門，上了大鎖，布下人力看守，旁邊還用鷹架及層層木板架設起瞭望台。

我們照著伯恩斯的安排，直接來到瞭望台前。

督察的副手恩尼斯．多柏斯警官在台下與我們會合。他年紀不大，神情冷漠，從花椰菜形的耳朵到亮晶晶的釘靴都符合靈異局職員的形象。他狐疑地打量我們，視線逗留在洛克伍德左邊額角的紗布上。接著他帶我們踏上階梯，爬到瞭望台頂端，讓到一旁，隨意擺擺手。

「各位，歡迎來到切爾西。」他說

國王路沿途的驅鬼街燈還亮著，兩排閃爍的光球往初冬夜色蜿蜒，兩側建築物的門面一片漆黑。黑，又不是徹底的黑——某幾扇窗裡透出微弱的超自然光芒，淡淡的藍光和綠光脈動搖曳，此起彼落。更遠處的巷口有道淡淡身影閃入黑暗。我聽見尖叫聲乘風而來——沒有開頭也沒有結尾的殘破雜音，毫無邏輯地不斷重複。

一小群調查員聚在柵欄不遠處街燈下，女性監督員下達指令，他們過馬路，進入一間屋子。附近一間店家櫥窗破了，玻璃碎片混著鐵粉和鹽巴撒在人行道上。對街另一間店舖門面沾染一大片黑色污漬，路面留下鎂光彈的爆炸痕跡。近日風雨帶來的枯枝落葉在路上隨處可見，連停在路邊的車輛上也積了厚厚一層。散落的報紙在門前飛舞。許多建築物窗上都塗了鬼魂出沒的標示。某條橫街的入口撒了厚厚一層鐵粉。

沒有人在此居住或工作。就算沒有這道柵欄或是撒在各處的鐵粉，還是能感覺到那股氣氛。空氣中瀰漫異樣的感覺。這是個死寂的區域。

「有沒有看到左邊那間外帶熟食店？」多柏斯說：「那裡之前有個潛行者，就在冷盤火腿的櫃台後面，是個戴著大禮帽的維多利亞時代男士。對面那間酒吧鬧過微光鬼，還有個獨臂郵差的惡靈——別問我為什麼。昨夜葛林堡的調查員在那間賭馬舖子旁的小巷遭到一群死靈追趕，一路逃到大馬路上，死靈才被燃燒彈滅掉，但眞的是千鈞一髮。我現在說的還只是眼睛看得到的範圍，切爾西區長達數哩。讓你們瞭解一下我們面對的威脅。」

薄霧間傳來輕微的噠噠噠敲打聲，穩定而規律。

「哪裡又在挖屍體了。」多柏斯補充道：「我們不斷找到源頭，但都不是這次群聚的核心。」說完，他轉過身。

我的視線越過他，投向黑暗中猶如綠洲的斯隆廣場。「所以這些努力都無法改善現狀嗎？」

「完全無法。」

□

我們在指揮中心找到伯恩斯督察，那是一棟位於廣場角落的樸素磚房，原本的用途是切爾西工人俱樂部。我們亮出識別證，經過一條堆滿鹽袋的繁忙走道，上樓梯，踏入俱樂部的交誼廳。即使充滿了辦公桌、檔案櫃、身穿正式服裝的靈異局職員，這個房間仍舊散發著炸豬皮和啤酒的氣味。伯恩斯坐在對側的辦公桌旁，替下屬呈上的文件簽名，桌上排了好幾杯喝了一半的咖啡。他背後掛著巨幅切爾西區地圖，插上數十個五顏六色的圖釘。

洛克伍德和我找了椅子坐下，等伯恩斯忙完。喬治掏出一張摺起來的紙張細細研究，不時瞄向牆上的地圖。我遞出一塊塊巧克力，以眼角餘光觀察洛克伍德。他臉色蒼白，領口敞開，頭髮亂七八糟，比起調查員，他更像是罹患肺結核的孱弱詩人。黏在眉毛上方的紗布是荷莉．孟洛的傑作，斜斜的角度活像是海盜眼罩。她堅持沒有貼好絕不放他出門，還差點成功說服洛克伍德讓她同行，「確認一切順利」。洛克伍德拒絕了她的提議，但我沒有得意太久。他一路上一言不發，若有所思。老實說他今天幾乎沒和我講過話。

現在他坐下來，小心翼翼地摸摸額頭。伯恩斯簽完文件、回答完某人的提問、吼完另一個人、灌下一大口冷掉的咖啡，注意力總算移向我們。「讓你們稱心如意了吧。這裡是鎮壓切爾西區鬼魂爆發的行動中樞。你們還想知道什麼？」

「我們看了下柵欄後的狀況，感覺很不妙。」洛克伍德說。

「想進去的話請自便。」伯恩斯疲憊地揉揉鬍鬚。「不過看這邊就知道狀況了。」他豎起大拇指往背後的地圖一比。「這是過去幾個禮拜切爾西區的鬧鬼案件總數。超級群聚——全部亂成一團了。三十年來的頭一遭。有什麼問題？」

喬治瞇眼細看那些圖釘。「顏色代表什麼？」

伯恩斯吸吸鼻子。「綠色是第一型，黃色是第二型。紅色代表該案件中有人遭到攻擊。黑色呢——」他抓抓鬍鬚，端詳自己的指節，最後雙手輕輕擱到桌上，「黑色代表有人喪命。包括調查員在內，目前有二十三名死者。在半平方哩的區域內案件量急速飆升。然而在四個禮拜前，切爾西與其他地方沒有任何差異。」

「鬼魂的種類有什麼模式嗎？」洛克伍德問：「哪種鬼魂出沒頻率比較高？」

「都是隨機。沒錯，大多是虛影和潛行者，可是也有不少惡靈與幽影。當然有死靈，更罕見的有兩個無肢怪和一個尖叫怪。許多案件的源頭都有尋獲，但對整體情勢毫無影響。」

「現在這一區疏散了多少人？」

「國王路和周邊幾條街都清空了。沒有動到西側——鬼魂的密度在那邊驟降。商家幾乎全數關閉，我們讓好幾百人暫住在教堂和體育館。你們也知道他們把錯都怪到靈異局頭上。有的拜鬼邪教大肆活動。到處都有暴力推擠、抗爭。動亂不斷擴散。」

「聽說費茲與羅特威打算演一齣好戲讓大家開心。」我說。

伯恩斯雙手指尖輕觸。「對，嘉年華會。是史提夫．羅特威的提案——盛大的派對，說什麼要『奪回夜晚的主控權』。遊行路線是費茲紀念館到羅特威紀念館。花車、氣球、免費餐飲。之類之類的。等到他們開完派對，我們還是要解決這裡的小麻煩。」

經過一陣沉默，喬治開口：「你們一定要找到這起超級群聚的核心。」

「以爲我們不知道嗎？」伯恩斯累得雙眼浮腫，眼中閃著惡狠狠的光芒。「我們不是笨蛋，也很清楚核心在哪。你們可以自己去看看。」他從桌上拎起手杖，上身後仰，戳戳地圖。「我們在東側這裡，國王路往這裡走，貫穿鬧鬼最頻繁的區域。只要分析圖釘的位置，庫賓斯，你會發現地理位置的中心在這裡，國王路與雪梨街的交叉口。」

「那個轉角有什麼？」我問。

「貝瑞麥吉炸魚薯條經典名店。」伯恩斯說：「店名就叫這個。我個人是不會進那間店啦。店裡很乾淨，我指的是超自然方面的乾淨。它的問題是太油，不是鬼氣。總之呢，我們拆了那間店，什麼都沒找到。周圍店家與住宅也都乾淨得很。我們追溯那個區域的歷史，沒有特別的紀錄。沒有發生過瘟疫，或是重大事件——這是我們心中認定的群聚事件起因。庫賓斯，這就是你的寶貝核心。」他把手杖丟回桌上。「有何高見？」

「顯然它不是中心點。」喬治說。

伯恩斯咒罵一聲。「那我想你應該知道眞正的位置？」

「還不知道。」

「好吧，歡迎你幫我找出來。對了，洛克伍德，我會發給你們進入封鎖區的通行證，這是冬園小姐的吩咐。你們可別丟了小命，還有，更重要的是——」伯恩斯抓起文件，靠上椅背，開始忙別的事情了，「盡量別進入我的視線範圍。」

□

我們回到廣場，手中的通行證墨水還沒乾。「我要進去。」洛克伍德說：「我要在裡面走走，感受一下整個環境。別擔心，我不會捲入任何事情。喬治，你呢？」

喬治的視線飄向遠方，讓他看起來像是便祕的貓頭鷹。「我在這個節骨眼進去只是浪費時間。」他說：「我想去辦點事，小露，妳想的話可以和我一起。妳可以幫上我的忙。」

我有些猶豫，看著洛克伍德。「看洛克伍德要不要我留下來。」

「喔，不用，謝啦。我自己去就好。」他露出機械似的笑容，沒有半點感情。「妳和喬治去吧。回頭家裡見。」他擺擺手，衣襬翻飛，走向柵欄。不過幾步路的距離，他已消失在調查員、靈感者、技術人員之間。

我感覺心口被捅了一刀，既痛苦又憤怒。我轉過身，搓揉雙手，展現並不存在的熱情。「喬治，我們要去哪？深夜圖書館？」

「不是。跟我走。」

他領路離開廣場，途經靈異局的封鎖線南側，沿著另一條街往前走，抗議示威的證據散落一地，標語、瓶罐之類的垃圾。

「太可怕了。」我踩過那些破東西。「大家都瘋了。」

喬治跨過一塊裂成兩半的調查員滾出去牌子。「是嗎？我不太清楚。他們很害怕，有必要宣洩情緒。累積壓力絕對不會有好下場——對吧，露西？」

「應該是。」

我們橫越空蕩蕩的街道，右手邊是另一道鐵柵欄——我們正繞著切爾西區的外圍往泰晤士河的方向走。

「所以你覺得伯恩斯錯了？」我問：「這起超級群聚的中心不是在那個中心？怎麼可能？」

「這個嘛，伯恩斯做了許多假設。他把這案子當成普通的鬧鬼事件來辦，但這次眞的不同。都鬧得這麼大了，怎麼可能一樣？」

我沒有回應。沒有必要。過了一會，喬治逕自說下去：「仔細想想，從最基礎的層面來看，源頭是什麼？沒有人知道它眞正的機制，但我們可以稱它爲弱點，這個世界與另一個世界間的屏障變得薄弱。我們在肯薩綠地不就透過骨頭鏡子見識到了嗎？那面鏡子成了世界間的窗戶。鬼魂被綁在源頭上面。創傷或是暴力或是冤屈會讓鬼魂無法離開，就像綁在木樁上的狗兒，繞著那項物品或是地點打轉，直到有人砍斷這道聯繫。好，群聚又是什麼？有兩種類型。一種是獨立的殘酷事件，一口氣創造出大量鬼魂。戰爭轟炸、瘟疫都有這個效果，記得漢普頓維克區那間毀於火災的飯店嗎？我們在被燒燬的廂房找到二十多個烤焦的訪客。另一種則是有個強大的核心鬼魂，將它的影響力漸漸擴散到整個區域。那個鬼魂在數年間殺了其他人，打造出鬼魂大軍，每一個死者的死亡時間、地點都不太一樣。康比柯瑞大宅是絕佳案例，薰衣草旅店也是。靈異局預設這起群聚事件是第二類。」

「一定是啊。多柏斯提到的那些訪客都沒有關聯，死亡時間地點都不同。」

喬治搖頭。「那觸發它們的是什麼？伯恩斯想找出引發所有鬧鬼事件的關鍵鬼魂。但我認爲他少考慮到一件事，這些鬼魂並非慢慢產生，而是在一夕之間變得無比活躍。兩個月前，這區域的靈擾頻率不超過倫敦其他區域，現在卻要疏散幾條街的居民。」他和我一起過馬路，鞋帶鬆了，雙手亂揮，彷彿是想捏出他的想法。「說不定觸動這些鬼魂的並非過去的慘案，其實是近期的大事呢？」

我盯著他。「比如說？」

「我沒有半點頭緒。」

「你的意思是死了很多人的事件？」

「不知道。可能吧。」

「沒有人接連失蹤，沒有發生災害的跡象。喬治，我不是故意挑你毛病，可是你的論點完全說不通。」

他停下腳步，對我咧嘴一笑。「伯恩斯的理論也不通啊，所以才會這麼刺激。接下來我們需要一點專家建議。」

「你那些檔案館裡的老朋友？」

「完全相反。我們要去見芙洛．邦斯。」

我停下腳步，愣愣看著他。這完全出乎我的預料。芙洛倫絲．邦納德——也就是芙洛．邦斯——是我們認識的盜墓者，在泰晤士河畔挖掘帶有靈異力量的垃圾去黑市販售。她確實擁有一些感應力，也不時給予我們寶貴的協助；同時她也穿著滿身垃圾，睡在倫敦橋下的紙箱裡，隔著兩條街都聞得到她人在哪裡，連遊民都比不上她。倘若她個性討喜善良，那勉強還能接受以上問題，可惜和她相處就像是不穿衣服踏過荊棘叢——不是做不到，但風險極大。

「爲什麼？」我問。「我們幹嘛去見她？」相信各位都聽得出我的語氣有多重。

喬治從口袋裡掏出地圖。「因爲芙洛是泰晤士河的骯髒女王，而出事的區域西南側被河流包圍。妳看，爆發區域的形狀有點像漏斗，其中一側緊鄰泰晤士河。芙洛肯定注意到這一帶有什麼變動。在進行下一步之前，我想聽聽她的見解。伯恩斯或是多柏斯或是誰會想到找她聊聊呢？不可能吧。」

「他們也不會找翻垃圾的烏鴉或狐狸談話。」我說：「根本沒這個必要。」

即便如此，我還是和他一起行動。

以犯罪爲業的盜墓者有一些聚集地，河岸邊的幾間酒吧和咖啡廳，他們在店裡碰頭，交換晚間的收穫。喬治和我花了兩個小時繞了一圈，總算找到芙洛。

她坐在巴特西河岸邊的一間小餐館外，捧著髒兮兮的保麗龍托盤吃著今晚的早餐：炒蛋和培根。她的打扮與平時無異，還是那件很有味道的藍色鋪棉外套，能夠遮掩身形，也能蓋住他們這類人常帶在身上的刀子、棍棒、挖掘工具。她的草帽掛在後腦勺，露出那頭金髮、白臉，還有眼角的銳利線條。我常納悶要是她好好洗個澡、徹底消毒一番會變成什麼樣。她沒比我大多少。

她瞥了我們一眼，點點頭，繼續舞動塑膠叉。我們盡量接近，維持舒適的距離，看她把黃色殘渣鏟進嘴裡。「庫賓斯，」她說：「卡萊爾。」

「芙洛。」

「小洛洛在哪？」叉子暫停幾秒。「和那個新來的女生在一起？」

我一愣。「沒有……」我開口：「她不會出門辦案。她根本不是調查員，更像是祕書兼清潔工。」我對芙洛皺眉。「妳怎麼知道她的存在？」

她若無其事地刮刮托盤角落。「我不知道。」

「我不懂。」

「他也雇用妳一年半了，這是標準的年資長度。我想說他應該換人了。」

喬治站到我們中間，擠開我按住劍柄的手。「洛克伍德正忙著處理爆發事件。他派我們來找妳。」

「是有事要問，還是要我幫忙？不管是哪個，我有什麼好處？」她的牙齒閃閃發亮。

「啊哈！」喬治往外套暗袋摸索。「我有甘草糖！美味的甘草糖……嗯？怪了……一定是被我吃掉了。」他聳聳肩。「算我欠妳一次。」

芙洛翻翻白眼。「還眞會演。洛克伍德比你高明多了。你們要什麼？地下世界的情報？」她一邊咀嚼一邊思考。「和平常一樣，背刺、神祕失蹤。他們說溫克曼一家重返黑市了。朱里斯去牢裡蹲，經營的擔子落到他老婆雅德萊頭上。雖然大家怕的其實是小雷歐帕。聽說他比他家老頭還狠。」

我繼續皺眉。在我記憶中的溫克曼家兒子是他父親的縮小版，我們上法庭作證時他一直瞪著我們。「怎麼可能？他才十二歲耶。」

「無法阻止你們在倫敦耀武揚威嗎？卡萊爾，妳最好別耍那些小聰明。溫克曼一家現在很低調，是你們把朱里斯送進牢裡的，他們肯定在盤算令人髮指的復仇……好啦——」她丟下托盤，雙手一拍，「庫賓斯，你欠我一包甘草糖。」

「沒問題，我都記下來了。不過這次我們要問的其實不是這個。芙洛，我們想知道切爾西區怎麼會鬧成這樣。妳在那一帶的河岸幹活，離爆發區域只隔了一、兩條街。河邊狀況如何？鬼魂的活動有沒有更活躍？」

芙洛起身離開繫船柱，隨意伸伸懶腰，掀起沾滿泥巴的外套下襬，抓抓裡頭的某個部位。「喔對——河邊的騷動明顯增加，特別是西南側，街上滿滿的都是鬼。我曾經站在切爾西碼頭上，一眼就看到三個虛影和一個灰霧。當然了，它們不會太接近泰晤士河岸，離我足足有五十碼遠。這麼大量的流水把它們嚇壞了吧。」

喬治原本只是虛應，突然專注許多，盯著手中地圖。「對……沒錯。謝了，芙洛，妳已經幫上大忙了。聽好，可以請妳幫我盯著河岸嗎？特別是西南邊。我想知道這一帶的訪客是不是最密集。妳看出什麼模式就告訴我。我會準備好幾頓的甘草糖作爲報酬。」

「好吧。」芙洛抓完身體，拉好衣服，拎起布袋，靈活地甩到肩上。「該走了，今晚是低潮，汪德爾河有一艘擱淺的破船等著我去搜刮。之後見。」她踏出幾步路，消失在河霧間。

「嘿，卡萊爾。」她的嗓音飄來：「別擔心小洛洛。他肯定很喜歡妳。畢竟妳都在他身邊活過十八個月了。」

我瞪著她的背影。「這是什麼意思？」

但芙洛早已走遠，留下喬治和我呆站在原處。

「我不會把她的話放在心上。」他說：「她就是喜歡惹妳不爽。」

「我想也是。」

「她喜歡玩弄妳的情緒，就像貓抓老鼠一樣。」

「還眞是謝謝你喔，怎麼這麼貼心啊。」我橫了他一眼。「她怎麼沒有嗆你？」

喬治抓抓鼻尖。「是嗎？我完全沒想過耶。」

15

洛克伍德的切爾西區之旅在隔天清晨結束，他獨自在黑暗街道默默走了好幾個小時。這段經歷讓他既興奮又困惑，印證了我們在瞭望台上看到的景象及伯恩斯督察的說詞。

「整個區域到處都是超自然擾動。不只是訪客，雖然訪客也夠多了。那裡的氣氛就是如此，所有事物都躁動不安。我們平時要努力尋找的感知滿街都是，幾乎肉眼可見。惡寒、瘴氣、無力、潛行恐懼——從巷弄裡湧出，或是從路旁屋舍裡悄悄冒出來，將你吞噬。只能抽出長劍，心跳加速，在原地打轉，等待迎擊——下一秒它們又消失得無影無蹤。我不意外現場折損了那麼多調查員，任何人都會被那種氣氛逼瘋。」

他遠遠看見大量鬼魂——二或三樓的窗邊、店舖後院、住宅庭院。馬路上基本沒事，只有疑神疑鬼的調查員成群隨機搜查各處。走過半條國王路，他協助艾特金與阿姆斯壯的小隊避開詘笑霧氣；稍後又陪譚迪的監督員聊了幾句，帶著四名抖個不停的調查員穿過小公園，來到雪梨街，也就是整起事件理論上的中心點。但該處的擾動沒有多少差異。

「他們挖開所有的墓地，往土裡撒鹽。羅特威的隊伍扛出我從沒見過的裝備：噴出鹽水與薰衣草花水的水槍。沒有半點幫助。除非我們有新發現，老實說我不認爲我們能改變情勢。」

「就交給我吧。」喬治說：「我已經有一套理論了，只是還要一點時間。」

洛克伍德批准了他的申請。從那時起，喬治不再接案，陷入沒日沒夜的調查模式。接下來的幾天內，我們幾乎沒見到他。我曾一、兩次看他在黎明時分溜出家門，背包塞了滿滿的文件，手中挾著奇普斯交給他的檔案。他徘徊在檔案館和倫敦西南側的幾間圖書館，天黑後才回家。他跑去找芙洛・邦斯談話，整晚獨自坐在廚房，往思考布邊緣寫下難解的筆記。他很少提起自己在幹嘛，但眼中亮著熟悉的光彩，隔著眼鏡宛如困在玻璃罐裡的螢火蟲。我知道他有頭緒了。

在他孜孜不倦的同時，其他人都與切爾西區保持距離。洛克伍德又去了一、兩趟，沒多少成果，很快就回頭處理普通案件。我也是如此。不過我們沒再合作過。荷莉・孟洛秉持一貫的高效率，把案件平均分給我們兩個，巧妙安排客戶與我們的時間。

雇用荷莉的用意是給我們喘息時間，讓團隊運作更加順利。說來也真怪，現在我們反而比以前還要忙碌——也更疏離了。洛克伍德和我不會往同個方向走，甚至不會同時出門。我們起床時間錯開，在家中碰面時，笑容可掬的助理通常也在場。稱不上成功的血腳印案件結束後，他與我幾乎沒有獨處過。洛克伍德對這樣的安排似乎毫無異議。

我不認為他還在生氣，但我寧可他還沒氣完。感覺他只是從我身旁抽離，重新披上過去那層疏遠的外皮。他總是彬彬有禮，回答我的疑惑，隨口問問我手邊的案子是否順利。除此之外他徹底無視我。他頭上的傷好了，只在額角髮際線下留了細微疤痕。正如他身上的一切，他對此毫不在意，可是我知道那道傷疤象徵我的無能與失敗，每次看到都覺得心頭刺痛。

我也無法壓抑滿心不爽。沒錯，我害他——還有其他人——身陷險境；我不否認我搞砸了，然而這不是他封閉自己、躲在鋼鐵柵欄後逃避我的藉口。

當然了，洛克伍德一向如此。沉默是他的預設反應。自從潔西卡過世後，他大概一直都是這副模樣。

她的弟弟無法阻止鬼魂的攻擊……

這就是絕佳的例子：他姊姊。他向我們提過她的事情，可是內容嚴重不足。我還是搞不懂那個房間裡究竟發生了什麼事。少了他的證詞，根本無從推敲。

想知道往事其實並非不可能。有辦法的。我的天賦可以探查過去。每當我走過二樓，在氣憤與挫折之下，我的視線不時飄向那扇門。

□

過了一個禮拜。喬治忙碌不堪，荷莉管理大小事務，骷髏頭定時發表沒禮貌的評論。洛克伍德和我繼續形同陌路。現在每個地鐵站附近都掛起巨幅海報，宣傳即將到來的嘉年華會。費茲偵探社的海報風格高雅，以銀色爲基調，字體沉穩，邀請社會大眾「奪回夜晚」；羅特威偵探社的海報浮誇鮮艷，還添上卡通造型的笑臉獅子，腳下踩著鬼魂，前爪拿著巨大的熱狗。與此同時，切爾西區周圍的抗爭行動越發激烈，民眾與警察衝撞推擠，有人受傷，警方動用水砲車。這場盛大饗宴前的氣氛無比緊繃。

洛克伍德原本對嘉年華會毫無興致，因爲他很不滿我們沒有受邀參加遊行。沒想到我們竟然收到特別邀請函。冬園小姐——在她沒有半個鬼魂侵擾的豪宅裡過得舒服自在——是遊行的貴賓之一，而她邀請我們一同行動，擔任她的客人。

洛克伍德無法抗拒能夠占據大好位置的機會。活動當天下午，我們四個橫越倫敦，來到費茲追思紀念館，也就是嘉年華會遊行的起點。

沒錯，我們四個。荷莉・孟洛也來了。

紀念館位於河岸街的東端，與艦隊街相接，占據了路中央的整座分隔島。這裡曾是間教堂，不過在戰爭中遭到轟炸，改建成現在這座死板的灰色建築，梅莉莎・費茲的遺體就存放於此。橢圓形的水泥圓頂建築西側豎立兩根雄偉的石柱，框出紀念館的入口，正對著費茲總部。柱頂的三角形門楣刻上費茲的象徵——高貴的獨角獸。紀念館黃銅大門會在特定日子開啓，供社會大眾瞻仰這位先驅者的花崗岩陵墓。

天色漸暗，不過這場嘉年華會就是爲了宣揚與鬼魂作對的反叛精神，也準備了各種防護措施。串在電纜上的驅鬼提燈俯瞰街道。各個街角架起焚燒薰衣草的篝火，煙霧被燈光照亮，飄到人潮上空，紀念館周圍彷彿被起伏不定的潮水環繞。

巨大的細刃長劍氣球飄在高處，劍身噴上銀漆，在夜空下閃閃發亮，長度和公車差不多。連接滑鐵盧橋和奧德維奇區的路口擠滿攤販與小型遊樂設施。射殺鬼魂的攤子緊鄰騷靈飛車，乘坐在高速旋轉機械手臂上的男男女女放聲尖叫。旋轉木馬披上可愛版鬼魂的外殼，小販兜售蜘蛛網棉花糖，到處都看得到骷髏頭、骨頭、鬼氣造型的甜點。正如仲夏的祭典，玩得最凶的其實是成年人。今晚他們倍受保護；今晚的大街上擺滿薰衣草與鹽巴，把倫敦幹道變成五顏六色的仙境，讓他們安全玩耍。不分男女老幼，民眾快步擠過我們身旁，逾越界線與隨之而來的危險令他們興奮不已、臉頰泛紅，渾身上下洋溢著硬擠出來的喜悅。感覺得到他們極力想把可怕的夜晚轉化為充滿童趣的無害概念。

我們靜靜站在街角，手握劍柄，注視從面前掠過的世界。

「這些大人看起來眞開心。」洛克伍德說：「你們有時候會不會覺得自己已經老了？」

「是啊。」喬治說：「我是無所謂啦……」

洛克伍德點頭。「嗯，我也想來點冰淇淋。」

「我去買。」我說。對面剛好有攤子。「荷莉，妳要什麼口味？雞眼豆混鷹嘴豆之類的？」

她的頭髮往後梳，藏在鑲了毛邊的帽子下，露出完美輪廓。她的大衣和洛克伍德那件隱約有些相似，最讓我不爽的是她竟然也佩著長劍。「其實我想來個香草冰淇淋配巧克力捲心酥。機會難得嘛。」

「喔，我以為妳只吃健康食品。」我移到攤位前的隊伍尾巴。

嘉年華會的遊行隊伍在紀念館的另一側待機——造型花車以日出公司的卡車為基底，掛上各家偵探社的代表色系，有的還搭配巨大社徽。譚迪與桑斯的鐵鍊圈標誌飄在白色旗桿末端，後面還有葛林堡的狐狸、都洛普與崔德的睿智貓頭鷹。每個都用上大量的紙漿、鋼鐵、木板，塗上鮮豔色彩。高達二十呎的氣球人像旁是精神抖擻的年少調查員，準備向群眾投擲糖果和宣傳摺頁。其中還有一、兩座表演花車，上頭載著演員，即將重現偵探社史上的知名場面。有人身上塗滿白粉扮演鬼魂，要與身穿戲服的英勇調查員大戰。他們的表演會持續到遊行結束。

領頭的花車最爲壯觀，以紅色與銀色爲基調，象徵兩間規模最大的偵探社。上空飄著兩顆緊緊繫在車上的大氣球——費茲的獨角獸和羅特威以後腿站立的獅子在夜空中彈跳。看得到潘妮洛．費茲與史提夫．羅特威等會兒要坐的位子。

「卡萊爾小姐？露西．卡萊爾？」

「嗯？」這嗓音幾乎混入群眾喧囂，我沒認出對方身分。同時我也沒有一眼就看到這名突然走向隊伍的人，他長得很矮，粗壯的身軀包在毛皮大衣裡，寬邊圓禮帽遮住他低垂的腦袋。他穿著柔軟的絨布長褲，褲腳下露出的昂貴漆皮雕花鞋在白色燈光下閃閃發亮。我瞥見他戴滿珠寶戒指的手中握著象牙手杖；接著，他手腕一翻，掀起帽子，露出面容。這是一張男孩的臉，寬闊光潔的臉龐，闊嘴，臉頰與柔軟厚實的頸子連成一片，宛如還沒烤的白麵糰。一綹綹上了油的黑髮蓋住太陽穴。小小的眼珠投來銳利目光，宛如藍色的水晶碎片。

我馬上認出這個人。世界上只有一人長成這副模樣。好吧，其實是兩個，不過比較老的那個膚色更深，身上毛更多，而且人在監獄裡——惡名昭彰的黑市大佬朱里斯．溫克曼。眼前的男孩是他兒子雷歐帕，和他簡直是同一個模子印出來。

「溫克曼大爺，請問有什麼事嗎？」我該以冷靜淡然的語氣回應，然而我完全沒想到自己只發得出咯咯怪聲，張嘴愣愣瞪著他。

喬治突然湊到我身旁，替我發聲：「有何貴幹？」

「我帶了口信。我父親向各位祝賀，說他很快就能見到各位。」

「不可能。」我說：「你爸還要蹲二十年，不是嗎？」

雷歐帕．溫克曼勾起嘴角。「喔，我們自有門路，各位很快就會見識到了。卡萊爾小姐，後會有期，現在我還要趕著去看好戲呢。」

說完，他伸出手，以杖頭狠狠擊中我的腹部，動作迅捷如同蟒蛇。我無法呼吸，倒抽一口氣，彎下腰。雷歐帕．溫克曼裝模作樣地將帽沿壓到眼前，閃亮的皮鞋一轉，悠閒離去。喬治抽出長劍，斜斜插入雷歐帕腿間，打斷他悠然的步伐。雷歐帕被絆了一下，失去平衡，跌向人潮，撞上三名魁梧工人，他們手中的飲料全灑在女伴身上。隨之而來的騷動讓雷歐帕無法順利脫身，他只能往四面八方揮舞小巧的手杖。他的叫嚷被人群的怒吼吞沒，喬治扶我站穩，帶我過馬路。

「沒事。」我揉揉肚子。「謝了，喬治。你其實不用這麼大費周章。」

「呃，好。」

「混帳——害我沒排到冰淇淋。」

反正沒差。回到集合處時，洛克伍德正盯著手錶。「該去位子上了。」他說：「時間過得真快。冬園肯定不希望我們遲到。」

他帶路穿過攤販，走過紀念館的陰影，一排佩戴武器的工作人員對照賓客名單，揮手讓我們進入花車區。巨大的氣球在我們頭頂上飄移，彩帶飛舞、引擎隆隆作響。我們穿梭在車輛噴出的廢氣間。

冬園小姐說她是重要人物，與上流社會關係匪淺。她這回也沒有撒謊——她的位子竟然是第一輛花車上的貴賓席。我們走上簡易梯子，踏上卡車頂部的木頭平台。平台兩側突出車斗，面積不小。高處插著旗幟，塑膠材質的獅子與獨角獸以等距豎立在左右，營造出城堡般的氣氛。我們面對一排排重要人物的背影，男士身披昂貴的深色大衣，女士則是穿著厚重毛皮。費茲和羅特威的年輕人員在座席間遊走，幫貴賓倒香料紅酒、送上糕點。冬園小姐坐在遠處，她看到我們，除了高高在上地輕輕揮手外沒有任何反應。

洛克伍德、喬治、我杵在一旁，不確定該坐哪裡，但荷莉．孟洛一副如魚得水的模樣，撫平大衣縐褶、調整帽子角度，踏著輕盈步伐走進座席區，一路上與其他人點頭揮手。她看起來自在無比，從平台前方朝我們打手勢。等我們跟上時，她已經和花車上的幾名超級重要人物聊起來了，包括潘妮洛．費茲與史提夫．羅特威在內。

我們見過費茲女士，關係勉強算是友好。無法判斷這名光彩奪目的女性究竟幾歲，美貌與權勢的光環在她身上交織，難分難解。她的白色長大衣垂到腳踝，領口和袖口都滾上雪白毛皮，黑色長髮梳成髮髻，以銀質髮飾固定。她熱情地向我們打招呼，與她身旁的男子——羅特威偵探社的老闆史提夫．羅特威——態度相差甚遠。

我第一次近距離看到他本人。他身材高大，結實的肌肉撐起厚重大衣，面容俊朗，神情嚴肅，方正的下巴刮得乾乾淨淨，配上一雙獨特的綠眼。他一頭金髮，耳後的區塊已經微微轉灰。他對我們隨意點頭，視線飄向別處。

「今晚眞是了不起。」洛克伍德說。

「是啊，娛樂大眾不遺餘力。」潘妮洛．費茲拉緊大衣領口。「是史提夫的主意。」羅特威先生咕噥：「蛋糕和遊行能逗大家開心。」他別開臉看錶。

費茲女士對著他的背影微笑。猜得出她對整場活動有多不耐，但她的高尚教養壓抑了爆發的衝動。「洛克伍德偵探社近來可好？」

「喔，還在努力賺點好名聲。」

「我聽說了你們替費歐娜．冬園立下大功。做得好。」

「我事前做了不少研究。」喬治插話：「想取得更厲害的成就，希望有一天能加入奧菲斯結社。妳聽過這個組織嗎？」他直盯著她看。

潘妮洛．費茲猶豫半秒，嘴角勾得更高一些。「當然了。」

「我對這沒什麼印象。」洛克伍德承認道。「那是什麼？」

「不是什麼嚴謹的團體。」費茲女士說：「就是幾個企業家想搞清楚靈擾爆發背後的機制。我對此是樂觀其成。要是我們好好運用眾人的智慧，天知道能有什麼發現？庫賓斯先生，期待你未來能加入我們。」

「謝謝，雖然我不確定我的腦袋比得上其他人。」

她輕笑一聲。「好了，洛克伍德先生，一定要把我這位朋友介紹給你。這位是魯波・蓋爾爵士。」

她後頭的男子原本靠在圍繞平台的欄杆上，這時轉過身來——這名年輕男子一頭金髮，後側和左右剪得很短，留下帶著鬈度的劉海。他的鬍鬚修得整整齊齊，嘴唇飽滿，一雙明亮的藍眼，臉頰凍得泛紅，和花車上大多數的乘客一樣，他打扮得瀟灑俐落；唯一的相異處是他隨興地拄著一支手杖。他把打磨得亮晶晶的手杖換到左手，與洛克伍德握手。

「魯波爵士。」洛克伍德輕快的語氣沒有透露出我們其實早就和這人打過照面。上回他追著我們跑，揮舞藏在手杖裡的長劍，把我們從排水管逼到工廠屋頂。他是禁忌藝術品的收藏家，在溫克曼的黑市拍賣會落幕後，我們從他眼皮下摸走一件價值極高的物品。沒錯，當時我們頭戴面罩，最後跳進河裡逃走，但我們不敢太過天眞。我們的存在已經浮上檯面，他也認出我們了。

「幸會。」那隻戴著手套的手緊緊握住洛克伍德。「我們是不是在哪裡見過？」

「應該沒有，」洛克伍德回答：「不然我一定會有印象。」

「老實說呢，我對人的樣貌可說是過目不忘。就算只是一小部分。就算只有下巴。」

「喔，長得像我這樣的人多著呢。」洛克伍德沒有掙脫，冷靜地迎上男子視線。

「魯波爵士是費茲偵探社的好朋友。」潘妮洛・費茲說：「他父親多年前曾經協助過我的祖母。現在他常來幫我們訓練年輕調查員的劍技和其他武術。」

「我很樂意在各位面前獻醜。」魯波爵士鬆開洛克伍德的手。「我們一定要找天好好聊一聊——關於我們雙方的生意。」

洛克伍德微微一笑。「隨時恭候大駕。」

喇叭聲響起。潘妮洛．費茲移動到平台前端；我們退向後側。有人傳了熱飲給我們。煙火在上空炸開，撒下銀色和紅色光點；車身一震，花車開始移動。

「喬治，你剛才問起奧菲斯結社也太大膽了吧。」我悄聲說。

喬治皺眉。「有沒有看到她那麼冷靜？我還滿驚訝的。還以為是更隱密的事情。」

他找了個位子坐下。荷莉．孟洛站在一旁和羅特威偵探社的成員聊天。洛克伍德與我站在欄杆旁眺望群眾。

車隊走在河岸街正中央，在薰衣草煙霧中緩緩前行。平台四角的音響播放響亮的預錄音樂，都是些軍歌般曲調激昂的歌曲。費茲女士和羅特威先生揮手致意。後頭是第一輛表演花車，演員身穿古裝，隨著鼓聲在保麗龍搭建的廢墟間獵捕鬼魂。調查員撒下糖果與其他贈品，人們歡聲雷動，紛紛跳起來接。

蛋糕和遊行能逗大家開心——史提夫．羅特威剛才是這麼說的。

眞的嗎？在我眼中，人潮間竄過微弱的電流。那不是普通的、隨機的混亂騷動。微妙波動如同被風吹動的麥穗，這幅景象我小時候在田野間看得夠多了。歡呼聲背後湧現其他雜音——混在車輪隆隆的運轉聲中的嘶嘶低喃。在煙霧範圍外，蒼白的臉龐仰望我們。

洛克伍德也察覺到了。「大禍臨頭。」他小聲說道：「一切都不對勁。我能理解類似慶典的活動，但這場遊行很怪。不知道是爲了說服誰。我覺得渾身不自在，沒有半點遮掩。」

「肯定很慘。」我同意道。「看看後面那輛車上耍猴戲的白痴。最糟的是車子走得有夠慢，還要在這裡待上好幾個小時。」

其實沒那麼久。我們的旅程很快就結束了。

遊行隊伍走過半條河岸街，離查令十字車站和費茲偵探社總部不遠，這時幾名民眾衝破封鎖線，跑到路中間。卡車停下來，引擎熄火。一名調查員抱著一大盒糖果，從花車上拋出。我看著糖果如雨般撒落。就在此時，有團泛著微光的龐大物體飛了過來，落在我身旁不遠處，挾帶玻璃碎裂聲擊中平台中央。起先我以爲是掛在上方的驅鬼提燈電纜斷掉之類的。下一秒，我感受到寒意湧來，配上超自然恐懼，這才意識到眞相——但我的雙腳就像生了根，離不開出現在我面前的鬼魂。

16

那鬼影蒼白歪斜，細瘦的身形從中彎曲，四周纏繞著絲絲縷縷泛黃的半透明破爛絲帶。雖然輪廓清晰，中間的物質像是沸騰的湯鍋般不斷冒泡，肋骨、扭曲的脊椎若隱若現，血肉肌腱膨脹拉長，然後又被吸回體內。它腦袋低垂，白色雙臂彷彿不敢直視我們似地交叉掩面。手指豎直開展，宛如一根根犄角。

年紀夠小的人——看得見的人——在第二顆鬼魂炸彈著地前抽出長劍。荷莉．孟洛看到我們三個的動作，也努力想拔出她的佩劍。沒有忙著投擲糖果的費茲偵探社調查員丟下飲料托盤，往腰帶摸索。然而大人全都視而不見——就連坐在鬼魂旁邊的幾個人也只是拉緊領子，似乎感受到突如其來的惡寒。

又是一陣玻璃碎裂聲，另一個訪客在平台前端舒展身軀。第三顆鬼魂炸彈落入人群，尖叫聲幾乎同時響起。

洛克伍德和我往前衝，喬治跟了上來。魯波．蓋爾爵士也有所反應，從手杖裡抽出銀色劍刃。我們前方的潘妮洛．費茲和史提夫．羅特威聽見叫嚷聲轉過頭。幾名社會名流受到驚嚇，紛紛起身。

第一個鬼魂動了，它的腦袋以超乎常理的方式旋轉，往後飛舞，穿透離它最近的座位，以及椅子上的來賓身軀。一縷縷鬼氣在那名高級裝扮中帶了點土氣的矮胖女士身上逗留幾秒，縮了回去。她眼球往上翻，雙臂陣陣抽搐，無聲地滑到地上。

「要求醫療協助！」洛克伍德大吼。恐懼吞噬整個平台，人們推開椅子，往前後推擠，不肯停下來聆聽自己的感官。眞是蠢。即使年紀大了，殘留的微弱感知能力或許能讓他們逃過一劫。訪客時而猛衝，時而平穩飄移，看似痛苦萬分地抱著腦袋。兩名男子被鬼魂碰到，倒向其他人身上，讓混亂擴大數倍。它離我好近，我舉起長劍。

一名羅特威的調查員擋到我面前，手握鎂光彈。

「不！這裡不行！」我大喊：「這樣會——」

太遲了。他丟出鎂光彈。彈殼穿過鬼魂，擊中椅背，在平台側邊炸開。木屑噴出，細小的火光往眾人頭上飄落。平台抵擋不住衝擊力道，局部坍塌，成了一片斷崖，把三個人——包括尖叫不止的冬園小姐——甩到街上。魯波．蓋爾爵士遭到波及，差點跌落，一手攀著破裂的木板。喬治平安躲過，撲向鬼魂，長劍劃過它兩側，努力阻止它接觸左右的來賓。

燃燒的鐵粉噴了訪客一身，懸在街道上空的驅鬼提燈加重它的傷勢，鬼氣如同蒸氣般飄起。被喬治的劍刃逼退時，它的手臂離開臉，但那張臉上沒有眼睛鼻子，只剩一張三角形的嘴巴。

平台前方的潘妮洛．費茲和史提夫．羅特威絲毫不顯慌亂。羅特威從大衣下抽出長劍——長度和厚度都超過一般佩劍。費茲女士則是取下她的髮飾，黑髮散開。她把新月形的銀質髮飾當成短刀般握在手中。

羅特威跳到座位間，掃開一張椅子，大步逼向被他的手下調查員包圍的第二個訪客——那是個幽影。荷莉．孟洛把來賓趕到平台另一角，回頭跪在最先倒下的女性身旁。

洛克伍德一把抓住我的手臂。「別管那些鬼魂了！」他大叫：「炸彈！炸彈從哪來的？」

穿戴毛皮和銀飾的女士放聲尖叫，和我撞了滿懷，我暗罵一聲，用力推開她。我跳上椅子，轉來轉去，往街上張望。下面也有好幾個訪客，在碰上驅鬼提燈的灼灼白光瞬間崩解消融。它們周遭的群眾手腳並用，四散奔逃。

「什麼都沒看到。」我說：「這是大屠殺。」

洛克伍德也跳上椅子。「炸彈不可能從下面拋上來。在上面……看看窗戶。」

我仰望四周建築物。一排排窗戶——一片漆黑、空無一物、沒有兩樣……我看不清屋內長什麼樣子。費茲和羅特威的氣球在我們頭頂上搖搖晃晃。

「完全沒有……」

「小露，聽我的。幹出這種事的人肯定在上面——」

在那裡。兩扇窗戶形狀改變；兩片黑影漸漸成形。兩道人影從正上方的二樓窗戶躍出，落在平台上。兩雙穿著靴子的腳咚咚踩上木板。

只有洛克伍德和我看到他們；其他人的注意都被鬼魂吸走了。一瞬間，我清楚看見離我比較近的那個人。黑色運動鞋、褪色牛仔褲、黑色拉鍊外套，整顆頭藏在黑色滑雪面罩下，不過開在嘴巴處的隙縫透出一口白牙。他一手拿著細刃長劍，另一手握住短管手槍。他上衣拉鍊半開，一條皮帶斜斜橫過單薄胸口，上頭串著幾個古怪的裝置。看起來像是短版警棍，或是跑接力賽的棒子，一端嵌著透明玻璃燈泡，淡淡光芒在裡頭迴旋。我知道那是什麼。

匆匆一瞥後，他隨即消失，與另一名男子快步衝向花車最前端，身穿雪白大衣、手持新月形匕首的潘妮洛．費茲就站在那兒。

洛克伍德和我也拔腿狂奔，可是我們離得太遠，無法攔截那兩人。

他們接近目標，跑在前面的男子舉起手槍。

洛克伍德丟出他的長劍，劍身如同標槍般平行飛射，擦過那名襲擊者的手臂，打掉對方手中的槍。

同時我逼到他面前，朝他左右攻擊。他迅速格開我的攻勢，看架式就知道他受過調查員訓練。

另一名男子沒有理會我們，迅速走向潘妮洛．費茲，一手從外套口袋摸出小巧的黑色手槍。

費茲女士看到了，她瞪大雙眼，往後貼到欄杆上。

花車邊緣插著獅子與獨角獸造型的塑膠板，洛克伍德抓著其中一片獨角獸的角，硬把板子扯了下來。

襲擊者舉槍瞄準……

洛克伍德向前俯衝，獨角獸舉在面前。

火光閃了兩次，砰砰兩聲槍響，聽起來像是同時射出。獨角獸從洛克伍德手中飛出，頸子上出現兩個圓洞。

和我纏鬥的男子加了把勁，長劍舞得更快，我奮力抵擋沉重衝擊。

突然間，他停止攻擊，訝異地低下頭。我也嚇了一跳。劍尖從他胸口刺出。男子身體晃了晃，往旁倒下。在他背後的羅特威先生抽回劍刃。

殘存的襲擊者把目標轉向洛克伍德。不過魯波・蓋爾爵士從另一側大步逼近，手中長劍迅速揮出。男子稍一停頓，對魯波爵士開槍，沒有打中。襲擊者蹦向平台另一端。

洛克伍德撈起他的長劍。「小露，快！」他大喊：「我們還追得上！」

我們沿平台狂奔，上頭幾乎沒剩幾個人了。一路上看到喬治忙著拿鹽巴與鐵粉制服訪客，荷莉照顧倒地的人。第二個鬼魂已經被羅特威的調查員摧毀。羅特威先生與費茲女士留在原處。

黑衣男子衝到平台邊緣，奮力一跳，落在後面那輛卡車的駕駛座頂上。洛克伍德跟著跳過去，大衣下襬翻飛；下一秒，我也跳上車頂。

我們三個踩出響亮腳步聲，爬上表演花車，在歌德風拱門下追逐，擠過陷入混亂、尖叫連連的演員。襲擊者揮舞長劍，對空鳴槍。披著白布的男子、身穿染血衣裙的女子摔下花車，白粉滿天飛，如同真正的鬼魂般落在人群間。四面八方驚叫聲此起彼落，黑衣男子轉過身，槍口對準我們，但沒有開火。他丟開手槍，把旁邊的保麗龍拱門踹倒。洛克伍德和我往不同的方向躲開，拱門倒在我們之間，壓到一名矮小演員。

我們助跑幾步，跳到下一輛花車。這輛花車滿是都洛普與崔德的芥末黃，他們的代表物貓頭鷹紙燈籠高懸半空中。襲擊者丟出燃燒彈，在貓頭鷹身上炸出窟窿，著火的碎片撒在我們頭上。

洛克伍德和我沒有停下腳步，壓低身形，拍掉沾上頭髮的熾熱火星，繼續往前衝。

下一輛是羅特威的主題花車，很近，我們直接跳了上去。獅子玩偶、羅特威出品的汽水等等要發給群眾的小禮物堆積如山，調查員都溜了。黑衣男子腳一滑，被玩具與汽水瓶絆倒，他咒罵一聲，轉身丟出一顆鬼魂炸彈。一道柳枝般纖細的人影浮出——隨即被我們的劍刃削成碎片。

幾乎要追上了，我們之間的距離近到我能聽見他的喘息聲。他已經抵達花車後側。再過去是無法跳過的距離，下一輛花車在好幾碼外。

「逮到了。」洛克伍德說。

然而花車尾巴有條纜繩繫住巨大的羅特威獅子造型氣球。黑衣男子斬斷纜繩，抓住往上飄的氣球，就這樣飄過河岸街。他丟下長劍，高舉雙手懸在空中。

洛克伍德和我撲到平台邊緣的欄杆上，他長嘆一聲。「混蛋。我可沒有把握能追上去。」

「他被吹往河邊。」

「沒錯。走吧。」

回到路面上，兩旁淨是空蕩蕩的攤位和遊樂設施。前一刻還有大批群眾擠在這裡享樂，現在滿地都是帽子與薰衣草花束、護身符、鞋子。騷靈飛車運轉到一半就停住，被困在懸臂上的遊客向我們呼喊求助。洛克伍德與我並肩奔過河岸街，以及通往滑鐵盧橋的緩坡。

我斜眼看他——他雙眼明亮，神情堅決，在我身旁邁開長腿。我們的步伐節奏完美合拍。此時此刻，周圍的世界變得黯淡模糊，我們之間的緊繃與爭執煙消雲散。一切都如此簡單。只有我們，在一起，沿著倫敦大街追逐巨大的氣球獅子。一切就該是如此——萬物回歸應有的樣貌。

或許洛克伍德也有同感。他對我咧嘴一笑，我也對他勾起嘴角。喜悅從心中湧現，讓我忘卻痠痛的肌肉、灼燒的肺葉。彷彿前幾個禮拜完全不存在。眞希望這一刻能延續再延續——

「希望我沒打擾到兩位。」

魯波．蓋爾爵士與我們並肩奔跑，自在揮舞杖劍，和先前一樣彬彬有禮。假如他戴了帽子，我相信他會一邊跑，一邊舉帽行禮。

「哈囉。」其實我不是很想回應，只是覺得不該無視他的禮貌。

「這個小伙子還眞是拚命。」魯波爵士朝著前方搖搖欲墜的氣球點點頭。獅子乘上從河面吹來的微風，左搖右晃，讓人捏了把冷汗。男子撞上一面牆。「我差點就要替他加油了。」

「擺脫你可不容易。」洛克伍德說：「恐怕只有最優秀的人才做得到。」

「哈哈！沒錯！」魯波．蓋爾爵士笑了笑。「他打算一路飄到河面上。要是我的普迪十二號口徑獵槍在手邊，我早就開槍碰碰運氣了。從那個高度摔下來死不了人。」

他手邊沒槍，我們沒辦法跑得更快。就算眞的追上了，那顆氣球高高在上，根本碰不到。它飄到橋上，那頭羅特威獅子瞬間被橋邊矮牆上的燈光照亮，美麗的光彩猶如聖誕樹上的飾品。我們看到黑衣男子拚命抓住氣球，臉上還套著面罩，外套和上衣都翻了起來，露出蒼白的背部與肚子。他被強風吹起，獅子開始打轉。就在我以為氣球要飄回來的時候，它又被扯到河道中央，那道人影就在此刻鬆手墜落，跌進漆黑的泰晤士河。他從三、四十呎的高空重重入水，被河流吞噬。我們三個跑到柵欄邊，伸長脖子，什麼都沒看到。

時間一分一秒流逝。獅子氣球幾乎飄出我們的視野，閃亮的紅點被河風吹往東側的黑衣修士橋、倫敦塔橋，最後是出海口。

「他應該溺死了吧。」洛克伍德說。

魯波爵士點頭。「很合理的推測。不過我們都知道事情沒這麼簡單。」他裹在手套裡的手指輕輕敲打柵欄。

我退離柵欄。「他們是誰？」

「我猜是費茲和羅特威的敵人。」洛克伍德說：「總之他消失了。」

「對。」魯波．蓋爾爵士的手指再次敲上石面。他轉身退開，以同樣靈巧而不著痕跡的動作，長劍一閃，直直刺入洛克伍德身側。這一劍來得太突然，我一時無法回過神來；也沒看清洛克伍德垂下手臂，以長劍的護手擋住劍尖。魯波爵士的劍刃被護手繁複的金屬雕花卡住，我感覺得到兩人使勁角力，總算意識到那支劍差點就要滑入洛克伍德的肋間，一路穿透肺葉，刺中他的心臟。魯波爵士往後跳離，抽出劍尖。他雙眼炯炯有神，以腳尖輕鬆著地。

「眞快。擋得漂亮。」

「彼此彼此。」洛克伍德轉身面對他，轉轉手腕，似乎是覺得哪裡不太對勁。「不過呢，我是不會在別人背後偷襲。」

「喔，這算不上背刺，洛克伍德先生。你有足夠的反應時間，而你確實有妥善利用。」魯波爵士撥撥頭髮。「好啦，我們的共同敵人消失了。現在只剩我們兩個，這不是一決勝負的絕佳機會嗎？」

「喂，說什麼只剩你們兩個，我明明也在。」

「小露，別擔心。」洛克伍德甩開大衣下襬，舉起長劍。「我沒有異議，魯波爵士，來吧。」

「你們不能這樣！」我大叫：「會被人看到！再過五分鐘，其他人就會——」

「卡萊爾小姐，我只用得著幾秒鐘時間。」魯波．蓋爾爵士說。

洛克伍德的笑容毫無破綻。「這是我的台詞。」

叫嚷聲和飛舞的手電筒光束。喬治衝上橋面，背後跟著一大群費茲和羅特威的調查員。洛克伍德與魯波．蓋爾爵士盯著他們看，最後魯波爵士笑了聲，將長劍俐落地插回腰際。

「我們成了英雄啦。」他說：「眞是了不起的經驗。眞是美好的一晚。」

他對我們微笑，我們也對他微笑。就算是泥濘河岸上的三隻鱷魚也無法笑得比我們還要燦爛，讓人相信我們毫無惡意。我們三個靜靜等待，沒過多久，我們就被尖銳的疑問和氣喘吁吁的慶賀包圍。

17

嘉年華會襲擊事件落幕後，某些真相迅速浮上檯面，某些事情則依舊滯礙不前。

最大的亮點就是現場只有一人確定喪命——死於羅特威先生之手的襲擊者。儘管警方（及盜墓者）隔天在泰晤士河岸展開地毯式搜尋，卻始終沒找到另一人的屍體。即使從現場看來很難相信，但他可能成功逃脫了。

襲擊開始後不到幾分鐘，河岸街與周圍幾條街馬上被封鎖，盛大的遊行無疾而終。總共有十二人遭到鬼魂觸碰，其中八人是圍觀群眾，四人是費茲和羅特威花車上的賓客。他們全在現場接受了隨行醫療人員的救治，及時被從鬼門關前拉回來——就連第一個被訪客鬼氣包圍的矮胖女士也不例外。她保住性命的關鍵是當下荷莉．孟洛幫她注射了一劑腎上腺素。

喬治一人制服了最先降落在平台上的鬼魂，他先拿鐵粉將它包圍，找了好一會才尋獲鬼魂炸彈的碎玻璃，裡頭混了一小塊下顎骨和兩顆棕色牙齒。拿銀鍊網包起這些東西後，訪客立刻消失。其他調查員持續搜索，又在花車的殘骸間找到五個源頭。

潘妮洛．費茲毫髮無傷，史提夫．羅特威則是在協助手下調查員制服第二名訪客時扭傷手腕。這兩人雙雙登上隔天的《泰晤士報》頭版，照片中的羅特威手臂以顯眼花俏的吊帶固定。

說來也真是神奇，即便在一場糊塗中收場，嘉年華會——至少以警方的角度來看——成效卓越。鬼魂的衝擊似乎讓倫敦人恢復理智。或許是對於刺客意圖的自然反應。或許是對費茲女士和羅特威先生蒙受切身危機的義憤。儘管近期局勢生變，他們仍舊是標竿人物，是五十年來守護大眾的高貴偵探社的龍頭。無論原因爲何，在那之後切爾西區的抗議聲浪幾乎平息了。靈異局與偵探社總算能專心面對眼下任務。

另一個隨之而來的影響是洛克伍德偵探社再次成爲社會焦點。洛克伍德追逐黑衣男子的照片登上《泰晤士報》第三版及其他幾份報紙。照片中的他正跳過兩輛花車間的縫隙，大衣下襬飛揚，頭髮往後飛，長劍鬆鬆握在手中，讓人覺得隨時都會掉落。他身上光影交錯，如同空中的鳥兒般脆弱又強悍。

「我一定會把這張收進相簿。」喬治說。

我們坐在客廳裡手握玻璃杯，桌上放了幾瓶檸檬水。爐火燒得正旺，窗簾擋住暮色。一疊被翻得亂七八糟的報紙堆在我們之間，彷彿我們恢復雜亂的本色。荷莉．孟洛忙到沒空留意環境整潔，她已經接了一整天電話，現在坐在一旁，案件紀錄本攤在大腿上。裝了鬼魂的拘魂罐放在櫃子上頭，默默俯視這個歡樂的光景。

「喔，喬治，我是不太介意啦。」洛克伍德喝了一小口飲料。「不過最好用《衛報》的，那張解析度最高，也沒像《泰晤士報》那樣裁掉我的大衣。而且那張上面有拍到露西的膝蓋。」

我愉快地哼了幾聲。除了膝蓋，沒有任何一間報社刊登我的照片，不過至少它們提到了我的名字。事實上我們三個的名字都上報紙了。我是如何對付襲擊者；喬治是如何與鬼魂搏鬥；荷莉那一針是如何救人一命，這些全被記者寫進報導，大肆讚揚。其中在生死關頭保護潘妮洛．費茲女士的洛克伍德獲得最高的讚賞。同樣搭上那輛花車、身陷危機的幾位有錢企業家接受訪問，記者引述了他們的說詞，簡直就像頒獎典禮上的評審發言。

「從昨晚開始，我們獲得大量關注。」荷莉．孟洛說：「無論是要求採訪或是接案。這都是你的功勞。」

「我們的功勞。」喬治說。

「確實，不該只有我一個人入鏡。」洛克伍德若有所思地說道：「應該是整個團隊。雖然畫面可能就不會這麼有魄力。我們這次做得夠漂亮。」

「是啊……」骷髏頭的嗓音在我耳中輕輕迴盪。「**真是讓我反胃。抱歉我要在這裡默默地大吐一場。**」

我越過其他人的頭頂狠狠瞪著它。在荷莉．孟洛眼中，這顆骷髏頭不過是困在罐子裡的鬼魂。我不能回話，甚至不能擺出粗魯的手勢，頂多只能投射沉默的憤怒眼神。但實在是很難瞪著骷髏頭看。

「**露西，妳裝什麼小女人啊？**」它繼續低語：「**妳應該要跳上咖啡桌，把飲料潑在孟洛衣服上。看看她，完美小姐，占據了眾人的焦點。妳嚥不下這口氣的。上啊！揍她！踢她小腿！剝掉她的鞋子丟進壁爐！**」

「你要不要——」大家盯著我看，我清清喉嚨。「大家要不要來乾杯？慶祝我們的成就！敬洛克伍德偵探社！敬我們的團隊！」

大家喝乾杯中飲料。洛克伍德對我微笑。「小露，謝啦。說得眞好。」

他現在的眼神和昨晚追逐刺客時有些差異，但還是殘留些許當時的情感，暖意流遍我全身。

「所以幕後黑手是誰？」我無視來自拘魂罐的揶揄鼓譟。「從報紙上看不出來。」

「可能是某個拜鬼邪教。」洛克伍德回應。「其中最極端的教派把調查員視爲眼中釘，認爲我們阻擋了來自另一個世界的訊息。不過他們的招數大多是發送充滿怒氣的傳單，或是星期日在海德公園角演講。試圖暗殺費茲與羅特威是完全不同的層級。」

「嗯，嚴格來說只有費茲。」喬治說：「沒有人對羅特威開槍。」

「因爲他已經衝去對付鬼魂了，不是嗎？」洛克伍德說：「說句公道話，羅特威反應眞快，其他大人根本比不上——除了咱們的朋友魯波爵士。羅特威殺掉那個恐怖分子的方式還眞是……嗯，最好別和他作對。」

「眞的。」昨晚的各種事件接連發生，我在當下幾乎無法理解每一件事，但羅特威冷血除掉刺客的情景牢牢黏在我心底。我打了個哆嗦。「只是剛好想到……會不會是溫克曼？喬治和我在遊行前不久才見到他，他威脅要對我們不利。」

「針對我們，不是每一個人。」喬治說：「不對，這種手段對雷歐帕來說太高竿了。首先要問問誰有能力製造出那些『鬼魂炸彈』。伯恩斯說死者身上沒有未爆的燈泡。這些裝置相當複雜，得要拘束那些鬼魂，將它們的源頭封入玻璃球裡。外行人絕對做不出來。」

「說不定是買來的啊。」我堅持原本的見解。「黑市什麼都有。」

「是啊，可是襲擊行動需要規劃，妳想想這要有多少組織能力。」

「目前我們什麼都不知道。」洛克伍德說：「這點有好有壞。還無法辨識死者身分，等警方釐清這件事，或許能找到更多線索。好處是潘妮洛．費茲保住一命，沒有多少人傷得太重。沒錯，冬園小姐摔斷了腿，不過我認為不能把她算進去。而且我們解除了一點疑惑，比先前還要瞭解魯波．蓋爾爵士了。」

荷莉．孟洛以整齊的筆跡在案件紀錄本裡寫筆記，肯定是在規劃我們接下來幾個禮拜的詳細行程。「他的家族有錢有權。如果你們說得沒錯——」

「是眞的。」我說。

「那麼你們絕對不能小看他。」

「或許吧。」洛克伍德說：「不過呢，假如他打算暗地裡對付我們，早就下手了。他在等待公平競爭的機會。我們總有一天要分出勝負。好啦……」他坐起身，端起玻璃杯。「我要向大家乾最後一次杯。大家都做得很好，但我要特別感謝某個人的貢獻。」

他迎上我的視線，喜悅如糖漿般在我體內流淌，連腳趾尖都熱辣辣的。我回到昨晚追逐的那一刻。我果然沒有搞錯。

「荷莉。」洛克伍德繼續說道：「若不是妳和冬園小姐接觸，我們可沒有昨晚的舞台可以大展身手。妳帶來絕佳的機會，讓我們在恰當時間出現在恰當地點。我代表大家感謝妳爲洛克伍德偵探社的付出。妳在辦公室裡展現奇蹟，我想未來有一天妳也能在前線大放異彩。」他舉杯，檸檬水映射火光。荷莉・孟洛羞赧的模樣好看極了。喬治在她要喝飲料時往她背上一拍，讓她又嗆又咳，但還是一樣好看。換作是我，早就把檸檬水像彗星似地噴到房間另一端去了。不過不是我。

櫃子上的鬼魂看我把玩玻璃杯，笑得猙獰。

「喔，我什麼都沒做。」荷莉總算緩過氣。「你們是調查員，我只是幕後人員……對了，我剛才提到今天早上有一些很有意思的案件，你們想看看嗎……？」

還用我說嗎？喬治和洛克伍德當然是舉雙手贊成。他們端著玻璃杯，屁股同時橫越沙發。我心中有扇門狠狠關上，閘門關起。我緩緩起身。「我上樓休息一下。」

洛克伍德擺擺手。「小露，別在意。妳是今天的焦點。晚點見。」

「嗯，晚點見。」

我離開客廳，輕輕關上門。前廳很涼，光線帶著微微的藍，抹去一切細節的柔和色澤呼應我心中的空虛與疏離。我爬上樓梯，隱約聽到其他人的說話聲。

眞好笑，我依舊掛記著昨晚與洛克伍德並肩奔馳時，兩人之間產生的羈絆，周圍的世界全都停滯不動。我不否認它的眞實性，但我深切懷疑洛克伍德是否有辦法將那分羈絆轉化爲任何有意義的事物。等他興頭過了，又馬上退回冷淡的外殼裡，拒我於千里之外。我已經無法滿足於這樣的關係了。我們比他承認的還要親近，他應該要……

他應該要如何待我？

至少多透露一點訊息吧。

既然他不和我分享，那我就自己來找。

到了二樓，我毫不猶豫，來到那扇門前，握住門把——每天都要看上好幾次的東西，握在手中的觸感卻是無比陌生——轉動，直接走進房裡。我關上門（第一條守則：絕對不要在門邊逗留），靠上封住房裡殘存靈異物質的鐵條。我雙眼緊閉，皮膚感受到死亡光輝的脈動，以每一個毛孔爲中心往外泛開。

怎麼會如此強大？她的存在是如此清晰。

洛克伍德曾說她從未回來過。但她離得很近。很近……那件慘案的迴響仍舊鮮明，宛如冰冷的火焰。

這裡究竟出了什麼事？

我睜開眼睛。房裡接近全暗。我氣得完全沒想到要帶手電筒。

不能開燈（就算燈還打得開），怕會被人看到門縫下透出燈光。不過現在天還沒黑，還有那團浮在床墊上的蒼白光球。我橫越房間，拉開窗簾（離床鋪遠遠的）。

灰塵和乾燥薰衣草。我差點咳出來。

壁紙上的氣球圖案、軟木板上的動物——想到過世的少女就忍不住心酸。以十五歲的女生來說，這種裝飾挺特別的，彷彿她還不願離開童年。即便在她過世前，這些也是過往的殘片。灰藍陰影覆蓋家具與紙箱、木箱、薰衣草花束。這麼多箱子。我現在才意識到整個房間都被箱子塞滿。家人的殘渣——他全都收在這裡，唾手可得，卻又不在眼前，也幾乎不在他心上。

我要的不多。一點點關於他姊姊或是雙親的東西就好。只要能幫助我了解他。帶我們來這裡那次，他說五斗櫃裡有照片。我繞過箱子，一點一點接近，盡量不發出任何聲響。他們就在下方，一樓的某處。

第一格抽屜卡住了，我不想硬拉。第二格抽屜塞滿形形色色的小紙盒。我打開其中一個，金項鍊和深綠色寶石墜子依偎在絨布上。他姊姊的？不對。他母親的？我把它重新收好，關上抽屜。下一格都是衣物，我也沒碰，以更快的速度關上。

我躬身面對最後一格抽屜，一側膝蓋喀啦輕響、疼痛不堪——在花車之間跳躍時撞傷了。這格抽屜有點卡，很沉；我繼續使力，緩緩拉出來……

裡頭放滿照片。

沒有任何規律或是分類依據，沒有相簿。相片隨意交疊，被人罔顧它們的意願胡亂放置。有的被抽屜邊緣扯破壓爛，有的皺巴巴的，有的上下顛倒。它們被塞得死緊，幾乎黏成一大團。在昏暗光線中，難以看清照片上的影像。許多照片看起來是類似洛克伍德臥室牆上的異國風光，城鎮村莊、蓊鬱的丘陵。許多，但不是全部。

我拿在手中的這張肯定沒那麼舊，可是色彩早已褪去，留下黃綠影像。上頭有兩個人，年紀較大的女生黑髮剪成比較長的鮑伯頭。她身穿及膝裙和荷葉邊領口的白襯衫，記得我很小的時候姊姊們曾穿過這樣的衣服。她的臉沒像洛克伍德那樣消瘦，鼻子也不一樣……不過他們兩個的眼睛一模一樣。她凝視鏡頭的黑眼神情沉穩，是我熟知的眼神。光看就讓我胃部一陣扭絞。她和我年紀差不多，十五歲上下，表情嚴肅而帶著期盼，像是有話想對拿相機的人說，等著對方拍完這張照片。眞想知道她當時心裡在想什麼。看著她的神態，我確信她是堅持己見的性子。

她大腿上坐了個小她好幾歲的小男生，腰際被她的手臂牢牢扣住。他斜斜靠著，雙腿垂在一旁，一副屁股發癢、想馬上溜走的模樣。其實他已經動了，頭部有點模糊，但還是看得出熟悉的黑髮黑眼。大家都知道這個小男生是誰。

我放下這張照片，指尖輕輕拂過抽屜裡的內容物，梳理洛克伍德的過去。就在此時，他的嗓音突然傳進房裡，響亮、開朗，就在門外。我渾身發冷。事跡敗露的恐懼。我跳了起來，倒退一步，絆到背後的紙箱。即便身體往後摔倒，我還是想著不能發出聲音，奮力扭身，伸手撐住……

我一手按上床尾的木板。

我繃緊全身肌肉，定格在幾乎平行地面的扭曲姿勢，雙腳卡在箱子後面，手臂彎曲，臉幾乎貼到地上。我伸出另一隻手，按住粗糙鬆弛的地毯，慢慢分擔重量。

接著是喬治的聲音，他回應洛克伍德的發言。他們人在各自的臥室門前，學我進房休息。

「沒錯，可是我們眞的要盯緊她。」喬治說：「我是說在出勤的時候。」

「她比你想的還要強韌。可別小看她。」

荷莉。每次都是荷莉。聽到兩扇門接連關上，我才敢癱在紙箱上。確定房間外沒有半點聲響，我往旁翻了半圈，從紙箱滾落地面，雙膝跪地，扶著床柱爬起來。

這塊木頭好冰。我離死亡光輝太近了，渾身上下不對勁。想到藏在被子下的漆黑焦痕。想到黑眼女孩的面容。此時此刻，就像電流竄過線路一般，來自過去的劈啪聲往上流過我的手指，流過我的眼睛和牙齒。一切陷入——

□

黑暗。黑暗中傳來孩子的呼喚聲，高亢尖銳。

「潔西卡？妳在哪裡？對不起嘛。我現在就過去。」

黑暗中一片寂靜。沒有回應。不過有什麼東西聽到他的呼喚，森冷邪惡的存在，在房裡等待。我感受到它的期盼。它沒有生命，因此受到生命吸引，懷抱龐大的飢渴。它最近從牢籠中脫身，才剛嘗到生命的滋味——同時將其吸得一乾二淨。

「潔西，我到了。我來幫妳了。」

那個存在熱切地膨脹。酷寒從它身上擴散，在牆面敲出漣漪。

「妳不要生氣嘛。」孩子說著，腳步聲來到門外。開門聲。

然後呢？尖叫聲（孩子的）；那個冰冷的存在湧向四面八方（我感應到它有多得意）；突如其來的金屬碰撞聲；接著是更尖銳、更加噬人的寒意——是鐵。再來是困惑。發狂。一記刺擊，劃破排山倒海而來的尖號與咒罵；削切，內在核心被挖出來；鬼氣四散碎裂，被悲憤吞沒。

接下來……

幾乎什麼都不剩。那個存在挾帶著它的飢渴與冰冷惡意消失無蹤。

只剩男孩的聲音，在黑暗中呼喚。啜泣著叫嚷姊姊的名字。

「潔西卡……對不起……對不起……」

男孩的聲音逐漸遠去，反反覆覆的餘音越來越微弱。它縮回過去，再也聽不見。然後我抬起頭，發現我又能看見在床墊上灼燒的蒼白光球，我的掌心依舊緊貼木板。我努力鬆手。天色已經暗下，我縮在床邊，膝蓋痛得要命。

□

在隨之而來的孤寂與空虛中，我花了許久才鼓起勇氣爬起來，打開門，溜出房間。他姊姊的死還令我指尖刺痛，他小時候的嗓音還在我耳邊迴盪。要是被他聽到的話怎麼辦？他會不會剛好出來，和我撞個正著？我該怎麼做？我要對他說什麼？

但是他的房門沒開，我無聲地來到樓梯口，爬上通往閣樓的樓梯時，才敢鬆了一大口氣。

這時，背後砰地一聲，有人大喊我的名字。

就算尖叫怪或是無肢怪突然現身，我也不會比現在還要驚恐。我猛然轉身，表情扭曲，軟綿綿地貼著牆。

「喬治！我只是渴了！想下樓喝水！」

「是喔？」他抓了滿手文件，耳朵上插著原子筆。「露西，聽好，我知道是怎麼一回事了！」

「我發誓我只是要喝水而已！下午吃太多洋芋片了，然後——你指的是切爾西區的騷動？」

我看見他的眼鏡後燃起熟悉火光。「對，切爾西區。小露，我破解謎團了。我想通了。我知道它是從哪裡開始的。」

Lockwood & Co.

第五部

黑暗之心

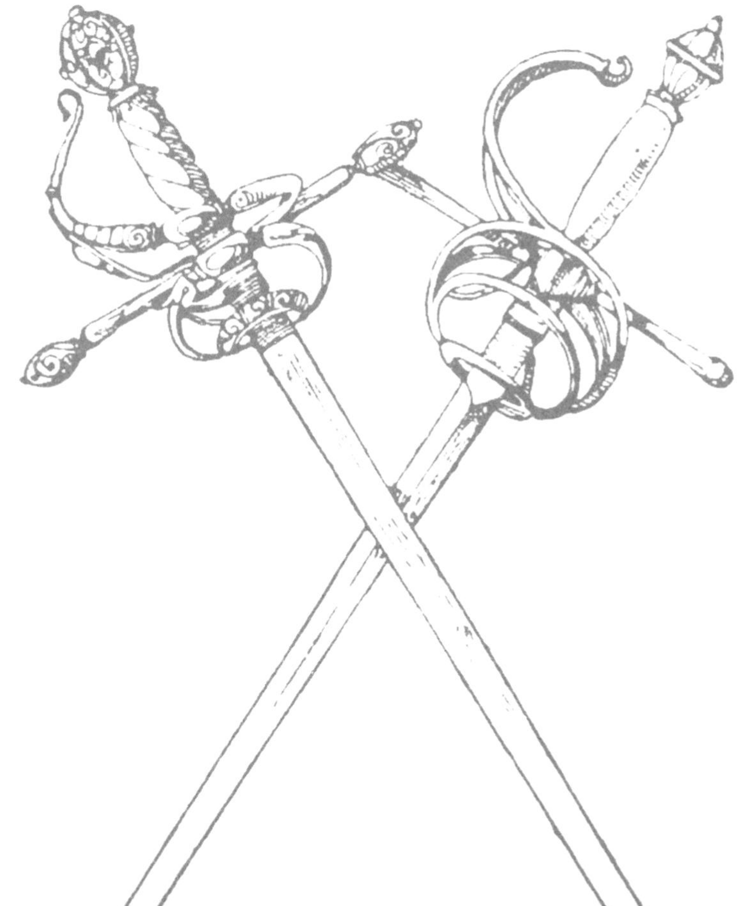

18

隔天早上，喬治向大家宣布他的發現：「躺在床上想事情眞的會有意想不到的收穫。這是最理想的思考環境。我一直在研究地圖和奇普斯給我的文件——就是切爾西區這幾個禮拜的見鬼紀錄清單。我還在檔案館搜刮了好一陣子。可是直到我躺上床，將所有資訊擺入恰當位置，我才看出鬼魂活動的模式。」

「眞的？」洛克伍德問。

「對，我想通了。」

早餐時段，我們圍在餐桌旁，不過碗盤和果醬瓶及黏答答的吐司殘骸都清掉了。我們衣冠楚楚，穿上靴子，準備處理正事；廚房裡看不到睡袍或是縐巴巴的T恤。荷莉．孟洛拿吸塵器完成早上的第一輪清掃，從辦公室爬上來時，感受到充滿期待的氣氛。她從金屬盒裡拿出剛烤好的蜂蜜餅乾，放到思考布中央。我們的馬克杯已經裝好紅茶，喬治面前則是擺了牛皮紙資料夾，裡頭塞滿文件。一切布置都是爲了他。

從我的角度來看，幸好他的靈感在此時降臨，讓我能把昨晚的體驗驅逐到心底。或者是試著這麼做——我只要看到洛克伍德，看他如此冷靜自信，記憶中那絕望的輕細嗓音就會湧上心頭，讓我坐立難安。我也忘不了那個小男孩哀痛心情的迴響、一瞬間出手替姊姊報仇的激憤。事隔多年，時至今日，他的一切舉動仍舊是爲了替她報仇。

我一直都想更了解他，而現在我達到目標了。偷聽他的過往效果卓越，但我應該要做好心理準備，預料到這並不會讓我心情好到哪裡去。

至少現在還有其他事情可以分散注意力。

喬治翻開資料夾，抽出最上面的一張紙，攤開來，推向我們。「來，你們怎麼想？」

這是切爾西區的地圖，和伯恩斯辦公桌後面那張類似，只是妝點上喬治潦草的鉛筆字跡。上頭有泰晤士河、國王路，還標出過去幾個禮拜鬼魂出沒的地點。與靈異局地圖不同的地方是喬治沒有用各種顏色分類，只是畫上數十個俐落的紅點。某些區塊的街道幾乎被重疊的小點蓋住，看起來像是不斷擴散的污漬。

我們盯著地圖看了好一會。「呃，有很多點點。」我終於擠出感想。

「有點像我以前得過的水痘。」洛克伍德表示：「喬治，抱歉，我什麼都看不出來。」

喬治托托眼鏡，咧嘴一笑。「你們當然看不懂。這就是可憐的伯恩斯大叔錯得這麼離譜的原因之一。好——以下是截至兩天前，切爾西區所有超自然事件的概要。我能理解大家都看不出模式。只能找出地理中心——也就是雪梨街——在那一帶搜查。但我們知道那只是幌子。」

他稍停一會，拿了片荷莉的餅乾。我們散發怡人香氣的助理正全神貫注地聽喬治說明。我們都是。即便他衣服沒紮好、坐姿亂七八糟，即便他輕鬆寫意地拿餅乾吸滿茶水，全身上下仍瀰漫閃電般的興奮。透過幾個禮拜的獨自作業積蓄的能量，現在全數流向我們。他粗粗的手指按著地圖上一個點。我們迫不及待地湊上來。

「你們或許有發現，」喬治說：「這個超級群聚事件的分布形狀，有點像是被壓扁的四邊形，或是被踩扁的鞋盒，西側窄，東側寬。會這樣分布的原因就是第一個線索。首先呢，泰晤士河在這裡，全倫敦最大的流動水域。我們知道鬼魂無法跨越它——所以這是群聚的南側邊界。」

「我想這點連伯恩斯都知道。」我說。

「對，可是看看北側。這裡，沿著富勒姆路……這裡有什麼？」

「我知道！」荷莉．孟洛大喊。「日出公司的鑄鐵廠！以前在羅特威工作的時候，資深幹部常要去那裡開會。我有時候會和他們一起去。那一帶有幾間小型鐵工廠。」

「沒錯。」喬治說：「不只是日出。我認爲費爾法鋼鐵公司在富勒姆也有幾間工廠。所以煙囪排出的廢氣挾帶微量鐵粉籠罩倫敦那個區域，阻擋鬼魂活動。這是超級群聚的北側邊界。」

洛克伍德吹了聲口哨。「我看出來了……所以狹窄的西側邊界肯定也有其他東西阻止鬼魂擴散，壓縮它們的活動範圍……」

我也想通了。「布朗頓薰衣草加工廠！」我說。

我們都知道這個地方。它是市區裡最大的加工廠，收集來自北部的新鮮花穗，製造成香水和油膏，或是徹底乾燥讓人塞進墊襯、掛起來展示，作爲居家防護的一環。「可是加工廠不是在更西邊的沙端區嗎？」我繼續說下去，指著泰晤士河往南轉的明顯彎道。「它與富勒姆的鐵工廠有一小段距離。爲什麼鬼魂不能突破？」

「因爲風從河面吹過來，把薰衣草香味吹向陸地，完美封住這個空缺。」喬治輕笑一聲。「南邊有泰晤士河、北邊有鋼鐵廠、西邊有薰衣草加工廠，這三個都擁有抵擋鬼魂擴散的強大力量。有點像是漏斗，扭曲了鬧鬼區域的形狀。既然經過扭曲，那麼照著傳統的方式尋找中心點也沒用，對吧？於是我想到……」

他抽出另一張地圖，攤在桌上。洛克伍德推開我們的杯子，騰出空間。荷莉把那盤餅乾擱到地上。

這張地圖和前一張差不多，只是用了橘點來標示事件發生的地點，而且數量減少許多，特別是北側與東側。

「這是一個月前的狀況。已經很糟了，但沒有現在這麼瘋狂。這是來自奇普斯交給我的報告。有沒有發現國王路中段已經發生不少騷動了？西側也是。我們繼續回溯……」他又抽出一張地圖，上頭的綠點密度更低。「這是六個禮拜前，群聚事件剛開始的時期。現在可以看出中心在哪裡了吧？」

「好像沿著國王路繼續往西移動。」我說。「不過那時候事件沒那麼多。」

「確實，因爲事情才剛開始。但開端就在這裡。」

第四張地圖。上頭的點點最少，只有七個。喬治用了深藍色，像是一顆顆冰塊，圍繞著國王路西端，呈現小小的弧形。「這是兩個月前，在整件事爆發前。」喬治說：「沒什麼特別的——就是自助洗衣店附近的一個虛影、兩起門口老湯姆、一兩個灰霧……普通到不行，幾乎連地區報紙都懶得報。我費了不少工夫才挖出相關報導，而且靈異局沒把這些事件算進去。伯恩斯八成沒把它們算進這次群聚。」他環視我們。「可是我不一樣。如果從這裡開始，依序觀察其他時期，就能看出我找到的模式。」

「像是水波。」我說。

「對。超自然活動從某個焦點泛開，沿著唯一能走的通道往外溢流，穿過切爾西區的中心地帶。」

「那個焦點……」洛克伍德催促道。

「就在這裡。」喬治的手指戳中地圖上一塊空白處，那七個藍點像是衛星一般環繞著它。那個街區位於國王路西端的南側街區，離泰晤士河與薰衣草加工廠都不遠。看起來是獨棟大樓。

我們以沉默表達敬佩。洛克伍德緩緩吁了口氣。「喬治，你是天才。雖然我早就說過了。」

喬治從盤子裡挑了最大片的餅乾。「你可以再說一次啊，我不介意。」

「我不懂爲什麼靈異局想不出來，有夠白痴。」我說。

「若是沒有芙洛．邦斯的協助，或許我也無法看透這個模式。」喬治承認道。「她在切爾西的河岸上巡邏了好幾天，確認最強烈的超自然活動都發生在那個街角。她看到大量的鬼魂在那裡打轉躁動。衝撞河岸的靈異波動也是在那一段最爲強烈。」他再次戳中同一個點。「毋庸置疑，那股力量就是從這裡冒出。」

「國王路這一端到底有什麼東西？爲什麼我們都沒聽說過？假如這裡眞的是焦點——」我對

著地圖比畫，「為什麼上頭沒半個點？」

「好問題。」喬治慢條斯理地朝檔案夾伸手，神態活像是胖嘟嘟的魔術師從帽子裡抓出兔子似的。他抽出一張照片，那是從剪報上影印下來的黑白畫面。

上頭是一棟宏偉大樓，比周圍店鋪高了兩倍，方正沉穩，風格古典。旗幟在屋頂矮牆上飛揚，方形柱子嵌在牆上。大量長方形的窗戶映照萬里無雲天空。一樓櫥窗上搭設遮陽棚；櫥窗擺設有點模糊，但看得出相當精緻，身穿過氣服裝的人們在店外漫步。中央有穿著深色制服的人影站在氣派的玻璃門外。

「各位朋友，這是艾克莫兄弟百貨公司，曾經享譽國際，至今依然名聲顯赫，而現在——我個人認為——很可能是切爾西事件的核心。」

「完全沒聽過。」我說。

「我有。」洛克伍德把照片轉向自己。「小時候我好像去過一次。以前那裡有很厲害的玩具部門。」

荷莉．孟洛在他身旁點頭。「我也是。我母親帶我去艾克莫兄弟看銀飾。我記得那間百貨公司裝飾得金碧輝煌，不過也有一點破舊。」

「差不多。」喬治說：「它是倫敦中區之外最大的百貨公司，歷史也最悠久，最豪華。一八七二年落成，接著在一九一〇和一九一二年各做了一次大規模擴建。大概在一百年前，被大家稱為『驚歎之廳』的阿拉伯廳開張，找來吞火人、肚皮舞者、關在籠子裡的活老虎。我想那些輝煌時代早已結束，但客人還是持續上門——直到今天還是如此——因爲切爾西區的這一側不必疏散。離靈異局封鎖線只有兩條街遠，而且店裡沒有任何鬧鬼紀錄。」

「假如你的理論無誤，那這種狀況還滿詭異的。」路克伍德說。

「可不是嗎？越是挖掘它的歷史，就越覺得不對勁。我跑去查切爾西這一區過去的報導，看有沒有任何鬼魂活動的紀錄。查到艾克莫的時候，我把焦點集中在這個街角。」喬治咬了一口餅乾。「嗯……還眞是精彩。」

我凝視著他。「很糟？」

「記得康比柯瑞大宅嗎？」

洛克伍德和我互看一眼。「全英國最凶險的鬼屋？記得。」

「沒有那麼糟。」

「謝天謝地。」

「問題在於它超出我的想像。」喬治拍拍塞得鼓脹的檔案夾。「一查才發現國王路這一頭黑到不能再黑。你們想像得出的糟糕事情有一半都曾在這裡發生過。」

「瘟疫？」我猜道。

「對，一三四〇年左右，黑死病橫掃這一區。有沒有看到馬路在艾克莫旁邊轉向？因爲這裡曾經有個瘟疫坑，他們把屍體丟進坑裡，撒上石灰。原本有個小土堆，圍繞一圈石塊，不過到了維多利亞時代，拓寬幹道時剷平了。」

「倫敦還有許多瘟疫坑。」洛克伍德提出反論。「沒錯，那些地方也曾發生過群聚事件，可是規模都不到這種程度。」

「我知道，我也無法解釋爲什麼這次會鬧得這麼大。只是提供背景資訊而已。現在有瘟疫了。你們還想得到什麼？」

「戰爭。」我說：「大小戰役的發生地。」

「露西再得一分。她很會玩快問快答耶。沒錯，這裡曾經遭受轟炸。一九四四年，艾克莫兄弟封館六個月，因爲有顆飛彈砸中隔壁建築物，扯掉百貨公司的牆面和部分屋頂。十個人喪命，包括駐紮在那屋頂上的防空守兵。十二年前，百貨公司高層找來調查員，處理那些不斷重現墜落情景的士兵幻影：他們一邊慘叫，一邊穿過男裝區與家飾區，摔在化妝品專櫃區。」

「他們有找到源頭嗎？」荷莉．孟洛問。

「應該有找到他們的遺骨，百貨公司也加強了防護措施。」

洛克伍德扯扯衣領，神情狐疑。「不知道耶，喬治……這些都沒有正中紅心的感覺。要是那些訪客都經過處理——」

「剛才的只是暖身。你們還沒猜到最大條的。」

「死刑！」我說：「謀殺、絞刑！……呃、嚴刑拷打！呃……」

「好啦，別急。以上皆是，不過妳要說得更具體。」

「可疑的邪教基地！」

「錯了。退回前面的選項。妳認為在歷史上，什麼樣的地方能把那些骯髒事一網打盡？」

「監獄。」荷莉．孟洛開口，同時拂掉裙襬上不存在的毛屑。

「賓果。」喬治的視線掃過我們。「監獄。全名是國王法庭監獄——約翰王在一二一三年下令建造這個惡名昭彰的鬼地方。」

我指著地圖上代表艾克莫百貨公司的方塊。「你的意思是監獄就在這裡？」

「沒有人知道它確切的位置。據說監獄蓋在城外，沒有人聽得見裡頭傳出的駭人聲響。」

「監獄在都鐸時期拆掉，不過原址應該要在國王路的西端，我們也知道那個瘟疫坑就挖在監獄外頭。所以……」

「所以我們總算掌握到真正的線索了！」洛克伍德眼睛發亮，搓揉雙手。「很好，現在我興致來了。假如艾克莫的位置和某個中世紀監獄重疊……」

「它不能和其他中世紀監獄比。」喬治打岔。「環境惡劣到極點。只要惹毛統治階級，就會被扔進來，囚犯的下場很好預測。這間監獄的歷史相當黑暗。被燒燬兩次，在農民起義時遭到洗劫，一隊士兵中了埋伏遇害。當年那個區域是一大片沼地，泰晤士河帶來不健康的淤泥，支流匯集，成為各種疾病的溫床。許多囚犯在獄中死亡，屍體直接丟進河裡。塞了太多囚犯，擁擠的環境也相當駭人聽聞。到最後，與其說是監獄，更像是醫院——大部分囚犯罹患痲瘋病，其他人帶著可怕的疾病出獄。都鐸王朝的當權者把他們攆出，硬是拆掉監獄，我想沒有人對國王法庭監獄的末路感到絲毫惋惜。」

我們細細琢磨這些資訊。「瞭解，看來不是渡假的好地方。」我說。

「如果要招惹訪客的話，倒是絕佳去處。」洛克伍德說：「然而我們還是要先問問爲什麼百貨公司本身沒有碰上什麼問題。喬治，你的調查結果相當卓越。好，我們得要到現場看看。」他對我們笑了笑。「而且我們要找後援。就算這個地方只有喬治所想的一半危險，光是我們三人絕對不夠。」

我看著他。「你不是說希望荷莉一起出勤？」

「我很樂意。」荷莉．孟洛說。

洛克伍德稍一猶豫。「好吧，荷莉，既然妳有意願——當然可以。小露，說得好。但我要更多人手，這樣才能分組行動，提高效率。也就是說要去請靈異局借我們幾個調查員——可能要十幾二十個人——小事一樁。」他推開椅子起身。「荷莉，請妳留下來整理我們的裝備，我們現在就去見伯恩斯。」

「你想他會配合嗎？」喬治問。

「伯恩斯可能會擺臭臉。」洛克伍德說：「只要我亮出你的研究結果，他會馬上行動。他知道我們有多厲害。」他對我們眨眨眼。「別擔心。我知道我們合不來，但是我們彼此尊重。要是他舉棋不定，我就灌一點迷湯。他不會讓我們失望的。」

□

「那個無可救藥的智障。」洛克伍德低吼。「那個智障大翡子。那個低能兒、不懂變通的白痴！那個小丑！騙子！蠢貨！眞要氣死我。」

「彼此尊重跑哪去了？」喬治說。

這裡是斯隆廣場，靈異局的行動中心切爾西工人俱樂部門外。洛克伍德剛才進去找伯恩斯洽談；喬治和我到餐車旁找了張塑膠桌坐下，才剛拿到第一輪熱茶與熱狗，就看到洛克伍德走出來。他咬牙切齒，臉頰通紅，狠狠坐上椅子。

「他對我們的發現毫無興趣。」他說：「連聽都不想聽。」

喬治瞪大雙眼。「他對艾克莫兄弟百貨公司這個地點有什麼反應？他對我的報告有什麼感想？」

「毫無反應。連看都沒看一眼。」

「他沒看我那些精美的地圖？」喬治放下熱狗。「那他憑什麼否決？」

「對，他根本沒正眼看我。我才報上百貨公司的地址就被他打斷了。他說今晚在切爾西中區會有大型示威活動，沒辦法騰出人手去邊陲地帶『不務正業』。這是他的原話。」

「眞是出乎意料。」我說：「我們都知道他腦袋不太靈光，可是他基本上還算有良心。」

洛克伍德雙手插進褲子口袋，惡狠狠地瞪著周圍忙進忙出的靈異局調查員。「我以為他最起碼會聽我說完。我甚至沒提到喬治，或是其他可能會惹毛他的蠢話。我眞的不懂。這場爆發和災難沒有兩樣，理論上他要展開雙臂迎接任何提案。沒想到會在這裡碰壁。我不認為我們可以獨自前往艾克莫——」他突然一頓，縮起上身。「喔，不……別抬頭。是奇普斯。剛才和伯恩斯說話的時候，他一直躲在旁邊。肯定全被他聽見了。」

正是奎爾．奇普斯本人，珠光寶氣的長劍閃閃發亮，直直朝我們走來。喬治和我狠狠瞪著他。洛克伍德別開臉。

奇普斯停下腳步，眉毛挑成輕蔑的角度。「眞是親切。」他說：「剛挖開來的墳墓都比你們熱情。好啦，東尼……我碰巧聽見你和伯恩斯的談話內容……」

洛克伍德的臉頰微微抽動。「是喔？」

「我聽到他又把你轟出來了。」

洛克伍德把紙杯從桌子的一角推到另一角。

「相信你們都很納悶。」奇普斯繼續說：「因爲伯恩斯現在也是身不由己。費茲與羅特威的高層擔任他的顧問，是他們不斷告訴他群聚的核心就在切爾西中央地帶。他得聽命行事。不是什麼祕密，這就是靈異局的運作模式。」

我對他皺眉。「你說反了吧？明明是靈異局在監督偵探社。」

奇普斯的尖臉像是憋笑似地微微顫抖。「是嗎？卡萊爾，妳眞是單純。」

「你是來奚落我們的？」洛克伍德說。

「沒錯——同時也是來問問你們是否需要額外人手。」

我們三個眉頭緊鎖，愣愣坐著，努力解讀他這句話背後隱藏了什麼侮辱意圖。實在是想不出他的言外之意，我們的眉頭皺得更緊了。洛克伍德拎起紙杯，放回原位。「你要幫我們？」

奇普斯臉一皺，彷彿突然發現鞋底黏了什麼髒東西似的。「倒也不是。我要參與你們的行動。我、凱特．古德溫、鮑比．維農。都是熟面孔。」

洛克伍德直盯著他看。「你不是伯恩斯的手下嗎？」

「已經不是了。我申請轉調到其他部門。」

「是因爲——」

「我可以坐下嗎？」奇普斯拉了張椅子，彎腰坐下。他望向國王路的柵欄。「不管伯恩斯怎麼說，總之沒有人知道究竟是怎麼一回事。完全無法控制，每晚都出事，我已經折損了一名調查員，不能再失去更多人手了。我也不想坐視不管。如果你們掌握了有力線索，我願意和你們合作。就這樣。」

我們三個默默坐著。讓我們啞口無言的狀況不多，但現在就遇上了。我的視線不斷在桌上的咖啡漬與奇普斯之間游移。在一般場合下，咖啡有趣多了，然而現在我忍不住望向我們的宿敵，他用髮油往後梳齊的頭髮、太過合身的長褲、毫無瑕疵的外套、劍柄上引人注目的寶石。他的提議有夠荒謬。毋庸置疑。可是呢……

「多謝你的好意。」洛克伍德說：「可是不好意思，這樣行不通。團隊得合作無間，調查員彼此全心信任。不能吵得沒完沒了，還有——喬治，怎麼了？」

喬治舉手。「偶爾吵一下也沒關係啦。」

「別亂說。」

「我們也是這樣啊。」

「才沒有。沒有那麼頻繁。也不會在關鍵時刻……好了，你可以閉嘴嗎？我都忘記剛才講到哪了。」洛克伍德漫不經心地抓亂頭髮。「重點是不和睦的團隊肯定會出事。切爾西區太危險了。」

奇普斯沉默半晌後開口：「無論是怎樣的團隊都可能出事。至於危險呢，我早就有覺悟了。」

洛克伍德迎上他的視線。「這是當然。抱歉。聽好了，我相信你是一片好意，謝謝，只是我不認爲我們有辦法合作。」

「老實說我也不認爲這樣行得通。」奇普斯起身，邁步走遠。「祝你們一切順利。」

「洛克伍德——」喬治開口。

「等等！」是我，我猛然站起來，狠狠瞪著洛克伍德。我爲什麼要這麼做？若是在其他場合，我只要陪他默默坐著就好。但不是現在。在昨晚的經歷後，我不能這麼做。體內湧現鼓脹的力量，想找到合適的表達方式宣洩。我只想做些什麼——比如投入非比尋常的任務。我知道荷莉手邊有一大堆新上門的案子；我知道我們會分頭調查。但切爾西區的群聚事件不同，更龐大、更詭異，或許更加危險。我不希望洛克伍德的傲氣斷絕了我們嘗試的機會。

這又是另外一個問題。他的傲氣。他有辦法將我推開，將其他人推開，屏除一切常識。我不能拿他姊姊或是他的過去來刺激他，但我可以拿這件事來刺激他。

「我認為我們應該要接受奇普斯的提議。」我說：「洛克伍德，隨時都有人喪失性命，我們不能袖手旁觀。我們得要行動。我們必須投入，即使要做出妥協。那間百貨公司很大，就算只是要進去偵查，還是需要厲害的人手。奇普斯的小隊很有本事——這點我們清楚得很。要是我們對喬治有信心，對他的研究成果有信心，那我們就該過去一探究竟。我們該為了他行動。不只是如此，我們也該為了自己行動。」

洛克伍德盯著我看。我突然渾身發燙，臉頰漲得通紅。「我不覺得我們有其他選擇。」說完，我匆忙坐下。

喬治的視線在咖啡漬和我之間飄來飄去。奇普斯展現出罕見的體貼，在不遠處站定，似乎正全神貫注凝視從一旁帳篷扛出一大袋鐵粉的兩名矮小調查員。周圍的靈異局職員和調查員忙得團團轉，廣場的喧囂將我們包圍。洛克伍德只是看著我。我等著聽他要說什麼。

19

搭乘計程車繞過切爾西的隔離區，一眼就能看見位於國王路西端的艾克莫兄弟百貨公司。這棟搶眼的龐大建築物占據了整個街區，外觀簡約，整整四層樓高，屋頂圍繞矮牆。一根根鑲進石牆的裝飾雕花壁柱宛如肋骨。窗戶玻璃閃閃發亮，我們頭頂上的彩色三角旗被初冬的微風吹得沙沙作響。一名身穿鮮艷制服的門衛守在正門旁。隔著一段距離，從國王路轉角處的小片綠地看，它與牛津街那些體面店家不相上下。然而過了馬路，我們注意到斑駁的石面上沾染霧霾污垢，門框的油漆略顯疲態，就連門衛帶著補丁的大衣肩上也看得到片片頭皮屑。乍看之下的輝煌氣勢只是虛有其表。

包括對面那片漂亮的草皮，以及其周圍的時髦服飾店、咖啡館。過馬路時，喬治戳戳我，指著草皮說：「瘟疫坑。」

「監獄呢？」

「應該是在艾克莫底下。」

再往前五十碼左右就是靈異局的柵欄，和斯隆廣場的那道一模一樣，不讓任何人進入切爾西區的中心地帶。艾克莫兄弟運氣眞的是夠好，沒被畫入疏散區，畢竟店內沒有任何鬼魂出沒。

「五點宵禁，四點結束營業。」門衛雙眼突出，面色紅潤，留著海象般的鬍鬚，在我們魚貫穿過旋轉門時斜睨我們。洛克伍德、喬治、荷莉．孟洛，還有我，我們四個扛著工作用的裝備行李包硬擠進去，我擠得特別艱辛，背包裡還塞了個沉重的罐子。我們的長劍在弧形木頭牆板上敲出清脆聲響。

這個貴氣的正廳肯定曾是百貨公司的招牌門面。螺旋花紋的石膏柱上點綴著金葉，撐起漆成藍色的天花板，上頭畫著金色光點、星球、胖嘟嘟的可愛小天使。壁畫裡有牧神、仙女、大批異國野生動物。正前方是兩組電扶梯，位於中央大階梯的左右兩側，通往二樓。可以想像多年前的現場樂隊、雜耍演員、吞火人……現在壁畫褪色，被靈異局的警告標語及特賣會預告海報覆蓋，柱子上的金葉也斑駁失色。客人在一櫃櫃無聊的薰衣草周邊及老舊假人之間閒晃，廉價音樂從遠處的破爛廣播系統飄出。

一樓大廳唯一讓人稍微感興趣的，是一側電扶梯前的巨大假樹，以金屬搭建，貼上幾片樹皮，紅色、橘色、金色葉片像是用衛生紙做的。看起來細緻又脆弱。我們把裝備包放到樹下，洛克伍德走向接待櫃台。

「比我上次來的時候還要落魄。」荷莉．孟洛說：「或許是當時我還太小，沒有看出來。」她解開大衣釦子，脫下手套。一如往常，她打扮得像是要去參加上流社會的戶外派對，而不是我們目前正要做的事——在倫敦的暗處獵捕鬼魂。或許這麼想不太厚道，但我真心期盼她今晚會摔進哪個沒蓋好的棺材或是墓穴之類的。不用摔得太重，把她搞得灰頭土臉就好。再來點屍骨。

喬治環顧這層樓。「這裡的擺設實在不怎麼樣。幾個假人還滿恐怖的……喔——是你啊，奎爾，我還以爲假人動起來了。」

奎爾·奇普斯、凱特·古德溫、鮑比·維農從假樹的陰影中走出。他們也扛著大行李；鮑比·維農肩上掛著一把巨大的鹽水槍。

「所以我才反對來到這裡。」凱特·古德溫說：「我們要整晚聽他的批評。我寧可面對鬼魂。」

喬治舉手擺出投降姿勢。「抱歉，我不會亂講話了。這位是荷莉。」

他們隨意報上名號。奇普斯一臉奉承；我發誓鮑比·維農和她握手時偷笑出聲。凱特·古德溫和我第一次見到荷莉時一樣僵硬；我們的助理似乎對所有女孩都能產生同樣的影響。

洛克伍德與我們會合，大衣下襬在他身後飄揚。他對我們咧嘴一笑。「哈囉，隊友。」

奇普斯哼了聲。「你們遲到了。」

「我是隊長。」洛克伍德說：「我到才算開始。所以算是你們早到了。很好，我剛才說要見百貨公司的經理，只要取得對方同意，我們就四處看看，找還沒離開的員工說說話。要各自行動也沒關係，但是天一黑，我們就不能冒險。到時候要兩人一組分頭巡視。」

鮑比·維農實在是太過矮小，明明人在我們旁邊，看起來卻像是隔了好一段距離似的。他舉起瘦巴巴的手臂。「要怎麼分？」

洛克伍德皺眉。「鮑比？」

「在場有七個人，只能分出三組，有一人會落單。」

「啊，嗯，沒錯……我沒說過嗎？還有一個人要來。應該已經到了。」

「誰？」我問。在場沒人聽說過這件事。洛克伍德的神色中隱約帶著迴避。

奇普斯也察覺到了。「東尼，我相信對方是符合資格的調查員，不是你隨便找來湊數的古怪朋友。」

「這個嘛——」

「小洛洛，我來啦。」

我們轉身望向門口——那人剛鑽過旋轉門，藍色鋪棉長外套裂口勾到門把，雨靴在大理石地板上留下一排精緻的深綠色泥印。來人正是芙洛·邦斯。從她背後的窗戶剛好可以看到門衛的臉——眼珠子瞪到幾乎彈出來，下巴闔不攏——他驚恐又困惑地盯著她的背影。事實上奇普斯他們也差不多是這副表情，就連荷莉·孟洛平穩無波的面容也掀起淡淡漣漪。芙洛肩上扛著濕答答、髒兮兮的布袋，一路上擦過一堆薰衣草抱枕，她邊走邊拉下外套拉鍊，隨意伸了個懶腰。沒洗過的上衣、到處是破洞的運動衫、固定牛仔褲褲腰的綻線繩子全部一覽無遺。沒錯，還有那股潮水味。簡直是畫龍點睛。

「喔，好多了。」芙洛說：「今天腳上的雞眼痛得要命。好啦，小洛洛，你不打算向我介紹幾位小乖乖嗎？不用麻煩了，從你之前的描述，我可以猜出誰是誰。你是奇普斯？聽過不少你的事蹟及劍柄上的漂亮假珠寶。這種貨色我可以多撿幾顆送你。有時候會被河水沖上伍利奇岸邊，就在火葬場下游。」

奇普斯一臉像是被人拿死魚甩中兩眼之間的模樣。以嗅覺的層面來說確實是如此。「呃……不用了。眞的，謝謝。請問妳是？」

「芙洛倫絲・邦納德。重音在第二個音節，麻煩你注意一下。妳一定就是凱特・古德溫——比我想的還要瘦一點，不過那個下巴還眞是傳神。至於你……」芙洛對鮑比・維農露出神祕兮兮的笑容。「幸會，鮑比。快問我這個袋子是做什麼用的。」

維農稍稍後退。「呃……妳的袋子是做什麼用的？」

「這個啊，是我的寶貝袋。拿來裝東西的。」她湊向鮑比。「我從河邊軟綿綿的黑色泥巴裡挖出來的東西……想看一眼嗎？你這麼小隻，我可以直接把你裝進去。」

維農尖叫一聲，躲到凱特・古德溫背後。芙洛轉向荷莉・孟洛。我得承認這是我滿心期待的戲碼，但我們的助理先發制人，她大步上前，伸出手。「我是荷莉・孟洛，安東尼・洛克伍德的新任助理。很高興能認識妳。」

我等著聽芙洛口出惡言，甚至把她丟進薰衣草枕頭堆裡。但她似乎有些詫異，睫毛抖了抖，沾滿泥巴的臉頰肯定泛起了紅暈。「幸會。」

她們只是握了手。即便如此，我還是莫名火大。

「很好。」洛克伍德說：「大家都認識每一個人了。我們開始吧。總經理現在可以會客。」

「我不確定我們該……」凱特・古德溫還在偷瞄芙洛。「鬼魂現在肯定都聞風喪膽了。」

□

艾克莫兄弟百貨公司的現任總經理山謬．艾克莫是百貨公司的第四代經營者，外表缺乏特色（中年，平凡五官，髮線悄悄開始後退），試圖用花俏的服裝打扮來彌補這點。他的深色套裝帶著亮紫色條紋，加了誇張的墊肩。紫色手帕摺得整整齊齊，從他胸前的口袋冒出，活像是剛發芽的盆栽。他的襯衫袖口似乎有些過長，幾乎看不見他的手指。他的領帶是震撼全場的粉紅色。當洛克伍德和他握手時，我發現他有些瑟縮。

艾克莫先生不滿的視線掃過我們的長劍與裝備包。等我們解釋完來意，他的嘴唇抿得更緊了。「不好意思，這是不可能的。敝公司是堂堂正正的商業場所，不能放你們在店內亂來。」

我們一同看著他。艾克莫的辦公室不算太大。沒錯，這裡放得下大理石面辦公桌、辦公椅、垃圾桶、檔案櫃、一株深綠色的絲蘭盆栽。還能容納一、兩名員工乖乖站在辦公桌前，手中捏著帽子。不過八名裝備齊全、面色凝重、看起來很難搞的調查員呢？我們光是站在這裡保證就夠讓人坐立不安了——要是細細打量每一個人，那更是不得了。喬治剛吃完鮪魚三明治，一手平攤在胸前接住撒落的麵包屑。鮑比．維農端起他的巨大鹽水槍。奇普斯是平時的奇普斯。芙洛是平時的芙洛。我還滿能理解這位總經理的顧慮。

「艾克莫先生，」洛克伍德說：「附近發生了大型靈異事件，就在貴店不遠處。你知道我們有權調查這件事的起因，無論地點在何處？」

「你們沒有理由來這裡！艾克莫店裡沒有危險的訪客！」

「在切爾西區？眞的？你還眞有自信。」

「十多年前是出過一點小問題，馬上就解決了。」

「是防空守兵那件事嗎？」喬治問。

「細節我忘了。」他對我們甩甩衣袖。「在那之後，我們重建這棟百貨公司，排除一切超自然威脅。我們在地基與牆面置入鋼鐵。我們的員工佩戴銀胸針，受過嚴格訓練，能使用各種防範訪客的設備。每個空間都懸掛薰衣草花束，撒上羅特威出品的鹽巴。爲什麼？因爲我們的顧客期待在此獲得安全的購物體驗。我們滿足了他們的需求——這是當然的。拜託！我們有一整個專賣銀器的部門！用不著你們在這裡瞎晃。」

「我們不會引起注意。」洛克伍德說。

總經理對我們勾起嘴角，露出緊繃生硬的笑容，像是刻在石頭上的刮痕。「我知道靈異局是什麼德性。勒令奉公守法的店家關門。普特尼區的博德珠寶店、克羅登區的凡沃斯百貨。這事不會發生在我們店裡。」

「沒有人想逼你們關門。」洛克伍德說：「就算眞的找到了什麼，將之清除不也對你們有利嗎？」

「調查員只會帶來毀滅！他們妨礙業務，危害無辜民眾！」

「喬治，我們至今害死多少客戶？」

「幾乎沒有。比例非常低。」

「看吧，希望這能讓你安心一點，艾克莫先生。我們會在暗地裡查，結束後就離開。」

「不。這是我的最後通牒。」

洛克伍德嘆息，往口袋裡翻找。「好吧，這裡有靈異局的證書，由蒙特古．伯恩斯簽署，也就是說——」

「不好意思。」奇普斯站出來。「艾克莫先生，敝姓奇普斯。我是費茲偵探社的監督員，職責之一就是維護公眾安全。拒絕配合調查行動嚴重影響我們的職務，在這種狀況下，我們有權請相關當局即刻前來執行拘留。」他蒼白修長的手指交疊，像是扣扳機似地扳扳指節。「希望不會在這裡用上最終手段。」

艾克莫愣愣看著他。「我無法回應。我不知道你在說什麼。」

「意思是，」奇普斯說：「讓我們執行任務，不然就把你關起來。大概是這樣。」

總經理坐進椅子，抽出那條紫色手帕，往額頭按了按。「天黑後鬼魂現身，小孩子胡作非爲……好個世道！好吧，隨便你們。你們不會找到任何東西。」

洛克伍德直盯著奇普斯。「先生，謝謝……感謝你的配合。」

「現在才來說好聽話有點太遲了……我有個但書！絕對不能影響我們的陳設，特別是節令擺設。」

「節令擺設？喔，比如說大廳那棵樹？」

「『那棵樹』叫『秋季漫步』，由知名的裝置藝術家古斯塔夫．克蘭普親手打造。你們知道上頭所有的漂流木與棉紙葉片都是手工黏上去的嗎？花了大把時間才組裝完成，非常、非常昂貴。我絕對不會讓你們毀了它。」

洛克伍德沉默半秒。「我們會盡量小心。」

「艾克莫兄弟百貨公司管理嚴格。」艾克莫先生說：「一切都安排得恰到好處。」似乎是要給自己這句話佐證，他稍微調整辦公桌中央吸墨紙墊板旁的兩支原子筆。「不許干擾我的員工進行職務。」

「當然不會。我們會盡全力善待百貨公司裡的一切——大家說是不是啊？」

我們點頭。喬治靠向我。「等會回到一樓，提醒我拿『秋季漫步』擤鼻涕。」

「有件事想請教一下。」離開前，洛克伍德回頭問道：「你說這裡沒有危險的訪客，可是你還是給員工佩戴銀胸針。所以說——？」

「喔，對，這裡有鬧鬼。這是當然了。哪裡不鬧鬼呢？」艾克莫先生胸口的手帕往前垂落，彷彿是要趕我們離開他的辦公室。「不過我的員工很安全。只要戴好胸針，留意周遭環境，在天黑前拉下鐵門，那就什麼都不用擔心了。」

□

然而總經理的觀點並沒有得到這建築裡其他人的支持。

「早上還好。」男裝部門的店員說：「下午陽光從窗外斜斜射進來的時候也意外地平穩。我個人不喜歡正午時刻，外頭街道很亮沒錯，但這裡陰影幢幢。空氣變得沉重。不會熱，就是悶悶的。你會聞到堆在地下室的紙箱和塑膠包裝袋，就是那些上新貨時拆掉的包材的味道。」

「很難聞嗎？」洛克伍德問。

「不會……只是有點受不了。」

「忙起來的時候不會注意到。」化妝品部門的年輕女性說：「客人進進出出的。如果賣場裡沒什麼人，我就得去外頭和門衛說說話，透透氣。」

「爲什麼？」我問：「妳爲什麼想出去透氣？」

「裡頭很悶，很有壓迫感。我認爲空調系統效能不佳。」

另外四名不同樓層的店員也提到整體氣氛不佳、空調顯然沒什麼效率。不過負責皮件部門的戴德拉・佩金斯小姐（五十五歲，身材高眺，薄唇，穿得一身黑）更在意別的問題。

「要是眞的有訪客，去四樓找準沒錯。」她劈頭就是這句話。

我抬起頭，在旁邊詢問其他店員的荷莉・孟洛也靠了過來。「眞的？爲什麼？」

「看到的人是凱倫・杜伯森。她從女性貼身衣物區下來的時候表情超驚恐。事情發生在今年九月某天打烊前。她說她在走道盡頭看到那個東西。」佩金斯小姐不以爲然地皺皺鼻子。「可能不是眞話。凱倫老是把事情講得很誇大。我倒是什麼都沒看過。」

「原來如此。那是具體的鬼魂嗎？而且是在天黑前？」

「對，是訪客沒錯。」佩金斯小姐是那種盡量避免提到「鬼魂」的人。「天還沒黑，不過那天颳風下雨的，天色很暗。該開的燈我們都開了。」

「或許可以找凱倫談談。請問她在哪個部門服務？」

「她已經沒在這裡工作了。她死了。」

「死了？」

「很突然，在她家裡。」佩金斯小姐的語氣陰鬱中帶著滿足感。「她會抽菸。我猜是心臟出了問題。」她調整一架皮帶的擺設，雙手撫過商品。「我想現在輪到她當訪客啦。」

「事情不是這樣運作的。」我說。

「妳怎麼知道？」佩金斯小姐臉上透出一絲情緒，嗓音裡湧現怒氣。「有誰知道我們的朋友或家人用什麼方式、爲了什麼理由選擇回到人世？妳有沒有問過它們的動機？」

「沒有，女士，我們不會這麼做。」荷莉．孟洛說：「這並非明智之舉。」

這時她的視線投向我，正如我所料。那次在冬園小姐的豪宅我確實幹過這種勾當。看看我討到了什麼便宜。我緊緊抿起嘴唇。

「凱倫．杜伯森看到的身影……」我追問：「她有沒有描述過那是什麼模樣？」

佩金斯小姐轉向台面上的荷包與皮夾。「以四肢著地的傢伙。沿著走道爬向她。」

「沒有其他描述了嗎？」

她枯瘦的手指在台面上游移，商品的位置換了又換，換了又換。「小女孩，我想她在這裡待的時間還不足以看清那麼多東西。」

□

我們在百貨公司裡晃了兩個小時。我幾乎都是單獨行動，找店員問話，同時也仔細觀察建築物本身，試著與它產生連結，估測它的性質，但發現出奇困難。

樓面配置相當單純，是典型的老式百貨公司，每個樓層分成幾個大區域。地下一樓是特賣區；一樓主要販售化妝品和防禦訪客商品。防禦訪客商品區——平價鐵製商品的數量遠遠超出想像——占據了原本的阿拉伯廳，在金色柱子與獅鷲獸的包圍下格外可笑。二樓是女裝、廚具、孩童用品區；男裝賣場和縫紉用品、家飾擠在三樓；四樓的空間幾乎都被家具占滿。五樓則是辦公用品賣場和幾間會議室。在我看來，商品的外觀略嫌陳舊，不過荷莉．孟洛表示某些女裝還可以。店內有四台電梯——兩台供客人使用的設在中央區塊（放在一樓的電扶梯後方）、另外給員工搭乘的兩台位在建築物南北兩側——還設有三組樓梯。大部分的人會走中央樓梯，就在電扶梯旁，咖啡色大理石氣勢磅礴；另外兩道狹窄的樓梯位於南北兩側，從地下一樓延伸到四樓。

艾克莫百貨公司每個樓面後側都有員工專用的狹長儲藏室，待上架的商品裝在紙箱裡，堆成一排一排。喬治忙著檢查這些空間，特別是地下室那間，但我感受不到它們散發任何超自然力量。老實說這整棟建築物給我的感覺就像被消音了——或許有點怪，畢竟在我們的理論中，此處是切爾西騷動的起源。

不能說什麼都沒有。一股微弱卻又觸手可及的不安若隱若現，潛藏在那些抵擋訪客的設施後頭，潛藏在館內每扇門邊的整架薰衣草花穗下。讓我皮膚刺痛、胃袋微微抽搐；這是熟悉的感覺，但不是常見的無力感、惡寒，或是潛行恐懼。接近打烊時段，人潮逐漸減少，這股感受就更加強烈。四周的店員臉色蒼白、心神不寧，默默地鎖上收銀機、收拾展示品。我找了沒人的角落，打開背包，扭開拘魂罐頂部的安全栓。

「啊！」它馬上出聲：「讓開！讓我運用過人的才能來解決妳的困境！啊，對……我也感覺到那股干擾的力量了。沒錯，眞的很怪。眞有意思……」

「你認爲是什麼東西的影響？」

「我怎麼知道？妳以爲我會呼風喚雨嗎？給個機會，我要再想一想。」

窗外的天空幾乎完全暗下，蜂鳴器嗡嗡作響，店員在大廳集合，穿好大衣，急著要離開。他們默默穿過旋轉門。我們在大廳的邊緣目送他們。洛克伍德和喬治在那棵人造樹下，荷莉與芙洛在化妝品部門入口，奇普斯和他的手下在二樓的露台上，剛好在我對面。

艾克莫先生最後一個離開。他對洛克伍德簡單說了幾句話，按下牆上的按鈕。電扶梯停止運轉，擴音系統劈啪作響，發出垂死的嗚咽。寂靜。百貨公司內的燈一盞接著一盞熄滅，只剩下大廳的昏黃夜燈。艾克莫從大門撤退。我們聽見鑰匙轉動上鎖，他匆忙的腳步聲沿著國王路遠去。

「現在就剩我們啦！」洛克伍德說：「太好了！總算可以展開真正的調查！」

我們在樹下安靜地集合，沒有人反駁他。和他唱反調很容易，但沒有任何意義。現在我們身處同一條船上。

是的，百貨公司裡的活人都離開了。但這並不代表此處只剩下我們。

當然不是。天黑後，沒有人能獨處。

20

調查員最能發揮實力的時機莫過於夜晚，對某些人來說，夜色越深沉越是好事。我指的是視覺方面。突然間，一切讓人看不過去的污點都蒙上陰影。下巴線條更俐落，腹部更緊實。在外面跑了一天沒洗的臉顯得蒼白有趣；最遜的髮型披上閃耀光彩。尖銳的個性也變得圓滑，心中只想著如何活下去、如何完成手邊任務。這是洛克伍德那一晚打造出的雜牌軍。在那一刻，我們站在艾克莫百貨公司的衛生紙樹下，共通處將相異之處掩蓋過。奇普斯和洛克伍德、凱特．古德溫與我──我們都一樣。我們擁有長劍和其他武器；我們懷抱著同樣的冷酷嚴謹。就連芙洛也看起來正經八百，她的草帽在臉龐周圍形成一圈陰影，外套前襟散開，露出那把猙獰的除內臟刀，以及其他看起來就不太妙的工具，那是她平日在岸邊挖掘漂流物的吃飯傢伙。

喬治把巧克力分給大家，我們一同整理方才問出的情報。

「大部分似乎只是擔心空氣品質。讓他們不太舒服，但又難以具體說明。」洛克伍德隨意靠上櫃台，閃爍的煤氣提燈照亮他的臉龐。「然後有個女生看到爬行的物體，這就完全不同了，因為她把那個怪東西形容得很具體。」

「可能是哪種鬼魂？」荷莉．孟洛問。

沒有人知道。

「幾個人說他們聽見有人呼喚自己的名字。」鮑比．維農說：「都是在黃昏時分，他們準備離開之前。聽起來像是他們認識的人在百貨公司深處，想叫他們回去。」

「他們有沒有聽話回頭？」我問。

「呃，沒有，卡萊爾。」凱特．古德溫說：「因爲他們不是笨蛋。誰會聽從來路不明的聲音？」

「喔，這事誰都說不準。某些人可能就忍不住。」荷莉．孟洛用上最甜美、最嬌柔的語氣──就是她每次提到我時的語氣。

芙洛．邦斯不耐地左搖右晃。「小洛洛，我不太清楚到底是怎麼一回事……這裡沒什麼東西，你確定這裡眞的是起源嗎？」

「目前確實感應不到什麼。」洛克伍德坦承。「剛才向艾克莫報告的時候，他光看我的態度就知道了。他說這正如他所料，我們今晚保證會無聊透頂。他還是堅持這裡沒什麼大問題。」

「才怪。」我反駁。「這裡有東西。我感覺得到。」

那股怪異的微弱刺激還在，既熟悉又難以解讀。看來骷髏頭也要花點時間分析，至今尚未報告結果。

「我什麼都沒聽到。」凱特．古德溫說。她和我一樣，聽力最爲敏銳，因此她對我的觀點存疑。

「妳覺得是什麼？」

「不太清楚。」我回答：「有點像背景雜訊，無線電的滋滋聲那樣。滿強的，同時也很模糊——好像幾乎被擋住，卻還是突破重圍溢出來的感覺。」

「妳的耳朵該洗一洗了。」古德溫說。

洛克伍德搖搖頭。「假如露西說這裡有東西，我們就該留意。小露，最強的地方在哪裡？地下室？」

「不是。到處都差不多。」

「即使如此，我還是想把心力放在地下室。它肯定和那個監獄重疊到，各種現象或許會從那裡開始出現……」喬治說。「洛克伍德，艾克莫對你說了什麼？線索或是善意的警告？」

「什麼都沒有。喔對，他只叫我們要維持整潔，還有——最重要的——別碰那棵樹。」

「以為我們來砸場嗎？」奇普斯低吼。「他以為我們今晚要做什麼？在男裝部門開派對胡鬧嗎？我們還有正事要辦。」

洛克伍德勾起嘴角。「沒錯，該來辦正事啦。在今晚的第一階段呢，我要先給大家分組。」

他馬上把我們兩兩湊對。他自己和奇普斯。凱特．古德溫與鮑比．維農自然湊在一起。接著是喬治（他對這個安排沒有太大反應）和芙洛．邦斯。

猜猜看我還剩誰可以選？

我感覺自己就像是操場上總是沒人收留的小孩。我開始機械似地檢查身上裝備。

荷莉看起來也不太開心。「那麼……露西，我們去三樓巡邏？」

「沒錯……」我和大家對時。第一輪巡邏只有兩個小時，接著到二樓樓梯口集合，確認一切安好。我把筆記本扣在腰上，摸過一個個熟悉的小皮包。重量沒錯，所有的東西都沒移位。我對我的搭檔露出假笑。「好啦，荷莉——我們走吧？」

同伴一組一組離開，喬治和芙洛負責地下室與一樓，古德溫和維農要到最高的兩個樓層。洛克伍德和奇普斯加上荷莉與我這兩組踏上中央階梯，手電筒光束在光可鑑人的大理石裝潢掃來掃去。到了二樓，他們鑽進女裝部門，留我們繼續往上爬。

男裝部門有三區相互連接的賣場走道，裡頭很暗，外頭的街燈離這裡挺遠的。假人面容泛著幽幽銀光，在白色基座上或坐或站，旁邊掛著一件件衣服。套裝、長褲，一排又一排燙得整整齊齊的襯衫……可以聞到樟腦丸、布料定型劑、毛料的味道。感覺這裡比剛才路過時還要冷。

荷莉把裝備包扛到賣場一端，作爲我們這趟調查的起點。我在原處多停了一會。

「如何？」我問。

「我想好了。」背包裡的嗓音如此宣布：「我有個提議。」

「很好。」那股詭異的感覺究竟是什麼？如此深沉又遙遠，不斷干擾我的思緒。我需要骷髏頭的見解。「說來聽聽。」

「妳就這麼做吧，把她引到廚具部門，拿煎鍋敲她的腦袋。」

「什麼？」

「荷莉啊。這是絕佳機會。如果妳喜歡的話，那裡還有一堆尖銳物品。基本上只要拿桿麵棍敲下去就行了。」

我哼了聲。「我才不想宰了荷莉！我在煩惱瀰漫各處的詭異脈動！你只想到用無腦的暴力手段解決一切問題嗎？」

鬼魂思考了下。「嗯，差不多。」

「眞噁心。後果——」

「喔，不會被逮到啦。重點就在這裡。只要默默下手，全部推給無處不在的超自然力量就好。誰會知道呢？」

我思索要不要和骷髏頭熱烈討論謀殺的道德意涵，最後判定這是徒勞之舉。而且根本沒這個時間，我的搭檔已經回頭朝我走來。

「好，荷莉，我們走吧。妳知道要如何記錄靈異活動吧？」我高聲說。

她很緊張，呼吸加速。我發現她的胸口迅速起伏。她說：「是，我知道。」

「用費茲—羅特威分區法？」

「對。」

「那好，開始吧。我來探測，妳記下來。」我無視骷髏頭小聲推銷各種意想不到的致命廚具，畫下這層樓的地圖。荷莉和我從第一個分格開始，這個角落整齊地堆了一疊運動衫。旁邊的假人身穿格紋襯衫、毛線外套，搭配略微正式的長褲，伸手瀟灑地指著黑暗。「這裡的溫度是……十度。什麼都沒看到……也沒聽到。所以這裡沒有鬼魂出沒的主要徵兆，沒有無力感或是惡寒之類的。妳可以在這個框框裡寫個零……懂嗎？」

「我說過我知道要怎麼做。對了，我也可以負責偵測。」荷莉說：「我也有一點天賦。小時候曾經受過現場調查員的訓練。」

我已經大步走向下一區。「是喔？然後呢？妳覺得這一行太危險？不合妳的胃口？」

「對，我覺得這份工作很可怕。只有傻子才不怕。」

「或許吧。這裡也是十度。」

她記下氣溫。「但這不是我轉行的原因。他們在棉花街血案後把我轉去做內勤。就算在妳故鄉那個小地方或許也聽過這事件。」

「不好意思，我的家鄉並不是什麼小地方。那是北方的大城——」我的視線投向她背後，瞬間提高警覺。「妳有沒有聽到？」

「什麼？沒有。」

「我以為……有聲音……」

「它說什麼？從哪裡傳來？要我記下來嗎？」

「我要妳別再碎碎唸。」我望向通往黑暗的走道，現在除了荷莉急促的呼吸聲之外什麼都聽不見。就算真有聲音在遠方呼喚我的名字，它現在也安靜下來了。

荷莉細細打量我。「露西，妳不會順著那聲音走掉吧？」

我瞪著她。「不，荷莉，當然不會。」

「好。上次在冬園小姐家，妳失去控制，然後——」

「不會再發生了！反正聲音也消失啦。我們繼續搜下去吧。」

「嗯，就這樣吧。」

我們繼續調查各處狀況。

「我都聽見了。」骷髏頭在我耳邊吹出氣音：「送妳一個字：打蛋器。」

我搖搖頭，低聲回應：「太蠢了。我不能就這樣殺了她。而且打蛋器是三個字。」

「是喔。」

「是啦。我不認為她有任何惡意。她只是——」

「只要放我離開這個罐子，我就為妳掐死她。」骷髏頭提議：「當作是送妳一個人情。就這麼一次，妳想想順從自己的衝動會有多爽快。要在這裡下手也可以，拿衣帽架當絞架用。」

我沒再理會它，要思考的事情太多了。氣溫下降，白中帶綠的細微鬼魂霧氣也飄了出來，環繞展示架的底座，掃過假人的支柱。荷莉和我沿著灰暗的走道記錄四處的跡象，經過T恤與襪子區、放滿貨架的拖鞋、給老人穿的背心。我們的筆記顯示徵兆漸漸增強，特別是惡寒和瘴氣，不過我們也注意到別的跡象：

幻影。

起先是淡淡的灰色人影，總是在走道盡頭飄移。在黯淡環境裡，它們的大小和形狀都類似展示衣物的假人，讓人格外不舒服，直到其中一個幻影突然往旁飄動，我才驚覺它們的存在。它們並沒有接近我們的意圖，也沒發出半點聲響。荷莉和我都感應不到攻擊性，但它們監視般的神態和數量讓我們焦躁不安，而且還不斷增加。我們沿著走道移動，來到樓梯口往下看，發現它們聚集在下方仰望我們，空洞黑眼鑲在沒有實體的灰色臉龐上。我回頭望向男裝區，看到它們在陰影間徘徊，沉默而慎重。

其實並不是徹底的沉默。

「露西……」

又是那道聲音。遠處的一灘黑暗湧向我。

「骷髏頭？」我大著膽子對背包說悄悄話。荷莉走在我前面，隔了幾步的距離，我想她不會注意到。「你有沒有聽到？那些胡說八道就省省吧，現在沒空。」

「那個聲音？有啊。」

「那是什麼？它怎麼知道我是誰？」

「有個存在漸漸凝聚。那個東西正朝妳靠近。」

「我？」我渾身發冷。「爲什麼不是荷莉？或是凱特．古德溫？她也聽得見啊。」

「因爲妳很特別。妳就像是燈塔一樣大放光明，引來一切黑暗事物的關注。」它輕笑一聲。

「不然妳以爲我幹嘛和妳聊天？」

「可是怎麼可能——」

「聽好，」骷髏頭說：「如果妳想避開這一切，走這一行絕對是大錯特錯。去麵包店之類的地方工作吧。工時更好，圍裙上沾滿麵粉……」

「我怎麼會想穿沾滿麵粉的圍裙？」我深吸一口氣。「這些東西盯著我們看——告訴我它們是什麼。」

「有一堆鬼魂在這裡閒晃，看來大多是漫無目的；我從它們身上感受不到意志力。不過還有其他更強大的傢伙，它們可就不一樣。其中一個把妳當獵物了。」

我吞吞口水，凝視黑暗。

「喔，還有一個好消息。」骷髏頭追加：「我總算想通妳為什麼會覺得這個地方怪怪的。我知道妳之前有過同樣的感覺，就是那面骨頭鏡子。記得嗎？一模一樣的感覺。」

骨頭鏡子……我知道它說得對。踏進艾克莫兄弟百貨公司後持續感受到的讓人作嘔、不斷刺激神經的背景雜訊？確實很熟悉。我曾經接觸過。

六個月前在肯薩綠地墓園，洛克伍德、喬治、我找到了一個蘊含詭異力量的奇特物品——也就是骨頭鏡子。我們猜測它能給予持有者看見另一個世界的能力，不過每一個直視鏡子的人都死了——鏡子最後也砸毀了——因此難以斷定眞相。光是靠近那個東西就讓我渾身不舒服，現在我意識到這間百貨公司的氣氛的確相當類似。

「當然不是那面骨頭鏡子在搞鬼。」骷髏頭繼續說下去：「這裡性質不同——規模更大，距離更遠。只是感覺一樣。事物的本質遭到干擾。露西，妳聽好了，這裡出了怪事……」

說到這裡，骷髏頭的存在感突然消失。荷莉．孟洛來到我身旁，我完全沒注意到她靠得這麼近。

「露西，妳爲什麼在自言自語？」

「我沒有。呃，我只是不小心把腦子裡想的事情說出來了。」

這個藉口連三歲小孩都不會信，更別說是荷莉了。她皺起眉頭，開口回話——就在此刻，熟悉的嗓音呼喚我們兩個的名字。是洛克伍德，大衣下襬飛舞，蒼白修長的手拎著提燈，從黑暗中快步接近。

直到看見他，我才發覺自己有多麼緊繃疲倦——我是多麼懷念有他在身旁的感覺。他來到我們面前，在感到舒坦的同時，我心情更糟了。

「露西、荷莉——還好吧？」他面露微笑，但我在他眼中看見焦慮。「大家都膽顫心驚的。我來看看妳們的狀況。」

「我們沒事。」我說：「只是冒出一大堆鬼魂。」

「對，雖然現在它們沒有任何動靜。」他朝我們勾起嘴角。「目前爲止最糟的是喬治撞掉大廳那棵蠢樹的一片葉子。我們晚點再黏回去就好。但願艾克莫不會注意到。」

「露西又聽到聲音了。」荷莉·孟洛說。

我狠狠瞪著她。我正要向他報告這件事——或許吧——幹嘛像是透露我不可告人的小祕密？再加上洛克伍德銳利的眼神，眞的讓人很不爽。

「露西？」他說：「是眞的嗎？」

「對。」我氣呼呼地說。「有東西叫了我的名字兩次。不過沒事——我不會再做蠢事了。更何況還有荷莉盯著我呢。」

他沉默半晌，看得出他正在與心中疑慮搏鬥。最後他低聲說：「再半小時集合，妳們可以撐到那個時候嗎？」

「當然可以。」或許我的語氣太過急促，彷彿是在氣他問這個問題。其實不然，而且我也不完全確定能夠撐過去。骷髏頭那番話嚇到我了。我覺得精神倍受壓迫，不斷想回頭確認背後沒有什麼東西悄悄接近……不過我絕對不會在荷莉面前承認這些。

「好吧……那就晚點見。」洛克伍德說。和來時一樣，他悄悄遁入陰影中。

荷莉．孟洛和我在樓梯口站了一會，目送他遠去，黑暗在我們周圍翻攪。接著，我們繼續探索靈異跡象。原本我們兩個就不太對彼此說話了，現在除了輕聲報告探測結果，我們陷入徹底的沉默。我們惶然不安。我轉頭的頻率遠超出常態。

直到再也無法忍受充滿壓迫感的沉默，我清清喉嚨。

「那個啊——」其實我並不是眞的想知道，只是希望能讓氣氛別那麼緊繃，「妳剛才提到的棉花街血案，那是怎麼一回事？對妳影響很大？」

荷莉微微點頭。「可以這麼說。在棉花街的一處出租套房，四人調查小隊遭到騷靈襲擊，我是唯一的倖存者。我跳出閣樓窗戶，沿著屋瓦滾落，卡在煙囪上，躺了一整晚，小命去了半條。我的監督員和另兩位同事就沒那麼幸運了。」

眞是不幸，但我的心思完全沒放在上頭。異樣感受突如其來，有什麼東西就在不遠處，還不斷接近。我往旁邊看了一眼——什麼都沒看到……等我回過頭，發現荷莉依舊直視著我，等待我的反應。

我稍一停頓，努力關注她剛才訴說的往事。「嗯。聽起來眞糟。」

「妳只說得出這句話？」

是怎樣——她希望我握住她的手嗎？我也遇過一模一樣的爛事。「抱歉，身爲調查員……這種事情在所難免。」

荷莉沒有馬上回應，只是盯著我看。「他們把我撤離前線，原本只是暫時的安排，可是我很擅長內勤，一點都不想上陣。露西，別以爲我沒有能力。我的身手生疏了，但我還是做得來。」

我聳聳肩，幾乎沒在聽她說話，忙著凝神感測賣場的氣氛。略低於窗戶的驅鬼街燈光線透進來，微弱昏黃，讓一切影像都變得粗糙。燈光還沒亮到干擾我們的天賦，不過也沒有暗到要開手電筒照路的程度。荷莉從我身旁飄開，鑽到最近的貨架間，手指拂過整排襯衫。

我站在原地，眺望賣場的另一端。

我在這個樓層待得越久，我的焦慮就越濃厚。而現在，毫無預警地，焦慮感瞬間化爲恐懼。我發現自己的視線固定在賣場盡頭的黑暗空間，越過收銀機和最後一排貨架，那裡有一道方形開口，再過去是十字交叉的走道和電梯及樓梯。看不清交叉走道的環境，那區沒有窗戶，街燈完全照不進來。那是一塊空白虛無，既狹小又無比深邃。

「露西……」

冷汗沿著我的臉頰滑落，我無法移開視線。

我聽見荷莉手指摩擦襯衫的窸窣聲。街上傳來狗吠，或許是流浪狗吧。接下來，我什麼都聽不見了，冰冷的寂靜將我吞噬——突然又劇烈，彷彿它從那條走道往此處猛衝，像拳頭般狠狠擊中我。莫名的壓力重重擠壓我的太陽穴，我皺起臉，張開嘴，卻發不出半點聲音。我的四肢化爲大理石，雙手被鎖在身側。我就和展示衣服的假人一般無法動彈。

只能看著那片黑暗。

看著某個物體進入那片黑暗。

它從方形開口的右邊移入，看起來是以四肢爬行的人影，比周遭黑暗還要暗上一些。它的膝蓋與手肘以抽搐般的緩慢動作拖著身軀前進，每隔幾秒就往前滑動一小段，形似狩獵中的蜘蛛，但籠罩著令人不快的孱弱與痛苦氣息。細瘦的雙腿拖在後頭，腦袋垂在起伏的肩胛骨間，無法看清樣貌。

它橫過賣場盡頭的黑暗空間，來到方形開口左側，往電梯方向前進，從我的視野中消失。過了一會，一縷飄浮的漆黑條狀物跟在它後頭橫越方形開口。看起來像是粗粗的黑繩，表面微微發光，邊緣模糊。起先我看不出那是什麼，接著有個東西脫離黑繩，我這才認出來。那是一大群蜘蛛，沉默而專注，集結在一起，宛如一個龐大生物。牠們跟著那個可怕的人影消失，攫住我的恐懼才稍稍鬆動，我總算又能動彈了。

罩子一般的沉默離開我，我再次聽見荷莉的手指擦過衣物，外頭那隻可憐狗兒又吠了一陣。

我嘴裡好痛，嘴唇一片濕潤。我伸手摸了摸，指尖沾上鮮血。在麻痺和驚恐中，我把自己的舌頭咬破了。

21

我猛搖腦袋，甩掉腦中的冰冷遲鈍。「荷莉！」我嘶聲叫喚。

荷莉沒有遲疑，馬上趕到我身旁，高級運動鞋無聲地擦過亮晶晶的地板。她的聲音聽起來異常響亮：「怎麼了？」

「妳有沒有看到那個？」

「妳在說什麼？我什麼都沒看到。」

「連感覺都沒有？就在往電梯那邊——有個東西橫越那個開口。」

「我沒有感應到任何東西……露西，妳還好嗎？妳在發抖耶。」

「我沒有發抖。我很好。不用妳扶。」

「那裡有張椅子，要不要坐一下？」

「我不想坐。妳是怎樣？我的保母嗎？」

「好吧，我們去找其他人，也差不多是集合時間了。」

洛特伍德與奇普斯已經在二樓樓梯旁等候，我們下樓時剛好撞見他們。

「可憐的露西看到東西了。」接近那兩人時，荷莉．孟洛說：「她嚇壞了。」

「我才沒有嚇壞。」原本被鬼魂惡寒填滿的血管中，現在流動著熾熱的怒氣；我拚命穩住嗓音。老實說還無法確定她是否有意奚落我，但我管不了那麼多。「謝了，我沒事。只是看到力量很強大的東西。」

「小露，告訴我們是什麼狀況。」洛克伍德說。

我盡力轉述方才見到的情景。

「它有沒有直視妳？」他問：「有沒有用任何形式攻擊妳？」

「它沒有停下來，也沒有看我，就只是走過去——但我從未體驗過那麼厲害的鬼魂禁錮……還有那股寒意——我到現在還覺得好冷……」我打了個哆嗦，坐在梯階上。「那些蜘蛛，洛克伍德，你以前有沒有見識過那種動態？」

「沒有。不過確實有幾起類似案件，對吧，奇普斯？」

「最有名的案例發生在布里斯托的雷德洛吉，」奇普斯回答：「還有一九八八年的奇瑟赫斯洞窟。可能還有其他一、兩件。不多。」

「它究竟在幹嘛？看它在地上那樣爬……天啊……」

「我認為該讓她離開。」荷莉．孟洛突然插話：「她的狀況不適合繼續下去。」

「妳懂什麼！」我大叫：「妳是感應到什麼了嗎！妳就站在我旁邊，完全沒被惡寒，或是潛行恐懼影響到！妳連鬼魂禁錮都沒有！」

「被妳說得像是什麼壞事似的。」荷莉說。

「喔，妳省省吧。」

「那是什麼？」洛克伍德開口，不過我們已經迅速轉過身。賣場另一端的衣架砰地倒下，一道人影搖搖晃晃地接近，是凱特．古德溫，她手持長劍，金髮散亂，平時的冷靜鎮定不見蹤影。她在我們身旁煞住腳步，臉色蒼白，呼吸沉重。「你們有沒有看到鮑比？」

我們愣愣看著她。「妳和他走散多久了？」奇普斯問。「我五分鐘前才去你們那裡巡過。」

「五分鐘？感覺像是好幾個小時。我到處找……就是找不到他。」

「現在幾點？」荷莉開口。「我也無法判斷我們在這裡待了多久。」

我看看錶，另一股恐懼刺入體內。「指針停了。」

奇普斯咒罵一聲。「我的指針倒著走。」

「大家冷靜。」洛克伍德說。「別管時間了。占據此處的存在正把我們耍著玩。凱特，告訴我們發生了什麼事。」

凱特．古德溫撥開劉海。她燦亮的藍眼憤怒中帶著挫折，閃過每一個人，飄忽不定。「我們往下走到四樓，家具部門，沙發那些的。我們四處看看。我又聽見聲音，讓我無法專心。聽起來就像——聽起來像什麼不重要。我順著聲音走了幾步，這時鮑比大叫說他看到東西了。他的語氣很……怪。我轉過頭，發現他衝向黑暗處。我追上去……他就不見了。不見了，奎爾。」她看起來像是要哭了。

「拜託，我們不是要你們待在一起嗎？」奇普斯說。

她面容扭曲。「我們明明就有！可是他——」

「沒關係。」洛克伍德說：「我們會找到他。妳聽到的是什麼聲音？」

她遲疑一會，瞥向奇普斯。「不重要。」

「才怪。」我狠狠反駁。「現在妳是我們的隊友，妳要告訴我們一切。」

凱特．古德溫喃喃咒罵。「卡萊爾，妳別指使我。既然妳這麼想知道，我就說了，我好像聽到奈德．蕭的聲音。」

奇普斯一驚。「凱特，奈德喪命的地點離這裡有好幾哩。而且我們……我們遵循標準流程，鐵粉也用上了。他不可能……不可能回來。」

「他的聲音有多清晰？」洛克伍德問。

凱特．古德溫搖搖頭，一臉嫌惡。「當然不會太清楚，對吧？我一定是瘋了。簡直就像卡萊爾平時那些胡言亂語。可是鮑比他……」

「對，我們要趕快找到他。不過在那之前要先──喬治！」

另外兩道人影匆匆從黑暗中現身，圓得像顆球的喬治，以及比他高一些、更沒有曲線的芙洛．邦斯。這兩人活像是兩顆融化中的棉花糖，臉色泛紅、呼吸急促。

「洛克伍德，樓下狀況很怪。」喬治開口：「芙洛剛才在地下室看到東西──不是普通的虛影，長得很像──芙洛，妳說是誰？」

與凱特．古德溫不同，與奇普斯不同，與──我得承認──我不同（我的心臟還在狂跳，那個拖著雙腳前進的可怕身影還印在我的視網膜上），芙洛．邦斯看起來和平常一樣冷靜刻薄。

「那個名字對你們沒有任何意義。」她的語氣爽快。「不過我能告訴你們重點。」她掀起草帽，抓抓一團頭髮。「那是和我很親近的人，而且已經死了。我心中掀起強烈的欲望，想跟著它走……但庫賓斯丟出鹽彈，把我拉回來。」

「喬治，做得好……」洛克伍德拉長語尾，環視眾人。「加上凱特的經歷，我在想或許我們要對付的是──」

「學人鬼。」喬治說：「這種鬼魂會與旁觀者產生精神上的聯繫，僞裝成和對方關係匪淺的人。可能是活人，可能是死人。總之就是要你心煩意亂。它擷取你心中最在意的事，所以如果你一直想著某件事，或是深感哀傷，那就最容易成爲它的目標。」

「這無法解釋我看到的東西啊。」我說。

「或許在妳身上不準，可是凱特聽到奈德．蕭的聲音。」荷莉說：「或許維農也看到什麼東西，讓他舉止異常。他跑掉了──不知道他往哪跑。」

「我們一定要找到他。」古德溫突然叫嚷：「我們在這裡七嘴八舌有什麼用？我才不管那是學人鬼，還是小小的微光鬼！我們要繼續對付它！」說完，她衝向樓梯。

荷莉伸手攔住。「等等，妳不能自己去。」

「別碰我！」

清脆的鏗鏘聲打斷爭執。洛克伍德持長劍敲敲展示櫃的玻璃罩。「妳們說的是什麼話？吵那些沒有意義的事情。我們都忘記進入鬧鬼區域的第一條規則了──保持冷靜。無論要對付的是什麼，我們都在拿自己的情緒餵養對手。」他把長劍插回腰間。「抱歉，我得說憑我們的能力無法應付這裡的鬼魂。源頭藏得很深，也太過強大。我們得找到維農，離開此處。」

「既然要找人，我們又要分散人力了。」奇普斯說。

「我知道，我也不想這樣，可是沒別的方法啦。」

「贊成。不過凱特要跟我們走。」

「好。喬治與芙洛、露西與荷莉，你們照著原本的組別行動。一找到鮑比就丟出鎂光彈，其他人立刻過去會合，接著離開。誰都不能放自己的搭檔溜走，或是被任何聲響或影子分散注意。這是命令。隨時都要像連體嬰一樣黏在一起。有問題嗎？」

荷莉和我互看一眼，什麼都沒說。

眾人解散時，洛克伍德停在原處等我。

「露西，妳臉色很糟。剛才妳看到的——」

我揚手制止他。「我不會溜走。我們得要搶在出事前找到維農。」

「我知道妳會這麼說。我知道妳有多堅強。好吧——千萬要小心。」

「小事一樁。只是——你真的希望我繼續與荷莉組隊？」

他對我咧嘴一笑。「當然。妳們互補。」

「才沒有。我們根本沒說過對方的好聽話。」

「互補，不是互捧！沒錯，我知道妳絕對不會讚美她——太明顯了。可是反過來呢？妳一定想不到，無論妳是否喜歡，妳們合作得很好。」他轉過身。「別多說了，快走吧。」

好吧，看來這是他道別的方式。我們朝不同的方向走去。

在鬧鬼的屋子裡尋找同伴一點都不好玩，只是讓事情更複雜了。我們不只要繼續偵測靈異跡象（這件差事無法避免，擠在賣場各處的虛影亦步亦趨，不會靠得太近，但也從未散去；我們也知道在空無一人的賣場中潛藏著其他存在），同時還得繃緊神經，留意鮑比．維農的身影或聲音。視覺與聽覺不是那麼容易兼顧，專注其一時就會忽略另一邊，使得我們心底的焦慮和警覺持續增長。

我最不喜歡的是開闊的賣場，以及走道盡頭的黑暗空間，生怕會在下一個瞬間看到那道身影從遠處爬向我。

加倍專注的壓力龐大。荷莉和我陷入陰鬱的沉默，幾乎只用手勢溝通。我們快步穿過一樓的化妝品區與防禦訪客商品區，接著從北側的小樓梯登上最高樓層。辦公用品區沒有訪客也沒有鮑比．維農，百貨公司的會議室也毫無動靜。我們默默達成共識，來到四樓，也就是他失蹤的樓層。沙發、桌椅排出擁擠的模擬居家環境。我們不時輕聲呼喚他，又不太想打破這片寂靜。在大多數時刻，我們只是側耳靜聽。我們打開衣櫃、五斗櫃、儲藏室。偶爾隔著一段距離看到其他人，或是聽見他們的叫喚，然而一切的聲響和形體現在都無比可疑，我們與他們保持距離。沒看見鮑比．維農的蹤影。

來到中央階梯和電梯旁，荷莉．孟洛說：「這裡什麼都沒有，我們往下找吧。」

我背包裡的骷髏頭安靜了好一陣子——從我看到那個鬼魂與跟在它背後的一串蜘蛛那時開始。現在我感覺到它有些不安於室。

「**要是拋下他，他一定會死。**」

「他又不在這。」我無視荷莉．孟洛困惑的表情；在她眼中，我是對著空蕩蕩的地方說話。

「**是嗎？**」

「我們到處都找過了。」

我的視線掃過整個樓梯口。階梯、牆壁……乳白色大理石與桃花心木。背後的黃銅電梯門反射微光。電源已經切掉，沒有必要往這裡看。維農不可能搭上電梯，他連門都打不開。

即便如此……我走向電梯門，耳朵貼上去。我似乎聽見了悶悶的呻吟叫嚷。

「鮑比？」我問：「你有沒有聽到？」

「他不可能在裡面。」荷莉．孟洛走上前。「電源已經——」

「安靜。他好像有回應。我聽到聲音。」

我猛戳牆上的按鈕，它們死氣沉沉，毫無反應，不過我的行李袋裡有替代方案。

「撬棍？」荷莉微微退開。「艾克莫先生會不會——」

「去他的艾克莫！他還說這裡沒有半個鬼魂！閉嘴，幫我撬門。」

我把撬棍尖端刺入金屬門板間，使勁想把它們分開。荷莉沉著臉，沒多看我一眼，也幫忙拉扯撬棍。我們擠出全身力氣，起先毫無動靜，過了一會，內部發出不甘不願的喀嚓聲，門板往左右滑開——只開了一點，大概才四分之一的幅度，但這樣就夠了。

裡頭一片漆黑。下方傳來虛弱的呻吟。

我的筆燈照亮電梯井，沾染油漬的磚牆和一條條黑色纜線，但沒有看到梯廂。我們伸長腦袋往下看，發現梯廂離我們還有六呎遠，頂上有團可憐兮兮的小球，雙臂緊緊抱住細瘦膝蓋。是鮑比．維農。他的狀況看起來很糟。

「他到底是怎麼了？」我問。「妳想他有沒有被鬼魂觸碰？」

「沒有。可是妳看他臉上的瘀青。」

維農的眼睛往上轉，被光束照得連連眨眼。他顫抖著咳了幾聲。「我撞到頭了；腳好像炸了。」

「喔，太好了……」我突然寒毛豎立，回頭望向黑暗的家具展示區。那片黑暗彷彿正在打轉。「要怎麼把他弄出來？」

「我們其中一個人鑽進去。」荷莉說：「應該是我。」

「為什麼？為什麼？妳看了我的屁股對吧？」

「當然沒有。妳的力氣比我大多了，請妳把門撐好。」荷莉鑽過門縫，轉過來面對我，彎腰抓住邊緣，以出奇的敏捷身手躍入黑暗。

我把撬棍卡進左右門板間，手電筒往下照。她已經蹲在維農身旁檢查他的腿。

「鮑比，你怎麼會跑到這裡？」

「奈德。我看到奈德……」

「奈德．蕭？」我低頭看著荷莉。「是他們過世的朋友。」

「我看到他……他站在暗處對我笑……」維農又嗆咳幾下，嗓音微弱。「那時候我覺得一定要去找他……我不知道。他沒有轉身，直接往後飄，離我遠去，穿過那些桌椅。我跟上去……他進入電梯——我發誓那時候電梯裡面是亮的。門開著，燈亮著。他站在裡面笑著等我。我走進去……然後燈突然關掉，門裡沒有電梯。我摔下去，撞到頭，腳好痛……」

「沒事的。」荷莉握握他的手。「你不會有事的。」

我心中燃起一絲惱怒。「鮑比，你這個白痴。荷莉——可以扶他起來嗎？如果能抓到他，說不定我可以把他拉起來。」

「我試試看。」她努力一會，伴隨著一長串的呻吟和嗚咽。

「**露西，最好快一點……**」骷髏頭漫不經心的低語傳來。「**有東西來了。**」

「我知道。我感覺得到。鮑比——手伸長。我搆得到，這就把你拉上來。」

他掛在荷莉身上爬起來，抬起一條腿，步履蹣跚，眼睛睜不開，活像是跳樓大拍賣的海盜玩偶。「不行……我沒力了。」

「你還沒有沒力到舉不了手。」我跪在電梯前，手伸進門縫。「來吧……快點。」

他舉起顫抖的手。就連九十四歲的寡婦舉手叫僕人來倒茶的動作都比他有勁。我手一揮，撈了個空。

「可能還是要去找洛克伍德來。」荷莉．孟洛說。

「沒時間了……」我回頭看了一眼。「加油，維農。」

我再度嘗試，總算抓住他的手腕，上身往後仰，無視他的痛呼，硬把他拔起來。過了幾秒，維農瘀青迷茫的臉從門縫間探出。我再次使勁——接著是他窄窄的肩膀、單薄的胸口……

「喔不，」我說：「他卡住了。」

荷莉在下面尖叫：「怎麼可能？他明明比我瘦。」

「不知道……」我的視線飄移。在黑漆漆的家具間，在那些擺得毫無章法的大小沙發間，有個聲音飄了過來：「**露西**……」

「幫個忙！」我大喊：「從後面推他一把！把他推上來。」

「沒辦法！」

「有訪客來了，荷莉。他爲什麼會卡住？」

「不知道！喔，看到了！他的工作腰帶卡住了。」

「好，妳有辦法解開嗎？」

「不知道。不知道……我在試了……」

我一手緊握維農的手腕，另一手抽出長劍。從賣場傳來節奏規律的摩擦聲……有什麼東西以枯瘦的雙手和膝蓋往這裡爬來。

「荷莉……」

「我從來沒有解過別人的腰帶！妳都不知道這讓我多尷尬！」

我望向通往賣場的方形開口。那是數千隻小腳搔刮地面的聲音嗎？

「荷莉……」

「好了！快！快拉！拉啊！」

我又拉了一把，這回鮑比．維農像是卡在奶油裡的鋸齒刀般被我拔出來，勢頭太過猛烈，讓我仰倒在地。

過了一會，我伸手幫荷莉爬上來。她的衣服沾滿油污，袖子扯破了。

維農癱在地上，狀況很差，閉著眼睛呻吟。我雙手環上他的腋下。「荷莉——樓梯。我們該走了。」

摩擦聲、搔刮聲越來越清晰。我知道可怕的景象隨時都會在眼前上演。

她抓住維農的腳踝，我們一起抬起他。雖然他體重頗輕，但也夠麻煩了。幸好是他，不是喬治。

幾隻蜘蛛輕巧地踏進樓梯和電梯間的走道。我們繞過轉角，爬下樓梯。

□

來到下一個樓層的男裝部，我們停下腳步，肩膀痠痛，喘得要命。我們把維農平放在走道中間，左右是貨架和收銀台。空氣乾燥冰冷，乳白色霧氣足以包圍我們的小腿，維農彷彿泡在牛奶裡面。我從裝備包裡掏出一盞小型提燈，點亮，打量他布滿瑩亮汗珠的灰白臉龐。這裡很安靜。走道遠處聚集了大量虛影，不過它們和之前一樣沒有靠近。荷莉和我僵硬地站著，凝視那些鬼魂，任由恐慌湧上心頭。腎上腺素退得很快，讓我們疲憊又焦躁。

「他在流血。」荷莉說：「我有急救包。要不要——？」

「喔，妳就動手吧。妳是專家。」

她用繃帶迅速有效地幫鮑比包紮。我咬緊牙關，替兩人盯著四周，觀察陰影往內移動，壓迫提燈的光圈。

荷莉的動作迅速確實，也很清楚自己在做什麼。光是看著她就讓我莫名不快。洛克伍德說我們兩個彼此互補，他真的是大錯特錯。

維農又咳了幾聲，說了些無法分辨的話語。

荷莉起身，收好剩餘的繃帶。「妳有沒有看到什麼？」

「沒有。」

「有沒有聽到什麼？」

「沒有！有的話我一定會告訴妳。」我搖搖頭。「老天，妳不能自己感應一下嗎？妳來這裡到底是要幹嘛？」

「是洛克伍德請我一起來的，對吧？我的天賦比不上你們又不是我的錯。」

「妳總可以拒絕洛克伍德吧。」

「妳就做得到？」她顫抖著笑了聲。

「什麼？」我瞪著她看。「妳是什麼意思？」

「妳有拒絕過他嗎？」她擺擺手，彷彿這樣就可以打散她剛說出口的話。「沒事，不重要。該繼續往下走了。」

就是那個小小的手勢——那個擺手的姿態。突然間，我孕育多時的怒氣膨脹到我的身體無法容納，只能讓它從我口中噴出。「別用那種輕飄飄的調調在我面前提洛克伍德。妳對他一無所知。妳對我一無所知。從現在開始，可以麻煩妳把那些高高在上的評論收起來嗎？」這就是一逞口舌之快。我整個人輕飄飄的。

她的眼眶泛紅濕潤。我才不管。看著就開心。「喔，妳真有臉說。打從我就職的那一天起，妳就一直在欺壓我！」

我愣愣看著她，這句話完全出乎我的預料。「什麼？我欺壓妳？」

「又來了。妳又這樣對我！」

「什麼。這才不是欺壓。我只是回應妳的胡說八道。孟洛小姐，告訴妳，這和欺壓完全不一樣。」

她用力哼了聲。「看吧？妳一張嘴就是在攻擊我！欺壓、欺壓、欺壓！妳到底有什麼問題？才第一次見面就對我充滿敵意！」

「我？我可是冷靜的代言人！」

「最好是。聽到我說話妳就一臉不屑！每次我想幫忙，妳就翻白眼！」

「兩位……」鮑比．維農從地上抓向我們。「我不太清醒，頭有點昏，剛剛還夢到金魚，就算是這樣，我也知道妳們不該繼續吵下去。」

「剛好相反。」輪到骷髏頭了。「露西，妳已經受夠了。別忘了旁邊那個掛大衣的絞架。可以把它列入選項。」

我沒有採納雙方的意見。現在光是狠狠譏諷她就夠我忙了。「看吧，荷莉，妳老是這樣！只要裝得可愛又完美，扭曲事實，讓大家把矛頭指向我！是妳在欺壓我！我連擤鼻涕都要聽妳說我做錯了。」

「我哪有這麼大的膽子啊！」她說。「我還不想被妳一口啃掉腦袋呢！」

「我無法忍受妳默默批評一切的模樣！妳簡直就是神經過敏的小學老師，高高在上地打量我做的一切！」

她用力跺腳。「好啊，那妳——妳就像是一條笨狗，成天叫個不停。妳打從一開始就擺明不希望我待在偵探社。無論我說什麼，妳只會冷笑翻白眼，用酸言酸語回應。有好幾天我幾乎不敢來上班。我好幾次差點遞上辭呈。」

又來了！這是她的拿手招數。扭曲事實，讓人揹黑鍋。這回不會讓她得逞。渾身不對勁的感覺使得怒火燒得更旺。「屁啦！我一直努力釋出善意歡迎妳，就算是妳跑進我房間亂搞我的衣服！」

「那叫作摺衣服！」荷莉大叫：「妳也該偶爾試試看。我來之前，你們根本是住在狗窩裡！太噁心了！」

「我在狗窩裡過得很好！以前那樣就很好了！」

有人拉拉我的手臂。「這樣不好。」鮑比．維農啞聲說：「妳們可不可以像小女生一樣笑一笑，等我們離開這裡再說？」

我撥開他的手。「你閉嘴。」

「對。」荷莉．孟洛語氣凶狠。「是你害我們還待在這裡。」

「看吧？妳們達成共識了。」維農說：「好啦。沒有那麼難——」

「妳只把我當成笨蛋助理看待！妳無法接受我救了妳一命的事實！」

「夥伴，妳錯了。我完全可以接受那件事。我不能接受的是妳永無止盡的中傷，妳每分每秒都在攻擊我，眉毛的那個角度！上面根本就寫著母空……空母……」

她茫然瞪著我。「空母？」

鮑比．維農舉手。「目空一切。」

「謝了。」我裝出愚蠢的嗓音。「不，露西，不能那麼做。羅特威都是這麼做。羅特威都是那樣做。妳這麼喜歡羅特威的話就回去啊！」

「我才不喜歡替羅特威做事！那個人太噁心了。他粗暴又衝動，對員工很不好。妳少裝了，露西・卡萊爾！妳一點都不在乎！我對妳說了我在棉花街的遭遇，妳完全沒放在心上！」

「才沒有！妳怎麼敢說這種話！」

「那妳怎麼沒有表現出來？」

「因爲……因爲我也遇過那種爛事！我也失去了所有的隊員！他們都死了！這樣可以嗎？我心裡一點都不好受！」

「我又不知道！」

「我也沒有求妳知道！這是我自己的事！」

「那洛克伍德的過去也是妳的事？」她得意洋洋地瞪著我。「我知道妳進了那個房間。我在樓下聽到了。」

「什麼？」我深吸一口氣，氣得胸口疼痛。就在此時，走道上的收銀機傳來細微的摩擦聲。我們——我、荷莉、躺在地上的鮑比・維農——一同轉頭。起先還沒看出是什麼東西發出聲響，過了幾秒，我們發現其中一個膠台（不大，可是很沉，材質是會反光的石頭）緩緩沿著櫃台表面滑動。它彷彿擁有自己的意志，顫抖著刮過玻璃台面。

它挪到收銀機旁，撞了一次、兩次、三次，彷彿是在想辦法穿過去。接著，當著我們的面，它爬上收銀機，重重壓著按鈕，抖個不停，摩擦聲刺耳。它爬上頂端，緩緩翻到側邊，停頓一下，又突然加速飛落，狠狠砸上玻璃櫃台。

我們愣愣看著它。突然間，在沉默中，我感受到巨大的壓力擠入我的耳道。感覺像是巨浪突然打向我們，浪頭在半空中停滯一瞬，我們被它的陰影籠罩。

「哎呀。」是骷髏頭。

「來不及了。」鮑比・維農說。

荷莉・孟洛和我面面相覷。只是看著彼此。我們沒有努力擠出可愛笑容之類的。已經太遲了。

22

做什麼都來不及了，但我們還是放手一搏。

膠台一砸中台面，荷莉和我馬上矮身撲向最近的掩護。這是一座低矮的展示櫃，類似桌面可掀開的桌子，塞滿一百種高爾夫球襪。荷莉和我蹲在櫃子後，壓低腰桿，幾乎貼上對方的臉。鮑比．維農擠在我們中間，陷入半昏迷狀態，呼吸沉重。

現在賣場裡安靜極了。是的，方才那番爭執掀起的靈異迴響在牆壁間彈來彈去，隱形的張力線條在室內震動，繃得像鋼琴線，被我們的情緒充飽能量。不過唯一真實存在的聲音是節奏穩定的輕柔磨擦聲。我從展示櫃後探頭，望向收銀機，望向裂了好大一縫的台面，以及插在碎玻璃間的膠台，它就像是沉船的船頭。

玻璃台面上有一小疊紙張——可能是介紹樓層的摺頁——角落被無形的氣流吹動，紙頁翻開又飄落，翻開又飄落。

我躲回原處。

「有沒有看到什麼？」荷莉問。可以看到她眼中的恐懼。她的嗓音顫抖，聽得出她正努力重整支離破碎的情緒。

我點頭。

她凝視著我，一綹頭髮垂在臉上。她咬咬髮尾，在昏暗中瞪大雙眼。「那……那《費茲教戰守則》說第一件事是確定類型。」

我很清楚《費茲教戰守則》是怎麼寫的。然而沮喪與恐懼取代了我身上殘餘的憤怒。我只能再次點頭。「對。」

「我們知道它能移動物品。」她悄聲說：「妳有看到任何型態的幻影嗎？」

我又從襪子櫃後面探頭，鼻子聞到毛料的香氣，以及塑膠包裝袋的乾淨味道。一個想法突然浮上腦海：洛克伍德和喬治都缺襪子，聖誕節即將到來；下一個想法（比較沒那麼愉快）是我很有可能活不過今晚，更別說是過聖誕節了。我望向賣場，稍早聚集在走道盡頭的黑影全都消失了。它們要不是遭到壓制，就是被在我們四周脈動的冰冷能量吸收——這是我們的爭執招來的能量。我再次縮回。「沒有。」

「沒有形成幻影？喔，所以是……可能只是——」

「是騷靈，荷莉。沒錯。」

她用力吞口水。「好……」

我放下維農的腿，握住她的手臂。「這次不會像棉花街那樣。」我悄聲說：「這次一定會平安落幕。有沒有聽懂？荷莉，我們會擺脫這個鬼魂。加把勁。我們可以的。只要再往下兩層樓，走過大廳就能離開了。沒有很遠，對吧？我們小心一點，安靜一點，不要引起它的注意。」

遠方櫃台上的紙張顫動，翻開、飄落、翻開、飄落，輕柔規律的聲音宛如有隻巨大貓咪在打呼嚕。

「可是騷靈——」

「荷莉，騷靈看不見。它們只對情緒、聲響、壓力有反應。聽我說。我們往後側樓梯移動——那邊比較近。往下走到一樓，找到其他人。一步一步來，非常安靜，非常冷靜，絕對、絕對不能慌掉。只要保持低調，說不定它不會再注意到我們。」

我緊盯著她看，希望自己的神態夠讓人安心。但實際上應該是狂亂的眼神。

「祝妳們好運……」鮑比．維農說。

他半昏半醒，但他知道。現在碰上的騷靈……重點是它們很惡劣。難以應付，難以捉摸。無法控制。其他的第二型訪客總有個能瞄準的目標，騷靈毫無實體。沒有幻影，沒有實體，沒有影子。調查員完全占不了便宜。舉例來說，無論幽影有多模糊，只要鎖定它半透明的飄盪身影，就能隨心所欲地狂撒鹽巴、鐵粉，甚至是投擲燃燒彈。骨骸帶來的劇烈恐懼或許會讓人五臟六腑糾成一團，但至少不必懷疑它的位置。騷靈可就不是這麼一回事了。它無所不在，同時又無處可尋，汲取人類情緒的能力遠遠超出其他鬼魂。它吸收情緒，用這股能量來移動物品。一點點憤怒或是悲傷就能把它灌飽。

一點點就好……

老天，我們做了什麼？

準確來說是我做了什麼。我胃裡一陣翻攪，閉上眼睛。

「露西？」荷莉的掌心擦過我的膝蓋。她對我擠出微弱笑容。「妳說我們可以逃出去，對吧？那……要怎麼做？」

我心頭湧現溫暖的感激。回應她的笑容八成也是同樣虛軟、毫無說服力。我朝通向後側樓梯的走道歪歪腦袋。「我們站起來——很慢很慢……一次移動幾碼，目標是那邊的門。慢慢走就好，不要趕。我們要維持心跳穩定。」

「我做不到……不可能。」

「荷莉，我們使出全力一定可以的。」

看似簡單，站起來其實是最難的關卡。我剛才講過了，騷靈會對聲響和情緒起反應，所以基本上我們無論是躲在櫃子後面，或是打扮得花枝招展，像性感舞者般搔首弄姿，對它們來說都一樣（前提是跳得夠安靜）。但實際行動可沒那麼簡單。光是想到得暴露在櫃台旁那個東西的攻擊範圍內，我的腸胃就不斷抽搐，打了十幾個結。但我們眞的別無選擇。

悄聲要鮑比．維農安靜，我們各自抓住他身體的一部分，以口形默默數到三，同時起身。我們看著收銀台，看著那疊拍動的紙張。翻開、飄落……在冰冷的空氣中翻開、飄落……目前爲止還可以。節奏沒有變。黑暗中依舊充滿超自然力量，感覺就連最小的動作都會衝擊整個賣場。

我點點頭。荷莉離樓梯最近，也就是說她得要雙臂環過維農的肩胛骨倒著走，而我抓著他的腿跟上。維農眼睛半開，對周遭動靜沒有太大反應。他讓我擔心不已。我怕他會突然叫嚷，引來不該有的關注。

荷莉往後退，我向前進。我以眼角餘光觀察櫃台上的紙張，翻開、飄落……

我們沿著走道移動，走在掛滿大衣的貨架間，每一步都格外謹慎，鞋底輕輕壓過地板。我們穩穩地朝樓梯間的門挺進。

「哇，眞是刺激。我幾乎要以爲妳們做得到了。」

骷髏頭！他的細語讓我不爽地翻翻白眼，咬住唇角。它的存在會驚擾騷靈嗎？我回頭望向櫃台，確認那疊緩緩飛舞的紙張。

「除非荷莉絆到什麼，失手把小鮑比的腦袋砸在地上，敲出巨響。」鬼魂愉快地說下去：「就像椰子敲在岩石上。我眞心相信這個可能性。妳看她的手要滑開了……」

沒錯。荷莉停下腳步，調整扣著維農腋下的雙手。我沒看過她的臉色如此蒼白過，不過我們離門不遠了。

「好個局勢逆轉。」骷髏頭說：「妳沒辦法回嘴！也不能轉頭把我封起來。也就是說我可以盡情發表高見，不會被妳打斷。」

我們緩緩前進。我瞇眼拚命掃視整個賣場。

沒事。櫃台上一切如常。

「別擔心，」骷髏頭繼續說：「那個東西對我沒興趣。我們這些存在基本上是互不干涉。它不會在意我在幹嘛。」

我輕輕吁了口氣。就在此時，荷莉的手肘撞到一件大衣，它的衣架輕輕刮過桿子。

「這就難說了……」

我的視線掃向那疊紙。

紙張突然一動也不動。

荷莉和我互看一眼，靜靜等待。我默默數到三十，命令自己呼吸不能亂掉。賣場裡黑暗寂靜。沒事。紙張沒動。

我很慢很慢地吐出一口氣。我們繼續悄悄前進。

「嘿，說不定眞的沒事了！」骷髏頭說：「說不定它離開了。」

賣場另一側的某個空衣架往上旋轉，咻咻轉了三百六十度，接著輕輕搖晃好幾次，最後才停止不動。

「看來沒有。我隨便說說的。」

我們僵在原處，緊緊盯著整個空間。還是沒有動靜。我對荷莉點點頭，把維農抓得更緊。我們稍稍加快腳步，一點一點沿著走道移動。

遠處傳來金屬撞擊的鏗鏘聲。一盞燈在黑暗中輕輕搖晃。荷莉放慢速度，但我搖搖頭，催促她加速往樓梯走。

快點。我們要趕快離開。

「不要誤會它就在那裡，或是在大衣那邊……」骷髏頭的嗓音飄進我的耳朵。

我咬緊牙關。我知道它要說什麼。

「事實上，它無處不在。它就在我們頭頂上，像蛇一樣捲在我們四周。我們全都在它裡面。它已經把我們吞下去了。」

突然間，尖銳的回授雜音從天花板的喇叭炸開，接著是低頻的嗡嗡聲。荷莉和我嚇得跳了起來。荷莉背後架上的睡衣褲也震了一下，彷彿有人正穿著它，雙腿彎曲，手臂往前伸直抽搐。這股能量來得快，去得也快，睡衣立刻軟綿綿地垂落，一動也不動。

過了一會，我們撞開雙開彈簧門，後側樓梯間一片黑暗。

我鬆開維農的腿，從腰間抽出迷你手電筒，用牙齒咬住。在光線中，荷莉癱向牆面，將維農放到地上。

「喔天……」她說：「天啊。」

「不能停在這裡，荷莉。」我擠出聲音：「該走了。抱住他。快走！」

「可是，露西——」

「快走！」

我們踉蹌著下樓梯，光束上下亂跳。現在已經不強求維持安靜了，我們也不再努力壓抑從心中浮現的恐懼。荷莉邊走邊啜泣，我們不斷擦撞牆面，鮑比．維農的腦袋左搖右晃。

到了樓梯轉角處，背後那扇門砰地打開，門板狠狠撞上牆面，鑲在門上的玻璃碎了一地，碎片沿著樓梯流下，落到我們前方。我們癱倒在下一樓的樓梯口，一道強勁氣流衝了過來。

「進去！」我原本計畫繼續往下，直接回到一樓，但現在我不想被困在狹窄的樓梯間裡。我朝著通往賣場的門歪歪腦袋。荷莉用肩膀推開門——這裡是二樓賣場後側，我們踏入寂靜黑暗的廚具區。

「荷莉。」我悄聲說：「妳累了。我們換邊，讓我走前面。」

「我沒事。」

「那我們側著走。」這條走道夠我們並排移動。路途不遠。我們的任務很簡單，穿過廚房用具區，接著是女裝區，就能從中央樓梯回到一樓。

我聽見有人在呼喚我們。活人的聲音——洛克伍德、喬治……

「不要回應。保持安靜。」我說。

我們以最快的速度前進。我一直以為背後那扇門隨時會敞開，以為那個鬼魂即將追上。然而騷靈的行動邏輯並非如此。

來到一架濾盆旁的時候，有個東西啪地打中我的臉頰。

我忍不住驚叫，手電筒落地，同時鬆開維農的雙腿。他喃喃呻吟，在荷莉手中掙扎。

我又被拍了一記，臉頰刺痛灼熱。我暗罵一聲，抽出長劍，往四周猛揮一圈。什麼都沒打中。

隔壁走道有什麼東西撞上平底鍋。

荷莉尖叫，她的顴骨上綻開花朵般的紅色痕跡。

騷靈只有一個優點，它們沒有外放的鬼氣，即使它們從四面八方襲擊，也不用擔心鬼魂觸碰。遭到沙發迎頭痛擊，或是被欄杆鐵條刺穿的危險性幾乎抵銷了這個特性。我們抓起維農，繼續艱困前進。

背後某處傳來一片敲打聲，數十個廚具撒了滿地。接著是此起彼落的叮叮咚咚，金屬落地、扭曲，混著咕噥與嘶吼般的可怕聲響，彷彿有一頭巨大野獸正在賣場裡撲騰扭動。

然而那頭野獸也在我們面前。再往前……是排各種尺寸形狀的刀具，在架子上不住震動。喔不。

我帶頭離開這邊，切換到隔壁平行的走道，同時那些利刃掙脫了束縛。我們躲到一櫃瓷器後方，在地上縮成一團，數十把切肉刀在半空中呼嘯而過，插進我們旁邊的地板，打碎盤子，在特百惠的各色鍋具表面彈開。

鮑比．維農睜開一隻眼睛。「喂！小心點。我已經受傷了耶。」

「你再不閉嘴，我就讓你傷得更重。」我對他咆哮。「來吧，荷莉！快起來！目前爲止一切順利。」

「這樣叫順利？那怎樣才算不順利？」

回授雜音透過擴音系統湧出，讓我們牙根發酸。百貨公司別處傳來碰撞與慘叫聲。前方女裝部入口旁傳來強烈的撕裂聲，接著是扭動掙扎的巨響，似乎有什麼沉重物體從地上被連根拔起。

我停下腳步，一時之間不確定是否要繼續前進。

「骷髏頭，我不知道——」

「一定要，不然妳就完蛋了。」

「好吧。」我用維農的身體拉起荷莉，拖著兩人往前走。我們腳步搖晃，來到下一個走道，兩座展示櫃往側邊倒下，撞上彼此。

「艾克莫先生肯定很滿意。」骷髏頭說。

「對。他要開心死了。」

荷莉瞪著我看。「妳在對誰說話？」

「沒有！就妳！」

「我不信。」

五個康寧調理碗從我腦袋旁飛掠而過，在牆上砸得粉碎。氣流掃過我的靴子，差點把我絆倒。「聽好，現在有必要追究這個嗎？」

「露西，既然我們要合作……」

「可惡！好吧！我就說了！我在對背包裡那顆被鬼附身的骷髏頭說話！妳滿意了嗎？」

「瞭解。這樣很多事情就說得通了。」幾條圍裙宛如蝙蝠般在空中飛舞，撲到荷莉臉上，被她揮手拍開。「看吧，也沒那麼糟嘛。妳只要說出來就好。」

我們矮身衝進女裝區，與此同時，一座紮實的展示櫃從後頭飛向我們，狠狠撞上賣場間的牆面，卡住不動。

「是怎樣？」骷髏頭低吼：「現在妳要把我們的事情昭告天下？我以爲我們之間和別人不一

樣。」

「這是當然！閉嘴！這事晚點再說。」

「露西，我以前以為妳只是個怪人，現在才知道我錯得多徹底。」荷莉．孟洛驚呼。

與廚房用品區相比，女裝區很安靜，冰冷氣流劃過我們的腳踝，緊緊跟在我們腳邊。電梯間和包圍二樓樓梯口的大理石牆就在前方。

「幸好這裡沒有尖銳物品。」我說。

我們的左手邊——我看得到，可是荷莉剛好背對那側——一座假人的腦袋緩緩轉過來，空洞茫然的笑容正對著我們。

現在賣場熱鬧極了。一整架衣服直立起來，起先速度不快，到了半途像是發狂馬匹般飛射而來。荷莉放聲尖叫，我們往後閃避，看它砸中對側的柱子，像是倒下的樹木似地擋住走道。其他貨架也來助陣，高高飛起，撞破櫥窗，倒在牆邊。四周的大衣紛紛掙脫夾子，在我們頭頂上飛旋，兜帽空蕩蕩的，袖子鼓起，彷彿裡頭塞入了透明的肢體。它們活像是騎在掃把上的巫婆飄在半空中；呼嘯的氣流吹得它們團團轉。接著它們墜落，撞擊我們的腦袋，腰帶如同長鞭般揮舞，拉鍊和鈕釦劃破我們的皮膚。

我們彎著腰，扛著鮑比．維農，衝向正前方的手扶梯，閃過墜落的瓦礫，避開腳邊鬆脫彈出的地磚，它們轉著圈撞上柱子與牆面。各種衣物飛過來拍打我們，一條粉色系尼龍長褲纏住我的臉，緊緊壓住口鼻，悶住我的呼吸。我奮力掙脫，回頭望向背後宛如狂風過境的混亂場面。

我的視線越過奔騰的衣物、盲目碰撞的家具，投向遠處那片黑暗凝滯的空間，看到一片陰影手腳著地，朝我爬來。它揚起枯瘦的手臂。

「露西……」

荷莉和我衝過大理石牆，跳上手扶梯間的金屬斜坡。維農以笨拙的姿勢著地，高聲慘叫。荷莉腳一滑，躺在斜坡上往下滑。維農跟著她滾落。我站穩腳步，跟在他們後頭滑落。因爲我維持站姿，只有我看見艾克莫百貨公司的豪華前廳。

一樓亮起燈光，迎接我們到來。詭異的搖擺燈光。那是四盞在半空中旋轉的調查員用提燈。我數度納悶其他人究竟跑哪去了。特別是洛克伍德與喬治的下落。我曾經聽見他們的聲音在遠處飄盪，但他們沒有來找我們——我實在是想不通背後原因。

現在我懂了。

騷靈和它們的能量不只侷限於荷莉和我拚命脫離的賣場。遠遠不只如此。就連一樓大廳也不例外。展示櫃移位四散，貨架嵌入牆上的石膏柱。壁畫幾乎全毀，插滿大門的玻璃碎片。手扶梯前那棵壯觀的人造樹，艾克莫先生引以爲傲的「秋季漫步」從台座上旋轉飛起，上頭上千片手工精心打造的衛生紙葉片被迴旋的離心力扯落。大廳中央的地板也一片片撕起碎裂，上下扭動，釘子脫落，最後飛出去擊中殘破的牆面。下面的土壤飄起來，與提燈一起飛旋。

整個空間只有一小塊區域不受影響——旋轉門前一片勉強算是半圓形的空間。邊緣足足圍了三圈鐵鍊，彼此交纏，提昇強度。鐵鍊圈內的地面還有各種防護措施，撒滿鹽巴與鐵粉、薰衣草枝條、細鐵鍊，看得出裡頭的人有多拚命。在我們四周打轉的超自然旋風不斷衝撞保護圈的邊緣，把它打得不停抖動；但圈內一切風平浪靜。

我的夥伴就站在圈裡，長劍在手，對我們高喊招手。

圈子後方的凱特．古德溫和芙洛．邦斯拿一小片木板擋住旋轉門，不讓它關起。奎爾．奇普斯站在中央，拿長劍割破一個個薰衣草抱枕，將內容物撒了滿地。鐵鍊圈最前方，對著我們比手畫腳、大呼小叫，催促我們前進的——正是洛克伍德和喬治。

看到他們，我心頭一暖。我滑過最後一段斜坡，跳過趴在地上的荷莉與鮑比．維農，扶他們起身。氣流如此強勁，我只能勉力站穩。一根彎得像迴紋針似的衣物展示架撞上二樓的電扶梯出口，抽動一下又倒下，失去生氣。

「露西！」是喬治。「快來！這棟樓要崩解了！」

喬治一向擅長告知我們早就知道的事情。我們向前衝。維農臉色發青，荷莉滿臉是血，不知道是摔的，還是在樓上傷到的。

前方地上的洞口慢慢擴大，地板爆開，沙土往我們臉上噴；一塊木板擊中我的手臂。

洛克伍德丟下長劍，跨出鐵鍊圈。我看到他被氣流纏上，腳步虛晃，大衣下襬亂飄。他努力站穩腳步，跳過洞穴邊緣，來到我們身旁，露出招牌笑容。

他從我們手中接過鮑比．維農，從腋下撐著他。「做得好。」他高聲說：「我抓好他了。快往大門走。」

哪有他說的這麼容易。地板一片片飛走，大廳開了個洞，洞口越來越寬，像是張大的嘴巴，繞著鐵鍊圈邊緣延展。甚至連圈下的空間也不放過。地板掉落，一部分鐵鍊垂在半空中。

洛克伍德抓住維農的手臂，把他整個人甩過去。奇普斯與喬治在圈裡接住他，將他拉進安全範圍。接著是荷莉，她已經幾乎站不住。洛克伍德同樣把她拋出，她著地時一個踉蹌，差點往後摔進洞裡。喬治一把抓住她。在兩人後頭，奇普斯將維農胡亂推向大門。

現在，洛克伍德轉向我。氣流的勁力翻了兩倍。木板、土石、衛生紙葉片、布料——我們被困在這些殘破碎片構成的漩渦中。「剩下妳了，小露。」他高喊。他的雙眼發亮，朝我伸出手……

地板裂開，像是被隱形的拳頭搥中般往四周噴飛。我失去平衡，往後踏了一步，這時腳下的地板傾斜。氣流將我捲住，把我往上托起……我沒有飛得太遠，馬上停住，原來是背包勾住了殘破的木板邊緣。一瞬間，我掛在半空中，宛如船帆頂端被風吹起的旗幟。

洛克伍德大吼一聲，手伸了過來。我看到他蒼白的臉龐。他的手握住我的手。

接著他被氣流捲起，硬生生地從我手中抽離。我看到他無聲地遠去。我放聲尖叫，卻叫不出有意義的字眼。背後傳來撕扯聲，背包揹帶斷裂，我也被吹向上空，如同孩子手中亂甩的小布偶。我撞上硬梆梆的東西，眼前炸開白光。好幾道聲音呼喚我的名字，拉著我離開人世，離開我摯愛的一切。下一秒，我墜入黑暗，喪失腦袋和身體的控制權。

Lockwood & Co.

第六部

黑暗中的臉

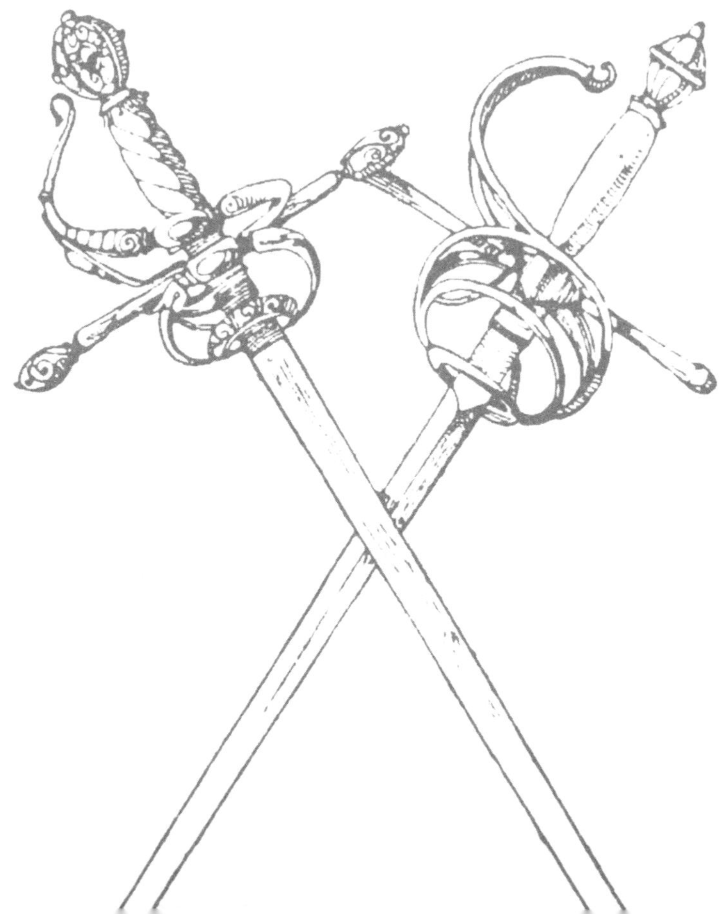

23

若是無法分辨自己的眼睛是睜著還是閉著，那你該知道狀況不對。只看得到一片漆黑的話，你可能是死了或是在作夢。喔，假如不能活動身體的任何一個部位，你會感覺自己像鬼魂一樣飄在空中。嗯，這也很糟。

徹底的寂靜沒有太大幫助。

我躺著，周圍毫無動靜。腦海中還在重播方才的追逐，還在碎玻璃與木板及衣服構成的呼號暴風中狂奔……接著，像是什麼開關被人開啓似地，我的嗅覺突然恢復靈光。我聞到霉味和土味及刺鼻的血味，彷彿有人把這些東西一股腦地糊到我鼻子上。我忍不住打了個噴嚏，這個噴嚏帶起的陣陣劇痛成爲黑暗中的路標。一瞬間，我又找回自己身體的下落，扭成怪異的姿勢，躺在粗糙的地面上。我的身軀往一側彎曲，一條手臂壓在身下，另一手往外伸展，像是古希臘陶壺上的鐵餅選手。腦袋的位置似乎比身體還低，貼在冰冷的軟泥上。每次呼吸都能感覺到頭髮順著臉頰滑動。

我試著移動，四肢出乎意料沒有太劇烈的痛楚。每一條肌肉都在抗議——我身上到處都是瘀傷——不過看起來沒有摔斷什麼地方。我半滾半滑地翻成側躺姿勢，撞到不知名的物體，痛得皺起臉。總算躺得比較順了。我蜷起雙腿，撐起上身，在黑暗中坐起。

我小心翼翼地摸上額頭，有一片頭髮被黏答答的東西糊成一團，應該是血吧。剛才我的腦袋狠狠撞了一記。無法判斷我在這裡昏了多久。

接著我往身側摸索。長劍，沒有。背包，沒有。骷髏頭（以及它那些不必要也不恰當的評論），沒有。說來眞是蠢，我竟然有點懷念它。腦海中原本容納那道嗓音的區塊現在空蕩蕩的。

我心底其實很想再次縮成一團，繼續睡下去。我昏昏沉沉、手腳不協調、與四周環境微妙地失去連結。但是曾受過的訓練在此時發威。我緩緩摸向腰帶。

那些裝滿裝備的小袋子還在。所以我還不到手無寸鐵的地步。我盤起僵硬的雙腿，在投擲彈與皮帶間摸索，找到固定長劍的貼片下的防水小皮囊。火柴包。**火柴不離身**。根據規定，一定要把火柴收好。大概是第七條規定吧，在我心中的順位比不上分餅乾的規矩，但它絕對排在前十名。

規定七之二是保持火柴存量。以前我偶爾會忽略這件事，但做事一絲不苟的荷莉總能補滿所有的裝備。掏出火柴盒時，我感覺得出它塞得有多滿，感激之情湧上心頭，馬上轉化成罪惡感。

荷莉……

想到我們的爭執，想到我那樣譴責她，想到我的憤怒與愚蠢喚醒了騷靈……我感到麻木又反胃。想到她跳過洞口，接著洛克伍德朝我伸手——反胃感又加深一層。

騷靈把他揪住，甩到遠處去。

他還好嗎？還活著嗎？

我自憐自艾地嗚咽一聲，又馬上吞回去。我不喜歡在空蕩處敲出的回音，也不喜歡回音帶來的滿身雞皮疙瘩。別再鬧脾氣了！無論這裡究竟是什麼地方，我都很清楚自己並非孤單一人。

許多無形的存在正盯著我看。就是我在艾克莫賣場裡偵測到的那些存在，只是現在它們靠得更近，力量也更強了。同時還有那股讓人作嘔的低頻嗚響——感覺離我很近很近——就是讓骷髏頭和我聯想到肯薩綠地挖出來的可惡骨頭鏡子的感受……

我揉揉眼睛。現在要下任何定論都太難了。我的腦袋天旋地轉。

劃亮第一根火柴。一小點火光往上膨脹，照亮我沾滿塵土的手掌輪廓。我從小皮囊裡摸出兩根燒到只剩一小截的白色蠟燭，將其中一根小心翼翼地放在地上，點燃另一根，斜斜拿著，等到燭火燃起，火光將我包圍，總算看清周圍環境。

我坐在夾雜著石塊的土堆上，剛才身側和背部曾經貼過的地面剛好是一片岩石和沙土，突出的木條隨處可見。還有那棵人造樹上的衛生紙葉片，像鮮血般閃著紅光。破裂的薰衣草抱枕、淒涼的衣物碎片——襯衫、連身裙，甚至還有幾件內衣褲——全都和我一起被吸進這個洞穴。

正上方是一圈參差的黑暗。完全看不出來這個地洞究竟是直通上方的百貨公司大廳，還是洞壁已經坍塌，把我活活埋在這裡。燭光照不了那麼遠。

但它確實照亮了挖鑿而成的灰色岩石牆面。我倒寧可頭頂上也是同樣的石頭表面。這是個人造空間，年代久遠，不知延伸到何處。我馬上猜到自己身處何方。

監獄。惡名昭彰的國王監獄。喬治說得對（和平常一樣），它的一部分還埋在地底下，而百貨公司的騷靈大展身手，扯開了通往此處的窟窿。

從某個角度來說，它幫了我大忙。這就是切爾西騷動的核心；這就是源頭——那個騷靈、那個爬行的物體，一切的一切。

說到源頭，我這才發現前方不到三呎處有一具枯骨，伸長手臂，腦袋幾乎被埋住。一瞬間我還以為自己早已摔死，那是我的屍體，不過我馬上意識到這個想法有多荒謬。

我看著它。「哈囉。不好意思。」我說。

枯骨毫無反應。

不能怪它沒禮貌。我抖著雙腿爬起來，上前幾步，燭火的黑煙讓我皺起鼻子。四周全是石牆，鑿工粗糙，白色黴斑閃閃發亮。牆面往內收，上寬下窄，我彷彿身處漏斗中，一步一步落向無法避免的命運。這種感覺不太愉快，特別是當眼前的一切尚未停止旋轉的時候。我靠上牆面歇口氣。

我把腦袋靠上凹凸不平的石面。突然間，來自過去的感官跳了出來。有人大聲嚷嚷、哭喊求助。通道裡滿滿都是人，從我身旁擠過、從我身上穿過、推來推去、罵聲滿天飛。周圍瀰漫絕望與恐懼的惡臭——我被撞來撞去，被推向通道中央……

只有我一個人，安靜極了，蠟燭幾乎燒完。我的感知能力越來越強大，想休息一下都做不到。

我凝視石牆，從底部到頂端，布滿淺淺的刻痕，字串、縮寫、羅馬數字。這些是曾經在此囚禁、死去的囚犯留下的痕跡……

「露西……」

前方黑暗中的某處──那道聲音！

我低聲咒罵。一點都不意外。好吧，最好一口氣了結所有事情。「很好，你別激動。我這就來了。」

我像個殘廢般摸索著前進，原本高舉的蠟燭放低了些，好看清凹凸不平的地面。我沿著通道走了一會，刻意不再碰到牆面。白色的樹根從石塊間穿出，牆上閃著水光。腳下也出現一灘灘水窪，我踏了過去，前方地面隆起，我再次踏上堅硬岩石。

這是個交叉口，前方兩條通道各自往左右延伸。左邊那條被生鏽扭曲還發黑的鐵柵欄堵死。燭光照亮右邊的一道階梯，再往上是一片漆黑發臭的水潭。我無視這兩條橫路，繼續往前走，沒過多久，跨過一堆破碎木板，進入更寬廣的空間。

有誰在我頭頂上低語，我一舉起蠟燭，低語瞬間停止。

「別害羞啊。」我說：「有話就說。」

我哈哈大笑。它們的確害羞得很。非常安靜。前方路面再次傾斜。我的頭好痛，視野模糊一陣，接著眼前恢復清晰，我總算發現悄聲說話的究竟是誰。它們就在我正方，在旁邊積成一堆。或許是在通道裡踩了太多水，讓我腦袋也進水了，我竟然覺得它們活像是淹水和暴風雨後堆在河岸的漂流木。樹皮被剝得精光，只剩蒼白細瘦的枝條，頹然倒地，破碎糾纏。

當然了，它們不是漂流木，而是大量的枯骨。有的還帶著破碎衣物，但大多只剩森森白骨。這是一大片骨頭構成的逗點、引號、驚嘆號，從巨大的紙頁上飄落，化為毫無文法的糾結團塊。我看到好幾顆骷髏頭，發亮的牙齒，破爛的手腳殘骸，大部分的小骨頭不是遺失就是散到別處去了。肋骨往上戳刺，宛如一塊塊海玻璃，或是廢棄車站外的殘破腳踏車架。有幾堆骨頭堆到幾乎和我的腰一樣高。這是個長方形大房間，骨頭貼著牆邊堆積，除了正前方那一側牆上有一片空茫的灰色，告訴我那裡是另一個出入口。

我緩緩走到房間中央，一手遮著燭火，純粹是出自禮貌。那麼多骨頭……

而這些骨頭的主人就在此處。

無數白影在這片漂流木似的骨頭堆上飄移，動態與燭火雷同。非常微弱，宛如往上滴的淚珠，散發異樣光芒，除了原本眼睛的位置鑲上黑色窟窿，看不到五官和其他特徵。它們默默定在半空中凝視我。我站在它們的房間中央，承受來自四面八方的刺探，以及沉寂數百年的悲痛憎恨。

「沒事的。」我對它們說：「我都懂。」

喬治說這間監獄經歷過什麼？為何最後變得更像是醫院？這裡最後的囚犯不是痲瘋病患就是身染其他惡疾。沒有人造訪，大家都唾棄這裡。最後都鐸王朝把囚犯全部趕出去，將監獄夷為平地。

趕出去……

我望向包圍著我的枯骨。

他們才沒有如此大費周章，對吧？他們根本沒把囚犯趕出去，只是將它們困在地底下，封住所有出入口，地面上還有監獄建築物的殘骸。把它們丟在黑暗中等死。

更簡單。更乾淨。一次解決許多問題。他們是罪犯，也是病患。誰在乎呢？

也難怪小小一個房間卻能凝聚如此龐大的能量與憤怒。

「我懂。」我又說了一次。

人影閃動，黑色的窟窿正對著我。我盡可能往外投射我的同情。無法判斷它們是否能理解這分情緒；就算它們理解我的情緒，在這裡遭到世人遺忘多時，也不知道它們是否願意接受。好幾百年了，沒有人參透它們的存在……

好吧，這不能怪任何人。我低下頭，視線越過即將燒完的蠟燭，瞥見地上有個東西。我蹲下來，腳步還是不太穩（地板可不可以別再轉了！），凝目注視那塊地面，花了點時間才想通那是什麼——同時想通這些骷髏頭並不是這個房間裡最深沉的祕密。

我腳下的石板地不像剛才走過的通道，上頭沒有半點灰塵，即便兩旁的骨頭堆上和旁邊都積了厚厚的塵土。我看到的東西就在左腳不遠處的其中一片石板表面——那是個小小的圓柱體，半白半棕。起先我以爲是骨頭碎片，不過把蠟燭湊近一點，我發現它是菸蒂。

現代香菸的菸蒂……

我緊盯著它，皺起眉頭，腦袋抽痛，努力思考它爲何會落在此處。

四周一陣騷動，我抬起頭，發現那圈蒼白人影朝我靠過來。我不耐地揚手制止。

「好啦，別急。」我說：「我要先處理一下這邊的狀況。」

我站起來往旁邊張望，看出房間中央格外乾淨——沒有骨頭，沒有塵土，沒有各種碎片瓦礫。感覺像是全被人掃到旁邊去了。那個人打掃功夫一流，讓我想到荷莉．孟洛的手藝。

我忍不住笑出聲來，瞬間被自己的笑聲驚醒。我對著緩緩逼近的人影皺眉，說道：「你們給我一點空間，這樣我沒辦法專心。拜託後退一點。」

我移到房間中央，花了點時間穩住腳步——眼前的一切都在搖晃——彎腰細看這一區的石板地。我看到細微的刮痕，以及疑似蠟油的零星斑塊。伸出手想摸，卻差點仆倒在地。

「你們眞的把我惹毛了。」我說。那些發亮的形體飄得更近，已經離開骨頭堆上方，在不明人士清出的範圍邊緣圍成一圈。感覺得到它們的專注，以及投向我的憤怒。「我本來就不該對你們說話，要是不後退，我就不再開口了。繼續啊！」它們輕飄飄地退開。「好多了。你們在這裡搞什麼？」我問：「玩蠟燭？這些圓形刮痕呢？還有正中央的黑色燒焦印子？是你們在調皮搗蛋嗎？你們對什麼東西放火？」

蒼白人影沒有說話，不過曾發生在此處的暴行迴響在它們背後湧起，化為一團黑霧。感覺得到那片霧氣從上方包圍我們，挾帶洶湧惡意，宛如即將吞噬沙漠城鎮的沙暴。

「我會找人好好安葬你們。」我說：「準備棺木、舉辦葬禮。不是全部丟進熔爐燒掉。別擔心——我會說服洛克伍德的。只要碰上你們這種存在，他就有點神經過敏，不過我可以解決。別擔心。洛克伍德會把你們一一分好……」

要是他還活得好好的話，一定會的。

不知從何處冒出了他早已喪命的想法。不只是想法——是定見。**我在幹嘛**？洛克伍德都被捲入騷靈的風暴了，我還在這裡對鬼魂說話？痛楚席捲而來。腦袋隆隆作響，差點膝蓋落地。

他是不是就在這裡，埋在瓦礫碎石中？說不定眞的是！不然他早就跑來找我了。心中恐懼如同浪濤般狠狠拍打牆面，我突然間又能聽見那些人影同時呢喃。

「你們快說話啊！」我厲聲命令。「就像是我對椅子上的老頭說的那樣，這是你們的大好機會！像我這樣的人不會常常跑來這裡。快開口，說得清楚一點……」

這時，我手中的蠟燭即將燒光。

沒關係。袋子裡還有另一根……其實沒有。會不會是在途中絆倒時弄掉的？不對——我想起來了，方才我還小心翼翼地將它擱在地上。我被自己蠢到連翻了幾個白眼。

沒關係，我回頭去拿就是了。

我一轉過身，那些身影就擋在面前。

「好了，」我說，「你們要讓我——哎唷！」熱呼呼的蠟油燙到我的手指。燭身已經短到蠟油往旁邊擴散了。我把它放到兩腳之間，摸出火柴盒，又點了根火柴，往四周張望，尋找其他能點火當光源的東西。說不定這些鬼魂手中有蠟燭呢。它們最近不是才用過？

「各位，你們不打算退開嗎。我看不到你們把——喂！」一道人影掃向我，動態比先前還要果決。我瞥見發亮外皮下的蒼白肋骨，它伸出雙臂，眼中閃著黑色火焰——我從腰帶扯下一個小罐子，掀開蓋子，把鹽巴撒成燃燒綠色火焰的光弧，逼退那道人影。我的動作比思緒還快；長久以來在偵探社受的訓練培養出這種直覺反應。

「對不起嘛！我是來幫你們的。只是你們要後退一點。」

一陣騷動在那片形體間傳遞，它們的光輝黯淡了些，輪廓似乎變得更清楚，更有稜角，更尖銳。我暗罵一聲，丟下火柴，抖著手又點了一根。擺在我雙腳間的蠟燭幾乎熄滅了。房裡光線黯淡，我壓低捏住火柴的手，隔著光圈狠狠瞪著包圍我的鬼魂。

「你們是怎樣？」我咆哮。「我好心幫忙，可是你們老是想要宰了我……」

再撒出一把鹽巴，一圈刺眼的綠色火焰。那些人影再次退卻，悲傷地喃喃自語。我感覺到慌亂不斷膨脹；這樣沒用。我無法控制它們。這些鬼魂落單時很弱，能被我的意志屈折。但是一整群呢？做不到。它們的憤怒太過強大。

我還剩什麼？一點鹽，鐵粉沒剩多少——都在百貨公司裡用掉了。只剩一顆鎂光彈。我往腰帶上亂摸，不小心弄掉火柴。就著最後一點燭光，我抓起火柴盒，可是手抖得太厲害，火柴撒了一地。我大叫一聲，彎腰要撿——看到鬼魂朝我飄來。

而蠟燭偏偏挑在這個時候熄滅。

24

我一定是把那顆鎂光彈丟出去了，隨手一扔，幾道人影被我炸成碎片——我肯定因此感到滿足，即使其他的白色身影撲向我。但其實我沒有，因爲在燭光消逝後，另一道光芒取代了它——吞噬一切的淡淡光芒，從我還沒走過的通道悄悄冒出，擴散到帶著水氣的石牆。那不是這個世界的任何一種光芒，它是死亡光輝，冰冷而微弱，無法滋養它觸碰到的事物。它讓我暫停一切動作，對周圍那圈鬼魂的影響同樣顯著。它們馬上不再逼近，躊躇猶豫，轉向那道不斷接近的光芒。它們的輪廓顫抖，變得模糊。

那道光芒流入石室，像牛奶倒進茶裡一般瀰漫到一堆堆糾結的枯骨上。脈搏在我耳中跳動。空氣的質地變了。鬼魂開始退往牆邊。

那條通道彷彿開始扭曲，牆面震動起伏。冰冷的微風吹向我，挾帶著我曾在艾克莫百貨公司聽到的柔軟乾澀嗓音。

它呼喚著我的名字。

鬼魂紛紛退縮，飄到它們的骨頭堆上消失無蹤。

我凝神等待，緊握鎂光彈。

一道沒被異界光輝照亮的身影從黑暗中化出——不，它就是黑暗的化身——沿通道爬向我。

在百貨公司裡，我逃過一次又一次，但現在我已經無處可逃。

掌心的彈殼摸起來好滑。我緊緊握著，毫無希望，也沒有期待。超越了面對騷靈龐大能量的恐懼；超越了束縛在屍骨上的吵雜囚犯鬼魂。我知道這個幻影源自切爾西區大爆發的核心。或許鎂光彈威力強大，但這傢伙更上一層樓。

冷風停止了，我站在彷彿被抽成真空的寂靜中心。這形體進入石室，和我之間沒有半點屏障。

正如在電梯前看到的模樣，它笨拙地爬行，抽搐又彈跳，似乎關節畸形異常，或是被人拆下來反裝。它垂著腦袋，長髮——我認定那是頭髮，只是那片東西起伏捲曲的動態太詭異——往前披垂，蓋住整張臉。可以看得出它瘦得多厲害，發黑的皮膚緊貼骨頭，像是以前博物館展示的木乃伊（後來靈異局把博物館都關了）。它緊繃又乾枯，毫無水分，可以聽見指甲沙沙刮過石板地，看到手臂皮膚隨著每次擺動拉扯，皺摺陷得好深，簡直要裂開了。

它的前方是一隊擔任前導護衛的蜘蛛，油亮漆黑，行色匆匆。

那道身影爬得更近，以奇異的流暢動作挺起上身，後腿往前移，撐著地面的雙臂扭曲抽搐。還是看不清它的長相，不過牙齒在稀疏的頭髮下閃閃發亮。它的輪廓朦朧，像是還沒編好的地毯，帶著粗糙的毛邊。就在我的眼前，那些起毛的纖維縮起，形體變得紮實，邊緣更清晰了。它膨脹又變形，我卻完全相反，如同風箱把空氣往內吸，或是腳下開了個大洞——我覺得渾身精力要被抽乾，傾瀉而出。

我的腦袋轉個不停，一切陷入黑暗。我閉上雙眼。

□

「露西。」

我睜開眼。

依舊是某個遭到世人遺忘的地下石室。我還站在原處。那道異界光芒已經消退。黑暗中，另一道型態不同的身影站在我面前。我直盯著它，皺起眉頭。

「露西。」

我頓時歡喜得雙腿一軟。我認得！我認得這個嗓音。這是我最想聽到的聲音。我鬆了一大口氣，感覺整個人就此崩解。心臟隨著我雀躍。那顆鎂光彈還在我掌中。我垂下手，踉蹌上前。

「洛克伍德——謝天謝地！」

我竟然蠢到沒在第一時間認出他！這道人影原本一片漆黑，古怪地缺乏實體。然而現在我看出那拱起的窄肩、頸子的弧度、熟悉的蓬鬆頭髮……

「你怎麼找到我的？」我大叫：「我就知道！我就知道你會來——」

「**啊，露西……無論發生什麼事都無法阻止我。**」

從他的臉頰輪廓可以看出他正在笑，但他的語氣是如此悲傷，讓我心頭一震。

我凝視他，試著看透那層黑暗。「洛克伍德？怎麼了？有什麼問題嗎？」

「任何事物都無法讓妳我分離。無論是活著還是死了……」

我心中開了個冰冷的窟窿。那是一口漆黑無底的深井。

「什麼——？你在說什麼？那是什麼意思？」

「別怕。我無法傷害妳。」

「現在你真的嚇到我了。閉嘴。」我不懂，但即便如此，我仍然感到身上骨頭化爲一灘水。

我幾乎說不出話，舌頭彷彿被黏在口腔上壁。「閉嘴……」

人影就站在陰影中。它什麼都沒說。

「靠近一點。」我說：「到有光的地方。」

「露西，我最好別這麼做。」

這時我才發現他的形體是如此脆弱飄忽。儘管頭部與軀幹看似紮實，雙腿模糊得像覆上薄紗，再往下什麼都沒有。他飄浮在石板地上。

我的腿撐不住了，重重跪坐下來。鎂光彈敲上石板。

「喔不。」我低語。「洛克伍德——不……」

「妳別這麼內疚。」那嗓音響起，平穩而輕柔。

我雙手往臉上一拍，就這樣遮著臉。

「不是妳的錯。」

但眞的是。我知道是。我彎起手指，指甲刺進皮膚。我聽見陌生的駭人叫聲，像是陷入絕境的受傷野獸，過了幾秒才意識到是我的聲音。

腦中無法構成連貫的思緒。只有一幅幅影像。我想到他隔著閣樓裡揮舞的鬼氣觸手，將鍊網拋給我；我想到他擋在我和窗上那名黑衣女子之間；我想到他在嘉年華會花車間奔馳，閃過敵人的子彈；還有在冬園宅邸的樓梯井，他高高躍起，攻擊歹毒的鬼魂，救了我一命。

再次救了我一命……

我還想起他姊姊房間裡的那張照片——那個沒有耐性、影像模糊的孩子。

我前後搖晃，淚水積在掌心，整個人縮成一團，無法直起腰。這樣不對。不可能。不會有這種事。

「露西。」我放下雙手，無法直視面前身影；我的視野淹了水，但我還聽得到，他還在說話，清晰又沉著，和平時沒有兩樣。「我不是來讓妳痛苦的。我來向妳道別。」

我猛搖頭，臉頰濕透了。「不！告訴我發生了什麼事。」

「我摔下來。死了。這樣不夠嗎？」

「喔天……你爲了救我……」

「終究會走到這一步。妳心裡也很清楚。」那到身影說：「我的好運無法持續到天荒地老。可是我很高興妳平安無事，露西。妳眞的不必有罪惡感。幸好妳平安無事。」他淡淡補上一句：「只有一點擦傷。」

這句話讓我哭號出聲。「拜託——我什麼都願意做，只求這些事沒有發生——」

「我知道妳會的。」我再次感應到他在黑暗中露出傷感的微笑。「我知道。好啦……」人影似乎往後縮去。「我在這裡待太久了。」

「不！讓我看看你……拜託。不是在這裡。不是以這種方式。」

「我不行。妳會很難過。」

「拜託——讓我看。」

「好吧。」人影的外緣燃起明亮的藍色火焰，宛如玻璃液般纖細的火焰竄向天花板。我看清了他的模樣。

我看到一片血淋淋的巨大傷口開在他胸口中央。撕裂他皮肉的東西也撕開了他的襯衫。大衣被扯得破破爛爛，垂在他的身側，衣襬和幻影其他部分一樣模糊。

我看到他消瘦蒼白的臉龐，扭曲而駭人。他的眼神呆滯絕望。但即使是這樣，他還是對著我笑，其中蘊藏的柔情與悲傷使得他的面容不忍卒睹。

我的視野邊緣浮現黑色斑塊，我快昏倒了。可是我一躍而起，踉蹌走向他，伸出雙手。就在此時，沾染鮮血的腦袋突然別開，望向通道，我發現那不是實心的頭顱，而是空虛的面具，五官下填滿絲絲縷縷的陰影。

那張臉轉回來看我。「露西——現在我該走了。記住我。」

他的正面完美無缺，連皮膚的毛孔都一覽無遺，還有頸子側邊那顆我一直很在意的小小黑痣。他的頭髮，他的下巴，襯衫和大衣的縐褶——沒有半點破綻。可是側邊和背面就……不只是頭，連身體都被掏空了，宛如紙漿糊成的空殼。

「等等，洛克伍德……我不懂。你的頭……」

「我該走了。」人影再次回頭，彷彿有什麼東西不斷干擾它的注意。我沒有猜錯。這確實是個空殼。粗粗的黑色纖維從邊緣垂落，像是沒有織完的毯子。再往內是一片粗糙的網子，繁複又混亂，如同把一大團灰色蜘蛛網塞進薄膜下。我看到洛克伍德臉皮的內側，起伏的顴骨、凹陷的鼻梁。

嘴巴與眼睛該在的地方是三個黑洞。

它再次面對我。嘴唇勾起悲傷弧度，眼中閃著智慧與機智的光采。「露西……」

那些線頭……我想到那個邊抽搐邊爬行的鬼東西。

我的腦袋恢復清晰，連連後退，既反感又寬慰。

「我知道你是什麼！」我叫道：「你不是他！」

「我是他的末路。」

「你是學人鬼！假貨！讀取我的思維！」鎂光彈呢？跑哪去了？我無法在黑暗中撿回它。

「我讓妳看見未來。妳的行爲導致的後果。」

「不！我才不相信你。」

「妳看到的一切並非既成事實。有時候只是還沒發生。」

蒼白笑容在那張毫無色彩的臉上閃耀。他朝我投來的眼神中充滿善意和愛。

一支長劍將那張笑臉劈開。

劍尖劃破頭皮和髮絲，穿透鼻梁、嘴唇和下巴，往下切入胸膛。一切都發生在一瞬間，在細刃長劍之下，學人鬼的身軀如同氣囊般毫不抵抗。

洛克伍德的腦袋和身體往左右剝落，被亮晶晶的銀質劍尖一分爲二。臉皮下的黑色絲絲縷縷四散，像是滴進水裡的黑色顏料。軀殼散開，化爲一絲絲鬼氣，在半空中糾結，最後霧化消失。

在它後方，就在它原本站的地方，冒出頭髮凌亂、滿臉是血、外套破裂的洛克伍德。

他一手往後平衡這一擊的反作用力，胸口沒有傷口。他的白襯衫沾上灰塵泥巴，不過釦子都扣得好好的。他對我咧嘴一笑。「嗨，露西。」

我沒有回應。光是尖叫就夠我忙了。

□

過了片刻，我們並肩坐上石室角落的石塊。洛克伍德踢開幾顆骷髏頭，清出一點空間。他往骨頭堆上撒了點鐵粉與鹽巴，阻止它們的騷擾，從他腰間袋子抽出的兩根蠟燭正立在地上大放光明。他竟然還憑空變出口香糖。舒服極了，眞的。

「所以妳眞的沒事？」他第十次提問。

「應該吧。不知道。」我盯著自己的膝蓋。

洛克伍德握了我的手臂一把，傳達友善的意圖。他臉頰上有一道擦傷，唇角腫了起來。不過他看起來還是比方才站在我面前、對我說話的蒼白傢伙好上幾百倍。「聽好，我們要想辦法回到上面；喬治一定擔心死了。」

「喬治！他還好嗎？其他人——」

「很好。喬治好得很。」

「那……那荷莉呢？」

「她沒事……有點焦躁而已。大家都是。他們一起去找人來治療鮑比．維農。奇普斯正在聯繫伯恩斯。在我爬下來找妳前，我叫喬治顧好大家。」

「你不該這麼做。」我說：「你不該冒險。」

「少來了。」洛克伍德說：「妳知道我願意為妳付出性命。」他輕笑一聲。「天知道我碰過多少次生死關頭。爬下地洞根本不算什麼……嘿，看看妳，妳在發抖。我的大衣給妳穿。好了，別和我爭。」

我沒有和他爭。我已經累到不想抵抗了。而且這件大衣確實很暖。「我完全不記得了。」我的語氣呆滯。「我忘記自己是怎麼跑到這裡。一定是在摔下來的時候撞到頭——在那之後我的腦袋一直不太清楚。」想到那些骷髏頭，還有我們的單方面喊話。然後我想到那個空有外殼的少年。

洛克伍德點頭。「我不意外。所有事情都滿混亂的。妳被吸進洞裡之後，騷靈馬上不再作亂，小露，感覺就像妳是它的核心。氣流靜止下來，時間彷彿停止了。可以聽見百貨公司各處傳來東西落地的聲音。我運氣算不錯，當時我被拋到高空，不過剛好在電扶梯上，沒有摔得太重。我落在兩座電扶梯中間，頭下腳上地慢慢滑下來。我躺在地上，看著衛生紙葉片緩緩撒了滿地，像是下雪。只是顏色不對。很好看，要是艾克莫先生也能親眼目睹就好了。我得承認百貨公司大廳現在沒那麼有魅力。」

我揉揉眼睛。「可憐的百貨公司……」

「喔，想想這次他們能獲得多少免費曝光的機會。可要好好把握。」他抓抓鼻梁。「不然就要倒閉了。反正也沒有人在意吧？目前可以確定一件事——他們得先想辦法處理一樓的大洞。這個洞眞的很深，旁邊的地基非常不穩定。我費了好大工夫才平安爬下來。到底的時候，我撞破一層破碎石塊，掉進有幾百年歷史的牢房。我看到妳留在地上的蠟燭，知道妳還活著。之後我沿著通道往外走，可是迷路了——總之我被灌了水的牢房擋住。我想妳不會往那邊走。」

「對。」

「不過繞這趟路很値得。找到妳之前，我碰上一個岔路，其中一邊接上直直的通道，地上積了點水，聞起來和泰晤士河一樣臭。我發誓我聽見通道盡頭傳來河水聲——有別的出入口也是很自然的事，或許我們可以往那邊走看看——省下爬回去的麻煩。」

我看著不知道被誰仔細掃乾淨的地面，輕聲說：「我認爲一定有其他出口。洛克伍德，剛才和我在一起的鬼魂——」

「對，那是什麼東西？我聽到妳和它說話，不過在我眼中那只是一團可怕的黑色絲線。就算拿著長劍逼近一些還是看不出外型。」

「所以你沒看到它的臉？」

「我該看到嗎？」

「沒有啦——這不重要。」

我們陷入沉默。老實說我難以向他提起那個學人鬼。爲了阻止他接下來的疑問，我搶先指出石室裡的各種跡象，清理過的地面、菸蒂、中央的燒焦痕跡、零星的蠟油。洛克伍德馬上繃緊神經，四處打轉，皺著眉研究各處。

「妳說得對。太神祕了。有人來過這裡，而且就在不久之前。看看這些痕跡，他們用的是蟲蠟——」他手指刮起一點蠟油，湊到鼻尖，「荷荷巴油的味道。在穆雷那邊買得到。頂級貨色。至於這根菸嘛……或許可以從廠牌看出什麼……」他拎起菸蒂，夾在指間轉動，就著燭光瞇眼細細打量。「嗯……啊哈。是的……」

「所以是什麼牌子？」

「完全不知道。在我眼中就是個菸蒂。不過我們肯定能找到專家，知道更多細節。」他望向周圍的骨頭堆。「那些人到底想幹嘛？小露，妳知道的，喬治說過這幾個禮拜可能發生了什麼有意思的事情，才能迅速喚醒這麼多鬼魂。他說得對。我要找他來這裡看看。就是他這種有點挑剔、充滿執著的人才有辦法注意到蛛絲馬跡。而且要快，要搶在伯恩斯鑽進來之前。一旦他介入此事，靈異局包準會把我們踢出去，接管這個地方。」

我點頭。事情通常是如此發展。「切爾西區的鬼魂群聚……你想我們是不是已經讓它平息了？」

洛克伍德再次充滿活力，伸手拉我起來。「很快就能知道了。」他望向混著鹽巴與鐵粉的骨頭堆。「不過呢，有這些玩意兒，還有不明人士來搗亂，假如這裡不是源頭，那我就去邦喬屈偵探社打工算了。看看這些骨頭！如果這些人都是在此被活埋，累積的超自然力量保證能點亮一整個區。」他拍拍我的手臂。「小露，是妳找到的。做得太好了。」

但我並沒有這種感覺。「洛克伍德，關於那個騷靈……」我緩緩說道：「你剛才說得對。我就是它的核心。在樓上的時候，我……我和荷莉吵架。是我故意找她吵。我們觸發了騷靈。洛克伍德，真的很抱歉，都是我的錯。我無法控制自己。我是累贅。我差點害死大家。」

「別忘了妳和荷莉救了鮑比．維農。」洛克伍德的安慰難以抵銷我剛才說出口的罪狀。

「她可能已經對你說過了。」我說：「還是她來不及說？」

「沒有，她什麼都沒說，只是很擔心妳，露西。我們都在擔心妳。」

他掏出迷你手電筒，帶我離開堆滿枯骨的石室，鑽進一條狹窄通道。我們默默走了好一會。

「洛克伍德，我要道歉。關於最近的事情，我有點失常。」

這條走道很窄，我們跟著手電筒光束，幾乎肩膀貼著肩膀。黑暗中，他的嗓音平靜而低沉。

「我也是。冬園家的案子結束後，我一直對妳不是很好。我知道我可能有點冷淡。只是——」他深吸一口氣，「我不確定在妳身邊會做出什麼。我對於可能的後果太過焦慮了。」

我小心翼翼地跨過一顆落石。腳下積起水窪。「呃，可能發生的事情是指什麼？」

「比如在執行任務的時候，當我們再次面臨生死關頭。小露，妳的天賦是如此獨特——對，這裡左轉；我知道看起來像臭水溝，不過地上大多是水藻——剛才聽見妳和那個東西說話。對妳來說，越來越容易了吧？已經不再侷限於那顆骷髏頭。妳的天賦可說是獨一無二，同時也讓妳無比脆弱。我得要好好顧著妳。」

我的胸口打了個死結。在黑暗的腦海中，我又看到那張蒼白笑臉。「不用，洛克伍德，眞的不用。你不能這樣。這不是你的責任——」

「這是我的責任。小露，聽好，我從來沒有提起過，但我曾經碰過這種事。失去對我來說很重要的人。我不能任由往事重演。」

我停下腳步。水已經淹到我們膝頭，微弱的手電筒燈光照出牆上破洞，越過散落的磚塊，另一頭是一條泥土通道。洛克伍德用手電筒示意我和他一起鑽過去，但我沒有動。我得先……

「洛克伍德，」我說：「我要先向你承認一些事。等我說完，你可以關掉手電筒，把我丟在這裡。堵住這條路。我不在意，那是我活該。」

他停頓幾秒。河水從牆上那個洞湧入又流出。「天啊。從我辦公桌抽屜偷走德國巧克力餅乾的人不是妳吧？我一直以爲是喬治。」

「不是。我沒有偷吃。」

「那眞的是喬治……那個小混帳。我也想過可能是荷莉——」

「洛克伍德。」

「嗯。」

我深吸一口氣。「我進過你姊姊的房間。看到其中一張照片——你和你姊姊的合照。眞的很對不起，我無權做這種事。這還不是更糟的，洛克伍德。我離開前跌倒，碰到那張床，聽見……我發誓我不是故意的，可是我聽見迴響，洛克伍德，往事的迴響——我知道這是不可饒恕的行爲，你想怎樣對我都是應該的。在那之後我痛苦極了……就是這樣。我沒別的話好說了，就到此爲止。」

更多的河水流進又流出。

「誠心建議妳再吸一口氣。」洛克伍德說。

「好。」

「我應該要生妳的氣。」他說：「應該要對妳大發雷霆……」他把手電筒往下移，照向我們身旁的牆面，反射的燈光打在我們身上，不是暴力的聚光燈，也不是由下往上照的怪異打光，這樣連最好看的人都像可疑的第二型鬼魂。此時此刻，看不清彼此臉龐是好事，至少對我來說是如此。或許洛克伍德也有同感。

「露西，我不是不想和你們分享那些往事。」他總算接下去繼續說：「只是……對我來說太痛苦了。」

「喔，我知道！我當然知道。我——」

「妳可以安靜一分鐘嗎？我姊就和妳一樣，妳們有很多共通點。有時氣衝上來就什麼都不顧、固執，但同時又對人無比忠實。她細心照顧我，我非常仰慕她。可是當年我只是個孩子，露西，我又懶又任性，壞得要命。我只想到自己，常常不聽她的告誡。事發當晚，她忙著翻動我們爸媽留下的紙箱。沒有人知道裡面可能放了什麼。她問我想不想幫忙。我才不想。我要去爬蘋果樹，在遊戲室，也就是現在的辦公室裡大鬧一場。發生的那一刻，我在地下室通往院子的門邊，聽見她尖叫。我衝上去——可是已經太遲了……之後的發展我幾乎想不起來。說不定妳比我還清楚。」

他小心翼翼維持的中立語氣只在此刻微微動搖，我很慶幸不用面對他的眼神。

「我摧毀了做出這件事的鬼魂，可是有什麼用？已經太遲了。我覺得……」感覺他正在腦海中摸索詞句。「露西，在憤怒與悲痛下，我覺得自己被掏空了。我應該要在那個房間裡才對。我應該要陪著她。我不會再讓自己碰上這種事。無論要付出多大代價，只要妳還是偵探社的一分子，我絕對會來救妳。」手電筒光束轉向牆上的破洞。「不過我發誓要是妳沒有我的允許又進了那個房間——或是偷拿我的巧克力餅乾——我永遠不會原諒妳。現在可以請妳先跳過去了吧？這回可能是水藻也可能不是，妳要幫我一探究竟。」

牆洞的另一側幾乎都是水，我們沿著通道緩緩前進。

「謝謝你。」經過片刻沉默，我擠出聲音：「謝謝你告訴我這些。」

「不客氣。所以妳應該稍微知道我的過去了吧。在那之後，我除了成爲調查員之外還有什麼選擇呢？我在一個姓希克斯的人手下工作。」

我吹了聲口哨。「對，『掘墓者』希克斯……這個名號眞的很酷。」

「嗯……他的名字是奈傑。」

我停頓幾秒。「幹嘛告訴我？湊在一起感覺就有點普通了。」

「他是個非常冷靜理智的人。生前是費茲與羅特威的眼中釘。他聽說了我對……那個鬼魂做的事，所以我才得到這個工作機會。懂了吧？」

「嗯，只是……」

「我爸媽？喔，那是另一個故事了。要回溯到更久更久以前。」

我點頭。「你可能不記得他們了，當時你還那麼小。」

「我當然記得很清楚。」洛克伍德對我微笑。「他們是我第一次遇到的鬼魂。好啦，我好像看到這條隧道的出口了。」

他伸手一指，前方遠處有個淡藍色的小小亮點懸在水面上。我們緩緩涉水前進，第一道曙光照了進來。

25

夜色被晨光驅逐，洛克伍德偵探社走出黑暗，迎向截然不同的未來。

隧道出口位於泰晤士河北岸某個廢棄碼頭下方，離百貨公司大約兩條街遠。顯然這個出入口原本被人仔細封死，好幾根腐朽木樁插在泥濘的河岸上，其中幾根被鋸斷了，妥善接上一大片木板，顯然是用來蓋住洞口，不讓外人發現。木板移位代表有人由此倉促離去，泥地上的鞋印就是最佳證據。然而就在洛克伍德和我眼前，漲起的河水填滿鞋印，沒一會就不見了。

回到艾克莫兄弟百貨公司，或者該說是它的殘骸，現場一片忙亂。一輛靈異局的救護車剛把鮑比．維農送走。情況算是樂觀，最嚴重的傷勢就是腳踝扭到和疑似腦震盪而已。凱特．古德溫陪他去醫院，其他人坐在殘破的玻璃大門前，在微光中發抖，小聲和其他從切爾西區各處三三兩兩趕來的調查員說話。不時有人湊到門前詫異地往全毀的大廳張望。從遠處看來像是被暴躁孩童拎起來亂甩的娃娃屋。室內幾乎沒有任何東西站得好好的，全都喪失原形，堆成一座座小山。樓面中央開了個讓人咋舌的大洞，通往埋在地底的石室。喬治和奇普斯沉著臉往一根柱子綁上垂降用的繩子，準備爬下來尋找洛克伍德和我。

我們的到來瞬間改變了氣氛。眾人一擁而上，拿千百個問題轟炸我們。有人拍拍我的背、對我笑得燦爛、送上高熱量能量飲料、道賀、責罵，有人催我繼續走，有人叫我坐下來，所有的事情同時發生。喬治遞來甜甜圈；芙洛．邦斯對我點點頭，神情勉強算得上善意。就連奇普斯似乎也在看到我時鬆了一口氣，不過馬上又和洛克伍德爭執接下來該做什麼。他想等到伯恩斯抵達，得意洋洋地率領靈異局大軍挺進地底監獄。洛克伍德卻有其他想法。

兩人還沒吵完，我待在人牆外圍，碰巧看到荷莉。

她完全失去了平時的光采。以她的標準來看，現在的她可說是衣衫襤褸。事實上與我相比，她的衣服只是多了幾道時尚的破損，臉頰添上精緻的瘀青。幾乎可以去參加特殊化妝的時尚秀了。

我們的視線交錯。「嗨。」我說。

「哈囉。」

「妳好嗎？」

「我很好……妳呢？」

「遍體鱗傷，不過還行……很高興妳沒事。」

她點頭。「妳最後自己脫困了。太好啦。」

「是啊。」

「我撿到一個東西。」她說：「勾在一根釘子上。我想可能是妳的……」她拎著我的背包，看起來破破爛爛，沾滿灰粉。拘魂罐的頂端從頂蓋下冒出來。她看著罐子的眼神中沒有半點暗示。可能有。看不出來。

我從她手中接過背包。「謝啦。」

「小事。」

面對現實吧，這不是各位聽過最熱血激昂的對話；不會有人把這些字句刻在墓碑上，或是印布條掛在家門口。但對我來說已經夠好了。因爲我們的對話難得沒有言外之意，沒有隱藏動機。疲憊、謹愼，以及小心翼翼的寬恕。每句話就是原本的意思，這是我們得來不易的開始。

洛克伍德吵贏了，立刻派喬治去碼頭尋找隱藏入口，找到並調查堆滿骨頭的石室。喬治沒有浪費半點時間，而芙洛・邦斯跟了上去，或許是因爲與河岸有關的一切事物都歸她管。

不久，伯恩斯督察抵達現場。

他搭乘警車，後頭跟著四輛靈異局的廂型車。從前三輛車擁出的調查員——臉色陰沉的少年少女，各自屬於葛林堡、唐沃斯、艾特金與阿姆斯壯，已經在切爾西區與訪客搏鬥了一整夜——派不上什麼用場。他們光是對付潛行者或門口老湯姆都有問題了。不過第四輛車上那批穿著俐落套裝、板著臉的男女可就不同了。他們沒穿靈異局的制服，或是屬於哪間偵探社的明顯象徵，每個人都目光銳利。不知道他們是否就是奇普斯提到的顧問，就是指點伯恩斯要如何行動的人。

伯恩斯的鬍鬚在晨光中看起來更加毛躁，他渾身上下籠罩著陷入困境時的狠勁，就像任何一個好幾天沒睡沒梳洗的人一樣。他帶著那批穿著套裝的人朝我們逼近，拿一堆罪名安在我們頭上——浪費警方時間、謊稱來執行靈異局的官方事務，還隨意毀損公共財產。

列完最後一項罪行，他才轉頭望向那座建築物。他只看到滿地碎玻璃。等他總算記得要吸氣，奇普斯的大拇指往大廳比了比。「你知道的只是皮毛。進去看看吧。」

伯恩斯乖乖照看，下巴頓時掉了。他抓住旋轉門支撐腳步，門的一部分馬上崩落，砸上他的大拇趾。

「你們幹了什麼好事？」他驚呼。「我襪子都在這裡買耶！」

「我們找到了切爾西區爆發事件的核心。」洛克伍德語氣愉悅。「伯恩斯先生，若是你能多借一些人手，事情會容易許多。不過我得說奎爾．奇普斯和他的團隊的表現極度優秀，幸好你批准他們前來協助。」說到這裡，洛克伍德瞥了那群緊盯著此處動靜的男男女女一眼。「簡單來說，我們擊退前所未見的強大騷靈，同時發現了長久以來藏在地底下的國王法庭監獄遺跡。露西．卡萊爾進入地下通道，找到大量尚未安葬的枯骨——我想這就是本次爆發事件的源頭。總之呢，喬治．庫賓斯掌握了源頭的影響擴散模式，等會可以請他向你報告。」

緊接而來的場面無聊極了，伯恩斯試圖收回稍早的批評，試圖挽救一點顏面，假裝他其實和我們這趟冒險有點關係，同時猛烈質問我們昨晚的來龍去脈。可以看到他浮腫的眼中燃起熊熊的驚慌和狐疑。

一名穿著套裝的女子開了口：「這些枯骨，我們要如何找到它們呢？」

「恐怕這可不太容易。」洛克伍德指著百貨公司大廳的窟窿。「要花點工夫爬下去，你們可能要找裝備齊全的人員過來。」

「要怎麼做由我決定。」女子說道。

「這是當然。」洛克伍德露出最閃耀的笑容。「請問妳是哪位？應該不是清掃人員吧？如果是的話，妳眞的需要一支大掃把。」

根據女子的反應來看，她不是清掃人員。在接下來的強烈聲浪中，我們刻意不去提碼頭下的通道。現在的任務是幫喬治與芙洛爭取更多時間。

他們還沒吵完，一輛由司機駕駛的轎車在附近停下。乘客正是艾克莫先生本人，他頭髮梳得整整齊齊，打扮得光鮮亮麗，前來視察百貨公司，確認我們昨夜的行動沒有破壞任何一個寶貝擺設。看到大門旁的碎玻璃，他立刻對伯恩斯尖聲怒吼。督察一愣，來不及阻止他接近大廳，看到裡頭世界末日般的情景。艾克莫先生的口氣越來越重，那群男女馬上圍過來替伯恩斯助陣。洛克伍德、奇普斯、荷莉，還有我，我們四個互看一眼，判定這是逃離現場的絕佳機會。

□

經過一整天，一切漸漸塵埃落定。至少對我們幾個來說是如此。

洛克伍德和奇普斯一同前去接受報社採訪；荷莉與我回波特蘭街。我們和平時下工後一樣清理儀容，沖澡梳洗，我還拿喬治的毛巾借她用。我們坐在廚房裡燒熱水時，喬治本人吹著口哨鑽了進來。方才我沒空仔細打量他，不過他看起來更加蓬頭垢面、飽經風霜。他坐到我們對面，動作疲憊中帶著雀躍。

「怎麼了？」我問。「你先前沒有熊貓眼吧？」

他把提袋丟到地上。「剛剛才被打的。小露，芙洛和我找到妳說的滿屋子骨頭——老天，眞是太迷人了。我在下面做了各種測量、抄了一堆筆記。我現在應該還要在地底下的，可是才待了不到一小時，一票羅特威的調查員就衝進來封鎖一切。他們叫我滾。我當然也請他們少來多管閒事。我們交流了一些激烈的言語，我點出他們行爲舉止中的一些不足之處，還有他們的衣著品味、臉部對稱性、教養出身。」他輕笑一聲。「我說得很文雅——因此其中一個人拿了地上撿的大腿骨往我腦袋敲過來。所以我拿一塊腰椎丟他，芙洛掏出她藏在襯裙下的耙子，之後的場面滿刺激的，最後我們被那夥人請走。沒關係，那點時間已夠我畫下石室的平面圖了。晚點給妳們看。現在我要泡個澡，洗掉一身汗。」他的視線越過眼鏡上緣。「說到這個，荷莉，包在妳頭上的不是我的毛巾嗎……？」

後來我們才知道那批直屬於靈異局的羅特威調查員找來精銳隊伍，他們配備最先進的鹽水槍——背上揹著水箱，可以噴出高壓水柱——花了三天清理國王法庭監獄的牢房，清掉那堆枯骨。我希望那些遺骸能得到尊重，好好下葬，但顯然靈異局的作風不是如此。骨頭全被運去克拉肯維爾的熔爐，沒有多做任何儀式就燒得精光——可以預測的悲傷結局。

接下來的幾個禮拜內，靈異局密切監視艾克莫兄弟百貨公司，沒再出現半個訪客。

至於整個切爾西區的變化呢，洛克伍德宣稱我們根除了本起事件的源頭，於是當夜他們測試了這個說法。夜幕低垂，一組組調查員如往常一般戰戰兢兢地進入封鎖區，潘妮洛．費茲、史提夫．羅特威，還有靈異局頂尖團隊駐守斯隆廣場的瞭望台。天上飄著細雨，調查員沿著國王路移動，分散到周圍街道。時間一分一秒過去，這些大人物撐著傘喝熱茶，一邊打量喬治那些地圖的影本（是洛克伍德交出的，他也在現場）。調查員紛紛返回廣場，報告所見。鬼魂的活動並沒有完全消失，但明顯沒有前陣子那麼劇烈。曾在該區出沒的幾個訪客不見蹤影，其他的似乎減弱許多，只剩淡淡影子，行動緩慢，輕輕鬆鬆就能用鐵粉和鹽彈逼退。簡單來說，切爾西區的亂象經歷幾個月的努力，首度出現大幅度的緩解，調查員都期望事件就此漸漸平息。

洛克伍德在那裡多待了一會，獲得費茲女士的祝賀，向羅特威先生鞠躬致意，對伯恩斯督察眨眨眼。然後他就離開了。在走遠前，他聽見伯恩斯再次成為質問轟炸的焦點。

無論從哪個方面來看，洛克伍德偵探社都可說是前景看好。我也該和其他人一起捲入愉悅的忙碌風暴——永無止盡的電話、接二連三上門求見的記者該讓我心滿意足——要不是我仍舊遭受鬼魂困擾。那個鬼魂並非實質存在，而是在我記憶中徘徊不去。它的臉龐不斷浮現。它的話語在我耳邊迴盪。和其他人待在一起時是如此，獨自躺在安靜房裡時更加嚴重，我無法逃離另一個洛克伍德的身影。我無法擺脫那個空殼少年。

26

切爾西區暴動平息！

知名百貨公司地底下驚見百人塚　異社合作立大功

A．J．洛克伍德與Q．F．奇普斯的首度專訪內容見第二版

從國王路上知名的艾克莫兄弟百貨公司地底下挖出隱藏數百年的大型墓穴，今晚全倫敦居民總算能安然入夢。將這個空前的群聚源頭封印、移除、摧毀後，靈異局的正規部隊無法抑制的切爾西區鬼魂暴動終於畫下句點。效果相當顯著，接下來的兩天夜裡，該區的鬼魂侵擾案件下降了百分之四十六，可以預期未來會繼續好轉。

社會大眾經歷了三個月的恐慌與壓迫，今天的《泰晤士報》將介紹一支由費茲偵探社與洛克伍德偵探社組成的特殊聯合小隊，揭露他們是如何在艾克莫兄弟百貨公司地底下發現中世紀國王法庭監獄的遺跡。本報獨家採訪隊長安東尼．洛克伍德和他的合作夥伴——費茲偵探社的奎爾．奇普斯，談論他們是如何精心規劃地底墓穴探勘，如何擊敗護衛地底世界入口的凶猛騷靈。

「我們知道此舉相當危險。」奇普斯先生說：「但是經過妥善的準備及密切的團隊合

作，我們總算達成任務。」至於洛克伍德先生則是說明騷靈並非切爾西區地底下唯一的訪客。「中央地下石室裡有超過三十具枯骨，不時顯現出數十個鬼魂包圍我們。但我們會因此退縮嗎？不！我們證明只要秉持勇氣與決心，即使是最可怕的訪客也不是對手。」

相關高層對這支小隊的壯舉讚譽有加。費茲偵探社的社長潘妮洛·費茲女士罕見發言表示：「我對敝社員工的表現深感驕傲。偵探社之間的競爭心態往往成為調查行動的絆腳石。希望這次的行動會成為進步的標竿。結合不同凡響的勢力，獲得不同凡響的成就。」

洛克伍德／奇普斯完整專訪：見二至三版

國王法庭監獄「枯骨石室」折疊式3D紙模型：見三十八至三十九版

艾克莫兄弟百貨公司砸店大拍賣！附贈十英鎊折價券：見四十版

□

塵埃落定後，我們回歸了以往的生活嗎？還是和以前一樣嗎？我們是否恢復了老樣子，只有洛克伍德、喬治，還有我——單純的任務，比如說在閣樓裡閃避鬼氣觸手——然後回家喝茶？

切爾西區的事件結案後過了兩天，我們在波特蘭街三十五號舉辦了盛大餐會。餐點大多由荷莉張羅，所以才有這些橄欖、沙拉、全麥拖鞋麵包、一盤盤讓人提不起勁的熟食。幸好喬治在最後關頭跑了幾間店，抱回一大堆便宜香腸捲、氣泡飲料、煙燻培根口味洋芋片，還有一個巨大的巧克力軟糖蛋糕，被他擺到餐桌中央的黃金地帶。

荷莉與喬治針對餐桌擺設激烈辯論。荷莉堅稱我們布滿塗鴉、筆記、詭異插圖的思考布看起來和公廁牆壁沒有兩樣，會害她吃不下鷹嘴豆泥。她希望在這個場合能把它撤掉，換上潔白的桌布。喬治斷然拒絕。那天他從早餐開始就在思考布角落繪製圖表，不希望被人破壞。最後在他十頭牛都拉不動的頑固堅持下還是讓他得逞了。

到了下午，餐桌布置完畢，擺滿了各色美食，茶壺正在燒水。荷莉丟掉所有外包裝。罐裡的骷髏頭只要荷莉轉向它，就拚命擠眉弄眼，害她撒了兩碗腰果和一碗紅魚子泥沙拉，最後整個拘魂罐被移到樓上。接著洛克伍德鑽進廚房，他剛在辦公室接完一大堆電話。我們圍著餐桌坐下。

洛克伍德那天狀況極佳，渾身上下散發正面能量。我還記得他坐在主位，用香腸捲和煙燻培根洋芋片堆起如山高的三明治（爲了安撫一臉驚恐的荷莉，他在頂上堆了一小片芝麻葉），聊起偵探社即將獲得的新客戶。和其他人一樣，他近日的傷痕還掛在身上——額頭的撕裂傷、臉頰破皮、滿身瘀青、眼下濃濃的倦意——不過這些反而突顯出他的英勇與活力。

喬治也很開心，往眼前桌布上的圖表加了最後幾筆，同時剷除堆滿盤子的迷你蘇格蘭蛋。他目光灼灼地盯著那個巧克力軟糖蛋糕，但洛克伍德勒令蛋糕該留到最後。

至於荷莉呢，她恢復光潔無瑕的外表，對著眼前鬧劇露出無害的笑容，也刻意拉開一點距離。不敵喬治的盛情，她勉強試了一小顆蘇格蘭蛋；不過她基本上沒有離開過氣泡礦泉水和撒了胡桃、葡萄乾、羊奶起司的沙拉。不知道該如何解釋，總之我很樂見她維持平時的標準，讓我莫名安心許多。

我呢？對，我也在場。和其他人一起吃吃喝喝，即便我的心已經飄到遠處。過了一會，我們（再次）翻閱今天的報紙——荷莉已經摺好，擱在洛克伍德的盤子旁。

「每次重讀這篇報導，我總是不敢相信我們運氣有多好。」洛克伍德說：「這件事加上河岸街的騷動，我們已占據報紙版面超過一個禮拜啦。」

荷莉點頭。「電話響個不停。大家都想委託洛克伍德偵探社。你接下來要好好思考如何擴展事業規模了。」

「我還要請人給我一點建議。」洛克伍德若有所思地插起一片醃漬黃瓜沾沾醬汁。「事實上我下禮拜要去見潘妮洛．費茲。她要我過去一趟，來個非正式的早餐會議。我猜應該是為了嘉年華會的事情吧，不過……還是可以問問她。」他咧嘴一笑。「你們有沒有看到她稱呼我們『頂尖偵探社』那一段？」

「還有伯恩斯督察的發言。」喬治補上。「他是怎麼說的？『能監督那群才能過人的年輕調查員是我的榮幸。』天知道他的臉皮有多厚？」

洛克伍德咬爛那片小黃瓜。「伯恩斯還是老樣子，只要能達到目的就行。」

「不只是他。」喬治戳戳報紙。「對於奇普斯在這裡和你平起平坐，我實在不太服氣。」

「喔，那只是給他面子啦。老實說我們確實欠他一個人情，畢竟他幫了我們大忙，這下就扯平啦。有沒有聽說他晉升了？地區領導者之類的，對吧，小露？這件事還是妳告訴我的。」

「對，費茲的區隊長。」我說。

「就是這個。由潘妮洛・費茲本人親自宣布。不過奇普斯還是和我大吵一架，因為我們對於最後那個枯骨牢房的處理方式有些歧異。他很氣竟然是羅特威的隊伍搶在他們家的人員之前進去。」

「嗯，不是你指使他們的吧？」喬治問。

「不是。我也不知道是誰下的指令。肯定是伯恩斯……」洛克伍德那雙黑眼突然盯上我。「露西，妳還好嗎？」

「當然！沒事……」他把我嚇了一跳。我有點恍神。就在短短一瞬間，坐在餐桌旁切下荷莉的時髦外帶起司的洛克伍德不見蹤影，被地下石室那個血淋淋的幻影蓋過……

我眨眼屏退幻象。那個假貨！我知道它有多假。我知道它是徹頭徹尾的謊言。我親眼看著洛克伍德把學人鬼乾淨俐落地切成兩半，就像他現在對起司做的事情一樣。

但無論我多努力都無法擺脫心頭的陰霾。

我讓妳看見未來。妳的行為導致的後果。

「露西，來片帕瑪火腿吧。」荷莉說：「洛克伍德很喜歡這個。能讓妳臉上比較有血色喔。」

「呃，嗯，好——謝啦。」

荷莉和我？我們心照不宣、小心翼翼地容忍彼此。過去這兩天，我們別無選擇，盡量迴避衝突。別誤會了——我們依然水火不容。比如說她的新習慣是在我用餐時清理我盤子外的碎屑——我差點氣炸。而我呢，只要她的行徑格外吹毛求疵、講究做作、霸道，我還是改不了猛翻白眼、倒抽一口氣的習慣（明明就很合理），這點讓她不太開心。不過氣氛沒像先前那樣一觸即發。或許是因為在艾克莫的那個可怕夜晚，我們已經把該說的話都說出口了。又或者是因為我們早已喪失發脾氣的能量。

喬治把整盤的拖鞋麵包移到旁邊。「說到枯骨牢房，要給你們看個東西，請容我介紹咱們尊貴的思考布——」他面前是他的圖表，塗得五顏六色，畫上細細線條。各位可以想像在方形裡有個圓形，圓形內有九個等距的小點。圓心還有另一個小圓，裡面用密密的縱橫線條塗成一片黑，幾條細細的鉛筆線往外輻射，像是破損的腳踏車車輻。圓圈一側塗了一塊長長的紅色痕跡。

喬治撫平桌布。「這是我根據前天和芙洛在現場的測量結果畫出的平面圖。露西和洛克伍德說得很對。有人到過那裡，進行非常奇特的行為。看看骨頭被他們往外推，在石室裡圍成正圓。我在房間中央找到骨頭碎片，知道它們原本不是這樣擺的。有人仔細地把它們排成這個陣形。接著他們在圈內立起九根蠟燭，從蠟油就能看出蠟燭的位置。之後，石室中央發生了某種事，就在這裡。」他指著畫上縱橫線條的小圈。「這是鬼氣燒灼的痕跡。我特別研究了一番。那裡的石板地還很冰涼。這個痕跡讓我想到其他我們見識過的東西，也就是連接另外一個世界的孔隙。」

他沒有具體說出來——我們都沒有——不過在這棟房子裡剛好有個絕佳範例，就在樓上那個廢棄房間的地毯上。

「有意思。」洛克伍德低語。「那這個看起來很不妙的紅色痕跡呢？」

「這是今天早餐的果醬。」喬治托托眼鏡。「不過你們看看這個。」他指著從中央往外放射的筆跡。「這些線條代表地面上那些怪異的刮痕。年代非常久遠。」

「說不定是移動骨頭時刮出的痕跡？」洛克伍德猜道。

「有可能。但我認爲更像是金屬造成的。」他輕笑一聲。「洛克伍德，像不像我之前在辦公室地上拖行鐵鍊，刮傷木頭地板那次？」

洛克伍德皺眉。「對……你還沒有重新上漆。」

「你們知道我想到什麼嗎？」我說得很慢，覺得全身虛軟，被龐大壓力籠罩。我費盡全力才擠出聲音。「我指的是這整張圖。」

「我想我知道妳要說什麼。」喬治回應。「對，我和妳有同感。」

「肯薩綠地的骨頭鏡子。那個當然小得多了，但它確實也有骨頭構成的外緣，排成圓圈。我知道中間沒有鏡子或是透鏡，可是……」

「只要有人帶面鏡子來就好。」洛克伍德說。

我繼續說下去：「一開始在百貨公司裡的時候，我感覺到某種……超自然雜訊——可以說是干擾？——讓我想到那面骨頭鏡子。不過等我眞的進入枯骨牢房後就停了。」

「我在想……說不定我們抵達百貨公司時這個裝置還在作用。小露，說不定他們只是早妳一步離開。」

「喬治，這也太毛了。」洛克伍德的評論意外的合理，遇見活人比死人還可怕。「總之呢，你先前的理論沒錯，監獄裡的鬼魂被這些奇怪小動作刺激，在整個切爾西區掀起漣漪般的動亂。芙洛信誓旦旦地說那個密道出口幾個月前還不在那裡，所以是很近期的事情。眞想知道他們在幹嘛，有什麼目的……還有他們的身分。」

「我們還有你們找到的菸蒂。」喬治說：「我找了一個賣菸草的朋友，他說那是波斯之光，滿少見的牌子。但也不知道這算得上什麼線索。我來不及找到其他東西，讓那票羅特威調查員打散所有的擺設眞是太可惜了。」

洛克伍德點頭。「眞的。荷莉，妳有什麼看法？」

「我還是覺得這塊桌布有夠礙眼。不知道你們爲什麼不寫在紙上，這樣我就可以幫你們好好歸檔了。喬治，你看你的圖上都是果醬。」她端起盤子。「誰還想吃鷹嘴豆三明治？」

「再幫我拿兩個就好。」喬治說：「我要替壓軸的巧克力蛋糕省肚子。」

洛克伍德拿了個三明治。「露西，說說妳的想法吧。妳今天眞的很安靜。」

沒錯。這兩天，全新的認知在我心中落腳，緩緩的、輕輕的，像是毯子或是羽毛被。它的力道溫和，我卻還是被壓得步履蹣跚。在那之後，要開口說話實在是不容易。

「我只是在想……」我小聲說：「你們覺得哪個鬼魂有辦法讓人預見未來嗎？我的意思是，它們基本上只會重現往事。這是它們的本質。但既然學人鬼——或是別種訪客——能潛入人心，汲取思緒，它們是否有其他本事？比如預測即將發生的事情？」

他們愣愣看著我。「哇塞。」喬治說：「你們知道我今天下午想到最深奧的事情只有我能塞下多少洋芋片嗎？」

「是喔。」洛克伍德語氣強硬。「露西，這是妳的答案。那——」

「好吧，與鬼魂和時間有關的理論百百種。」喬治打斷他。「有人認爲它們並沒有受到任何法則束縛——所以才有辦法回到人間。它們被綁在特定地點，但可以在過去與未來間自由來去。要是這個前提成立，它們怎麼不能預測未來呢？它們有機會看到我們看不到的事物吧。」

洛克伍德搖搖頭。「我半個字都不信。好了，小露，關於妳面對的學人鬼，它和其他人說的一樣，披著奈德．蕭的外皮嗎？妳沒有告訴我們太多細節。」

妳看到的一切並非既成事實。有時候只是還沒發生……

我把自己拉回當下，直直看著他——眞正的洛克伍德。活著的洛克伍德。「喔——沒有。當時很暗，我認不出那是誰。」我推開椅子起身。「好啦，我去樓上睡一下。幫我燒個水，我馬上回來。」

□

回閣樓的途中，我經過洛克伍德姊姊的房間。心中浮現的痛楚與過去不太一樣。不是讓我心癢難耐的好奇心，更像是單純的後悔——後悔我在那裡做過的事，以及那些行爲揭露的眞相。

我總算理解洛克伍德維持房間擺設、不去使用的心情了。多年來，失去姊姊的影響在房裡迴盪不去。他心中也懷抱著同樣的空虛——一片廢墟——再怎麼忙碌都無法塡滿那分空虛。在監獄通道提起這件事的時候，他（眞正的他）親口承認此事。這是他不斷向前的動力。他永遠不會停下來，他要不斷冒險，打倒可惡的敵人，保護與他並肩作戰的人，保護他在乎的人。

如果我是其中之一……

我鑽進閣樓的浴室，鎖上門。直到站在洗手台前，熱水灑上我的手、從排水口流掉，我才抬起蒼白浮腫的臉，凝視鏡子。我知道自己作出決定了。

我讓妳看見未來。妳的行爲導致的後果。

要是我能阻止，就不會走上那樣的未來。

我洗了臉，回房間站到窗前，眺望漸漸暗下的天色和滿城冬雨。

「妳現在想自己生悶氣還是接受插嘴？」

「喔，都忘記你在了。」把拘魂罐抱離廚房後，我拿它來當門擋。鬼臉幾乎看不見，只有幾道模糊線條浮在閃耀微光的骷髏頭上。不過它眼窩裡閃閃發亮，猶如黑暗的星星。

「派對好玩嗎？荷莉．孟洛玩得開心嗎？」

「對，她在狂嗑她的胡桃沙拉。」

「妳沒聽懂我的意思。我重問一次，她還在嗎？」

「我以為你現在已經習慣了。」

「是習慣了沒錯。但這就像是一早醒來，發現鼻子上那個大瘤還在。沒錯，妳也習慣了——可是妳不會因此手舞足蹈。」

我勾起沒有感情的笑容。「我知道。不過別忘了她也幫過你。她把你從艾克莫的廢墟裡拖出來。」

「我該感激她嗎？這代表我要和妳度過更多無趣的時光！」罐裡的鬼臉左搖右晃，形貌噁心。「他要被寵壞啦。盯好妳的男朋友洛克伍德。他得到太多讚賞，腦袋都昏了。看好了，現在他會更加靠攏費茲偵探社。哈，看看妳的表情！被我說中了吧？」

「他是要和費茲的老闆吃早餐，可是這不代表……還有啊——」

「吃早餐？事情都是這樣開始的。在燻鮭魚與橘子汁之間裝模作樣地假笑。你們成為他們旗下一員、空有虛名，那也是遲早的事。」

「說什麼屁話。他才沒有那麼軟弱。」

「對啦。洛克伍德最不虛榮自大。妳知道他起床時頭髮有多亂嗎？每天要在鏡子前整理好幾個小時才能見人。」

「才不會。是嗎？你怎麼知道？你亂說的吧。」

「是嗎？你們的偵探社叫什麼來著？波特蘭街事務所？馬里波恩鬼魂獵人……？不！你們是洛克伍德偵探社。天啊。眞是謙虛。我很意外你們沒拿他的笑臉當正式商標，牙齒旁邊還要加個閃光。」

「你說完了嗎？」

「嗯，說完了，對。」

「很好。我要下樓了。」

一如往常，只要刪去諷刺和惡意，骷髏頭的言論意外有道理，但我一點都不感激。他是鬼魂。我在和他說話。他也是我的問題之一。

□

回到廚房，熱茶已經泡好，倒進乾淨的杯子裡。那個巨大巧克力蛋糕在餐桌上獨領風騷。喬治在旁邊晃來晃去，揮舞刀子。他用刀尖示意我快進來。「小露，妳回來得正好。我已經忍了一整天，就等最後的乾杯啦。洛克伍德的吹噓、荷莉對思考布的尖銳批評、妳突然跑得不見人影。現在總算——」

「還有你永無止盡的理論。」洛克伍德說。「那部分最無聊。」

「好吧。既然妳回來了，露西，沒有任何事物可以阻止我們給予它應有的關注。」喬治活動手指，把刀刃湊向蛋糕糖霜。

「等等，有件事我要先說。」我說。

刀子停在半空中，喬治哀怨地看著我。其他人放下杯子，或許是因爲我微微顫抖的嗓音，他們豎起耳朵。我沒有坐回原處，只是站在椅子後方，雙手緊握椅背。

「我要宣布一件事。最近我想了不少，在我看來，有些事情沒有那麼順利。」

洛克伍德愣愣看著我。「沒想到妳會這麼說。我以爲妳和荷莉——」

荷莉起身。「我是不是該離席……」

「與荷莉無關。」我盡力對他們擠出笑容。「眞的。拜託，荷莉，坐下吧。謝謝……都是我的問題。你們都知道在艾克莫到底發生了什麼事，和我們賣給報社的說詞差滿多的。那個摧毀一切的騷靈——它的力量來自我。」

「還有我。」荷莉說。「因爲我們起了爭執。」

「我知道。但那是我起的頭，我的憤怒是它主要的能量來源。不，抱歉，喬治，」——他試圖打岔——「我很確定。是我的天賦搞的鬼。它越來越強大，越來越難對付。它刺激了那個騷靈，產生負面效果，即使在我比較能控制自己的時候——比如對鬼魂說話，或是聽它們說話——我其實已經控制不住自己了。這種狀況讓我們的處境越來越危險。你們都知道在冬園小姐家出了什麼事。前天，在地下監獄裡面，我對訪客說話，但掌握主控權的其實是它們，不是我。你們當時都不在場，可是我無法確定自己不會再度失控。我相信這種事會再發生。對於靈異現象調查員來說很不應該吧？」

「妳不要把事情看得太重。」喬治說：「我們都可能出狀況。我相信我們可以協助妳繼續下去——」

「我知道你們會支持我。這是當然的。可是這樣不公平。對你們不公平。」

荷莉皺著眉，俯視膝頭。喬治忙著調整眼鏡。我的指尖用力貼上木頭椅背，感受它的平滑與粗糙。

「就這樣？」洛克伍德低聲問：「眞的只有這樣？」

我看著坐在我旁邊的他。

「這樣就夠了。我害你們差點喪命，而且不只一次。再過不久，我會成爲偵探社的累贅。我很在乎你們，不能放任這種事情發生。」笑容已經快要撐不住，隨時都會崩解。我得快點說完。

「因此我下定決心，從現在起辭去洛克伍德偵探社的工作。」

廚房裡一片寂靜。

「這樣要我怎麼享受蛋糕啊。」喬治說。

《洛克伍德靈異偵探社3空殼少年》完

Lockwood & Co.

特別收錄

桌邊的匕首

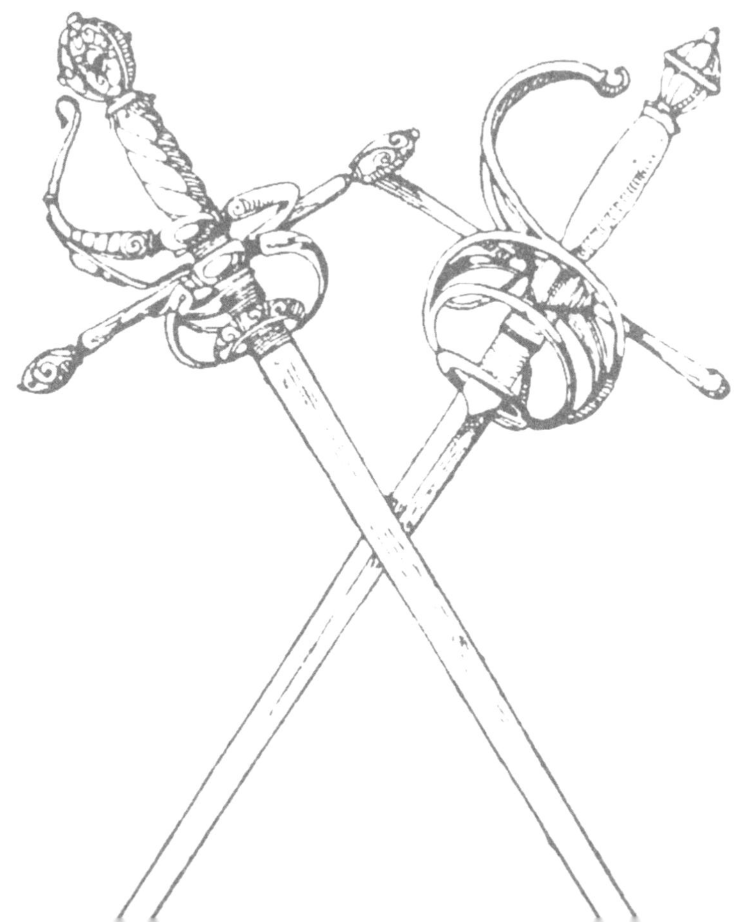

那是某個冬季上午，解決完飄浮手指奇案後，洛克伍德、喬治與我在廚房裡集合吃一點都不早的早餐。細刃長劍、鐵鍊、鹽彈散了滿桌。喬治的外套滿是鬼氣燒灼的點點焦痕，隨意掛在椅背上。一隻牢牢封在銀玻璃匣裡的人類手掌擱在麥片盒旁，準備要送去銷毀。這種鬼東西是屋裡的常客，完全不會破壞我們的胃口。我們準備再續一輪熱茶和吐司時，屋外響起清脆鈴聲。

「可能是客戶。」洛克伍德說：「露西，妳去看看是誰。」

我皺眉。「爲什麼是我？」

「我還穿著睡衣，而喬治臉上沾滿果醬。」

挺有道理的，我實在是無法反駁。我前去應門，迎上一名圓滾滾的矮小男子，他頂著紅潤臉頰和蓬亂的黃褐色頭髮，身穿棕色斜紋軟呢套裝，驚恐地瞪著眼。

「抱、抱歉打擾了，小姐。」他說：「我、我我想我看到鬼了。」

我請他坐上沙發，送上餅乾和熱茶，這名男子卻更顯不安。他手指發抖，牙齒打顫，視線左右亂飄，彷彿預期會有什麼東西從牆上彈出來把他吞掉。等到洛克伍德（換好衣服了）和喬治（稍微去掉臉上的果醬）進房時，他整個人跳起來，茶水灑上襯衫前襟。

洛克伍德與他握手。「我是安東尼．洛克伍德。這兩位是我的同事，喬治．庫賓斯和露西．卡萊爾。請問今天需要什麼協助嗎？」

「我名叫山謬爾．懷塔克。」面色紅潤的男子說：「我是聖西蒙資優學院的校長。這是一所歷史悠久的名校，位於漢默史密斯區，近年校舍大多經過翻新。上個月，我們開設了新的圖書室，就在那個時候——」他吞口水的聲音清晰可聞，「那些事情開始發生。」

「起先是孩子們注意到那些變化。」懷塔克先生繼續說：「二年A班的學生。他們抱怨聞到令人不快的氣味。是的，二年A班就在男廁旁邊，所以我沒多想。但他們也提到不斷擴散的寒氣，感受到難以形容的恐慌——還聽到微弱的鏗鏘聲。」

「什麼樣的鏗鏘聲？」喬治問：「腳鐐？鍊子？」

「不知道。我是大人。我什麼都沒聽到。」

「這些現象在什麼時段發生？」

「每次都是過了三、四點，天色開始暗下的時刻。總之呢，昨天狀況惡化。我在二年A班教課，學生正在收拾書包，又開始抱怨寒意和討厭的臭味，這時有個東西被丟進教室，砸破門上的玻璃，咻咻飛過來，直直插進我的辦公桌側邊。洛克伍德先生，那是一把刀子！長長的刀刃，握把看起來頗有年代！等回過神來，我衝出去往走廊左右張望。一瞬間，我好像看到了——用眼角餘光——一道影子站在圖書室門邊：身形佝僂、面貌醜陋的人影。我一轉頭，那影子就消失了。然而我還是感覺到有東西在看我；那個東西充滿可怕的邪氣與惡意……」懷塔克先生打了個哆嗦。「我受不了了！我封閉學校，跑來找你們，希望你們能幫幫我。」

「我們當然會盡力而為。」洛克伍德說：「想請教一個問題，那把刀子在哪？」

校長一愣。「它深深插進桌子拔不出來。疏散學生時我把刀子留在原處，現在還在那裡。」

洛克伍德嘖了一聲。「希望如此……沒關係，今晚就知道了。二年A班位於學校尚未翻新的區域嗎？」

「是的，那棟校舍有百年歷史，從牆板就看得出來。」

「離新圖書室近嗎？」

「不遠。在同一條走廊上。」

「懷塔克先生，謝謝。」洛克伍德說：「這樣就行了。我們將在日落前一小時抵達聖西蒙資優學院。相信你會幫我們留一扇門？」

「這是當然……」矮小男子語帶猶豫。「想必你們不會要我……」

洛克伍德露齒一笑。「別擔心，我們自己四處看看。」他起身，伸出手。「再見。我們明天一早就能向你報告。」

我們目送客戶沿著門前小徑踉蹌往外走，快步轉上大路。

「你們覺得是什麼？」我問。「騷靈？」

洛克伍德搖頭。「騷靈會把東西丟來丟去，但它們沒有具象的形體，對吧？懷塔克說他看到影子。」

喬治摘下眼鏡擦亮鏡片，一臉狐疑。「我不喜歡這樣。」他喃喃唸著。「全部都不對勁。這個鬼魂強大到能在天黑前投擲尖銳物品！我們一定要特別小心。」

「喔，你想太多啦，喬治。」洛克伍德說：「不會有事的。」他伸伸懶腰，打了個呵欠。

「好啦，誰要再來一片吐司？」

□

過了中午，我們在地下辦公室整裝。鬼魂痛恨鐵和銀，也不太喜歡鹽巴，因此大部分的裝備道具都結合了這些要素。我測試要圍成保護圈的鐵鍊強度；喬治裝填一罐罐鹽巴和鐵粉；洛克伍德則遞給每個人一顆鎂光彈。我們檢查工作腰帶，在練劍室裡稍微活動筋骨後塞了幾個三明治，揹起厚實的裝備包，朝漢默史密斯出發。午後天色陰沉，落葉被陣陣狂風吹了滿街。驅鬼街燈已經亮起。

聖西蒙資優學院是幾棟沉悶建築物的綜合體，離高架公路不遠。校舍主棟被經年累月的倫敦黑煙廢氣熏成灰黑色，由一片片陡峭屋頂、歌德風角樓組成，窄窗反射黃昏時分的幽光。新蓋的校舍從主棟兩側延伸出去，水泥與玻璃的構造同樣醜陋。

我們一步步走進，喬治沉著臉打量校舍。「這個地方保證塞滿鬼魂，我感覺得到。」他說。

「不是我們處理不來的棘手問題。」洛克伍德說：「好啦，門在這裡。」

只有正面門廊亮著燈，門一碰就開。洛克伍德率先進門，我跟在他背後，喬治殿後。

我們四下張望。

穿堂鋪著地磚，牆上貼著孩子們的畫作，接待櫃台貼牆擺放。空氣中帶著熟悉的地板蠟、襪子、過期食物的氣味，和一般學校沒有兩樣。陰影漸漸拉長，日光消失殆盡。走廊盡頭已經無法看清。

我們站在原處，各自動用天賦探查。洛克伍德和喬治以雙眼尋找鬼魂蹤跡，我豎起耳朵傾聽不屬於這個世界的聲音。

非常安靜。什麼都聽不到。或者是幾乎聽不到，有那麼一瞬間，我似乎捕捉到微弱的金屬摩擦聲……

消失了。距離太遠。目前是如此。

「很好。進入下一個階段。」洛克伍德說：「直接去二年A班的教室。」

喬治舉手。「等等，洛克伍德。調查的第一守則：深入鬧鬼建築前必先建立安全基地。我們要在這裡圍起牢靠的鐵鍊圈，一旦事情不對勁就馬上退進來。」

洛克伍德皺眉。「沒必要在這裡設鐵鍊圈。我們離鬼魂那麼遠，只是在浪費鐵鍊。」

喬治隔著眼鏡狠狠瞪他。「每年都有數十名調查員遇害，就因爲他們懶得採取正確的防護措施！花不了一分鐘，有備無患。」

「嗯，我認爲我們應該要直接觸碰一切的核心，把對手逼出來。」洛克伍德說：「露西，妳怎麼想？」

「我在想到底該不該去新圖書室看看。根據懷塔克的說法，圖書室落成後鬧鬼事件才浮上檯面。說不定在建築過程中驚擾到什麼東西——或許能在那裡找到鬼魂。」

洛克伍德慢條斯理地點頭。「小露，這個想法不錯。前往教室途中看一眼圖書室吧，在那裡測一下溫度。說到這個——現在幾度？」

被我們忽視而不斷碎唸的喬治解下腰間溫度計，確認發光的面板。「十六度。」

「好。繼續盯著。一有變化就通知我。」

溫度驟降是超自然力量逼近的重要跡象。有時候能靠著這些蛛絲馬跡撿回小命。過去調查某間可怕的豪宅時，我踏進閣樓廁所，發現室溫掉了十度。幸好我有注意，才能在死靈從磁磚間步出前及時抽出長劍。

不過十六度還算安全。我們調整裝備包，雙手從不遠離腰帶，沿著走廊前進。

顯然這是舊校舍的範圍，橡木牆板覆蓋石膏牆面的下半。滿牆的公布欄和照片幾乎延伸到天花板。照片中有運動隊伍、舉著獎盃的卓越選手，全校合照裡的大批師生一同直視鏡頭。太暗了，看不出多少細節。爲了保持感官敏銳，我們幾乎不開手電筒——只在確認門上標示時開啓幾秒。

「一年A班、一年B班……」洛克伍德喃喃唸著。「一年C班……科學實驗室……對了，圖書室在哪？」

一道聲響在黑暗中迴盪——低沉又刺耳的咿呀聲，瞬間安靜下來。

我煞住腳步。「喬治，是你的肚子在叫嗎？」

他茫然望著我。「我的肚子怎麼了？我什麼都沒聽到。」

「我也是。」洛克伍德說：「露西，妳聽見什麼了？」

是的，這是我的天賦。我能聽見其他人聽不見的聲音。「恐怖的摩擦聲。類似生鏽的門板鉸鍊，或是棺材蓋翻開那樣。」

「什麼？」喬治問：「然後妳以爲是我？」

「你肚子餓的時候會發出怪聲。」

他一愣。「好吧，確實是。」

「聲音從哪來？」洛克伍德問。

「前面吧，大概。不知道。」

「很好，所以我們的方向沒錯。」

我們穩定推進，鞋底在木頭地板上敲出微弱聲響，很快就來到主廊的盡頭。比較窄的走道往左右伸展。我們正對著格外光潔的門板，比方才看過的幾扇門還要有現代感。牆上掛著木頭標示牌，上頭刻出一個個字母。洛克伍德舉起手電筒一照。

「厄尼斯特．波茨紀念圖書室。就是這裡了吧。」

他才剛說完，一股寒風吹向我們，擾動周圍空氣。我們瘋狂揮舞手電筒，光束亂掃，走廊上空無一物。

「溫度下降了。」喬治說：「現在是十一度。」

「準備拔劍。」洛克伍德一邊說著，打開圖書室的門。

沒有什麼東西撲向我們，這是好事。圖書室空間寬敞，通風良好，書櫃用的是時髦的淺色松木，看起來順眼。空氣中帶著嶄新裝潢的氣味。一排排整齊的書本蓋滿牆面，高大窗戶正對著看起來相當沉悶的小操場。半月懸在倫敦上空，微弱的光線照進室內。

喬治默默打開他的裝備包，抽出長條鐵鍊，在圖書室中央設起保護圈。洛克伍德沒有抗議。他負責以雙眼偵測危險跡象，我則是側耳傾聽，我們毫無收穫。

中央的兩扇窗戶之間有一座小小的台座，上頭擺著一尊維多利亞風格的男性胸像，面容嚴峻、營養良好，留著一把巨大的絡腮鬍。我上前細看。

「厄尼斯特．波茨。」我唸出刻在胸像下的名字。「校長，一九二五年至一九五七年。看起來脾氣超差。」

「他的鬢角也太誇張了吧！」洛克伍德驚呼：「這些鬍子剃下來都可以塞滿抱枕了！我在想——」

「等等！」我說：「我聽到聲音了。」

圖書室裡一片寂靜。我們豎起耳朵，一動也不敢動。

隔著半掩的門，從外頭走廊上斷斷續續的敲打聲飄了進來。聲音雖然小，但離我們不遠，而且漸漸逼近。隨之而來的還有腳步聲，聽起來不太平衡——穩穩踏出一步，接著是長長的拖行，彷彿是無力的腿腳艱辛地劃過地板……

「我也聽到了。」洛克伍德突然悄聲說。「快進圈子裡。」

我們踏入鐵鍊圈。

「氣溫還在降。」喬治低喃：「七度……六度了……」

我們抽出固定在腰帶上的細刃長劍。

可怕的跛行腳步聲越來越近。敲打聲也越來越近。

「鑰匙。」我吐出氣音。「聽起來像鑰匙。」

「五度。」喬治語氣平穩，呼出一團團白煙。

我們一同面向房門。

腳步聲停住。一縷縷鬼氣從門縫間滲入，寒氣灼痛我的皮膚。

有什麼東西從外側猛擊，使得門板微微震盪。那股力道再次撞上門板。

「洛克伍德。」我嘶聲詢問：「怎麼辦？」

「我們按兵不動。很吵、很可怕，不過它不是衝著我們來的。要是它進了房間那就另當別論。靜觀其變吧。」

他還沒說完，第三聲巨響傳來，石灰粉末從天花板飄落，地板跟著震顫。喬治和我縮回鐵鍊圈內。我們舉起長劍，繃緊肌肉，凝神等待——

等待……

沒有東西進門。

門外恢復安靜。房裡的壓力散去。淡淡的鬼魂霧氣逗留了幾秒也跟著消失。

我們三個鬆了一大口氣。我到現在才發現自己一直憋著呼吸。

「室溫回到十度了。」喬治報告。

洛克伍德點頭。「沒事了。暫時。」他踏出鐵鍊圈，大步上前開門。我們回到黑暗的走廊上，手電筒光束掃來掃去。前方、左邊、右邊都是長長走道。毫無動靜。

「什麼都沒有嘛。」喬治說。

「難講。」洛克伍德語氣嚴肅。「看看這個。」他將手電筒照向門邊牆上的木牌，就是上面有「厄尼斯特．波茨紀念圖書室」的那個。木牌沒有先前那麼意氣風發了，上頭多了兩道斜斜的窟窿，劃過那排字。可能是刀子劃出來的。或是利爪。或是又長又尖的指甲。可能性很多，沒有一個讓人感到心曠神怡。

「是我想太多嗎？還是說有什麼東西對於這間漂亮的新圖書室不太滿意？」我問。

喬治隔著厚厚的圓框眼鏡瞇眼細看木牌。「不然就是它對這個厄尼斯特．波茨阿伯有意見。看看他的名字被刮成什麼樣子。」

我點頭。「可能是看他那臉鬍子不順眼吧。和我一樣。」

「管他原因是什麼，我不覺得圖書室是鬧鬼事件的核心。」洛克伍德說：「在裡面觀察到的跡象不夠強烈。源頭肯定在別的地方。」

喔，我有沒有提過源頭？向各位簡單說明，鬼魂是這樣的，它們沒辦法照著自己的喜好飄來飄去，所有的鬼魂都與某個特定物品或地點綁在一塊——它們喪命的地方、生前重視的物品，或者（通常）是它們的遺骸。我們把這個連結點稱爲「源頭」，調查員在找的就是這個。找到之後將它摧毀，或是拿銀製物品封住——鬧鬼事件畫下句點，可以回家喝茶啦。

「現在該去那間教室看看了。」洛克伍德繼續說下去。「檢查那把神祕的刀子——喬治？怎麼了？」

喬治整個人劇烈抖動。他如果不是內急，就是有了什麼靈感。或者兩者皆是。有時候這兩種狀況會一起發生。

「如果可以，我想在圖書室裡晃晃。」他說：「看能不能找到校史相關的書。不然以前的校刊之類的也好。我想盡量挖掘波茨老校長的過去。這種情報有可能在意想不到的時刻派上用場。」

這是喬治的專業領域——查出各種隱情。洛克伍德點頭。「你自己一個人沒問題吧？」

「當然。不用你們牽著我的手。我可以把找到的資料放進鐵鍊圈，窩在裡面看。安全極了。晚點見。」

喬治鑽回圖書室裡。洛克伍德和我走向左邊的走廊。我們回到舊校舍區，左右都是牆板和石膏。左手邊有幾扇門，我們邊走邊確認。第一間是儲藏室，塞滿拖把、吸塵器、大量的捲筒衛生紙。這裡好冷，室溫幾乎不到七度。第二間不比櫥櫃大上多少，放了紙筆和其他文具。這裡也很冷。第三間是男廁，滿臭的，不過溫暖多了，接近十二度。至於第四間——

第四扇門開著。不用看標示牌就知道此處便是我們的目的地。鑲在門上的玻璃被砸碎了，亮晃晃的尖銳碎片在手電筒光線下閃閃發光，在我們的鞋底下劈啪作響。

到處都看得出學生匆忙離開的跡象，課本和鉛筆盒散在桌上，書包和大衣掉了滿地。教室前方給老師用的椅子四腳朝天。走近一看，我們在辦公桌面向教室門那側找到把懷塔克先生嚇得半死的東西。

那是一把長長的刀子，刀刃很薄。刀柄纏繞皮繩，看起來頗有年代，滿是摩擦痕跡。上頭還掛著幾縷灰色蜘蛛網，隨著微弱的氣流晃盪。

「這不是普通的刀子。」我說：「是匕首。」

「妳知道我是怎麼想的嗎？」洛克伍德緩緩說道：「老舊的軍品。我猜是一戰的東西——士兵帶在身上的裝備。」

「好吧，那它是打哪來的？」

「只要能解開這個問題，就能找到鬼魂。」洛克伍德直起腰。「露西，聽好——我沿著走廊再往前走一點。幾乎可以確定那邊沒東西，我認爲源頭在這裡和圖書室之間。我馬上回來，在那之前妳先記錄教室各處的溫度，可以嗎？」

「好。」

他溜出門外，遁入黑暗。我幾乎沒察覺到他是如何離去，光是那把匕首就夠我忙了。各位，我的天賦之一是觸碰。拿著殘留靈異能量的物品時，我有機會感覺到或聽到與它過往有關的事物。並非每次都能成功。假如靈異能量太過強大，也可能讓我不適，甚至帶來危險。但是從中獲得的情報通常挺有用。

我凝視著匕首，思考是否該冒險……

當然該！我可是堂堂正正的調查員，工作內容之一就是冒險。應該要直接印在名片上才對。

我垂手觸碰刀柄。

起先什麼都沒有——只摸到冰冷粗糙的皮繩，感受它緊緊纏繞著金屬。只感受到蜘蛛網黏住皮膚的搔癢。我閉上眼，努力放空。

一瞬間，數不清的感知襲來。

我倒抽一口氣。那並不是什麼舒服的感知，在我心中塡滿漩渦般的苦澀與憤怒。有痛苦和隱約的怨恨，還有忌妒。其中最強烈的是貪婪——無窮無盡的猛烈貪慾，渴求一切有價值的事物。幾個影像一閃而逝，我看到歡笑的孩子、學校走廊和教室（風格老舊，看得出和我們現在所處的校舍是相同地方），還有在泥濘戰場上掙扎的士兵（這部分影像比較模糊）。最鮮明的畫面是一個敞開的箱子或櫃子，裡頭裝滿錢幣，同時伴隨著陰鬱的興奮。

我差點鬆手，不過一瞬間我從過去的記憶中認出某張臉——粗壯的寬臉、生著大把絡腮鬍。它狠狠瞪著我，似乎要開口說話。下一刻，我被恐懼與憎恨席捲，沿著走廊逃跑，急著要離開，要逃進我的祕密空間……門狠狠甩上……我安全了！這裡只有我一個人！至少現在安全了！最棒的是我還帶著寶貴的——

「露西！」

我迅速睜開眼。這嗓音將我從恍惚中喚醒。我縮手，轉過身，往教室外看去。我幾乎什麼都看不到。使用天賦後總會有一段時間難以平復。腦袋昏昏沉沉，感官變得遲鈍，像是剛從夢中驚醒，得要花點時間緩過來。而且這裡真的很暗。

「露西……」

我望向圖書室的方向，瞥見一道高高瘦瘦的身影，它朝我揮手。

「洛克伍德？」我往皮帶上摸索手電筒。「是你嗎？」

人影再次招手，溜進其中一間儲藏室。等我打開手電筒，它早已不見蹤影。

「洛克伍德？」我又喊了一聲。

沒有回應。但我聽得出那嗓音是多麼急促，看得出那人的手勢有多緊張。我快步踏出教室，沿著走廊前進。外頭溫度降得很低。

「露西……」

毋庸置疑。聲音來自小儲藏室門後。我伸手準備轉動門把——

背後傳來咳嗽聲。

我猛然轉身，舉起手電筒。是洛克伍德——冷靜、從容，優雅地挑起一邊眉毛。

「小露。妳在幹嘛？我不是要妳待在教室裡？」

我像個白痴一樣愣愣看著他。「呃……對。可是你剛才沒有叫我嗎？」

他直盯著我。

「你剛才不是招手要我過來？」

「我沒叫妳，也沒對妳招手。我照著原本的計畫往走廊另一頭前進一小段，正如我的預測，什麼都沒找到。因爲事發地點就在這裡。妳恰好證明了這一點。妳看到了什麼？」

我打了個哆嗦，視線投向小儲藏室的門。「不知道。無論那是什麼，它都希望我和它一起進去。」

洛克伍德瞇細雙眼。「或許晚點就能順了它的意，在那之前要先好好整裝。妳在教室裡查到什麼了嗎？」

我深吸一口氣。透過感應能力獲得的情報總是難以表達、難以言喻。不過這回我連試都沒機會，因爲淒厲響亮的慘叫聲恰好從圖書室傳來，在牆面迴盪一會才漸漸消失，肯定是喬治。

洛克伍德和我瞪大眼互看。

「喔，妳也知道喬治是什麼德性。」洛克伍德說：「他八成是手一滑，腳趾被百科全書砸了。」

即使嘴上這麼說，他還是邁開步伐衝向圖書室。

撞進圖書室時，我們發現騷動的來源不是區區一本百科全書。看來喬治爲了照亮書頁，從裝備包裡掏出提燈，在鐵鍊圈裡點亮。在飄忽不定的火光中我們目擊令人震驚的一幕：整齊排在架上的書本幾乎全被抽出來甩了滿地，姿態各異，有的內頁朝上，有的封皮朝上，紙張皺巴巴的。只有鐵鍊圈內沒被書本覆蓋，喬治蜷縮在那裡，臉色蒼白，雙手抱頭。

「喬治，我知道你書看得快。」洛克伍德評論。「但這實在是太──」

「小心！」喬治的警告來得太遲了。一本厚實的精裝書砸中洛克伍德腦袋側邊，把他打倒在地。另外一大堆受到隱形力量控制的書本浮在半空中。它們咻咻亂飛，撞擊牆壁，被窗玻璃彈飛。我往側邊蹲低，一本書從我身旁噴射而過，撞上書架。圖書室內各處都是翻動飛舞的書本，書架格格震動，桌椅滑動，在地板上刮出刺耳噪音。窗邊台座上的厄尼斯特．波茨大理石胸像劇烈搖晃，彷彿即將炸開。我蹲在洛克伍德身旁，他側躺在地，還不太清醒。

「我想我知道是誰了！」喬治高喊：「他痛恨波茨──所以才會回來──」他矮身躲過旋轉著衝向他鼻子的書本。

我環視整間圖書室，心急如焚。攻擊力道漸漸提升，更多物體開始挪動。當務之急是把洛克伍德弄進鐵鍊圈。我抓住他的雙臂，往房間中央拖行。這可不容易，他比我高大，身上還掛著一堆裝備，朝我轟炸的飛天書本讓情勢雪上加霜。喬治跳出圈外趕來幫忙，就在他彎下腰時，他身後的空氣一陣擾動。一絲絲異界光芒幽幽浮現，越來越強烈，化為高大瘦削的人影，朝喬治逼近。

我鬆開洛克伍德的手，抽出腰間長劍，劃過喬治頭頂上。鐵製劍刃穿透那道散發微光的形體。人影消散，奔流的空氣平息下來，圖書室裡的書本重重落地。

過了一會，我們把洛克伍德拖進圈內，癱在地上氣喘吁吁。洛克伍德總算有力氣起身，他太陽穴周圍留了一大片瘀傷，看起來還有點暈。

「喬治，你知道鬼魂的身分了？」我緩過氣來，連忙逼問。

「嗯。」喬治說：「應該是。我在某本校史紀錄中查到的。他名叫哈洛德．羅區，曾是這裡的校工，那是將近一百年前的事情了。他在第一次世界大戰時身受重傷——一條手臂被子彈射斷，腿也受傷了。看來他運氣不太好，但似乎也不是什麼好東西。他在學校裡鬼鬼祟祟地遊蕩，把學生嚇得半死。而且他一向隨身攜帶軍用小刀，要是哪個小孩惹毛他，就會抽刀揮舞，威脅要割掉孩子的耳朵。」

「啊，偉大的英國教育體系。」洛克伍德說：「打造出現在的我們。」

「還傳出他不時盜用公款的謠言。」喬治繼續說下去：「雖然沒有任何證據。總之呢，在這位厄尼斯特．波茨當上校長後再也沒有這種鳥事。」他用大拇指比了比窗邊的胸像。「他容不下羅區校工。看來兩人曾經對質——校長控訴羅區偷錢。羅區矢口否認，卻在波茨威脅要報警時溜之大吉，音訊全無。大家都猜他帶著那筆錢遠走高飛。」

「或許，他還在這裡。」洛克伍德輕聲說。圖書室裡陷入短暫的沉默。

「完全符合我感應到的殘留跡象。」我向他們描述了觸摸匕首時的感受，以及我在走廊上看到的身影。「我認為他藏在學校某處——就是他藏匿贓款的地方。說不定他確實計畫捲款潛逃，但因故無法如願。至於他的下落呢，現在應該很清楚了吧。」

「喬治，有兩間儲藏室。」洛克伍德說：「一間是正常大小，另一間和櫥櫃沒有兩樣，沒有很深。露西看到鬼魂進入小儲藏室。後頭有足夠的空間可以藏東西。」

喬治點頭。「那就是那裡了。哈洛德．羅區就在那裡。」他疲憊地拎起裝備包。「快走吧，不然他的鬼魂又要現身了。」

我們沒花多少時間整裝，來到走廊上，準備進行調查的最後一個階段。裝備沒問題。長劍、鹽彈、鐵粉都有。鐵鍊也在。手邊還有不該在狹窄空間使用的鎂光彈（很可能會引發火災）。用來封住源頭的銀製道具也準備就緒。沒錯，我們蓄勢待發。只有一些小問題，比如說洛克伍德時不時暈眩，以及我看著儲藏室的門時恐懼油然而生。我還記得那哄騙我的微弱嗓音。

喬治拉起垂到肚皮下的腰帶。「好啦，相信洛克伍德無法勝任，也能理解露西被剛才的遭遇惹得要炸毛。不然就讓我帶頭吧？」

我斜眼看他。「眞的？你確定沒問題？」由喬治領路的機率不高。

他輕笑一聲。「相信我。」

「那你動作輕一點。」洛克伍德說。

喬治舉起他的長劍，拉開左手邊的門——裡頭是大間的儲藏室。門緩緩盪開，他拿手電筒一照，光束掃過吸塵器、擦手紙巾、一罐罐油漆……看起來和剛才一模一樣。喬治踏進房裡，洛克伍德和我跟在後面。我們沉著、安靜、專業，步伐輕巧猶如黑豹。

「來吧。」喬治悄聲說：「目前還不用擔心。」手電筒往旁邊一掃，他突然發出類似吼猴的叫聲，往後跳了整整一公尺，撞上洛克伍德和我。一組架子被我們撞得應聲斷裂，碎屑四散，油漆罐、衛生紙捲和我們一起落地，往四面八方滾動。

我們掙扎起身，三道手電筒光束在房裡瘋狂掃射。

「喔。」喬治說：「沒事，各位放輕鬆。只是拖把而已。」

「什麼？」洛克伍德和我狠狠瞪著他。

「我以爲是很瘦很瘦的鬼魂。結果只是拖把。你們看！拖把頭放在上面不是很像頭髮嗎？我就問誰會把拖把倒過來放？」

「喬治——」我準備發飆。

「等等！」洛克伍德直盯著牆。「你們看這片牆板！從地板鋪到天花板！學校裡其他地方的牆板都只有半面牆高。這面牆後頭就是小儲藏室，但它沒這麼深，所以這片牆板很可能用來隱藏密門。」

喬治皺眉。「我們有撬棍，直接打穿這面牆吧。」

「找到門把，或是開關應該比較容易。」洛克伍德雙手貼住牆板，瞬間縮回來。「哇——有夠冰！」

就在他驚呼的同時，我們也發現呼出的氣體再次凝成白煙。絕對沒有好事。再加上突然在我耳邊響起的拖行腳步聲、鑰匙互相撞擊的細碎聲響，全都離我們不遠。

「他回來了。」我低聲說：「我聽見他朝這裡接近。」

洛克伍德在牆板邊緣摸索。「他不會給我們太多時間。好吧，喬治，幫我找開門的機關。露西，可以麻煩妳看一眼走廊嗎？」

我探頭偷瞄。圖書室那側一片漆黑。教室那一頭的走廊中間凝聚起淡淡異界光芒。光暈的核心是道高瘦人影，一拐一拐地朝我們逼近。原本模糊的幻影越來越清晰，我看見破舊的衣服、拖在後頭的瘸腿、垂落的袖子……以及匕首的寒光、緊握刀柄的枯瘦手指。

我躲回儲藏室，洛克伍德和喬治正忙著敲打牆板各處。「壞消息。」我啞聲報告。

洛克伍德沒有抬頭。「還有多少時間？」

「我猜大概三十秒。」

「好吧。」洛克伍德嘗試性地猛壓牆板上褪色的區塊。毫無反應。「露西，喬治和我需要多一點時間。兩分鐘──最多三分鐘。妳想妳能拖住咱們的好兄弟哈洛德嗎？」

我回到門邊。「我看著辦。」

走廊上衣衫襤褸、腳步不穩的身影離我們更近了，它已經走過廁所門前，幾乎到了隔壁儲藏室外。光暈中散發出刺骨寒氣，朝我襲來的惡意彷彿有了形體。我突然一陣昏沉，四肢沉重得像是灌了水泥，難以控制。著地、拖行的不穩腳步聲敲打我的鼓膜。刀刃泛著幽光。

該出手了。我翻開大衣，從腰間抽出一顆鹽彈，用力擲出，讓它在發光形體腳邊地板炸開。脆弱的塑膠外殼裂開，鹽巴散了滿地，碰到鬼氣就燃起綠色火光。幻影宛如隔著水幕看到的圖畫般扭曲，瞬間消失──很快就再次現身，後退了一些。

我鑽回儲藏室。「進度如何？」

洛克伍德與喬治蹲在牆邊，注意力全放在一片和周圍沒有兩樣的牆板上。「找到了。」洛克伍德說。「底部藏了個小鉤子。我想它是往內開的，可是卡得有夠緊。再六十秒。」

「好。」

我抽出腰帶上的鎂光彈，在手中掂了掂重量，回到走廊上。就在這時，某個物體從我身旁擦過，差點劃破我的臉頰。我凝目一看——那把匕首插在牆壁上半段石膏裡，露在外面的刀柄還在震動。那道蒼白消瘦的身影從走廊彼端衝來，雙腳滑過地板，衣襬翻飛，殘存的手臂伸向我。

好了，它真的惹毛我了。我拋出燃燒彈。

鎂光火焰炸開，燃燒的鹽粒和鐵粉四散，又白又亮，令人一時炫目，對死者也能造成重大傷害。我閉起雙眼，等待第一陣熱氣散開。當我睜開眼時，地上燃起一團團白色火焰，牆面被燒出一個個針尖大小的焦黑窟窿。鬼魂消失了。

我回到儲藏室，洛克伍德和喬治的姿勢幾乎沒變。「現在呢？」

「喬治磨出水泡，我的手卡住了。」

「我在思考這扇門。」

「卡住了。不是鉸鍊鏽爛，就是被另一側的東西堵住。」

「可以請妳幫忙推一把嗎？」喬治氣喘吁吁。「說不定三個人的力量有辦法。」

我往後看了一眼。外頭的銀光越來越黯淡，火要熄了。「我用了燃燒彈。把他炸散了，不過隨時會回來。他很強大。」

「我知道。」洛克伍德說：「但還是要打開這玩意兒。小露，妳的重量或許能派上用場。」

「嘴巴給我注意一點。」我擠在他們身旁猛推。總算看見暗門的隱約輪廓。洛克伍德的手指卡在門板邊緣，喬治從底部使力。我一推，感覺到門板微微滑動。

「就是這樣。」洛克伍德上氣不接下氣。「差不多……」

空氣起了騷動，我往旁邊一看。一道身影出現在我們旁邊，有著長長的白髮，笑出少了牙床的牙齒。

我放聲尖叫，奮力一推。牆面動了，縮向另一側，我們三個接連摔了過去。

我們落在柔軟薄脆的不明物體上，乾巴巴的東西被我們壓碎。我聽見硬幣唰唰滑落。我止不住衝勁，向前翻了個跟斗，以坐姿著地，雙腳被對面的牆壁卡住。我跳起來，抽出手電筒，打開開關。

這是個沒有窗戶的小房間，牆邊堆疊的木箱紙盒讓空間更加狹小。有的箱子開著，有的沒有蓋子，裡頭千奇百怪的物品滿到溢出來，燭台、花瓶，甚至還有畫作。所有東西都包上一層層蜘蛛網和灰塵。沒什麼好意外的。蜘蛛熱愛源頭，在上頭待多久都不會膩。

說到源頭，它就在我們身下的著地點。洛克伍德和喬治匆忙滾到一旁。那扇密門前方，一具遺體趴在地上，隔著大量蜘蛛網勉強分辨得出舊式外套、法蘭絨長褲、腐爛的皮鞋。從乾裂的皮肉間看得到發黃的骨頭。腦袋隱沒在一組沉重的木箱下，箱蓋裂開，大量泛綠的硬幣傾瀉而下，將頭部淹沒一半。一把白髮從硬幣堆下冒出，臉完全被遮住了。幸好。

沒有人開口。喬治拉扯背上的裝備包，洛克伍德用力扯開包口，尋找合適的銀器。我盯住那道密門，眼角餘光掃過房間黑暗的角落。感覺得到鬼魂近在咫尺。但現在一切風平浪靜。或許剛才我在走廊上大幅削弱那個形體的力量；又或者是它總算接受了我們的來意。誰知道鬼魂是怎麼想的？我們無從判斷。

洛克伍德抽出一片銀鏈網，整片攤開，蓋在遺體上。一瞬間，我感覺到靈魂升起，密室裡的氣氛起了變化。我豎起耳朵，繃緊神經。什麼都沒有……沒事了。鬼魂眞的離開了。

我們默默站了一會。

「看看這些玩意兒。」洛克伍德率先開口。「他也算得上是收藏家了吧？」

「那個架子崩了。」我說：「你們看——就是門上那一塊。他躲在這裡，可能準備趁著天黑溜走。他把偷來的錢都藏在那個架子上。箱子掉下來，砸爛他的腦袋，或是壓斷他的頸子。就這樣。」

「我想這是罪有應得。」洛克伍德說：「他不該貪到這個程度。好啦，結束了。」

喬治跨過遺體，往自己的裝備包裡翻找。「太好了。有人要來個奶油圓麵包慶祝一下嗎？我從冷凍庫裡拿了一些。」

洛克伍德稍一猶豫。「呃，晚點吧。換個地方再說。」他笑了笑。「各位，做得好。特別是妳，小露。妳今晚表現優異，在每一個關鍵時刻作出正確的決定。」

我咧嘴而笑，臉頰有點熱，洛克伍德對我微笑時偶爾會讓我有這種反應。「沒什麼。不是我一個人的功勞，眞的。這是團隊合作的成果，對吧？要是只有我一個人，肯定做不來。」我低頭看了看整堆硬幣，又望向堆在牆邊的紙箱。「你們認爲這些東西現在還有價值嗎？」

「或許吧。」洛克伍德說：「懷塔克先生有機會把學校整修得更完善啦。」

喬治拎起裝備包。「可能要從男廁開始。從這裡都能聞到味道。所以呢？結案了？」

洛克伍德點頭。「嗯……對，我想就到此爲止吧。」

說完，我們離開密室，到外頭吃麵包去。

《桌邊的匕首》完

Lockwood & Co. 名詞表

*代表第一型鬼魂、**代表第二型鬼魂

Agency, Psychical Investigation　靈異事件偵探社

專門調查鬼魂造成的污染、損害的行業。倫敦市內有十多間偵探社，最大的兩間（費茲和羅特威爾）旗下有數百名調查員；最小的（洛克伍德）則只有三名員工。偵探社大多由成年監督員負責營運，但調查的重責大任幾乎都落在擁有強大超自然天賦的少年孩童肩上。

Apparition　幻影

鬼魂顯現的形體。幻影通常會模仿死者的外貌，不過也有是動物或物體的案例。有的幻影可能是極罕見的形貌。最近的萊姆豪斯碼頭一案中，惡靈變成發出綠光的眼鏡王蛇，惡名昭彰的貝爾街恐怖事件的鬼魂則是以拼布娃娃的外形現身。無論強弱，大部分的鬼魂不會（或是無法）改變外表。例外有變形鬼和學人鬼。

Aura　靈光

許多幻影周圍會散發出光芒或氣息。靈光大多相當微弱，以眼角餘光看得最清楚。強烈明亮的靈光稱爲異界光芒。

Chain net　鍊網

銀鍊細織而成的網子；用途多樣廣泛的封印。

Changer　變形鬼****

罕見而危險的第二型鬼魂，力量強大到能夠在顯現後改變外表。

Chill　惡寒

鬼魂在近處時，氣溫驟降的現象。這是即將顯現的四種徵兆之一，另外三種是無力、瘴氣、潛行恐懼。惡寒可能會擴散得很廣，也可能集中在某些特定的「冰點」。

Cluster　群聚

一群鬼魂占據一個小區域

Cold Maiden*　冰魔女*

朦朧灰暗的女性形體，通常穿著老式連身裙，從遠處看不太清楚。冰魔女會散發出強大的悲傷與無力，極少接近生者，但有例外。

Corpse-bell　喪鐘

教堂裡用來通報舉行葬禮的低沉鐘聲。

Corpse-light　死者光芒

蒼白病態的超自然光芒或氣息；也稱作異界光芒。

Creeping fear　潛行恐懼

一種無法說明的恐慌，通常會在鬼魂逐漸顯現時體驗到，會伴隨惡寒、瘴氣、無力出現。

Curfew　宵禁

英國政府爲了對付靈擾爆發，在幾個人口眾多的地區強制設立宵禁。在宵禁期間（從太陽剛下山到黎明），普通人得盡量待在屋內，受房屋障蔽保護。許多城鎮以警鐘來提示宵禁開始與結束。

Death-glow　死亡光輝

死亡地點殘留的能量。死得越悽慘，光芒就越旺盛。強大的能量可存留好幾年。

Defences against ghost　對抗鬼魂的障蔽
三個主要的防禦措施依照效用強弱來排序，分別是銀、鐵、鹽。薰衣草也能提供些許保護，亮光和流動的水亦同。

DEPRAC　靈異局
靈異現象研究與控制局（The Department of Psychical Research and Control）的簡寫。這個政府機關致力於與靈擾爆發有關的事務，調查鬼魂的本質，尋求摧毀最危險的鬼魂的方式，並監控那些互相競爭的偵探社。

Ectoplasm　靈氣
構成鬼魂的奇異物質，極不穩定。高濃度靈氣對生者極度危險。

Fetch　學人鬼****
令人不安的罕見鬼魂，以活人樣貌現形，通常是目擊者的熟人。不太具攻擊性，但會造成極大恐慌和迷惑，因此多數專家將其分類爲第二型鬼魂，處理時得高度警戒。

***Fittes Manual*　《費茲教戰守則》**
英國第一間靈異事件偵探社創辦人梅莉莎·費茲撰寫的名作，是調查員的指導手冊。

Ghost　鬼魂
死者的亡魂。從古至今，鬼魂一直存在，但是受某些不明原因的影響，它們越來越普遍。鬼魂分成許多型態，大致有三種類型，詳見「Type One　第一型」、「Type Two　第二型」、「Type

Three 第三型」。鬼魂總是盤據在源頭附近，那裡通常是它們死去的地點。鬼魂在天黑後力量最強，特別是子夜到凌晨兩點之間。大部分的鬼魂不會留意生者的存在，或是不感興趣。少數鬼魂極具敵意。

Ghost-bomb　鬼魂炸彈
禁錮在銀玻璃容器中的鬼魂所製成的武器。當容器破裂，釋出的魂體會朝活人施放恐懼和鬼魂觸碰。

Ghost cult　拜鬼邪教
因各種原因對鬼魂懷有病態興趣的一群人。

Ghost-fog　鬼魂霧氣
帶著綠色光澤的蒼白薄霧，有時會伴隨著顯現冒出。可能是由靈氣構成，冰冷、讓人不舒服，不過本身並沒有危險性。

Ghost-jar　拘魂罐
以銀玻璃製作，用來禁錮源頭的容器。

Ghost-lamp　驅鬼街燈
射出明亮白光的電力街燈，可以驅趕鬼魂。大部分的驅鬼街燈都加裝了遮罩，會整夜定時開啓與關閉。

Ghost-lock　鬼魂禁錮
第二型鬼魂展現的危險力量，可能是無力的延伸。受害者的意識會慢慢消退，被龐大的絕望擊倒。他們的肌肉變得無比沉重，再也無法自由思考移動。大部分的案例中，他們只能僵在原地，無助地等待飢餓的鬼魂接近……

Ghost-mark　鬼魂標誌
鬧鬼建築大門漆上十字標記，好讓路過行人閃避。

Ghost-touch　鬼魂觸碰
與幻影直接接觸，這是具攻擊性鬼魂最致命的力量。一開始是尖銳龐大的寒意，冰冷的麻痺感會傳遍全身。人體器官一一衰竭；肉體很快就會發紫腫脹。患者若未即刻接受治療，性命難保。

Gibbering Mist*　訕笑霧氣*
沒有形體的脆弱第一型鬼魂，不斷重複的瘋狂笑聲引人注意，那聲響聽起來總像是從你背後傳來。

Glimmer*　微光鬼*
極其微弱難察的第一型鬼魂。微光鬼的顯現只有光斑狀的異界光芒在空中掠過。觸碰和穿行都很無害。

Greek Fire　希臘之火
鎂光彈的別稱。在千年前拜占庭（或希臘）帝國時期，顯然就已使用這類早期武器來對付鬼魂。

Grey Haze*　灰霧*
一種沒有影響力，甚至可說是乏味的鬼魂，典型的第一型鬼魂。灰霧似乎缺乏凝聚成幻影的力量，只能呈現一團團閃耀微光的霧氣。可能是因爲它們的靈氣很稀薄，即使人類從中間走過，灰霧也不會造成鬼魂觸碰的傷害。它們的主要影響是散播惡寒、毒氣、不安。

Haunting　鬧鬼

詳見「Manifestation　顯現」。

Iron　鐵

抵擋各種鬼魂的重要障蔽，歷史悠久。一般人會以鐵製飾品保護家園，並隨身攜帶鐵製護符。調查員會攜帶鐵製細刃長劍和鐵鍊，作爲攻擊與防禦的道具。

Lavender　薰衣草

人們相信這種植物的濃郁甜香可以驅趕邪靈。因此，不少人佩戴乾燥的薰衣草束，或是將之燒出刺鼻的煙霧。調查員有時會攜帶薰衣草花水，用來對付脆弱的第一型鬼魂。

Limbless　無肢怪**

浮腫畸形的第二型鬼魂，通常具有人頭和軀幹，但缺少足以辨識的四肢。與死靈和骨骸一樣，幻影形態令人不快。顯現時常伴隨著有強烈的瘴氣和潛行恐懼。

Listening　聽覺

三種超自然天賦中的一種。有這項能力的靈感者能夠聽見死者的聲音、過去事件的回音、其他與顯現有關的超自然聲音。

Lurker*　潛行者*

某種第一型鬼魂，盤據在陰影之中，幾乎不動，絕不接近生者，但會散發出強烈的焦慮與潛行恐懼。

Magnesium flare　鎂光彈

裝了鎂、鐵粉、鹽、火藥的金屬小瓶子，瓶口用玻璃封住，還加裝點火裝置。調查員用來對付敵對鬼魂的重要武器。

Malaise　無力
當鬼魂接近時，人們往往會感到憂鬱倦怠。在某些極端的案例中，無力感會擴大為危險的鬼魂禁錮。

Manifestation　顯現
鬼魂出現。涵蓋各種超自然現象，像是聲音、氣味、異樣感、物體移動、氣溫下降，瞥見幻影。

Miasma　瘴氣
一種令人不快的氣息，通常涵蓋討人厭的滋味與氣味，在鬼魂顯現時出現。常會伴隨著潛行恐懼、無力、惡寒。

Night watch　守夜員
一整群小孩在太陽下山後看守工廠、辦公處、公共區域，多半是受大公司和地方議會的雇用。雖然這些孩子不能使用細刃長劍，不過會手持鑲著鐵製尖端的守夜杖抵擋幻影。

Operative　調查員
偵探社調查員的別名。

Other-light　異界光芒
某些幻影散發出的詭異光芒。

Phatasm　幽影****
任何維持半透明、輕盈形象的第二型鬼魂都稱為幽影。除了朦朧輪廓和少數面部五官細節，幾乎看不見幽影。儘管外型虛幻，它們不比更有存在感的惡靈安全，反而因爲難以捉摸而更加危險。

Phantom　幽靈
鬼魂的另一種泛稱。

Plasm　鬼氣
詳見「靈氣　Ectoplasm」。

Poltergeist　騷靈****
具備破壞力的強大第二型鬼魂。釋放爆發性的強大超自然能量，甚至能讓沉重的物體飄到半空中。它們不會構成幻影。

Problem, the　靈擾爆發
目前影響英國的傳染性鬧鬼現象。

Rapier　細刃長劍
靈異現象調查員的正式武器。鐵製劍刃的尖端有時會鍍上銀。

Raw-bones　骨骸****
一種令人不快的罕見鬼魂，外表是鮮血淋漓、沒有皮膚的屍骸，圓滾滾的眼睛，外露獰笑的牙齒。不受調查員歡迎。許多專家認爲它是死靈的變體。

Relic-man/relic-woman　盜墓者
探找源頭和其他超自然人工製品，然後在黑市裡販售的人。

Salt　鹽
常用來抵擋第一型鬼魂的障蔽。效用比鐵和銀弱，但便宜許多，能用在許多居家環境中。

Salt bomb　鹽彈

裝滿鹽巴的投擲用小型塑膠袋，打中目標時會炸開，鹽巴四散。調查員會用此逼退比較弱的鬼魂。面對較強的對手用處不大。

Salt gun　鹽槍

大範圍噴撒鹽巴的器具。此種武器對付第一型鬼魂十分有效。在大型偵探社應用日廣。

Screaming Spirit　尖叫怪****

一種嚇人的第二型鬼魂，不一定會形成看得見的幻影。尖叫怪會發出恐怖的超自然尖叫，有時足以讓聽者嚇到無法動彈，導致鬼魂禁錮。

Seal　封印

一項物品，材質通常是銀或鐵，能夠用來包裹或是覆蓋源頭，阻止鬼魂逃逸。

Sensitive, a　靈感者

擁有卓越超自然天賦的人。靈感者通常會加入偵探社或守夜員行列；也有人從事不需與訪客實際接觸的超自然業務。

Shade*　虛影*

標準的第一型鬼魂，或許是最常見的訪客。虛影看起來可能會像惡靈一般眞實，或是虛幻如幽影，不過它們完全沒有那兩類鬼魂的危險智能。虛影似乎對生者的存在渾然不覺，通常會展現出固定的行爲模式。它們投射出悲傷與失落的情感，不過鮮少展現憤怒或是任何更強大的情緒。它們幾乎都是人類的形貌。

Sight 視覺

能看到幻影和其他鬼魂現象（像是死亡光輝）的超自然能力。三種超自然天賦中的一種。

Silver 銀

抵擋鬼魂的重要障蔽。很多人佩戴銀製首飾當作護符。調查員會在佩劍上鍍銀，這也是封印的關鍵材質。

Silver-glass 銀玻璃

特製的「防鬼」玻璃，能夠關住源頭。

Snuff-light 燭燈

偵探社用來標記超自然存在的一種小蠟燭。有鬼魂接近時，燭火會閃動、搖曳，最後熄滅。

Solitary 獨行者****

一種少見的第二型鬼魂，通常只會在偏遠危險的地方（基本上是戶外）現身。它往往會披上消瘦孩童的僞裝，身處峽谷或是湖泊對面。它絕對不會接近活人，但會散發出極端的鬼魂禁錮，能打倒附近的每個人。獨行者的受害者爲了解除這份恐怖的體驗，常會跳下山崖或是投入深水中。

Source 源頭

鬼魂進入現世的物體或是場所。

Spectre 惡靈****

最常遇到的第二型鬼魂。惡靈一定會形成清晰精細的幻影，有時幾乎與實體無異。它通常會重現死者生前或是剛死時的模樣。惡靈比幽影實在，不像死靈那樣恐怖，行爲模式也與它們不同。許多惡靈不會輕易傷害人類，僅執著於它們與生者間的交易——可能是揭露某個祕密，或是導正過去犯下的錯誤。然而，有些惡靈極具攻擊性，很想接觸人類。應當要極力避開這些鬼魂。

Stalker*　隨行者*

似乎容易受到人類吸引的第一型鬼魂，隔著一段距離跟蹤生者，但從不會冒險接近。聽覺高超的調查員有時會感應到隨行者枯瘦雙腳緩緩飄過的咻咻聲，還有來自遠方的嘆息呻吟。

Stone Knocker*　投石怪*

超級無聊的第一型鬼魂，除了發出輕敲聲，幾乎什麼都不會做。

Talent　天賦

看到、聽到，或是以其他方式偵測鬼魂的能力。很多小孩生下來就擁有某種程度的超自然天賦。這種技能往往會在成長期間漸漸消退，不過少數的成人依舊保留這份力量。如果擁有一般水準以上的天賦，孩童可以加入守夜員行列。能力格外強大的孩子通常會加入偵探社。天賦的三個主要類別是視覺、聽覺、觸覺。

Tom O'Shadows*　門口老湯姆*

倫敦人用來稱呼徘徊在門口、拱門或窄道的潛行者或虛影。常見的城市鬼魂。

Touch　觸覺

從物體上感應超自然震盪的能力，那些物體得與死亡或是鬧鬼事件有緊密連結。這類震盪會化作視覺影像、聲音，或是其他的感官印象。這是三種天賦中的一種。

Type one 第一型
最弱、最常見、最不危險的鬼魂等級。第一型鬼魂極少察覺到它們的周遭環境，多半會重複某個單調的行爲模式。常遇到的案例包括：虛影、灰霧、潛行者、隨行者。參見「Cold Maiden 冰魔女」、「Gibbering Mist 訕笑霧氣」、「Glimmer 微光鬼」、「Stone Knocker 投石怪」、「Tom O'Shadows 門口老湯姆」與「Wisp 鬼火」。

Type two 第二型
最危險、最常鬧事的鬼魂等級。第二型鬼魂比第一型強大，殘留著某種程度的智能。它們清楚意識到生者的存在，可能會想造成傷害。最常見的第二型鬼魂依序是惡靈、幽影、死靈。參見「Changer 變形鬼」、「Fetch 學人鬼」、「Limbless 無肢怪」、「Poltergeist 騷靈」、「Raw-bones 骨骸」、「Screaming Spirits 尖叫怪」、「Solitary 獨行者」。

Type Three 第三型
極度罕見的鬼魂，僅有梅莉莎．費茲通報過，爭議不斷。據聞它能與生者進行完整的溝通。

Visitor 訪客
鬼魂。

Ward 護符
某種用來驅趕鬼魂的物體，材質通常是鐵或銀。小型護符可當成首飾佩戴；大型護符則是掛在屋子周圍，通常同樣具備裝飾性。

Water, running 流動的水域

古時候便有人觀察出鬼魂不喜歡橫渡流動的水域。到了現代，英國人有時會利用這個常識來對付它們。倫敦市中心擁有交錯的人工運河或是渠道，來保護主要的商圈。有些店主會在前門挖出小水溝，引入雨水。

Wisp* 鬼火*

微弱且通常無害的第一型鬼魂，以蒼白閃爍的焰火顯現。有些學者推斷，所有鬼魂隨著時間都會弱化成鬼火，然後變成微光鬼，最終完全消散。

Wraith** 死靈

一種危險的第二型鬼魂。與惡靈的力量和行爲模式雷同，但外表更加駭人。它們的幻影是死者死亡時的模樣：憔悴、凹陷、瘦得驚人，有時候還腐敗生蟲。死靈通常以骸骨的形貌現身，散發出強大的鬼魂禁錮。參見「Gallow Wraith 絞架死靈」、「Raw-bones 骨骸」。

洛克伍德
靈異偵探社

The Creeping Shadow

露西與洛克伍德偵探社分道揚鑣並開始自由接案，與那些重視她不斷提升的技能的偵探社合作。有一天，洛克伍德來訪，告訴她，他需要一名聽覺優秀的調查員協助完成艱鉅的任務──領導費茲偵探社的潘妮洛．費茲指定委託他們，找到並移除傳說的食人魔源頭……

洛克伍德靈異偵探社3 空殼少年／喬納森．史特勞（Jonathan Stroud）著；楊佳蓉 譯. -- 初版. --
臺北市：蓋亞文化, 2024. 02
面；　公分
譯自：*The Hollow Boy*
ISBN 978-626-384-075-1（第3冊：平裝）

873.57　　　　112022081

Light 028

洛克伍德靈異偵探社 3 空殼少年

作　　者　喬納森．史特勞（Jonathan Stroud）
譯　　者　楊佳蓉
封面裝幀　莊謹銘
編　　輯　章芳群
總 編 輯　沈育如
發 行 人　陳常智
出 版 社　蓋亞文化有限公司
地址：台北市 103 承德路二段 75 巷 35 號 1 樓
電話：02-2558-5438　　傳真：02-2558-5439
電子信箱：gaea@gaeabooks.com.tw
投稿信箱：editor@gaeabooks.com.tw
郵撥帳號 19769541　戶名：蓋亞文化有限公司
法律顧問　宇達經貿法律事務所
總 經 銷　聯合發行股份有限公司
地址：新北市新店區寶橋路二三五巷六弄六號二樓
電話：02-2917-8022　　傳真：02-2915-6275
港澳地區　一代匯集
地址：九龍旺角塘尾道 64 號龍駒企業大廈 10 樓 B&D 室
電話：+852-2783-8102　　傳真：+852-2396-0050
初版一刷　2024年02月
定　　價　新台幣 460 元
Published and Printed in Taiwan

ISBN　978-626-384-075-1